长白文库

丛书主编 郑毅

满族说部神话、史诗研究

杨春风 著

吉林文史出版社

图书在版编目（CIP）数据

满族说部神话、史诗研究 / 杨春风著. — 长春：吉林文史出版社, 2020.11
（长白文库）
ISBN 978-7-5472-7376-0

Ⅰ. ①满… Ⅱ. ①杨… Ⅲ. ①满族—神话—文学研究—中国 Ⅳ. ①I207.73

中国版本图书馆CIP数据核字(2020)第216414号

满族说部神话、史诗研究
MANZU SHUOBU SHENHUA、SHISHI YANJIU

出品人：张　强
著　　者：杨春风
丛书主编：郑　毅
责任编辑：张雪霜　张焱乔
封面设计：李岩冰
印　　装：吉林省优视印务有限公司
开　　本：170mm×240mm　1/16
印　　张：18.25
字　　数：330千字
版　　次：2020年11月第1版　2020年11月第1次印刷
出版发行：吉林文史出版社 (长春市福祉大路5788号　龙腾国际大厦A座)
邮　　编：130117
网　　址：www.jlws.com.cn
书　　号：ISBN 978-7-5472-7376-0
定　　价：178.00元

国家社会科学基金项目：满族说部中的神话、史诗研究
项目编号：13BZW162

《长白文库》编委会

（排名不分先后）

《长白文库》总序

中华优秀传统文化是中华民族的“根”和“魂”，习近平总书记高度重视中华优秀传统文化，并将其作为治国理政的重要思想文化资源。“不忘本来才能开辟未来，善于继承才能更好创新。”“优秀传统文化是一个国家、一个民族传承和发展的根本，如果丢掉了，就割断了精神命脉。”中华优秀传统文化具有多样性和地域性等特征，东北地域文化是多元一体的中华文化中的重要组成部分。吉林省地处东北地区中部，是中华民族世代生存融合的重要地区，素有“白山松水”之美誉，肃慎、扶余、东胡、高句丽、契丹、女真、汉族、满族、蒙古族等诸多族群自古繁衍生息于此，创造出多种极具地域特征的绚烂多姿的地方文化。为了“弘扬地方文化，开发乡邦文献”，自20世纪80年代起，原吉林师范学院李澍田先生积极响应陈云同志倡导古籍整理的号召，应东北地区方志编修之急，服务于东北地方史研究的热潮，遍访国内百余家图书馆寻书求籍，审慎筛选具有代表性的著述文典300余种，编撰校订出版以《长白丛书》（以下简称《丛书》）为名的大型东北地方文献丛书，迄今已近40载。历经李澍田先生、刁书仁和郑毅两位教授三任丛书主编，数十位古籍所前辈和同人青灯黄卷、兀兀穷年，诸多省内外专家学者的鼎力支持，《丛书》迄今已共计整理出版了110部5000余万字。《丛书》以“长白”为名，“在清代中叶以来，吉林省疆域迭有变迁，而长白山钟灵毓秀，蔚然耸立，为吉林名山，从历史上看，不咸山于《山海经·大荒北经》中也有明确记录，把长白山当作吉林的象征，这是合情合理的。”（《长白丛书》初版陈连庆先生序）

1983年吉林师范学院古籍研究所（室）成立，作为吉林省古籍整理与研究协作组常设机构和丛书的编务机构，李澍田先生出任所长。全国高校古籍整理工作委员会、吉林省教委和省财政厅都给予了该项目一定的支持。李澍田先生是《丛书》的创始人，他的学术生涯就是《丛书》的创业史。《丛书》能够在国内外学界有如此大的影响力，与李澍田先生的敬业精神和艰辛努力是分不开的。《丛书》创办之始，李澍田先生“邀集吉、长各地的中青年同志，乃至吉林的一些老同志，群策群力，分工合作”（初版陈序），寻访底本，夙兴夜寐逐字校勘，联络印刷单位、寻找合作方，因经常有生僻古字，先生不得不亲自到车间与排版工人拼字铸模；吉林文史出版社于永玉先生作为《丛书》的第一任责编，殚精竭虑地付出了很多努力，为《丛书》的完成出版做出了突出贡献；原古籍所衣兴国等诸位前辈同人在辅助李澍田先生编印《丛书》的过程中，一道解决了遇到的诸多问题、排除了诸多困难，是《丛书》草创时期的重要参与者。《丛书》自20世纪80年代出版发行以来，经历了铅字排版印刷、激光照排印刷、数字化出版等多个时期，《丛书》本身也称得上是改革开放以来中国印刷史的见证。由于《丛书》不同卷册在出版发行的不同历史时期，投入的人力、财力受当时的条件所限，每一种图书的质量都不同程度留有遗憾，且印数多则千册、少则数百册，历经数十年的流布与交换，有些图书可谓一册难求。

1994年，李澍田先生年逾花甲，功成身退，由刁书仁教授继任《丛书》主编。刁书仁教授“萧规曹随”，延续了《丛书》的出版生命，在经费拮据、古籍整理热潮消退、社会关注度降低的情况下，多方呼吁，破解困局，使得《丛书》得以继续出版，文化品牌得以保存，其功不可没。1999年原吉林师范学院、吉林医学院、吉林林学院和吉林电气化高等专科学校合并组建为北华大学，首任校长于庚蒲教授力主保留古籍所作为北华大学处级建制科研单位，使得《丛书》的学术研究成果得以延续保存。依托北华大学古籍所发展形成的专门史学科被学校确定为四个重点建设学科之一，在东北边疆史地研究、东北民族史研究方面形成了北华大学的特色与优势。

2002年，刁书仁教授调至扬州大学工作，笔者当时正担任北华大学图书馆馆长，在北华大学的委托和古籍所同人的希冀下，本人兼任古籍所所长、《丛书》主编。在北华大学的鼎力支持下，为了适应新时期形势的发展，出于拓展古籍研究所研究领域、繁荣学术文化、有利于学术交流以及人才培养工作的实际需要，原古籍研究所改建为东亚历史与文献研究中心，在保持原古籍整理与研究的学术专长的同时，中心将学术研究的视野和交流渠道拓展至东亚地域范围。同时，为努力保持《丛书》的出版规模，我们以出文献精品、重学术研究成果为工作方针，确保《丛书》学术研究成果的传承与延续。

在全方位、深层次挖掘和研究的基础上，整套《丛书》整理与研究成果斐然。《丛书》分为文献整理与东亚文化研究两大系列，内容包括史料、方志、档案、人物、诗词、满学、农学、边疆、民俗、金石、地理、专题论集12个子系列。《丛书》问世后得到学术界和出版界的好评，《丛书》初集中的《吉林通志》于1987年荣获全国古籍出版奖，三集中的《东三省政略》于1992年获国家新闻出版总署全国古籍整理图书奖，是当年全国地方文献中唯一获奖的图书。同年，在吉林省第二届社会科学成果评奖中，全套丛书获优秀成果二等奖，并被国家新闻出版总署列为“八五”计划重点图书。1995 年《中国东北通史》获吉林省第三届社会科学优秀成果二等奖。2005 年,《同文汇考中朝史料》获北方十五省（市、区）哲学社会科学优秀图书奖。

《丛书》的出版在社会各界引起很大反响，与当时广东出现的以岭南文献为主的《岭南丛书》并称国内两大地方文献丛书，有“北有长白，南有岭南”之誉。吉林大学金景芳教授认为“编辑《长白丛书》的贡献很大,从《辽海丛书》到《长白丛书》都证明东北并非没有文化”。著名明史学者、东北师范大学李洵教授认为 :“《长白丛书》把现在已经很难得的东西整理出来，说明东北文化有很高的水准，所以丛书的意义不只在于出了几本书，更在于开发了东北的文化，这是很有意义的，现在不能再说东北没有文化了。”美国学者杜赞奇认为“以往有关东北方面的材料，利用日文资料很多。而现在中文的《长白丛书》则很有利于提高中国东北史的研究”(《长白丛书》出版十周年纪念会上的发言)。中国社会科学院边疆史地研究中心主任厉声研究员认为 :“《长白丛书》已经成为一个品牌，与西北研究同列全国之首。”(1999 年 12 月在《长白丛书》工作规划会议上的发言)目前,《长白丛书》已被收藏于日本、俄罗斯、美国、德国、英国、加拿大、澳大利亚、韩国及东南亚各国多所学府和研究机构，并深受海内外史学研究者的关注。

为了更好地传承和弘扬优秀地域文化，再现《丛书》在“面向吉林，服务桑梓”方面的传统与特色，2010 年前后，我与时任吉林文史出版社社长的徐潜先生就曾多次动议启动出版《长白丛书精品集》，并做了相应的前期准备工作，后因出版资助经费落实有困难而一再拖延。2020 年，以十年前的动议与前期工作为基础，在吉林省省级文化发展专项资金的资助下，北华大学东亚历史与文献研究中心与吉林文史出版社共同议定以《长白丛书》为文献基础，从《丛书》已出版的图书中优选数十种具有代表性的文献图书和研究著述合编为《长白文库》加以出版。

《长白文库》是在新的历史发展时期对《长白丛书》的一种文化传承和创新，《长白丛书》仍将以推出地方文化精华和学术研究精品为目标，延续东北地域文化的文脉。

《长白文库》以《长白丛书》刊印 40 年来广受社会各界关注的地方文化图书为入选标准，第一期选择约 30 部反映吉林地域传统文化精华的图书，充分展现白山松水孕育的地域传统文化之风貌，为当代传统文化传承提供丰厚的文化滋养，是一件功在当代、利在千秋的文化盛举。

盛世兴文，文以载道。保存和延续优秀传统文化的文脉，是人文社会科学研究者的社会责任和学术使命，《长白丛书》在创立之时，就得到省内外多所高校诸多学界前辈的关注和提携，“开发乡邦文献，弘扬地方文化”成为20世纪80年代一批志同道合的老一辈学者的共同奋斗目标，没有他们当初的默默耕耘和艰辛努力，就没有今天《长白丛书》这样一个存续40年的地方文化品牌的荣耀。“独行快，众行远”，这次在组建《长白文库》编委会的过程中，受邀的各位学者都表达了对这项工作的肯定和支持，慨然应允出任编委会委员，并对《长白文库》的编辑工作提出了诸多真知灼见，这是学界同道对《丛书》多年情感的流露，也是对即将问世的《长白文库》的期许。

感谢原吉林师范学院、现北华大学40年来对《丛书》的投入与支持，感谢吉林文史出版社历届领导的精诚合作，感谢学界同人对《丛书》的关心与帮助！

郑　毅

谨序于北华大学东亚历史与文献研究中心

2020年7月1日

前　　言

一、"广义神话"及本书的研究范围

每个民族都有自己独特的诸神世界，这个诸神世界是其一代代先人不断累积式地创造出来的，并一代代重叠着传承下来的神话的结晶，这些神话中凝结着其先民生生世世沉淀于心的民族文化和民族心理、民族精神，这些都成为精神营养，潜移默化地影响着民族的延伸轨迹与成长方向。因而，要想了解一个民族的思想发展轨迹和思维模式，研究他们的神话，是最直接的方式。

什么是神话呢？狭义的神话"就实质和总体而言是生活在原始公社时期的人们通过他们的原始思维不自觉地把自然界和社会生活加以形象化、人格化而形成的，与原始信仰相关联的一种特殊的幻想神奇的语言艺术创作"[①]。然而，并不是说原始社会结束以后，到了阶级社会神话就消亡了。到了阶级社会，它仍然通过一代代的口耳相传，在流传、发展、演变，又随时产生了许多新的神话。这类神话虽然烙上了阶级社会的印记，不同于原始社会的神话，但总归还是神话。这类神话，非狭义的神话界说所能概括，只好称之为"广义的神话"。有学者概括说："'广义'者，自然是相对'狭义'而言，主要的意思有如下两端：一是经历的时间长，从原始社会贯穿到整个阶级社会直到不久以前，还有新的神话产生；二是涉及的方面广，从天文、地理、历史、医药、民俗、宗教、动物学、植物学、地质学、海洋学、气象学、文学、艺术……里，都可见到有神话的踪影。广义神话，其实就是神话，它不过是扩大了范围，延长了神话的时间表；它只是包括了狭义神话，却没有否定狭义的神话。狭义的神话，仍然可以作为学者们研究的核心。"[②]

在本书中，笔者采用"广义的神话"，尽量多地汲取不同时代、不同作品中的神话要素，以期更全面、更准确地把握其中所蕴含的民族心理和文化精

① 马昌仪选编:《中国神话学百年文论选》,陕西师范大学出版总社有限公司,2013 年 10 月第 1 版,第 572 页。

② 马昌仪选编:《中国神话学百年文论选》,陕西师范大学出版总社有限公司,2013 年 10 月第 1 版,第 618 页。

神内涵。在本书中，笔者把满族说部中的神话、史诗作品分为三类：第一类是纯粹的神话，也就是“狭义的神话”，主要包括《天宫大战》以及《满族神话》《女真神话故事》两本书中所收录的神话，还包括一些散见于其他书中的纯神话的内容，如《苏木妈妈　创世神话与传说》一书中的创世神话部分以及《恰喀拉人的故事　小莫尔根轶闻》一书中所收入的神话。第二类是史诗类作品，这类作品中通常以神话的内容作为引子或潜在的线索，以主人公的成长以及所在部落的发展壮大的历史性描述为主轴，通过诗意的写作将两条线索穿插、串联起来，使得诸神的世界与部落的存亡兴衰联系起来，构成一部部既有神话的玄秘色彩，也有历史写实性的史诗性作品。它们是原始部族生存发展的历史，同时也是神话世界的补充和延伸。满族说部中，《恩切布库》《西林安班玛发》《奥克敦妈妈》《乌布西奔妈妈》《东海窝集传》都是这类作品。第三类是其他作品，包括英雄传奇或人物传记等等，这些作品虽然总体说来不是神话，但其中亦涉及一些神话的内容，如在行文中引述了一段神话，提到了某些神话人物，或是存在某些与神话观念密切相关的内容。这类作品虽然并非神话，但提供了神话赖以生存的生活场景和文化背景，为我们研究某些神话的形成原因以及文化心理提供了不可缺少的丰富的资料。同时，这些作品中的人物一般都是流传许久、影响深远的神话滋养下的人物，这些作品中的一些风俗和祭祀仪式等更是同神话息息相关，因而必然对研究神话滋养下的民族心理及其在满族先民的社会生活方方面面的功用和影响有非常重要的帮助。

二、神话的“历史真实”与“心理真实”

正如吴泽霖的《苗族中祖先来历的传说》一文中所说：“一种神话或传说故事，可以表现时代的背景，可以反映该部落记录神话时的文化程度。当代人类学的泰斗在津西安印第安族中搜集了一百多个神话，得出的结论如下：‘在一个民族的故事中，那些日常生活的重大意外事件，是附带插入故事中，或者用以当作故事中的主要情节的。大部分关于民族生活模式的陈述，都很正确地反映了他们的风俗。再者，故事中的情节之发展，也很明显地表白了他们所认识的是非及观念。’”[①] 神话是不能离开它所产生的民族文化的土壤以及民族生产、生活的社会背景而独立存在的，必然是其社会生活的投影。虽然这种投影必然会带有创作者主观因素的参与和扭曲，必然会在历史上形成的

① 马昌仪选编：《中国神话学百年文论选》，陕西师范大学出版总社有限公司，2013 年 10 月第 1 版，第 225 页。

神话人物谱系和情节模式的规范下有所变形，但透过这些变形和扭曲之后的神话，仍然能够隐隐透露出某些历史真实的影子来。如东海女真人由男权代替女权的斗争就在其神话《神魔大战》中清晰地反映出来，通过《东海窝集传》中对男权社会代替女权社会的曲折艰难的过程的描写，和《神魔大战》男神代替女神成为天界领导人的神话加以比较，我们可以清晰地看到二者之间内在的相似性和一脉相承的特点。再如满族先民的洪灾神话，似乎与满族先民生活的东北地区的气候特点以及“起亮子”的自然现象有一定关联，其水生创世神话似乎还与《女真神话故事》中一再提及的东海龙王侵占陆地的传说存在一定联系。

神话的历史真实性并不只体现历史重大事件在神话中的折射投影，还反映其科技水平和文化发展在神话中的体现。如满族先民天文学和星象学的发展，就在其神话《天宫大战》的星神崇拜中体现出来，神话中的塔其妈妈星神、鼠星神衹——兴克里女神、大鹰星神等，不仅是神话中的女神，更是满族先民所熟知的用以辨别方向、计数时间的真实的星座，这些内容在本书的“满族说部神话、史诗中的星神崇拜”一节中都会有具体的论述；神话《石神》中的描写从一定程度上反映了满族先民制作石器的工艺之精美；还有《乌布西奔妈妈》中关于“天落宝石”的神话传说及其在航海中的应用的描写，也在一定程度上表现了满族先民在很早的时候就掌握了利用陨石的磁性在大海中辨别方向的科技。

当然，神话的真实性更多地体现为心理真实，即无论神话中的人物和情节是否真实存在，其所传递的当时族众所广泛认同的文化心理和思想观念则是真实不虚的。如《天宫大战》中以三女神为首的女神们同恶魔耶鲁里之间的激烈斗争虽然是虚构的，但其中所反映的满族先民同恶劣的自然环境和种种天灾的艰苦卓绝的抗争过程以及其中所凝结的集体主义思想和自我牺牲精神则是真实的。同时，神话中的诸神世界及其所蕴含的文化心理和思想观念，更是深深地感染和培育着一代代满族先民的心灵，使不少满族说部神话、史诗作品中的主人公都自觉或不自觉地使用神话中的特有的思维模式去指导自己的言行，如《女真谱评》中阿骨打总是把自己的乳母兰洁视为佛托妈妈（柳树神），还有好多传说故事中把佛托妈妈视为“送子观音”去崇拜，无儿无女的夫妇们会自觉地向佛托妈妈祈祷；还有许多满族说部神话、史诗作品中，都描写了神树下的婚礼，甚至没有经过神树的保佑，这一婚礼就失去了神圣性和合法性……这些都是借由神话所养成的满族先民的树神崇拜心理的具体表现，也是满族神话的广泛而深入的影响力在不同作品中的体现。

三、神话的“时间深度”和不同时代的累积叠加

正如张光直的《商周神话之分类》中所说：“任何的神话都有极大的‘时间深度’；在其付诸记载以前，总先经历很久时间的口传。每一个神话，都多少保存一些其所经历的每一个时间单位及每一个文化社会环境的痕迹。过了一个时间，换了一个文化社会环境，一个神话故事不免要变化一次。但文籍中的神话并非一连串的经历过变化的许多神话，而仍是一个神话；在其形式或内容中，这许多的变迁都压挤在一起，成为完整的一体。”[①] 神话也经历了一个由简到繁，由纷杂散乱到渐成体系的过程，往往越早的神话其结构和情节越是简单，越到后来，就会衍生出许多内容大体类似，但情节更加完整曲折的神话来。这就是不同时代的累积和叠加的结果。最早的神话往往提供了最原始的素材和人物原型，后来的神话中，这一素材和原型则会随着时代的发展不断发展变形，越来越丰满起来。

在满族说部神话、史诗中，这种历史的累积和叠加的痕迹非常明显。如东海女神德里给奥姆妈妈在《天宫大战》《西林安班玛发》《乌布西奔妈妈》中都有所表现，但很显然《天宫大战》中的版本是最早的版本，最为简略和模糊，《西林安班玛发》中的描写详细了一些，但不够全面，《乌布西奔妈妈》中则是最详尽完整的版本，不但增加了其如何裂生出来的形成过程，而且描写了她在天宫神谱中的地位，将其地位提高到仅次于三女神的地位上来，并具体列出了她的十几个属神，显示出随着时代的变迁，生活在东海沿岸的女真人对于东海女神的渐次加深的依赖与崇敬的心理。此外，北斗七星的神话故事、白云格格的神话故事等等，在《天宫大战》中都能找到其原型，在不同时代有不同版本的故事。研究这些神话人物在不同作品中的变化轨迹，探究其在“时间深度”中的不断变形与演变，也是本书一个重要的研究方面。

原始先民们讲述神话并不是出于娱乐目的，而是为了对现有的社会秩序、祭礼仪式等进行阐释。为了完成对不断变化的现有社会秩序的阐释的需要，神话最大的特征就是被不断重述和改编，在这种过程中，神话叙述创造了一种与当下社会生活协调的体系。实际上，这些不断被重构的神话正是不断发展变化的人类社会处理新情况的一种便利工具。社会一旦出现大的变化，其神话体系也必然会面临重大的变革。如当满族先民由女权社会向男权社会变化时，这一重大的历史变革也必然反映到其神话中，满族先民们就创作了《神

① 马昌仪选编：《中国神话学百年文论选》，陕西师范大学出版总社有限公司，2013 年 10 月第 1 版，第 482 页。

魔大战》作为男权代替女权的神话依据。

此外，为了协调历史上不断翻新的女神世界与后来代替女神世界的层出不穷的男神世界，于是满族先民的神话世界中就出现了劫数、洪水混沌和天分层、以星主之位赏赐英雄等概念。“满族神话”系列作品中的内容大体上遵循这样的发展线索：最早是“老三星”为首，与其裂生的五个徒弟构成了最早的神话世界。洪水的天劫过后，上一劫的神大部分凋零，以“老三星”的大弟子阿布卡赫赫为首的新的女神体系代替旧的神系，取得天宫领导权。此后，阿布卡赫赫带领的女神们在“神魔大战”后，又让出领导权，上升到更高一层天去，除保留下来的八个女神外，其他神逐渐淡出了人们的视野，男神阿布凯恩都里成为天界的最高统治者。此后，又有“新三星”上位，阿布凯恩都里的徒弟堂白太罗和长白山主，先后走到神话舞台的中央。此后，随着社会的发展，又不断有部落英雄、济世救人的萨满在部落迁徙和战争中脱颖而出，为了纪念这些英雄和萨满，神话中又安排了星主之位，让这些英雄和萨满在死后其灵魂可以上升天界，在浩瀚天宇无数的星座中占得一席之地。为了陪衬这些新近崛起的英雄，原本的救人济世的天神阿布凯恩都里，这时逐渐被淡化、边缘化，甚至成为反面的角色，为新崛起的英雄设置了很多难以逾越的障碍。

四、地域风格的多样性与满族说部神话、史诗中的三大神话系列

由于满族先民长期过着渔猎生活，每个氏族都各自占据一块领地，因此形成了各自独立又彼此有所关联的群体。虽然各个氏族的神话都不相同，但地域较为相近的地区的神话由于彼此交流和影响，往往自成一个体系，形成人物谱系互相关联，情节模式大体相似的神话系列。大体上说，满族说部中的神话与史诗，因其流传地域、人物谱系、情节模式上的不同来划分，可以分为三个系列，即“天宫大战”系列、“满族神话”系列、“女真神话故事”系列。

第一个系列是“天宫大战”系列，除了包括最原始的神话《天宫大战》之外，还有《奥克敦妈妈》以及与其密切相关的史诗性作品《恩切布库》《西林安班玛发》《乌布西奔妈妈》。这一系列作品多是由因“江东六十四屯惨案”后逃难过来的满族族众所传承，其诞生与流传区域应在中国的最东北，黑龙江北岸，今俄罗斯境内，几乎没有受中原文化影响的痕迹。“天宫大战”系列作品的主要人物谱系为以“三女神”[①]为代表的一系列女神，这些女神大多都是从“三女神”身上裂生出来的，并且多为“三女神”的侍女。这些神多是动植物神，或是星辰、石雕、火山等自然神，女权主义色彩鲜明，善神基本都是女

① “三女神”：指天神阿布卡赫赫、地神巴那姆赫赫、光明之神卧勒多赫赫。

神，少有男性神。这一神话系列人物谱系中东海德里给奥姆妈妈占有崇高的地位，是继“三女神”之后最重要的神祇，这显然与其产生与传承地多为东海沿岸地区有关。“天宫大战”系列作品的情节模式除《天宫大战》前半部分创世与造人神话外，多为以阿布卡赫赫为首的善神与恶神耶鲁里之间的斗争故事。耶鲁里是自然界强大而无法抗拒的诸种自然力的象征。这种善恶斗争的模式反映了原始人类与自然之间残酷而激烈的矛盾与抗争。在“天宫大战”系列作品中，女性为主的善神们都如阿布卡赫赫一般，心慈性烈，富于自我牺牲精神，像慈母般保护着天宇和天宇中的众生，多有为了保护阿布卡赫赫不惜牺牲自己生命的女神。创作风格偏于浪漫主义风格，感情奔放浓烈，多抒情与感恩色彩，行文流畅生动，喜用夸张与华丽的辞藻，多用排比或拟人句，使得这一系列作品读起来行云流水，气势盛大，感情充沛，极具感染力。

第二个系列是“满族神话”系列。《满族神话》一书中包括了六十余篇各自独立又互相关联的神话故事，其情节模式大体相似，其中的神话人物又往往可以在其他神话故事中找到相关记载，互相补充，大体上可以形成一个体系。《东海窝集传》《天宫大战　西林安班玛发》一书中的《附录六则》，以及《恰喀拉人的故事　小莫尔根轶闻》《苏木妈妈　创世神话与传说》一书中的创世神话部分，都与此神话系列中的故事相关，可以视为其神话系列中的作品。《满族神话》的传承人是傅英仁先生，主要传承地为宁古塔及其周边地区，大体位于黑龙江东南部，比“天宫大战”系列的传承地更加靠南，但相比《女真神话故事》的传承地双城来说更加靠东。因而其受中原文化的影响也是居中的。“满族神话”系列作品中长白山神的地位颇高，长白山神是阿布凯恩都里之下最主要的天神，很多神话人物与人间英雄都与长白山神有千丝万缕的联系，且长白山还是满族先民的祖先和英雄人物的魂归之所。这显然与这部分作品的产生和传承地在长白山附近地区有关。“满族神话”系列作品不再具有明显的女权主义思想倾向，创作风格偏于现实主义，文字朴拙，很少用排比、拟人等修辞方法，感情色彩也远不如“天宫大战”系列作品浓烈。但其主要文化精神与“天宫大战”系列一脉相承，同样都是提倡为部族、为人类献身的集体主义精神。

第三个系列是“女真神话故事”系列。《女真神话故事》一书，亦由六七十篇各自独立又相互关联的神话故事组成。《女真谱评》中的前半部分与《女真神话故事》大体重合，情节相似，也可以视为这一系列的作品。其传承人马亚川先生的老家地名叫“新营子正红旗五屯”，距离金朝初期阿骨打修建的皇帝寨子“寥晦城”（今称“对面城”）不到二十华里，因而这一系列中多流传着与阿骨打相关的辽金时期的神话故事。这一系列的作品大体流传于黑龙江省哈尔滨市双城区，地处黑龙江省西南部，相对于前两个系列的传承地来说，最为靠西靠南，因而受中原文化的影响也最大。这一系列作品人物谱系也颇具中原文化色彩，其最高的天神是中原神话中的玉皇大帝和王母娘娘；阿布凯恩都里则是玉皇大帝与王母娘娘领导下的地方性天神；萨满神，则是阿布凯恩都里派下凡间来为族众服务的更下一级的天神。这显然是把萨满神作为地方性神直接纳入中原神话的体系之内。其情节诡谲神奇，有些中原神怪小说的影子，除一部分故事描写九天女下凡与函普成婚，建立并发展女真部落之外，其余故事大多是以古代东北地区女多男少，阴盛阳衰，妖魔横行，盛行抢男之风，男子东藏西躲，害怕被捉后被折磨得虚弱而亡为历史背景，描写阿布凯恩都里受玉帝之命，派女萨满神下界，帮助族众降妖除魔，帮助建立留子与群女婚配的氏族群，传播生育技巧，繁衍后代，渐渐改变了满族部族女多男少的局面。

五、万物有灵观念与丰富多彩的诸神世界

满族先民所信奉的萨满教相信万物有灵，因而无论山石树木、日月星辰、水火风雷、动物植物，都可以成为他们心目中的神。满族先民的口传文化遗产满族说部中为我们展现了一个绚丽多彩的诸神世界。本书不仅有满族说部不同地域、不同风格的系列神话的总体介绍，还有对满族说部中的洪水神话、女神世界、树神、石神、火神、星神、日月神、托里神以及各种动物神的具体分析。

本书主要分六大部分：

第一章“满族说部神话、史诗中的三大神话系列”，分别对三大神话系列包括的作品、流传地域、风格特色、人物谱系、情节模式、受中原文化影响程度等诸多方面做了较为全面的阐释。

第二章“水生创世与洪灾神话”，阐释创世神话与洪灾后的重建神话是各民族神话中常见的母题。满族说部神话、史诗中的创世神话与洪灾神话有其自身的特点，那就是“水生创世”的思想以及“洪水混沌”的理念。在满族说部神话、史诗中，水是宇宙和万物之源，包括三女神在内的一切万物和神灵都从水中诞生；洪灾，并不像希伯来神话中所写的是上帝用来惩罚人类的灾难，而是被视为一种自然的劫数，每隔一段时间就会有洪水淹没大地，是一种无法抗拒的自然现象，而洪灾后的重建就是上一劫中的神灵重生与重建天地的过程。满族先民们为什么会有这样的认识呢？笔者认为，水生神话的产生，或许与《女真神话故事》中所提到的东海龙王侵占陆地的传说有关；“洪水混沌”理念的产生，似乎同东北古代每到雨季常常会暴雨不断的气候特点有关，还同时常发生的“起亮子”——也就是洪水泛滥的现象有关。

第三章“女神世界和女权社会”，阐释满族说部神话、史诗中保存了相当数量的母系氏族社会的文化遗产。满族说部的神话和史诗中，相当数量的神话都是以女神为主，男神几乎毫无地位，如《天宫大战》《恩切布库》《乌布西奔妈妈》等，都是如此。神话的世界往往是现实世界的折射与投影。中原早在夏商周时期就已经进入父系氏族时期，直到明代中后期，生活在东北偏远地区的东海女真人仍然处于母系氏族社会向父系氏族社会过渡的年代。因而，满族说部作品中相当一部分英雄传奇和传记文学中存在大量母系氏族社会的描写，如《东海窝集传》《东海沉冤录》等，都非常详尽地描述了还处于母系氏族社会的东海女真人的生产生活的方方面面。《东海窝集传》更反映了由母系氏族社会向父系氏族社会过渡的艰难历程。

第四章“生命的繁衍与智慧的增长”，阐释满族说部神话、史诗中的“树神”“石神”崇拜：在满族先民的传统观念中，树神是非常受重视的，尤其是佛托妈妈（柳树神），在满族神话中地位极高，一度被封为阿布卡赫赫，成为掌管人类的最高统治者。柳树神是通天通地的天桥，佛托妈妈更是被视为女性的象征、婚姻的见证，更是满族先民心目中的始祖母和人类的乳母。在民间，佛托妈妈被当成“月下老人”“送子观音”一样崇拜，祭祀也非常普遍。此外，榆树和白桦树也很受重视，榆树是长寿之树、吉祥之树，桦树则是阿布凯恩都里的三女儿白云格格所化。还有的神话将山梨木视为造人的原料，把天上的智慧树枝视为人类智慧的源泉。树神在满族神话中何以会有这样的地位呢？笔者认为，东北冬季寒冷，在没有掌握用火技术和建造房屋的技巧之前，最早的满族先民是如同熊和蛇一样在树洞中过冬的。树，尤其是千年的大树，常常是他们在冬季最好的房屋和藏身之地，像是母亲一样给予他们温暖与保护。尤其是在“女真神话故事”系列中，很多神话故事都描写了东北地广人稀且女多男少的时代，很多男人都被藏在树洞中，树洞对他们而言，更是两性结合的浪漫象征。

石神在满族先民心目中是生命与火的源泉，连阿布卡赫赫要想战胜耶鲁里，都必须要“吃石补身”；同时石神又是男性生殖器和男性的象征，始祖父乌申阔玛发死后就是与山石融为一体的；最后，石神还是工艺与技术的象征，作为工艺与技术之神的西林安班玛发正是一尊石雕萨满。满族先民何以会有这种石神崇拜呢？笔者认为，石中有火，这与满族先民击打石块取火的方式有关；石神作为男性生殖器与男人的象征，则同神秘的“吃石蕊壮阳”的传说有关；石神成为工艺与技术之神，则同东北古代没有铁器，很多武器与工具都是石制工具，因而东北的石匠众多，且石制工艺都非常精美有关。

第五章“光的渴望与热的追求”，阐释满族说部神话、史诗中的火神、星神、日月神、托里神崇拜。东北地区冬季寒冷异常，因而光明与热量一直是满族先民向往与追求的对象。与光与热相关的火神、星神、日月神、托里神的神话就非常多。首先，火对生活在寒冷地区的满族先民来说非常重要，关系到人们的生死存亡。然而人类掌握用火技术的过程却是曲折而漫长的，其中充满了各种各样的血泪回忆，因而在满族说部神话、史诗中，描写火神的神话非常多，几乎各种类型的火在其神话中都有反映，如石中之火、旱闪之火、火山之火、雷电之火、太阳之火等，既有盗火的故事，也有防火御火的故事……那代表石中之火的多喀霍女神、代表陨石之火的突姆火神、代表雷电之火的拖亚拉哈大神、代表火山之火的恩切布库女神、取太阳之火的古尔苔神女、盗取天火的托阿恩都里等都有非常感人的神话故事，火神之多，火神故事之优美生动，令人叹为观止。

其次，满族先民很早就懂得了夜观天象，把天文学知识用于计时、定位，这些天文知识，不仅给满族先民的生活带来颇多便利，也给他们的神话插上了想象的翅膀。神秘的夜空高渺无垠，引起他们无限的遐思，这些星星是怎样形成的？为什么会变成这样的形状？人死后，会到星星上去生活吗？于是就有了许多关于星的神话，就有了星神崇拜和星祭的祭典。在最早的“天宫大战”系列神话中，星神由阿布卡赫赫的眼睛化成，在卧勒多赫赫的布星袋里藏身，或由突姆火神变化而成……在与恶神耶鲁里的斗争中，各大星神们为保护阿布卡赫赫英勇无畏，献出了自己的光与热；计时定位的星神塔其妈妈、鼠星、鹰星，各司其职，默默地发挥了计时、定位的功能，为满族先民的生活带来诸多便利；在《乌布西奔妈妈》中星神塔其乌离化身萨满乌布西奔济世救人。后来，星座又成了满族先民为萨满神和英雄神的死后灵魂所安排的最理想的归宿，让他们死后的灵魂得到安息，也让善恶有报的思想观念悄然渗入人们的观念之中。北极星星主乌苏里罕、北斗七星星主纳丹威虎里、启明星星主德凤阿等星主神话故事，都生动感人，极富文学色彩，而且充满道德感和哲理思辨的意味。

再次，天上的日月给人类带来温暖和光明，自古以来，就被各个国家、各个民族的神话所推崇。满族神话中的日月神话也很多，且写得精彩纷呈，如诗如画：《天宫大战》中阿布卡赫赫的眼睛化生日月，日月旁边还有身披光衫、威力无比的护眼女神——者古鲁女神；神奇的太阳河水疗愈过受伤昏迷的阿布卡赫赫，阿布卡赫赫派鹰母神哺育了世界上第一个萨满女神；《乌布西奔妈妈》中，太阳河边的九彩神鸟昆哲勒化作“火燕”，融成万里东海；东海德里给奥姆妈妈座下迎日神和托日神，日日勤劳不懈，托起金色的太阳；乌布西奔妈妈为了寻找神奇的“天落宝石”和美丽神秘的“太阳之宫”而不远万里五次远征海上，最后死于大海……此外，满族说部神话、史诗中还有萨满带着族人不远万里“找月亮”的神话，三音贝子用五彩天绳套上六个太阳的独特的“套日”神话，也格外精彩动人。

最后是有关“托里”[①]的神话,“托里”就是满族的铜镜。铜镜不但可以照影，还可以反射和凝聚太阳光，产生一定的热量，这些功能对于原始先民来说，非常神秘，引人遐思。因而铜镜在满族先民心目中非常重要，它变幻无穷，威力巨大，是萨满不可缺少的神器。从功能上分，满族说部神话、史诗中的托里有三种，一是火焰托里，阿布凯恩都里用它做成了天上的日、月、星辰，还能融化“雪妖”，驱逐“冷魔”，威力无比；二是照妖镜，一切妖魔在照妖镜中都会无所遁形，不但原形毕露，而且魔力尽失，束手就擒；三是满族说部神话中还有一种“合欢镜”，它有指导人们男欢女爱之功能，与《红楼梦》中的“风月宝鉴”有些相似，笔者认为这种“合欢镜”很可能是“风月宝鉴”的原型。

第六章“不可缺少的助手和伙伴”，阐释了满族说部神话、史诗中对动物神的描绘。满族说部中保存了大量渔猎文明时期的文化，是展示人类渔猎文明的活化石。渔猎文化最突出的特征是对于动物的依赖与崇拜。满族先民们对于动物的依赖几乎达到无以复加的程度，他们不仅食其肉、穿其皮，用动物制成各种生活用品，而且把动物当成交通工具和最主要的战争武器。在长期与动物打交道的渔猎文化影响下，在满族人的观念中产生了对动物的非常微妙的复杂的情感，一方面他们以残忍猎取动物为天经地义的事，心安理得地食其肉、穿其皮，视渔猎能手为英雄；另一方面又崇拜动物神，向动物学习各种技能，对能为其所驯养的动物产生了非常浓厚的感情，甚至视其为自己的亲人和伙伴。在满族说部神话、史诗中，各种动物神比比皆是。在保护阿布卡赫赫同恶神耶鲁里的斗争中，动物们发挥了不可或缺的重要作用。阿布卡赫赫、阿布凯恩都里、佛托妈妈等主神的身边，一定少不了作为其徒弟的动物神的身影。甚至《天宫大战》中阿布卡赫赫最终战胜耶鲁里，正是因

①“托里”：满语，铜镜之意。因是满语音译，不同作品所译不同，有的作品中写作托力、托户离、托利等。

为有一件集各种动物神魂魄为一身的护腰战裙。

本书第六章中对满族说部神话、史诗中鹰神、喜鹊神、刺猬神等一系列动物神加以研究，为读者展示了一个各种动物神组成的别样的世界。首先，在满族说部神话、史诗中，鹰神的地位在动物神中可谓首屈一指，不可动摇。鹰是萨满的“乳母”，用太阳河水哺育了世上第一个女萨满；鹰与洪水后所剩的唯一一个女人相配，生下了人类的始祖；同时，鹰还是满族的保护神，被叫成“四方神”“大力神”“大白鹰神”，每当遇到各种难事的时候，如天灾、妖魔或是寻人等，萨满们第一个会想到的就是延请鹰神来为其解决问题……

其次，喜鹊自古以来就是满族先民非常喜爱并敬重的神。在《天宫大战》中她是阿布卡赫赫的大侍女，通天通地的喜鹊神，用她的叫声赶跑耶鲁里；后来她又受命召请深藏地下的恩切布库女神重回人间，做人间的萨满。喜鹊神曾襄助火神托阿盗火，助三音贝子套日，在阿骨打降世时保护他不被敌兵发现，可谓功劳不小；她还被视为动物中最有智慧的，能预卜吉凶，传递信息，化身为沙克沙恩都里，为部落送来吉祥……喜鹊不只是智慧、吉祥的象征，更是满族先民的亲人，是满族先民死后的亲人化生的，喜鹊是九天女被洪水淹死的儿女为报恩所化，还是阿骨打家族最忠实的仆人死后所化，更是勇敢刚毅的英雄完达死不瞑目的眼睛所化；最后，作为喜神，喜鹊神不只是婚礼和祭典上的常客，满族先民奉祀的对象，更是男女青年相爱的媒介，喜鹊的羽毛还是男女求爱时表忠诚的信物。……小小的喜鹊承载着多少感人的故事，也凝结着多少满族先民的感恩之情和深情厚爱！

再次，在满族说部神话、史诗中有三个动物神与日神有关：刺猬神、蛇神和鼠神。刺猬神被视为阿布卡赫赫的护眼女神，她身上的刺带有日神的光芒，常常用光针去刺耶鲁里的眼睛，帮阿布卡赫赫赶走耶鲁里；蛇神被视为太阳的光神化身，是从天上掉下来的，满族先民对蛇十分崇拜，不但海祭时要祭祀蛇神，而且平常见到蛇不仅不能杀死吃肉，还要跪拜；第三个是鼠神，它是阿布卡赫赫搓落身上的泥所化成的“三耳六眼的灵兽”，是永世迎日之神祇，在黎明前负责看管耶鲁里，使他不能偷偷到天宫捣乱。

作为猛兽的虎神、熊神、豹神，也是满族先民崇拜的对象，虎神是满族先民心目中的“大力神”和“山神爷”，更是阿布卡赫赫身边的坐骑，是照妖神、清宇神、安世神、开路神，廓清了寰宇，荡涤了尘埃。在满族神话故事中，部落祭祀或是遇到妖魔鬼怪时，萨满往往会请来神灵助阵，而作为兽类之王，虎神是萨满最喜欢请来帮忙的动物神之一，更有两个专门描写虎神的神话《虎家坟》《虎大哥》，其中描写的虎是非常通人性的，懂得孝敬娘亲，知恩图报，一旦与人建立了友好的关系，就会一心一意对人好。因而满族先民视其如神，非常敬重虎。他们敬重虎到什么程度呢？在《“山神爷”的传说》中描写满族人尊老虎为“山神爷”，打猎遇到它，就要按照见神的规矩，每个人都把帽子摘下来，恭敬地扔过去，如果谁的帽子被虎叼走了，就要跟着老虎走，任老虎享用，决不反抗。

在满族神话中，男人的生殖器是从熊身上借来的，熊在满族先民心目中是力量的象征。满族先民一方面很讨厌熊，但另一方面又是崇拜熊的，因为他们相信喝熊血、吃熊肉能增大力气，如果学会驯熊的技能用在战争中，就可以在关键时候发挥重要的作用，所以他们一方面杀熊吃熊肉、穿熊皮，另一方面又跪拜熊、祭祀熊，以熊为图腾，甚至在萨满神帽上也装饰上熊的图案。

满族先民不同的部落往往会祭祀不同的神，除了虎神、熊神以外，还有部落将豹视为保护神。在神话《阿达格恩都里（金钱豹神）》中，金钱豹神阿达格最大的法宝是其神奇的豹皮与豹皮上的黑色环斑：豹皮可以围在身上挡住毒气，还可以化作百丈的围墙，把敌人围住；豹皮上的黑色环斑则有进攻的功能，可以化作飞刀杀向怪蟒；也可以化作清泉，洒到三妖身上，立刻把三妖化为脓水；还可以变成土龙，把魔王手下的九路妖兵头目压在下面……这一金钱豹神因制伏了六十三处群妖，救过不少部落百姓，成为很多部落共同祭祀的神，具有很高的地位。

鹿、马、犬都是满族先民重要的出行工具，满族先民骑着东北特有的“果下马”或是马鹿穿山越岭，如履平地。冬天更有狗拉雪橇疾驰如风，大大地方便了他们的生活。所以他们视鹿、马、犬如亲人一般，是其生活中不可缺少的伙伴和帮手。在他们的神话中，鹿、马、犬的地位也很高：“九天神鹿”是卧勒多赫赫的坐骑，抓罗格格的神奇鹿角是战胜敌人的法宝。他们把太阳想象成一匹疾驰的天马，称太阳为“舜莫林”（日马），因而还有了三音贝子套日的神话。马神“莫林格格”还是阿布卡赫赫赐予奥克敦妈妈的礼物，襄助奥克敦妈妈为部落做了无数好事。犬神曾化身为小黄狗为兴凯送来可以听懂兽语和降伏百兽的哨筒，并多次救主，使得满族先民崇敬犬神，祭祀犬神，视犬如圣。

在满族说部神话、史诗中，天上的白云就是一只只的天羊，而牧天羊的神女就是美丽的完颜依兰姑娘，而《天宫大战》中的奥朵西、满族神话中的“白云格格”，似乎都是这牧羊女不同版本的化身；还有一只天羊下凡到人间，成为某一部落的祖先神，被称为“倪玛查恩都里”。北狐在《女真神话故事》中是阿布凯恩都里与狐狸星女的私生子，所以其子孙身上都有灵感镜，可以与其祖先阿布凯恩都里和狐狸星女互通信息，因而北狐被阿布凯恩都里封为狐仙，协助萨满神降妖除魔，立了不少功。因此满族先民都喜欢在屋后建庙，供奉北狐仙，称其为保家狐仙。貂神曾化身貂祖母，向九仙女献宝。而貂姑娘艾胡，为了报恩，每到严寒冬季遇到有过不了冬的穷人家，她就会送去一件件黑皮小袄。时间一长，人们就把艾胡姑娘视为貂神，于是张广才岭上的巴拉人，家家都供奉着艾胡妈妈。

最后，必须说明的是，满族说部中的许多人名、神名都是满语的音译，不同的书中，甚至同一本书的不同作品中对于同一人名和神名的译音都有可能不同，如阿布卡赫赫，有的作品中译作阿布凯赫赫；佛托妈妈，有的译成佛赫妈妈，有的译成佛陀妈妈；恶神耶鲁里也是一样，有的译成耶路里，有的译成耶路哩等等，不一一列举。虽然本书中想要尽力统一神名，但在引文时为了尊重原文，有时难免有不能统一的时候，希望读者只取其音似，知道这是同一人名的不同音译就好。

目　　录

第一章 满族说部神话、史诗中的三大神话系列

由于满族先民长期过着渔猎生活，每个氏族都各自占据一块领地，形成各自独立又彼此有所关联的群体。地域不同，他们供奉的神祇和祭祀的对象也不尽相同，其神话及祭祀的神词也不尽相同。这就造成了满族说部中的神话非常丰富多彩，往往存在不同地域和不同氏族中不同版本的神话同时流传的现象。“为了弄清这个问题，傅英仁在宁古塔地区以及附近县市，先后调查三十几个哈拉和近六十位萨满，向他们了解各姓氏祭祀的神以及神的来历和祭祀礼仪，并以萨满的身份看了祭祀神谕。他发现只有十几位古神被各哈拉统一祭祀着，其他的都是各哈拉各有各哈拉的神名，每个哈拉最少十一位，最多二十七位。在他调查掌握的四百零三个神名中，有神话传说的只有一百一十一个，比较完整的神话只有七十二个，有的是萨满口传亲授的，有的是记载在神本子上的”。①

虽然各个氏族的神话各不相同，但地域较为相近的神话由于彼此交流和影响，往往自成一个体系，形成人物谱系互相关联、情节模式大体相似的神话系列。大体上说，满族说部中的神话与史诗，按其流传地域、人物谱系、情节模式上的不同来划分，可以分为三个系列，即“天宫大战”系列、“满族神话”系列、“女真神话故事”系列。

第一节 概 述

一、三个系列神话流传地域及受中原文化影响的对比研究

满族说部三个系列神话中，最重要的要数“天宫大战”神话系列了。“天宫大战”系列中，除了包括最原始的神话《天宫大战》之外，还有《奥克敦妈妈》以及与其密切相关的史诗性作品《恩切布库》《西林安班玛发》《乌布西奔妈

① 傅英仁讲述，荆文礼搜集整理:《满族神话》，吉林人民出版社，2016年8月第1版，第4—5页。

妈》。据富育光先生的《满族萨满创世神话〈天宫大战〉的流传与传承情况》中讲："满族萨满创世神话《天宫大战》故事，是由生活在黑龙江地区的满族，如满洲巴林哈喇、萨克达哈喇、章佳哈喇、瓜尔佳哈喇等姓氏，世代传播，一直讲唱不衰并较完好地保存下来的口传原件。上述这些满族姓氏，清康熙年间多居住在黑龙江北岸，耕牧为生，均系清光绪二十六年（1900）庚子俄难，由'江东六十四屯'逃难过来的。"① 其传承人白蒙古，本名叫白蒙元，满洲正白旗人，一生擅套狍子，又嗜酒，其绰号"白蒙古"是赞其猎技像蒙古猎手。其祖籍为黑龙江以北"江东六十四屯"的桦树林屯。清光绪二十六年（1900）"江东六十四屯惨案"中，白蒙元父母及兄妹惨死，他随爷爷逃过江来，同族父老可怜他们老幼无靠，将他们带到鱼米富庶的四季屯安家落户。白蒙元的爷爷是江东地方著名大萨满，一生擅长讲唱满族古歌，虽然其后来病逝，却给白蒙元留下了珍贵的文化记忆，他从爷爷处习得"窝车库乌勒本"《天宫大战》神歌九大"腓凌"（章节），在他家附近，白蒙元的名字妇孺皆知，受人崇敬。

"天宫大战"系列作品的产生和流传的地域在中国最东北，位于黑龙江以北的现俄罗斯境内，远在远东沿海乌苏里江上游、锡霍特阿林南段，所以受中原文化的影响也是最小的。"天宫大战"系列作品的产生时间最晚的是《乌布西奔妈妈》，诗中提到明朝成化年号，说明故事应该产生在1465—1487年间，书中对汉族人的描写极少，且口气并不友好，文中写道："奇闻出在成化甲辰年②，天雨降泥鳅塞满沟坎。天道紊乱非吉兆，果不然担民涌落东海滩。稀稀落落的刨参尼亚玛③，白衣翩翩的索罗阔尼亚玛④，黑衫裹腿的尼堪尼亚玛⑤，麇集布鲁沙尔讨食谋穿。掘塔旦地包儿⑥像蜂窝点点。虎狼争食嫌山小，蛟龙争水怨江短。乌布林由此无宁日，袅袅炊烟，篝火熊燃，攫食夺地蚁拼不断，锡霍特阿林泛血泪，天怒人怨啼饥号寒。"⑦ 可见，直到明代成化年间，东海女真人与汉族人的关系还颇为疏离，并不像《女真神话故事》中描写的那样对中原王朝有自觉的归属感和认同感。

第二个系列是"满族神话"系列。《满族神话》一书中包括了六十余篇各自独立又互相关联的神话故事，这些故事看似各自独立，但其情节模式大体相似，其中的神话人物又往往可以在其他神话故事中找到相关记载，互相补充，

---

① 富育光讲述，荆文礼整理：《天宫大战　西林安班玛发》，吉林人民出版社，2009年4月第1版，第4页。

② 成化甲辰年：成化为明宪宗朱见深在位年号（1465—1487），成化甲辰年，指明宪宗成化二十年，即1484年。

③ 尼亚玛：满语，人。

④ 索罗阔尼亚玛：满语，指从朝鲜半岛来谋生的李氏王朝的难民。

⑤ 尼堪尼亚玛：满语，指汉人。

⑥ 塔旦地包儿：满语，指简陋的窝棚。

⑦ 鲁连坤讲述，富育光译注整理：《乌布西奔妈妈》，吉林人民出版社，2007年12月第1版。

互相验证，大体上可以形成一个体系。此外，《东海窝集传》《天宫大战　西林安班玛发》中的《附录六则》故事，以及《恰喀拉人的故事　小莫尔根轶闻》《苏木妈妈　创世神话与传说》中的创世神话与传说部分，都与此神话系列中的故事相关，可以视为其神话系列中的作品。《满族神话》的传承人是黑龙江省宁安市著名满族说部传承人傅英仁先生。对傅英仁影响最大的是宁古塔著名的三大萨满，可见这一神话系列的主要传承地为宁古塔及其周边地区，大体位于黑龙江东南部，比"天宫大战"系列的传承地更加靠南，但相比"女真神话故事"系列的传承地双城来说更加靠东，因而其受中原文化的影响也是居中的。

第三个系列是"女真神话故事"系列。《女真神话故事》一书，亦由六七十篇各自独立又相互关联的神话故事组成，这些故事也有着大体相同的流传地域、相互关联的人物谱系，以及大体相似的故事情节。这些故事相互补充，相互印证，也可以形成一个独立完整的体系。此外，《女真谱评》中的前半部分与《女真神话故事》大体重合，情节模式相似，也可以视为这一系列的作品。其传承人马亚川先生的老家名叫"新营子正红旗五屯"，那屯子距离金朝初期阿骨打修建的皇帝寨子"寥晦城"（今称"对面城"）还不到二十华里，因而这一系列的作品中多流传着与阿骨打相关的辽金时期的神话故事。这一系列的作品大体流传于黑龙江省哈尔滨市双城区，地处黑龙江省西南部，位于松嫩平原腹部，松花江南岸，相对"天宫大战"系列与"满族神话"系列来说，最为靠西靠南，也就意味着与中原文化的接触应该是最多的，所以其受中原文化的影响也最多。

在《女真神话故事》中有一则神话，名叫《九天女拜神树》，描写安车骨的神树爷爷一再强调"咱们自古都是中国人"，其作为中原天朝的一分子之赤子之心可见一斑。这一系列作品人物谱系也颇多中原文化色彩，其最高的天神是中原神话中的玉皇大帝和王母娘娘，九天女是王母娘娘的女儿，下凡与函普相配，创建女真部落；阿布凯恩都里[①]则是玉皇大帝与王母娘娘领导下的地方性天神，萨满神则是阿布凯恩都里派下凡间来为族众服务的更下一级的天神。显然它是把萨满神作为地方性神直接纳入中原神话的体系之内。其情节模式也有些中原神怪小说的影子。

二、三个系列神话风格特色的对比研究

（一）"天宫大战"系列作品风格特色

"天宫大战"系列作品的主要人物谱系为以"三女神"（"三女神"指天神

① 阿布凯恩都里：有的音译为阿布卡恩都里、阿布凯恩都哩等。本书为行文方便，都统一为阿布凯恩都里。

阿布卡赫赫[①]、地神巴那姆赫赫、光明之神卧勒多赫赫）为代表的一系列女神，这些女神大多是从“三女神”身上裂生出来的，并且多为“三女神”的侍女。这些神多为动植物神，或是星辰、石雕、火山等自然神，女权主义色彩鲜明，善神基本都是女神，少有男性神，且与男性有关的神多为恶神。神话中的社会形态往往是现实中的社会形态变形后的折射，“天宫大战”系列神话的人物关系显然是东海女真社会的另一种形式的翻版，从《东海窝集传》《东海沉冤录》等作品中，我们知道东海女真人直到明代中后期，仍然是女权社会，而且这种女权社会中以女王为主，其助手则主要是充当她的侍女，同《天宫大战》等神话中所描述的女神社会颇为神似。这一神话系列人物谱系中东海女神德里给奥姆妈妈具有崇高的地位，是继三女神之后最重要的神祇，这显然与其产生与传承地多为东海沿岸地区有关。

《天宫大战》的情节模式除《天宫大战》前半部分创世与造人神话外，多为以阿布卡赫赫为首的善神与恶神耶鲁里[②]之间的斗争故事。耶鲁里是自然界强大而无法抗拒的自然力的象征，这种善恶斗争的模式反映了原始人类与自然之间的残酷而激烈的矛盾与抗争。而“天宫大战”系列作品的其他作品则是描写与《天宫大战》相关的女神世界的女神下凡为萨满，为族众呕心沥血，为族众谋福利，并领导族众战胜各种天灾和战争，不断发展壮大的故事。

这些作品的精神内涵都非常相像。在“天宫大战”系列作品中，女性为主的善神们都如阿布卡赫赫一般，心慈性烈，富于自我牺牲精神，像慈母般保护着天宇和天宇中的众生，多有为了保护阿布卡赫赫不惜牺牲自己生命的女神，读来令人感动。那为救阿布卡赫赫而变成没有光热的小石头的突姆火神；那为了给阿布卡赫赫赢得时间而大胆在耶鲁里面前唱歌跳舞，最后被耶鲁里一掌拍得粉身碎骨的霍洛浑、霍洛昆二女神；那为了偷运神火给人间而将火吞入口中，最后被神火烧成虎目、虎耳、豹头、豹须、獾身、鹰爪、猞猁尾的怪兽拖亚拉哈大神；那为了打败耶鲁里，不顾疼痛，把自己的眼睛抛向天空的恩切布库……这些为了天地安全、人类利益而牺牲的英雄女神形象，都寄托了满族先民对理想的领袖与英雄的歌颂与向往。这些女神有着高尚的情操与美丽的心灵，有着为了氏族利益不惜牺牲自己一切的自我牺牲精神，是满族先民不畏强暴、自强不息、勇于牺牲的集体主义精神的写照。

从某种意义上来说，“天宫大战”系列作品的萨满女神，不像是高高在上的神灵，而更像是与族众同甘共苦，为族众分忧解难，像看护孩子一样照顾

① 阿布卡赫赫：有的音译为阿布凯赫赫等，本书为行文方便，都统一为阿布卡赫赫。

② 耶鲁里：有的音译为耶路哩、耶路里、耶鲁哩等，本书为行文方便，都统一为耶鲁里。

和指导着族众的慈母。《乌布西奔妈妈》中描写了乌布西奔救治一个难产妇女的情景："乌布西奔突然从地上跳起，扔掉神鼓，从大水槽中抓起两条红花毒海蛇，大口大口地吞嚼，毒液顺嘴流淌，昏迷中将毒液对口填入病妇的嘴中。乌布西奔又从大木槽中取出两个黄翅飞鳞鱼，大口大口嚼，毒液使她的双眼像冒着血丝。……口用毒液，舔洗着病人鼓胀的腹肤、肚脐和流淌着恶水的阴户，不停地用抖栗的双手揉抚病妇的腰背，边口唱着'阿奔阿达里、阿奔阿达里'边揉按着呻吟的病人……"乌布西奔为救治难产的族人而勇吞毒药，"口用毒液，舔洗着病人鼓胀的腹肤、肚脐和流淌着恶水的阴户"，不嫌病人脏，甚至完全不顾自己的安危，等到孩子安然降生，"乌布西奔却昏厥在（流满）血水的地上，人事不省"，显示出萨满英雄在族众，特别是危难的族众面前，没有一点儿作为领袖的架子，不是高高在上，而是与族众心贴心，为族众的利益不惜牺牲自己，这样的精神在如今的社会中仍然是值得提倡的。

"天宫大战"系列神话的创作风格偏于浪漫主义风格，感情奔放浓烈，多抒情与感恩色彩，行文流畅生动，喜用夸张与华丽的辞藻，多用排比或拟人句，使得这一系列作品读起来如行云流水，气势盛大，感情充沛，极具感染力。如《天宫大战》开头有这样一段：

> 从萨哈连下游的东方，走来骑九叉神鹿的博额德音姆萨满——天上彩霞闪光的时候，萨哈连水跳着浪花的时候，天上刮下来金翅鲤鱼，树窟里爬出来四腿的银蛇。不知是几辈奶奶管家的年头，从萨哈连下游的东头，走来了骑着九叉神鹿的博额德音姆萨满，百余岁了，还红颜满面，白发满头，还年富力强。是神鹰给她的精力，是鱼神给她的水性，是阿布卡赫赫给她的神寿，是百鸟给她的歌喉，是百兽给她的坐骑。百枝除邪，百事通神，百难卜知，恰拉器传谕着神示。厚爱情深啊，犹如东方的太阳神光，照彻大地……①

（二）"满族神话"系列作品风格特色

"满族神话"系列作品大体上可以分为两部分，第一部分包括《天宫大战　西林安班玛发·附录六则》中的六篇作品，以及《满族神话·创世神话》中的某些作品，描写了从女神阿布卡赫赫在洪灾过后重建天地、统治天界到男神阿布凯恩都里取代阿布卡赫赫，争得领导权的演变过程。第二部分则包括《满族神话》的其他作品，描写了阿布凯恩都里取得了天界领导权之后的故事。第

① 富育光讲述，荆文礼整理：《天宫大战　西林安班玛发》，吉林人民出版社，2009年4月第1版，第5页。

一部分的情节模式除前期的创世造人与洪水后重生，再造天地的神话以外，主要描述了阿布凯恩都里如何夺得天界领导权的过程。第二部分神话除了早期描写阿布凯恩都里及其弟子的主要功绩之外，情节模式则主要为两种：一是天上的天神下到人间成为萨满或部落首领为部落造福；二是地上的萨满、部落首领、英雄人物殚精竭虑为族众造福，死后魂归长白山或成为天上的星主。其神话人物谱系大体由"老三星"及其徒弟、徒孙们组成，前期神话中"老三星"的大弟子阿布卡赫赫及其十大弟子为最主要的天神，后期经过神魔大战后，阿布卡赫赫退居上层天，"老三星"的二弟子阿布凯恩都里取代阿布卡赫赫成为主神，阿布凯恩都里的弟子们：堂白太罗、长白山神即超哈斋爷成为主要的天神。

"满族神话"系列作品中长白山神的地位颇高，长白山神是阿布凯恩都里之下最主要的天神，很多神话人物与人间英雄都与长白山神有千丝万缕的联系，且长白山还是满族先民的祖先和英雄人物的魂归之所。这显然与这部分作品的产生地和传承地在长白山附近有关。

"满族神话"系列作品的精神文化内涵与"天宫大战"系列的最大不同是不再具有明显的女权主义思想倾向，其人物谱系中虽然还保留了一些女神的地位，但很明显以男神为主了，因而很可能是男性掌权后重新改造过的神话。这一系列神话的创作风格也与"天宫大战"系列不同，偏于现实主义，文字朴拙，很少用排比、拟人等修辞方法，感情色彩也远不如"天宫大战"系列作品浓烈。

"满族神话"系列作品的主要文化精神与"天宫大战"系列一脉相承，同样都是提倡为部族、为人类献身的集体主义精神，很多部族英雄和萨满神们为了族众呕心沥血，不惜牺牲自己的一切，其精神可歌可泣、十分感人。如《鄂多哩玛发》中的主人公，是郭合尔哈拉[①]的第一代穆昆达[②]。他费了九牛二虎的力气，历经千辛万苦，受尽各种磨难，才带领全族人从西北很远的地方迁徙到宁古塔。在迁徙的路上，鄂多哩为了战胜火龙，披上翎毛衣与火龙搏斗并杀死了火龙，却也因此失去了双脚；又为了驮族众渡江，披上黑鸭皮跳入江中，立刻变成像小牛那么大的黑老鸭，忍住刺骨的寒冷，一次一次地驮族众过江，最后操劳过度，昏迷不醒；最后，又为了突破坚硬的石头墙，将大雁妈妈的翎毛衣领子套在脖子上，立刻长出像钢铁一样又长又尖的利嘴，凿开铁壁，让族众逃出魔王的领地，而他却从此变成半是大雁半是人的丑陋形象了。终于在第六年的开春，他带领族众来到呼尔哈地方，这里青山绿水，气候温和，族众过上了好日子，可是穆昆达却因为长得人不像人，鸟不像鸟，再也不愿

① 哈拉：满语，指姓氏。
② 穆昆达：满语，族长之意。

意在部落里露面。他天天在林子里游荡，后来被阿布凯恩都里召到长白山去了，成为郭合尔哈拉供奉的第一代祖先神，也称穆昆神。这一神话故事既描写了族人在迁徙途中所遇到的难以想象的艰难险阻，也热情讴歌了作为族长的鄂多哩玛发为了族众利益不惜牺牲自己一切的集体主义精神。

再如《双石岭》的故事情节也十分感人。故事发生地双石岭，那里到处都是山山石石，沟沟川川，人们都不会种地，光靠打猎为生，也没有房子，住在小撮罗子[①]里，生活很苦。还时常闹瘟病，一窝子一窝子闹，一窝子一窝子死，人们管这叫窝子病。部落里有个姑娘，别人得病，她不得。这姑娘叫伊尔哈[②]。伊尔哈有个情投意合的小阿哥，他们一起尝药，希望能找到治族人病的药。小阿哥因尝毒草而死。伊尔哈在喜鹊的引导下，突破种种艰难险阻，终于找到佛陀莫赫妈妈[③]，佛陀莫赫妈妈答应帮她救部落里的人，但又对伊尔哈说："可有一样啊，你给别人治好了病，你自己就会变成废人了，你能不能做到呢？"伊尔哈寻思来寻思去，最后说："我能！我一定能！"佛陀莫赫妈妈又说："好吧，你喝下我这杯酒，回去之后，你用你的血来给大家治病。治好一百个人，你变一个样子，治好一百个人，你变一个样子，最后，恐怕你就……"治好了一百个人的时候，伊尔哈的左腿不能动弹了。大家都劝她："伊尔哈呀，你别再给人治病了！"别人也不找她了。伊尔哈不听，还是用自己的血给人治病。治好了二百人的时候，伊尔哈的右腿不能动弹了。伊尔哈爬着给人治病。治好了三百人的时候，伊尔哈的两只眼睛看不见了。治好了四百人的时候，伊尔哈的两只耳朵听不见了。治好了五百人的时候，伊尔哈不怎么会说话了。治好了六百人的时候，伊尔哈几乎无法动弹了。这时候，她想方设法告诉部落里的人们："我活不了了，你们把我的血都拿出来吧！拿出来，用我的三盅血倒在小阿哥的坟上，剩下的那些血，你们都留下治病吧！"说完，她自己用宝剑把自己的膛开开了……就这样，伊尔哈离开了人世。部落里的人们，个个跪在伊尔哈身边号啕大哭。就是老头儿、老太太也都跪着不起来。部落的人们把三音伊尔哈埋在小阿哥的坟边上，又往小阿哥坟上倒了三盅血酒。说也怪，这两个坟，第二天就变成了两座石头山。人们给这两座山起名叫双石岭。到现在人们一提起双石岭，没有一个不想念三音伊尔哈和小阿哥的。到每年打春的时候，家家总想着在门框上抹点儿猪血、抹点儿鸡血来纪念三音伊尔哈。

① 撮罗子：窝棚。

② 伊尔哈：满语，花的意思。

③ 佛陀莫赫妈妈：应指佛托妈妈，佛托妈妈在不同故事中因音译不同，其名字往往有不同的写法，本书为行文方便，多统一为佛托妈妈。

（三）“女真神话故事”系列

三个系列神话中，“女真神话故事”系列作品受中原文化影响最大。其最高的天神是中原神话中的玉皇大帝和王母娘娘，这显然与满族先民中的南部一部分肃慎人很早就与中原取得联系，并认同其自身民族是中华民族的一部分有关。阿布凯恩都里则是玉皇大帝领导下的地方性天神，萨满神则是阿布凯恩都里派下凡间来为族众服务的天神。值得注意的是萨满神所打败的诸多妖魔的名称与中原地区流传的《山海经》中的妖魔不但名称相同，而且外形也高度相似。到底是神话创作者受中原文化影响引用《山海经》中的形象来创作神话，还是《山海经》中的形象是受东北地区的妖魔形象影响创作出来的，笔者认为值得深入研究。

“女真神话故事”系列作品的情节模式除一部分故事描写九天女下凡到人间，与函普成婚，建立女真部落，以及女真部落发展壮大过程之外，其余故事大多是以古代东北地区女多男少，阴盛阳衰，妖魔横行，盛行抢男之风，男子东藏西躲，害怕被捉后被折磨得虚弱而亡为历史背景，情节模式大体为：阿布凯恩都里受玉帝之命，派女萨满神下界，帮助族众降妖除魔，并建立留子与群女婚配的氏族群，传播生育技巧，繁衍后代，渐渐改变了女多男少的局面。“天宫大战”系列和“满族神话”系列作品中很少有对性爱的描写，但《女真神话故事》中对原始的性爱描写较多，而且很多妖魔被萨满神消灭的情节大体相似，都是萨满神变成美女，以美色诱惑妖魔，并借机斩断其阳物，从而使妖魔毁灭。

这一系列的神话创作风格和文化精神内涵与前两类神话迥然不同。其情节诡谲神奇，神异色彩浓厚，有点儿像中原古代的传奇小说。其文化精神也没有如前两类神话中那样富有集体主义精神和自我牺牲精神，其传奇性远胜于对文化精神的抒写。

虽然如此，这一类神话故事中还是保留了不少东北辽金以前的很多民俗民情资料，为我们研究其他两类神话以及满族神话的深层象征意蕴提供了原始材料。特别是其树中藏人、石蕊壮阳、女多男少、东海侵占陆地等情节，都为研究满族先民的树神崇拜、石神崇拜、女权主义思想、水生创世及洪水神话提供了非常有价值的原始材料。

最后，必须补充的是，满族说部中的不同地域所传承的三个系列神话作品，地域风格不同，情节模式不同，人物谱系也不尽相同，但由于都是生活于东北地区的满族先民所创造的，彼此间互相影响，这三个系列神话还是有很多相通之处的。特别是“天宫大战”系列神话与“满族神话”系列中都有水生创世的神话，都有对树神、石神、星神、火神等自然神的崇拜描写，许多对动物神的崇拜描写，其对刺猬神、喜鹊神、鹰神的崇拜也都是相通的，文化精神也都大体类似，因而笔者在下面的各大章节中并未将这三个系列的神话分开论述。

第二节　“天宫大战”系列作品研究

一、《天宫大战》的人物谱系研究

《天宫大战》是创世神话，其最早也是最高等级的三女神正是伴随着宇宙的诞生而自然而然诞生的。《天宫大战》中描写世上最古最古的时候，天地间是不分天、不分地的水泡泡，“天像水，水像天、天水相连，像水一样流溢不定”，后来，水泡渐渐长，水泡渐渐多，水泡里生出阿布卡赫赫[①]。阿布卡赫赫下身又裂生出巴那姆赫赫。这样清光成天，浊雾成地，才有了天地姊妹尊神。“清清为气，白光为亮，气浮于天，光游于光，气静光燥，气止光行，气光相搏，气光骤离，气不束光，于是阿布卡赫赫上身裂生出卧勒多赫赫，好动不止，周行天地，司掌明亮。”[②] 阿布卡赫赫、地神巴那姆赫赫、光明之神卧勒多赫赫，这三个女神虽说是神，却更像自然的化身，代表着天、地、光明三个最原初的自然物。

三女神“同身同根，同现同显，同存同在，同生同孕”，一切万物都是由三女神裂生出来的，文中写道：“阿布卡气生云雷，巴那姆肤生谷泉，卧勒多用阿布卡赫赫眼睛分别生顺（太阳）、毕牙（月亮）、那丹那拉呼（小七星）。三神永生永育，育有大千。”[③] 其他的许多神也大都是这三女神裂生出来的，如敖钦女神是阿布卡赫赫从身上揪块肉做成的，西斯林（风神）是卧勒多赫赫的两只大脚变成的，花神伊尔哈是阿布卡赫赫身上的香肉变成的，兴克里女神（鼠神）是阿布卡赫赫身上搓落的泥生出的，德登女神是阿布卡赫赫的一只脚，其其旦（火神，后又被称为拖亚拉哈大神）则是阿布凯恩都里额上突生的红瘤化成的美女神……这展示了满族先民朴素自然的宇宙观，认为天地万物都是生于自然，长于自然，连神也是从自然中自然孕育而生的。

《天宫大战》中故事的形成并不是一蹴而就的，是在不同历史时期逐渐形成的不同神话故事的集合，因而《天宫大战》中的神谱、神系也是随时间不

① 阿布卡赫赫：阿布卡是满语天的意思，赫赫指女人，阿布卡赫赫有天母之意。

② 富育光讲述，荆文礼整理:《天宫大战　西林安班玛发》，吉林人民出版社，2009年4月第1版，第10—11页。

③富育光讲述，荆文礼整理:《天宫大战　西林安班玛发》,吉林人民出版社,2009年4月第1版,第9—11页。

断分裂变化的，大体上分三个时期，第一时期从“壹腓凌”[1]到“叁腓凌”，是开天辟地和造人阶段，这一时期只有阿布卡赫赫、巴那姆赫赫、卧勒多赫赫这三个分别代表天、地、光明的女神，以及为了造男人而裂生出来的敖钦女神。这时混沌初开，还没有善恶的斗争，虽然已经造出了男人，但只有女神而无男神，显示出母系氏族社会的只知其母不知其父的特点。

第二个时期是从“肆腓凌”到“捌腓凌”。除“肆腓凌”专门介绍恶神耶鲁里的诞生外，其他几节都是以阿布卡赫赫为首的三百女神同以耶鲁里为首的恶神争夺天界领导权的斗争故事。这一时期裂生出了诸多自然物神：如西斯林女神（风神）、多喀霍女神（石神，光明和火的化身）、塔其妈妈（星神）、其其旦（火神，后又被称为拖亚拉哈大神）、那丹女神（北斗七星之神）等，也产生了诸多动物神，如昆哲勒（九彩神鸟）、伊尔哈女神（花神）、西离妈妈（鱼母神）、兴克里女神（鼠神）、者固鲁女神（刺猬神）等。还有一些带有社会分工性质和抽象意义的神祇，如德登女神（意为高大，负责为阿布卡赫赫探察动静）、福特锦力神（四头六臂八足的大力神）。《天宫大战》这一时期的神，除恶神耶鲁里等极少数恶神外，多数都是善神形象，大体上分为三类。一是自然物女神，二是动植物女神，三是具有分工性质和抽象意义的女神。分别代表了满族先民对自然物的崇拜，对动植物的崇拜，以及崇尚力与美的理念。

这时的女神大部分都是居于“九叉神树”上的，已经分门别类，秩序井然。书中写道：“……天树通天桥，通天桥路分九股，九天九股住着宇宙神，都是耶鲁里从地上赶上来的，九股分住着三十位妈妈神：一九雷雪三十位（一九中的云母神，变成永世计时星），二九溪涧三十位，三九鱼鳖三十位，四九天鸟长翼神，五九地鸟短翼神，六九水鸟肥脚神，七九蛇猬迫日神，八九百兽金洞神，九九柳芍银花神。”[2]

第三个时期是“玖腓凌”，包括阿布卡赫赫打败耶鲁里，以及他后来建立天界和人间的秩序的过程。这一时期恶魔耶鲁里已经被以阿布卡赫赫为首的善神打败，变成了一个只会夜间怪号的九头恶鸟。神话的视角开始关注人类的发展，阿布卡赫赫派神鹰哺育了一个女婴，使其成为世上第一个女萨满。此后又产生了五个方向神（西方洼勒格女神、东方德立格女神、北方阿玛勒格女神、南方朱勒格女神、中位都伦巴女神），显示出人类已经有了辨别方向的能力。再往后，水神、河湖沼海之神产生。随着洪水退去，重生后的人类“穴居地下，筑室洞

① 腓凌：系满语，即回或次序之意。

② 富育光讲述，荆文礼整理：《天宫大战　西林安班玛发》，吉林人民出版社，2009 年 4 月第 1 版，第 57 页。

窟”。这些标志着此时的神话体系已从女神统治时期向男神统治时期转化，并产生了具有明确分工性质的神仙谱系，书中写道，阿布凯恩都里送给人间瞒尼神九十二位：“雅格哈女神：擅视百草。战神、箭神、石神、痘神、瘸神、头疼神、噬血神、大力神、狩猎神、穴居神、飞涧神、舟筏神、育婴神、产孕神、媾交神、断事神、卜算神、驭火神、唤水神、山雪神、乌春神（歌神）、玛克辛神（舞神）、说古神等等。”[①] 说明随着生产力的发展，这些神已经有了明确的各类分工。

这一部分同前两部分相比介绍得相对简略，显然不是《天宫大战》最主要的章节，但又相当重要，起着承前启后的作用。在这一部分中，原始的自然神、动植物神和具有抽象意义的神逐渐被萨满神和始祖神以及各类分工之神所取代，这就为“天宫大战”神话系列中的其他作品《恩切布库》《奥克敦妈妈》《西林安班玛发》《乌布西奔妈妈》奠定了人物原型和故事模式的基础。可以看到，《恩切布库》《奥克敦妈妈》《西林安班玛发》《乌布西奔妈妈》中延续和扩展了《天宫大战》的人物与情节模式，《天宫大战》中的女神下界成为人间的萨满，在人间为族众尽心尽力，为保护和发展族群奉献了毕生的精力，死后又回归天界，成为天上的萨满女神。

首先，在《天宫大战·玖腓凌》中，介绍了世界上第一个大萨满的产生，书中写道：“阿布卡赫赫派神鹰哺育了一女婴，使她成为世上第一个大萨满，神鹰受命后，便用昆哲勒神鸟衔来太阳河中的（饱含）生命与智慧的神羹喂育萨满，用卧勒多赫赫的神光，启迪萨满，使她通晓星卜天时；用巴那姆赫赫的肤肉，丰润萨满，使她运筹神技，用耶鲁里自生自育的奇功，诱导萨满，使她有传播男女媾育的医术。”[②] 其中介绍了萨满神的特性与功用：她是第一个通晓神界、兽界、灵界、魂界的智者；她通晓星卜天时；她能运用神技；她懂得传播男女媾育的医术；她是拥有百聪百伶、百慧百巧的万能神者。

其次，《天宫大战》最后的部分，还写了人类的始祖神，文中写道：“天荒日老，星云更世，不知又过了多少亿万斯年，北天冰海南流，洪涛冰山盖野，地上是水，天上也是水，大地上只有代敏大鹰和一个女人留世，生下了人类。这便是洪涛后的女大萨满，成为人类的始母神。”[③] 这里已经有了洪灾后重生的神话雏形，同时鹰与人的结合成为人类始祖的神话是原始图腾崇拜时期常见

① 富育光讲述，荆文礼整理：《天宫大战　西林安班玛发》，吉林人民出版社，2009 年 4 月第 1 版，第 74 页。

② 富育光讲述，荆文礼整理：《天宫大战　西林安班玛发》，吉林人民出版社，2009 年 4 月第 1 版，第 70—71 页。

③ 富育光讲述，荆文礼整理：《天宫大战　西林安班玛发》，吉林人民出版社，2009 年 4 月第 1 版，第 71 页。

的神话原型，说明最早诞生的氏族很可能是以鹰为图腾的氏族。这种人兽结合的神话在《天宫大战》中还只是一笔带过的雏形，到了“满族神话”系列作品中，则有了较大的发展，有了“第三代怪神恩都里——人面豹身的恩都里，鹰头人身的额多哩妈妈，通身是鳞的突忽烈玛发，人头鱼身蛇尾的松阿里恩都里。”[①] 还分别有了各神自己的神话故事，说明随着社会的发展，以不同动物为图腾的部族逐渐产生。

此外，《天宫大战》中还有各类分工神，如方向神、医药神、狩猎神、穴居神等等，但《天宫大战》中这些形象大多只是简单介绍，没有展开说明，也没有生动具体的故事情节，在《天宫大战》中的地位远不及自然神和动物神。对于男性神阿布凯恩都里如何取代了阿布卡赫赫登上天界统治者的宝座，没有任何介绍，只说：“不知又经过多少万年，洪荒远古，阿布卡赫赫人称阿布凯恩都里大神，高卧九层云天之上，呵气为霞，喷火为星……”[②] 这些内容在“满族神话”系列作品中，得到扩展和补充，成为“满族神话”系列作品的主要内容。

二、其他作品对《天宫大战》人物谱系的补充和完善

在“天宫大战”系列的其他作品《奥克敦妈妈》《恩切布库》《西林安班玛发》和《乌布西奔妈妈》中，可以清晰地看到原始神话《天宫大战》的影子，从人物出身、情节模式、语言风格等方面，也能看出它们与《天宫大战》都有千丝万缕的联系，是与《天宫大战》一脉相承的神话或史诗性作品。

（一）主人公的前世来历与《天宫大战》一脉相承

《奥克敦妈妈》《恩切布库》《西林安班玛发》和《乌布西奔妈妈》的主人公的来历都与《天宫大战》中的三女神有关，其主人公的前世故事都可以看作是《天宫大战》故事的续写和改编。

《奥克敦妈妈》的主人公奥克敦妈妈是巴那吉额姆[③] 身边的侍女。文中写道：“她可是穹宇最古老的妈妈，力量无边，智慧无穷，……当年，鏖战九头恶魔耶鲁里，奥克敦妈妈—— 劳碌其间。朝朝暮暮，为三姊妹，搬水送食，来去无影，迅如闪电，降妖除魔，尽心尽力，让耶鲁里，恶氛消散。那时，奥克敦妈妈，并没有啥名号，留在——巴那吉额姆，身边陪护，依旧——不嫌不避，忠贞勤恳，甚赢巴那吉额姆的宠爱。”[④] 因奥克敦妈妈襄助三女神战胜耶鲁里有功，三姊妹“最后商妥，怜惜缥缈散失的，遭恶魔蹂躏垂亡的——百花、

① 傅英仁讲述，荆文礼搜集整理:《满族神话》，吉林人民出版社，2016 年 8 月第 1 版，第 30 页。
② 富育光讲述，荆文礼整理:《天宫大战　西林安班玛发》，吉林人民出版社，2009 年 4 月第 1 版，第 72 页。
③ 巴那吉额姆：即前文中三女神中的地神巴那姆赫赫，不同作品中因音译不同往往有不同的名称。
④ 富育光讲述，王卓整理：《奥克敦妈妈》，吉林人民出版社，2018 年 8 月第 1 版，第 32 页。

百兽、百鱼、百虫——残魄香魂。用神光，抚慰召拢一起，像厚礼，送给奥克敦老姐姐。奥克敦妈妈，从此长生不老，宇宙间大小精灵生物的——残魄香魂，凝聚到，奥克敦妈妈一身，拯铸成聪慧、贤、勤勉、多谋的——不死奉侍大神”[①]。并将她派往人间，成为襄助人间的大萨满。

《恩切布库》的主人公恩切布库女神的前世是阿布卡赫赫的侍女——火山女神。她前世的故事同《天宫大战》里的故事一脉相承：

> 在刚刚有宇宙、天穹的时候，洪水泛滥，万牲挣扎。天母阿布卡赫赫，为拯救人类，同恶魔耶鲁里一决雌雄。恶魔耶鲁里……幻想统御天母宝座，渴求执掌乾坤大权。他释放的黑风乌水，射向天母，蹂躏着天母善良的心田和芳香的肌体。阿布卡赫赫的光辉，虽像熊焰千卷，虽像烈火万团，却抵御不住耶鲁里亿万年的地狱恶寒。天云中的阿布卡赫赫，痛得周身慑栗。汗流像河流一样洒向大地，洒向高山，洒向峡谷，洒向平川。在这万分危急时刻，随着“轰隆隆”一阵鸣响，地上升起一个土丘。土丘越升越高，越升越高，高过千丈，高过万仞，霎时一座高山，直插云巅。突然，一声惊雷震撼，山尖上喷出了火焰。火焰光芒万丈，照亮天边。大地重见光明，万牲享得平安。耶鲁里被这突来的烈焰，烧得焦头烂额，猖狂逃窜，溜回地下。他再不能贻害万物，他再不能兴妖作乱。阿布卡赫赫的光焰，从大地上凝聚，翻腾的光焰和白气，在天空中翻滚浓缩，白变青，青变黄，黄变红，红变紫，紫变蓝，蓝变橙，橙变绿，七色祥光凝结成寰宇中的白光。瞬间，顶天立地的白光，化成一位头顶蓝天，脚踏大地，金光闪耀，美貌无比的，裸体女神。她就是天母阿布卡赫赫的侍女——恩切布库女神。人们为了纪念这位美丽而无畏的女神，把这座雄伟的火山，起名叫恩切布库阿林，世代传讲着，它神秘的传说……[②]

后来，天母怜悯其为了战胜耶鲁里而耗尽了热量，她为天母而生，她为天母而死，虽永世困居于地心烈焰之中，仍千载不眠地监守着恶魔耶鲁里，就派喜鹊传令要她从山梨树间重返人间，做人间的大萨满恩切布库，为族众排忧解难。

《西林安班玛发》的主人公前世则是阿布卡赫赫穿戴在身上的石球，书中描写：“天地开创不久，天母阿布卡赫赫，见此地一片荒芜，各林莽生灵，只

① 富育光讲述，王卓整理：《奥克敦妈妈》，吉林人民出版社，2018 年 8 月第 1 版，第 34 页。
② 富育光讲述，王慧新整理：《恩切布库》，吉林人民出版社，2009 年 4 月第 1 版，第 10—12 页。

是弱肉强食，互相残害，毫无礼数，便商定，此地应有萨满治世。巴那姆赫赫嘱咐阿布卡赫赫，必设法选一位最精深造诣之师为萨满，才能治理好此山此水。阿布卡赫赫将与耶鲁里争杀时穿戴身上的石球，摘下了一颗，化作石雕萨满模样，称其名为西林萨满，西林即含'精细''高深'之意。"①

《乌布西奔妈妈》的主人公乌布西奔妈妈的前身名叫塔其乌离，是阿布卡赫赫裂生出来的星神，又是卧勒多赫赫身边的侍女神。文中写道："星辰大神卧勒多赫赫身边，亦有两位重要侍女神——塔其布离大神和塔其乌离大神，是阿布卡赫赫与耶鲁里厮斗（过程）中，裂生出来的星辰神，送给妹妹卧勒多赫赫，协助她执管天穹，按时按刻从东向西巡行，不准误错一丝一霎的光阴。塔其布离和塔其乌离两姊妹，相爱相亲，互济同心，永世难分。只要托日女神将舜莫林收入海宫，两姊妹便协助卧勒多妈妈，把'星星褡裢袋'亿万颗星族，应时送上霄空，各安其隅，各享其任，准时无误，不差毫分。"同时，乌布西奔妈妈的前世还是东海德里给奥姆妈妈的义女，文中写道："在阿布卡赫赫天母苦劝下，卧勒多小妹才颔首割爱，恩准塔其布离姊妹分身，塔其布离的小妹——塔其乌离与姐姐相分，一个在天宇晴空，一个到苍茫海间，分掌时光的流逝。塔其乌离与姐姐含泪相别，从此亲随德里给奥姆赫赫大神，巡察东海冷暖世情，与托日迎日两姊妹神，同负太阳神升落大任。德里给奥姆赫赫，誉赞卧勒多神母赐爱盛恩，格外疼爱塔其乌离忠敏，自慰收作膝前爱女，成为德里给奥姆大神，最亲近的心腹侍臣。"②笔者认为，乌布西奔妈妈的原型，应该是《天宫大战》中的计时星女神塔其妈妈，在《乌布西奔妈妈》中，塔其妈妈分身成为塔其布离和塔其乌离两姐妹，塔其乌离成为专门负责东海的计时女神，后来又被阿布卡赫赫派到人间，成为大萨满乌布西奔妈妈。（由于在后文星神崇拜中有具体分析，此处就不展开论述了。）

（二）乌布西奔妈妈口中的女神世界

在《乌布西奔妈妈》中，作品通过对乌布西奔妈妈的介绍，展示了战胜耶鲁里之后的女神世界。其女神谱系比《天宫大战》中所列出的神谱更全面具体，分工也更加细微了，首先文中介绍了天空分区及三女神的居所，文中写道：

阿布卡赫赫三姊妹女神，活泼聪慧，终日不知休闲，把中天划分天区十二方，便于观察、主宰，周身秀发全为警戒之目。中天分二方，她们三姊

① 富育光讲述，荆文礼整理：《天宫大战　西林安班玛发》，吉林人民出版社，2009年4月第1版，第178—179页。

② 鲁连坤讲述，富育光译注整理：《乌布西奔妈妈》，吉林人民出版社，2007年12月第1版，第20—21页。

妹踞（居）于中天之右，左天神鹿是她们的坐骑，神龟是她们的天舟，天云是她们的小威呼。中天又分为东南西北和四角十方，巡游周天，十方各为四方，均由各星属女神执管。星海有路，各归其属。千载万代，循复无已。①

此外，《乌布西奔妈妈》的神谱中还多了众多的各类分工的神，连恶神也细化分工，变成诸多小恶神组成的集团。如下表所示：

神群	功能		神　名
阿布卡赫赫亲随女神（39个）	辅佑天母	主管上天	德林天女、温金天女、布罕天女、美梅天女、秋罕天女、察林天女、布雅天女 、留肯天女、齐齐天女、顿顿天女等
		主管中天	其敏天女、木林天女、乌达天女、麦阿天女、文兴天女、缶由天女、岔布天女、曼音天女、徐运天女、乌鲁天女等
		主管下天	夹加天女、巴那天女、乌林天女、音达天女、没音天女、瓦卡天女、顿云天女、毕钦天女、布温天女、萨林天女等
巴那吉额姆亲随女神（27个）	辅佐地母		班达妈妈玛发、谷壑神、洞窟神、鬼府神、山巅神、河流神、江湖神、山峦神、林莽神、指路神、沙丘神、雪域神、碱滩神、石林神、地火神、旱神、虫神、地瘟神、土运神、地藏神、植育神、地被神、窝棚神、穴室神、窖神、树神、万牲万禽神
卧勒多赫赫亲随女神（42个）	辅佐星母		略
德里给奥姆妈妈侍神（13个）	统驭宇地、海洋、生死、光明，是尊贵万世的第四位母神		追日神、送日神、海豹神、海熊神、鱼神、龟神、海蛇神、蛙神、海风神、礁石神、海鸟草卉神、蜥蜴神、岛鬼值日神
托户离妈妈神群（铜镜）（3个）	光芒之神，主宰着世间万物心田中的光明		“安班额勒尊妈妈”——大光明女神；“阿吉额勒尊妈妈”——小光明女神；“图门额勒尊妈妈”——万道光辉女神
查拉芬妈妈神群（7个）	长命女神		女寿神、男寿神、老寿神、小寿神、兽寿神、禽寿神、万花万木万鱼万虫万万生命护寿神
阿米塔妈妈神群（20个）	医抚百症		离苏（管肺喘）、丘琴（管腰酸）、安琴（管腿疾）、那离（管下泻）、米牙（管生蛆）、卡古（管头疮）、难奇（管心痛）、阿米（管苦疟）、阿勒（管暴疼）、胡吉（管眼盲）、库鲁（管口歪）、班克恩（管心颤）、图库（管冻馁）、沙浑（管呆痴）、混泌（管生育）、库伦（管难产）、都离（管晕厥）、班克（管小耳灾）、努克（管老人灾）、格克（管万症灾）

① 鲁连坤讲述，富育光译注整理:《乌布西奔妈妈》，吉林人民出版社，2007年12月第1版，第73页。

神群	功能	神　名
合布离妈妈神群（9个）	主宰游魂安所	布凡妈妈（管游魂）、布安妈妈（管浮魂）、班哥妈妈（管招魂）、毕亚哥妈妈（管夜亡魂）、毛新妈妈（管失主魂）、宏克妈妈（管寻落魂）、波叶妈妈（管久敬魂）、都七妈妈（管转生魂）、莫音妈妈（管冤诉魂）

	名称	意义
耶鲁里恶神群（41个）	都托	窃贼神
	豪托	谎言神
	多威	奸诡神
	曾吉	危宅神
	抚欧	骗语神
	角亢	地陷神
	安俄	夜噬神
	德林	伪善神
	卡妞	怪鬼神
	胡突	魔妖神
	沙林	无头美女神
	玛呼	迷人神
	喝荣	暗算神
	博诺	冻鬼神
	窝浑	臭味神
	苏栖	噎嗝神
	达巴奇	抢掠神
	都岗	瘦鬼神
	果尼	思症神
	茹薄	戏谑神
	拨其	撒癫神
	哈雅	淫荡神
	德化	离心神
	莫诺	瘫神
	亚顿	吼病神
	衣嘎	天花神
	库孙	膨闷神
	河督	疥神
	莫若	水痘神
	哈它	痘毒神
	喝勒	哑巴神
	门棍	愚傻神
	杨桑	唠叨神
	拉齐	软瘫神
	顺郭	哭神
	麻占	矬神
	牙里土	肥胖神
	克里	麻子神
	俄脱	丑鬼神
	黑亚里	斜眼神
	图伦	万祸神

从上表中可以看出，至乌布西奔妈妈统治时期，满族神话中的女神谱系

经历了几代的不断充实与完善，建立了一个系统分工明确的神系。其神系中治疗百症的神群有二十个之多，分别主治各种疑难病症，恶神的神群中也有不少是各种疾病之神。这表明，在当时的社会中，人们对各种疾病已经有了一些认识，其医药技术也有了一定的提高。每一种疾病在当时的东海女真人眼中，或许都是恶神耶鲁里的分身在作祟，每一种疾病的治疗，都要求助于神的威力，也许这正是其神话传说中治病之神如此之多的原因吧。

（三）三个版本的东海德里给奥姆女神

满族说部中的故事是逐渐形成，并通过一代代萨满逐渐丰富起来的集体创作。这从《天宫大战》《西林安班玛发》《乌布西奔妈妈》三个版本中对东海德里给奥姆妈妈的描写里可以看出来。《天宫大战·玖腓凌》中有这样一段：

> 是阿布卡赫赫把太阳和昆哲勒神派到水中，从此冰水才有了温暖，才生育出水虫、水草，重新有鱼虾、水蛇、水獭、水狸，又在东海有了人首鱼神，受太阳之光，不少水虫变为人首鱼身的河湖沼海之神，因是受阳光而育，应阳光而生，故常罩七彩光衫，称为“德立格”女神。①

《天宫大战》中描写的东海女神被称为“德立格”女神，这个德立格女神其实就是东海德里给奥姆妈妈的又一个称呼，因为德立格在满语中写作 dergi，是东方、上面的意思，它同“东海德里给奥姆妈妈”中的“德里给”应是同一个字的不同音译，又同是人首鱼身的河湖沼海之神，基本上可以肯定，这个女神同“东海德里给奥姆妈妈”是同一个女神，只不过是叫法稍有不同罢了。

《天宫大战》中，“德立格”女神诞生的神话相当简略，没有展开，但已经有了阳光、温暖、人首鱼身女神等相关主要要素，而在《乌布西奔妈妈》中，这一素材或者说是母题元素，被抽取出来加以加工完善，变成了一个优美的神话故事：

> 天地初开之时，阿布卡赫赫战恶魔耶鲁里，不慎被耶鲁里擒缉。在最危难的时刻，地母巴那吉赫赫，用口水喷射耶鲁里。耶鲁里被狂热地泉惊遁，躲隐入小岛屿，使阿布卡赫赫无法辨识。地母口水恰恰滴落在神鼓上，化形出一位半坐在鼓上的鱼首裸女大神——德里给奥姆妈妈。巴那吉赫赫无比欢喜，请星辰小妹卧勒多赫赫女神，将这面奇妙神鼓，迅（速）交天母阿布卡赫赫驭使。天母炯炯日火照育神鼓，顿使鱼首裸

① 富育光讲述，荆文礼整理：《天宫大战　西林安班玛发》，吉林人民出版社，2009年4月第1版，第71页。

女焕生双倍伟力。阿布卡赫赫击响神鼓，天地摇撼，海啸、山崩、雷鸣，震得恶魔耶鲁里目眩头晕，瑟缩颤抖，滚进地心熊焰里呼号呻唤。阿布卡赫赫转败为胜，使宇宙万物得以生聚。从此，在萨满铿锵祝祭中，鱼首裸女奥姆妈妈圣容，便是东海神鼓上最荣耀的英姿。

东海奥姆妈妈女神，因是地母巴那姆赫赫口水幻化，又是阿布卡赫赫日火凝生，故此，她具有地母天母，双神体魄、体魂，慧日、慈心，无上神威神圣，永世给人类播送热与光明，东海奥姆赫赫女神，在众宇神之中，位列在阿布卡赫赫光明大神、巴那吉赫赫沃土大神、卧勒多赫赫星辰大神之后，统驭宇地、海洋、生死、光明。是尊贵万世的第四位母神。①

而东海女神德里给奥姆妈妈的地位与下属众神在《乌布西奔妈妈》中有详细说明，其下属神有十三个：

巴那吉额姆显赫亲随女神二十七位，辅佐地母。其中，最亲要属大神，首推执宰东海的光明神——德里给奥姆妈妈，乃东海生命之光、之源、之墓。德里给奥姆妈妈下属的十三尊神为：追日神、送日神、海豹神、海熊神、鱼神、龟神、海蛇神、蛙神、海风神、礁石神、海鸟草卉神、蜥蜴神、岛鬼值日神。②

《西林安班玛发》中也有对东海女神的描写。西林安班玛发是“东海女神之子，又是有千年高寿的萨满”。西林安班玛发脖子上的金丝圈上的九个骨人所代表的众神，都是东海女神德里给奥姆妈妈身边的侍神。文中写道：

（小神人）脖子上围着金丝圈，金丝圈上，串（穿）着九个小骨人，都是海豹和鲸骨磨出来的，情态峥嵘，栩栩如生，称作“乌云瞒爷”。这个“乌云瞒爷”，是著名的管天管地管人的大瞒爷，也叫“搜温赊克”。九个骨人大瞒爷，是东海女神德里给奥姆妈妈身边侍神，管天的神有“舜都云”“比亚都云”“都给都云”；管地的神有“阿林都都”“渥集都都”“窝赫都都”；管人的神有“尼莫格赫”“尼亚满格赫”“恩都发扬阿格赫”。这些众神，翻译过来就是——“太阳神”“月亮神”“云爷爷”“山神”（“丛

①鲁连坤讲述，富育光译注整理：《乌布西奔妈妈》，吉林人民出版社，2007年12月第1版，第19页。
②鲁连坤讲述，富育光译注整理：《乌布西奔妈妈》，吉林人民出版社，2007年12月第1版，第74—75页。

林神”）、“岩石神”“治病妈妈”“心智妈妈”“神魂妈妈”。看啊！有了司掌宇宙的九位大神，全系一身，都为这海中跃出的赤臂小人效劳，万神敬慕，谁敢惹他，真是神勇无敌啊！……小神人说：“我是东海之子，你们就叫我西林色夫吧！”于是，西林色夫的名字，就从此传叫开来了。[1]

从上面材料的对比中，我们可以看出，东海德里给奥姆妈妈在《天宫大战》中的介绍最为简略，《天宫大战》中描写了她的诞生过程，但没有对她的地位和侍神具体描述。东海女神作为四个方向女神中的东方女神与西方洼勒格女神、北方阿玛勒格女神以及南方朱勒格女神并列，显然还没有全面从方位意义上的女神中分离出来。《西林安班玛发》不但明确了其作为东海女神的身份，而且介绍了她的九个侍神。在《乌布西奔妈妈》中，东海德里给奥姆妈妈不但有了完整生动的诞生故事，其身份地位也更加明确了，成为地神巴那吉额姆最显赫的亲随女神，并且有了十三位下属的尊神，名称与《西林安班玛发》中的名称不太一样，分别为：追日神、送日神、海豹神、海熊神、鱼神、龟神、海蛇神、蛙神、海风神、礁石神、海鸟草卉神、蜥蜴神、岛鬼值日神。显然这些神名更具体更丰富了，表明东海女真人的神话人物关系和谱系是逐渐丰富起来的，是历代萨满根据自己的生活逐渐充实并完善起来的，并不是一成不变的系统。此外，由于东海女真人世居东海岸边，随着社会的发展，他们的经济生活各方面都离不开东海的恩赐，因而他们对东海格外重视也分外有感情，因而东海女神德里给奥姆的地位逐渐提高，成为继三女神之后最重要的第四位女神。

（四）几部作品中对《天宫大战》故事的续写和补充

“天宫大战”系列作品在介绍主人公的丰功伟绩的同时，也不时穿插一些神话故事，这些神话故事，在一定程度上续写和补充了《天宫大战》的故事。如在《奥克敦妈妈》中，奥克敦妈妈下到人间为萨满时，阿布卡赫赫委派其手下的喜鹊神和莫林神来作为奥克敦妈妈的助手；《恩切布库》中也有恩切布库奉女神托梦指示，招贤纳士，招来了夹昆（鹰）妈妈、塔思哈（虎）妈妈等萨满首领，她们也都被描写成是从前在阿布卡赫赫身边效力的女神的重生，来助恩切布库一臂之力。这些故事都延续了《天宫大战》重视动物神的传统，续写了这些动物神在人间的丰功伟绩。

我们知道，《天宫大战》中讲述了世界上第一个女萨满的诞生，她是由鹰神来哺育的，但《天宫大战》中言之不详，没有完整的故事情节。《恩切布库》中，

① 富育光讲述，荆文礼整理：《天宫大战　西林安班玛发》，吉林人民出版社，2009年4月第1版，第144页。

恩切布库在征服海洋的过程中，也讲了一个与《天宫大战》中第一个女萨满的诞生非常相似的故事，补充了《天宫大战》中这个故事过分简略的不足，把这个故事填充完整了。文中描写：

> 阿布卡赫赫初创宇宙，与耶鲁里争夺宇内大权的时候，遍地汪洋，所有生灵都要灭绝了，阿布卡赫赫派拯救生灵的小海豹“环吉”妈妈，救了一男一女，他们“成了这世上唯一的一对夫妻”，他们生下的第一个小生命，是一位女婴，“女婴生下来没几天，海水暴涨，把海边采食的一男一女，又卷入海浪之中，冲到另一个无人居住的岛屿。海滩上只留下了一个呱呱啼叫的女婴，啼叫声惊动了天母阿布卡赫赫，她派身边的侍女，变成一只雄鹰，把女婴叼走，并把女婴哺育成人，成为世上第一位女萨满。女萨满的心灵，女萨满的体魄，女萨满的禀性，女萨满的智慧，都是鹰母所赐，鹰母所有，鹰母所传，鹰母所训。从此萨满有了鹰的胸襟，鹰的神情，鹰的卓识，鹰的禀性。……[1]

《西林安班玛发》中，为了治好族众们的怪病，西林安班玛发在睡梦中让自己的灵魂出游到天界访问众神，他希望通过遍访神医、神药，找到拯救世人的好办法。他访问几个天神的故事，同《天宫大战》中的故事一脉相承，可以看作是《天宫大战》故事的补充。如书中描写：

> 他先请问住在那丹乌西哈上的德鲁顿玛发，他是千年前，穆林阿林的部落首领。因与坎达尔汗西部强悍的部落的首领征战，在征战中被其所带的狼群杀害，族众将他埋在阿林花坛之下。因他生前一心为野人部操劳，感动了阿布卡赫赫，被德里给奥姆妈妈救上了天庭，成为一位光耀的星神。[2]

《天宫大战》中作为人类氏族首领因功劳和品德感动天神而被列为星神的情节还没有出现，而在《西林安班玛发》中，作品开创了祖先、英雄的灵魂死后升入天宫成为星神的先例。

随后，在《西林安班玛发》中，西林安班玛发又拜访了尼莫吉妈妈（雪女神）

① 富育光讲述，王慧新整理：《恩切布库》，吉林人民出版社，2009 年 4 月第 1 版，第 132—133 页。
② 富育光讲述，荆文礼整理：《天宫大战　西林安班玛发》，吉林人民出版社，2009 年 4 月第 1 版，第 189 页。

和依兰乌西哈妈妈（三星女神），先后讲述了有关她们的动人故事，这些故事也是《天宫大战》情节模式的延续。《天宫大战》也曾讲过雪神的故事，但在《天宫大战》中的雪女神名叫曼君女神：

在萨哈连之北，有神山名曼君乌延哈达。其峰尖在云际，山中终年存雪，唯夏间融化挂溪，湍流声啸数十里。射猎、罟渔、捕貉鹰之属，皆以曼君乌延之雪，度卜天年。天穹初开时，阿布卡赫赫与耶鲁里争雄，此山为卧勒多赫赫布星阵中之巨星，称寒星，或称雪星，住有曼君女神，又称曼君额云。曼君实为尼莽吉，即为雪也，也就是雪神所居之神星。阿布卡赫赫与耶鲁里搏拼时，因为身子被耶鲁里压住，喘不过气来，阿布卡赫赫猛力一踩，猛力一挣，只听轰隆隆一声，将雪星踏裂，天上留下一半，掉到地上一半。从此以后，雪神分两地居住，在天上居住时，北方无雪，春暖花开；在地上居住时，北方沃雪连年、洁白连天如银界。[①]

在《西林安班玛发》中，尼莫吉女神（雪神）的故事则变成这样：

银子峰是当年天地初开时，阿布卡赫赫同恶魔耶鲁里厮拼，被耶鲁里骗入的银白雪山，全仗众神襄助，阿布卡赫赫才逃劫难。这座银子峰就是当年，九十九座天大雪山融剩下的最高峰。它直插云霄，无际无涯，是世上最寒冷的白银世界。阿布卡赫赫制服耶鲁里之后，她恼恨这块陷她于危难之大雪山，下横心日后一定让世上温暖常驻，永无寒潮，廓清玉宇，荡尽冰雪、严寒，让世上生灵，再不为寒风瑟瑟，死亡僵尸不见。阿布卡赫赫命额顿妈妈（风神）用浑身气力，吹散茫茫大雪山。可是额顿妈妈费了九牛二虎之力，好歹才吹剩这最后一座。额顿妈妈无法完成天母之命，急得跺脚挠腮。正愁苦无奈之际，不知从何处蹦出了个阿济格赫赫[②]，头扎"钻天锥"，身罩白云衫儿，红红的脸蛋圆又圆，黑黑的睫毛弯又弯，蹲在雪堆儿上，双手拄腮梗梗个脖儿，凝望着额顿妈妈，施礼开言道："萨克达[③]妈妈，您呀累不累，愁容满面缘何故？别愁，别愁，听孩儿给神奶奶唱乌春[④]。"额顿妈妈本无心哄孩子，可是瞧见了这个白净净的小赫赫，

① 富育光讲述，荆文礼整理：《天宫大战　西林安班玛发》，吉林人民出版社，2009 年 4 月第 1 版，第 31—33 页。

② 阿济格赫赫：满语，小姑娘之意。

③ 萨克达：满语，老的意思。

④ 乌春：满语，歌的意思。

五六岁模样，挤眉弄眼，着实招她喜爱异常。于是，点头忙答应，大声地说："唱吧！唱吧！"小银孩高兴地站起身，个子忽然长成像天上云彩一般高大，额顿妈妈大吃一惊。这时雪山迸发，沉雷震荡，从雪山顶上，传下动听的孩子儿歌："唉——咿——唉——咿——，安巴安巴阿布卡咿（大大的天呀），安巴安巴巴那咿耶（大大的地呀），孟温霍绰阿布卡咿（银色的美妙的天呀），孟温霍绰巴那咿耶（银色的美妙的地呀），明干乌勒滚咿（千喜）——图门乌勒滚咿（万喜）——布勒给咿——阿户耶（没有尘埃啦），尼莫呼咿——阿户耶（没有疾病啦）！"额顿妈妈为儿歌感动，问道："你是什么人？"雪山中传下来悲愤之音："我是伤害过天母的尼莫吉女神，也就是奶奶您要吹灭的大雪山呀！我们是天宇的清洁工，我们是万牲的驱疫散。甘融自身逐浊世，喜看世间长寿仙。"额顿妈妈转愁为喜，面对大雪山，敬佩感慨。她转变驱除雪山的念头，反而无限钟爱，塞北那暴雪和雪山。尼莫吉，安巴尼莫吉阿林[①]，光辉辉，白如玉。世世代代，巍巍峨峨，春夏秋冬，亘古一容。塞北生民，尊称其"北冰山"。额顿妈妈将爱雪的诚意，禀报天母。阿布卡赫赫听从了额顿妈妈之语，便赐名尼莫吉女神为尼莫吉妈妈，终生终世，执掌塞北冰雪。雪大时，将雪收入她的鹿皮褡裢里，雪小时，将褡裢里的雪撒向人间，她时时关照，地上的雪，不多不少，让万牲永远，不为雪多雪少而愁。[②]

笔者认为，《西林安班玛发》中所说的银子峰和《天宫大战》中所说的曼君神山应该是同一座山，因为银子在满语中拼写为：menggun，读音与曼君非常相像，加上雪又是银色的，用它来形容雪山非常恰切，因而曼君神山也可能就是银子山的音译。但对比两个神话故事所讲的内容，却又完全不同，前者似乎是对北方半年有雪半年无雪的神话性解释，后者则是表达了满族先民对雪由恨转变为爱的情感历程，反映出满族先民对雪的喜爱以及对雪的作用的深入认识。这两则神话应该是创作于不同时期、不同地区的两则不同版本的关于雪的神话，《天宫大战》的故事应该是较早的版本，那时满族先民还只是注意到了雪的半年有、半年无的季节性特色，对雪所带来的寒冷是十分厌恶的，《西林安班玛发》中的雪神故事应该是后来的版本，它反映出了随着社会的发展，火的应用的普及，人们不再惧怕寒冷，也逐渐发现了雪的种种有益之处。除了上述写的雪的

① 安巴尼莫吉阿林：满语，大雪山之意。

② 富育光讲述，荆文礼整理：《天宫大战　西林安班玛发》，吉林人民出版社，2009年4月第1版，第191—195页。

除尘和驱瘟的作用外，西林安班玛发还写了尼莫吉妈妈向西林色夫传授了“雪屋、雪疗、冰灸、冰丸、冰床、雪被，医治霍乱、伤寒、腐烂、热症、疯癫等杂症”的本领。这反映出当时医疗技术的进步，又开发出了雪的不少治病的功能。

《天宫大战》中也提到了依兰乌西哈[①]，说它是突姆火神变化所成：“耶鲁里喷出恶风黑雾，蔽住了天穹，暗里无光，黑龙似的顶天立地的黑风卷起了天上的星辰和彩云，卷走了巴那姆赫赫身上的百兽百禽。突姆火神临危不惧，用（将）自己身上的火光毛发，抛到黑空里化成依兰乌西哈、那丹乌西哈、明安乌西哈、图门乌西哈[②]，帮助了卧勒多赫赫布星。”[③]在《天宫大战》中依兰乌西哈并没有独立的故事，但在《西林安班玛发》中有了另一个版本的完整的依兰乌西哈的故事：

西林色夫，谢过尼莫吉妈妈，又来到另一座，银光闪烁的宫楼。这却是天下，难有的奇观。整个楼舍一色云霓架构，红云为琼楼伞盖，绿云围成楼窗，白云披如彩带，黄云镶如围屏，黑云如玉，搭成高高的楼基。有无数的绵羊似的云朵，相传都是星神的儿女，环绕着琼楼玉宇，仿佛像老妈妈膝前儿女，享受着无穷的天伦之乐。这就是名传千古的依兰乌西哈妈妈的居所。依兰乌西哈、阿布卡赫赫跟恶魔耶鲁里，争夺天宇的主宰权时，耶鲁里凭着他有九头、自生自育的威力，变化出，无穷尽的耶鲁里，把阿布卡赫赫纠缠得寸步难行，甚至憋得窒息。在阿布卡赫赫万分危难之时，全仗了妹妹卧勒多赫赫，紧急派来依兰乌西哈，带着她身边上万颗小亮星——依兰乌西哈的儿女们，一起用光芒的银针，刺向九头恶魔耶鲁里，使它无法睁开魔眼。疼得耶鲁里，声嘶力竭地怪叫，只好放开被困的阿布卡赫赫，逃进地下，躲藏起来。然而凶恶无比的耶鲁里，虽然双目失明，魔怪的毒气，却伤害了无数小星神，就连依兰乌西哈，也被魔气损伤，坠落大海，化成海中冲天的暗礁。阿布卡赫赫，感激她的忠勇、顽强，与妹妹卧勒多商议，又从自己的披肩中，摘下三块宝石，交给卧勒多赫赫，由布星神卧勒多赫赫按照依兰乌西哈的模样，重造依兰乌西哈。新生的依兰乌西哈，在卧勒多布星袋中，安睡百日。有了光芒和神力，有了无穷的光辉，被卧勒多赫赫重新撒上天庭。从此，天域补上穹宇中失去的依兰乌西哈。这位依兰乌西哈，就是此次西林色夫拜访的显赫星神。星

① 依兰乌西哈：满语，三星的意思。

② 那丹乌西哈、明安乌西哈、图门乌西哈：满语，七星、千星、万星。

③ 富育光讲述，荆文礼整理：《天宫大战　西林安班玛发》，吉林人民出版社，2009年4月第1版，第48页。

神的名字，叫董布乐妈妈。她是卧勒多赫赫，给起的亲昵的名讳。由她专管世间人类的繁衍。西林色夫，以无限敬仰之情，来造访董布乐妈妈。她最爱人间子女，一定会有奇妙的巧计，拯救地下的万物生灵。……[①]

在《天宫大战》中只有寥寥几笔的依兰乌西哈的故事，在《西林安班玛发》中有非常详尽的描述，后者不但写了依兰乌西哈前生与耶鲁里之间的斗争故事、重生过程，而且还用非常优美的笔触描写了依兰乌西哈由各种彩云搭成的美丽居所。在这个故事中，依兰乌西哈还有了新的名字：董布乐妈妈，并且有了新的职业：专管世间人类的繁衍。不仅如此，在《天宫大战》中与依兰乌西哈并提的蒙温乌西哈（千星）、图门乌西哈（万星）两位女神，在《西林安班玛发》中，也有了具体的职业，成为"两位辛勤管理宇宙中千牲万牲的勤劳牧神"。可以看出，随着经济社会的不断进步，《天宫大战》中的古老神话故事，在《西林安班玛发》的时代，得到了很大的充实和发展，不但神名和职业越来越系统、完善了，而且这些神话故事也变得越来越丰满、生动了。

此外，《乌布西奔妈妈》中还讲述了一则乌鸦来历的故事，也可以看作《天宫大战》故事的补充，故事中"耶鲁里不甘失败，喷吐冰雪覆盖宇宙，万物冻僵，遍地冰河流淌。阿布卡赫赫的忠实侍女古尔苔，受命取太阳光坠落冰山，千辛万苦钻出冰山，取回神火温暖了土地。宇宙复苏，万物生机。古尔苔神女困在冰山中，饥饿难耐，误吃耶鲁里吐出的乌草穗，含恨死去，化作黑鸟，周身变成没有太阳的颜色，黑爪、尖嘴，号叫不息，奋飞世间山寨，巡夜传警，千年不惰，万年忠职"[②]。这又是一则典型的《天宫大战》模式的英雄故事，使得满族说部神话、史诗中的火神崇拜故事又多了一个取太阳之火的古尔苔神女的故事。

三、"天宫大战"系列神话的情节模式研究

（一）《天宫大战》情节模式研究

《天宫大战》中虽然塑造了以阿布卡赫赫为代表的诸多女神的形象，这些女神也各有各的优长、特色，但这些故事情节大体上给人一种雷同或相似之感，细读下来，可以看出是具有一定的情节模式的。分析这种情节模式可以大体上看出这一时期满族先民的主要思维模式及其看问题的角度与方法。

在满族先民心目中，自然物与动植物神往往是互相联系，你中有我、我中有你的，都是在天地中孕育形成的，都是大自然，也就是阿布卡赫赫为首的天、

① 富育光讲述，荆文礼整理：《天宫大战　西林安班玛发》，吉林人民出版社，2009年4月第1版，第196页。

② 鲁连坤讲述，富育光译注整理：《乌布西奔妈妈》，吉林人民出版社，2007年12月第1版，第190—191页。

地、光三女神所创造或裂生的，所以《天宫大战》中的女神们往往都与阿布卡赫赫、巴那姆赫赫、卧勒多赫赫这三女神有一定的关系，她们或者是三女神的侍女，或者是三女神身体的某一部分裂生出来的。如德登女神就是阿布卡赫赫的一只脚化生的，其其旦女神则是阿布卡赫赫头上突生的红瘤所变。

满族先民自古信仰万物有灵，认为整个自然界充满了神灵，认为日、月、星辰、山川、草木，无不有神灵主管，因而在其神话天宫大战中，往往将其周围所处的环境、动植物以及他们在生产生活中所总结出来的各类经验与各种观察分析的结果都加以神化，并在其神话作品中体现出来。所以在《天宫大战》中往往每一个女神都对应一个自然物或动植物或是某种抽象概念和分工,并且按照这种自然物、动植物的最大特长与自然属性,对其加以想象、加工、神化，把它们编排应用到与耶鲁里的善恶斗争中来，创作出生动的故事，从而达到将其崇高化、神圣化的目的。

另一方面，满族人的观念中认为，每个对宇宙万物和人类氏族做过重要贡献的人、动物或神，在其死后，都要变成星座，在天上继续发光发热，长生不死，永世保佑着人们，因而满族人素来有祭星的习俗，因而在《天宫大战》中相当一部分动植物神都与某一星座有关，是某一星座的化身，如西离妈妈对应鲤鱼拐子星，兴格里女神对应鼠星，僧格里女神对应刺猬星，鹰神对应大鹰星等等。

最后，英雄人物的英雄本色和英雄业绩总要在激烈的冲突与矛盾斗争中才能突显出来,《天宫大战》中设置了一个反面的恶神典型形象，即耶鲁里。这一恶神几乎成为一切灾难和罪恶的代表，所有的情节几乎都围绕着与这一恶神的斗争展开来，因而每一个女神几乎都有一个与恶神耶鲁里的斗争故事。每个斗争故事中耶鲁里都制造了一系列的灾难，这些灾难都带有自然灾害的特点，如寒冰、黑暗、恶风、天塌地陷等等，神话英雄的主要任务就是与这些自然灾害做斗争，让人类在极端困苦的自然条件下存活下来。神话故事反映了这一时期满族先民的主要生存危机还是体现在自然灾害方面，如何在恶劣的生存条件下顽强地生存成为这一时期满族先民所要解决的头等大事。

因而，概括天宫大战的情节模式特色，可以看出每个女神的英雄故事中，大体上有如下几个环环相扣的部分：神名——同阿布卡赫赫为首的三女神的关系——对应自然物或动物——这种自然物或动物的特性与优长—— 与恶神斗争的故事——主要功绩—— 对应星座——萨满祭祀及相关民俗。为了证实这一点，笔者将《天宫大战》的情节模式，按上述几个方面列表如下（每个神都有与恶神斗争的故事，因故事太长，篇幅所限，不在此列出）：

神名	与三女神的对应关系	对应自然物或动物	相应自然现象或动物特长	主要功绩	对应星座
九色花翅大嘴巨鸭	巴那姆赫赫身边的（侍女）	九色花翅大嘴巨鸭	鸭嘴扁，双爪三片叶形。能啄开坚冰	啄破冰天，带来温暖	
霍洛浑、霍洛昆二女神	阿布卡赫赫身边的（侍女）	昆虫	昆虫虽体小，但会鸣唱，声震数里	唱歌迷惑耶鲁里，为阿布卡赫赫战胜敌人赢得了时间	
曼君女神	卧勒多赫赫布星阵中的巨星	雪	半年有雪，半年无雪		寒星，雪星
喜鹊女神	侍女	喜鹊	喜鹊有着，通天通地的力量		
刺猬女神	侍女	刺猬	刺猬有刺		
奥朵西	侍女	放牧云马的女神、牧兽女神、侍家女神	天空中的云彩，有的像虎，有的像豹，有的像鹿，有的像兔，有的像马，有的像猪，变幻无穷，像是有人放牧一般	战胜并赶跑耶鲁里	
穆丹阿林	阿布卡赫赫头上的玉坠	多玉	有些山多玉		
玛呼山	被打败的恶神耶鲁里的神骨所化	魔骨山	有些山石可用来占卜	有灵石灵佩，能磨制神奇的器物，用于占卜医病	
都凯女神	阿布卡赫赫派来管门的女神，让她守住天门，不让敖钦女神随意出来	蚯蚓	蚯蚓只能穿行于地下，不能见光，但蚯蚓在自然界的作用十分重要，能松土，使深深的地层能透进阳光，促进植物的生长	常常帮助阿布卡赫赫的护眼女神把深深的地层，钻出深眼，使护眼女神的神火能透穿大地	

神名	与三女神的对应关系	对应自然物或动物	相应自然现象或动物特长	主要功绩	对应星座
多喀霍女神	以石为屋，久住在巴那姆赫赫肤体的石头里	石头	石中有火，是热火、力火、生命之火，是光明和火的化身。石头能帮助众神，获得生命和力量，并有自育自生能力	飞石追打耶鲁里，在阿布卡赫赫被困入冰山时为其取暖。阿布卡赫赫还吃石补身，吃彩石就能壮力生骨，还可以身长坚甲，热照天地	
突姆火神（车库妈妈，秋千女神）	长在巴那姆赫赫的心上，被派到卧勒多赫赫身边，用她的光、毛、火、发帮助卧勒多赫赫照路	火，天上常见的旱闪是突姆火神的影子，天上常常掉下些天落石，是突姆火神脚下的泥	火能照亮天穹，赶跑黑暗	在耶鲁里喷出恶风黑雾时，用火、光、毛、发化作群星，为生灵造福	南天上三星下边的一颗闪闪晃晃、忽明忽暗的小星，就是突姆女神仅有的微火在闪耀
那丹女神	卧勒多赫赫布星袋里的女神	北斗七星	北斗七星是天空中最明亮的星座		北斗七星
依尔哈女神	阿布卡赫赫身上的香肉变成的	花，香云	花清香、美丽，人见人爱	曾经作为阿布卡赫赫的隐居栖身之地	
者固鲁女神	阿布卡赫赫护眼女神	刺猬	浑身有刺，能刺伤敌人，能攻能守，能进能退，能隐能显，能扩能缩，能滚能行	她们是阿布卡赫赫的护眼女神，守护日月，使其日夜光照宇宙，送暖大地。后来她们还凭借神威救过阿布卡赫赫	
西斯林女神	阿布卡赫赫的爱女，卧勒多赫赫的两只大脚	风神，力神	神威无比，想小则小，想大则大		
白腹号鸟	侍女	白脖厚嘴号鸟		为阿布卡赫赫衔石补身。	
九叉神树		树，榆树，柳树	高大、通天，为鸟类栖身之地	通天，为众神栖身之处	

神名	与三女神的对应关系	对应自然物或动物	相应自然现象或动物特长	主要功绩	对应星座
西离妈妈	三九天上的鱼母神	鱼，鲤鱼	能吃曲蛇	找到藏身水底的耶鲁里	成为宇宙中的鱼星——鲤鱼拐子星。
塔其妈妈星神	阿布卡赫赫身边的云母神	星	古人观察星相以计时	计时，辨方向	永世计时星
兴克里女神	阿布卡赫赫身上搓落出泥，生出兴克里女神	鼠	能在黑暗里钻行	迎日早临，防止耶鲁里在黎明前的黑暗里捣乱	鼠星
德登女神	阿布卡赫赫的一只脚	高大之神	站得高看得远	为阿布卡赫赫探测寰宇动息	
福特锦力神	巴那姆额姆最宠爱的女儿	力量与速度之神	有力量和速度才能战胜敌人	护视九层天穹的下三层	
昆哲勒		太阳，九彩神鸟	太阳有九彩神光，就像是神鸟的羽毛，鸟的羽毛可以做战裙	为阿布卡赫赫疗伤并编织战裙	太阳
四个方向女神	阿布卡赫赫身边的女神	四个方向	能指示方向	执掌方向	
木克木都力	阿布卡赫赫拔下身上的腋毛，化成了无数条水龙	水	江河之水可以育人	养育人类	
拖亚拉哈大神（其其旦女神）	阿布凯恩都里额上突生的红瘤“其其旦”，化为美女	火	天上的闪电可以产生火	带来火种	
鹰神		鹰		哺育了第一个女萨满。洪水后，又与一个女人生下了洪涛后的女大萨满。	大鹰星

从上表可以看出，虽然并不是所有女神都能填满上述表格的所有各项，但《天宫大战》中大部分女神的故事情节可基本上遵循如上情节模式，尤其是前几项内容，几乎是每个女神必有的固定套路。很可能满族先民们在观察自己周围的万事万物时，发现了许多他们无法抗拒的自然灾害、无法预料的命运危机，他们无法用自己有限的经验和当时少得可怜的知识技能去解释和解决，于是他们自然地把这些想象成是恶神支配下的结果；他们还发现了自然物和生物的很多特色与优长，有些特色与优长，与他们同自然抗争的艰难生活休戚相关，可以帮助他们抵抗灾难，如山石能击出火来，闪电也能带来火种等等，有些动物的本领是他们向往并想学习和利用的，如刺猬有刺能保护自己，老鼠能钻洞，老鼠的眼睛适于夜间活动等等，于是他们很自然地把这些自然物或动物想象为神，想象为天神的侍女或身体的一部分，于是便创造出了一系列善神与恶神斗争的故事。

从《天宫大战》的上述情节模式中可以看出，满族说部中的神话更加地尊重自然，尊重动植物，并将其上升到神的位置。他们似乎存在着一种思维定式，即每一自然物，必然有一统管它的神，神无所不在，自然神与自然物的特性、动物神与动物的特长之间有着内在的联系。说讲自然神与动物神的故事，也从客观上反映了当时的原始先民对这一自然物与动植物之间的依赖程度、了解程度，反映了以渔猎采集为主要生活方式的满族先民与自然及自然界的动植物之间彼此依存、共生共存的独特关系。

正如富育光在其《萨满论》中所说："在人类生活的世界中，世代萨满秘而不宣地筑建、驾驭、联系着一个情知、心知、意知的神圣而庞大至极的、喧嚣热闹不亚于人世的幻域社会。人世社会中所有的历史、人情、人际、世态、纠葛、喜怒哀乐、正义与无畏、怜悯与慈爱等等，都可以在萨满理想主义的光辉神界中体恤和感受到。"[①] 满族先民根据自己的生活图景，按照自己的理解和想象，幻化出一个神圣的萨满女神的世界，这个萨满神话的世界也反过来影响并哺育着这些原始先民，安慰鼓舞着这些先民不断战胜外在、内在的敌人，勇往直前地顽强生存发展。

因而，这些女神不但是神，更是满族先民心目中的创世、造人、与恶神不屈战斗、保卫氏族利益的英雄。萨满教女神与人类之间的关系并不是高高在上的统治关系，而是人类的自然之母，人类的保护者和导师。在这些女神身上，寄托的是满族先民对与其生存发展息息相关的自然界母亲和与之相依

① 富育光：《萨满论》，辽宁人民出版社，2000 年 9 月第 1 版，第 87 页。

为命的动植物之间的深深感恩之情和崇拜、敬畏之情。

（二）其他作品的情节模式研究

"天宫大战"系列的其他作品与《天宫大战》虽有千丝万缕的联系，却也有明显的不同，首先是史诗性内容的引入。在《奥克敦妈妈》《恩切布库》《西林安班玛发》和《乌布西奔妈妈》中，主人公的来历及主人公同恶神耶鲁里之间的斗争虽然构成了作品的序幕、结尾或某些部分，但却不是其描写的全部内容，中间还添加了诸多描写部落生活，及主人公对部族所做出的丰功伟绩。这使得这些作品有了《天宫大战》所没有的、浓重的史诗气息，不再只是神话，而是描写东海女真早期生活图景和发展变迁的史诗性作品。其主人公也不再如《天宫大战》中的女神那样只是在天上与恶神作战，而是来到人间，变成食人间烟火、为民众做了很多好事的萨满。

其次，其情节模式也稍有不同。在《奥克敦妈妈》《恩切布库》《西林安班玛发》和《乌布西奔妈妈》中，同样都有着三条互相依存、并行不悖的情节线索。第一条是女神的前生，即神话世界中的女神世界以及围绕女神前世所展开的一系列女神故事及神谱神系的描述；第二条是女神的今生，描写现实世界中女神的一生，描写其从出生到长大成年，到取得领导权并领导族众战胜各种天灾人祸，为了族众的福祉操劳一生，一直到死亡的全过程；第三条是女神所在氏族的历史脉络及描述在其领导下氏族不断发展壮大的过程、与周边氏族之间的关系变化等。

在前文中笔者曾用一个表格来总结《天宫大战》的情节模式，认为其大体上有如下几个环环相扣的部分：神名——同阿布卡赫赫为首的三女神的关系——对应自然物或动物——这种自然物或动物的特性与优长——与恶神斗争的故事——主要功绩——对应星座——萨满祭祀及相关民俗。在《恩切布库》等作品中大体上也延续了这一情节模式，但有两点不同，一是没有对应星座一项；二是与恶神斗争的故事这一项，因恩切布库是重生后的萨满神，其与恶神斗争的故事，也就可以包括两部分，一部分是其前世与恶神斗争的故事，另一部分是其重生后与恶神斗争的故事。然后还要加上其为氏族建立的丰功伟绩这一项。以《恩切布库》为例，笔者分列两表，第一表承袭《天宫大战》情节表的模式，稍加改动，即去掉对应星座一项，再加上其重生后与耶鲁里斗争故事一项，第二个表是众多作为陪衬人物的萨满神，表格如下：

表　一

神名	恩切布库女神
与三女神对应关系	阿布卡赫赫的侍女
对应自然物或动物	火山
相应自然现象或动物特长	火山喷发能产生热力和火，驱走黑暗，带来光明和温暖
前世与恶神斗争的故事	在那远古洪荒的年代，在刚刚有宇宙、天穹的时候，洪水泛滥，万牲挣扎。天母阿布卡赫赫为拯救人类，与恶魔耶鲁里一决雌雄。……却抵御不住耶鲁里亿万年的地狱恶寒。天云中的阿布卡赫赫痛得周身抖栗。汗珠像河流一样，洒向大地，洒向高山，洒向峡谷，洒向平川。在这万分危急时刻，随着“轰隆隆”一阵鸣响，地上升起一个土丘。土丘越升越高，高过千丈，高过千仞，霎时一座高山直插云巅。突然，一声惊雷震撼，山尖上喷出了火焰，火焰光芒万丈，照亮天边。大地重见光明，万牲享得平安。耶鲁里被这突来的烈焰烧得焦头烂额，仓皇逃窜，溜回地下。他再不能贻害万物，他再不能兴妖作乱。……瞬间，顶天立地的白光，化成一位头顶蓝天、脚踏大地、金光闪耀、美貌无比的裸体女神。她就是天母阿布卡赫赫的侍女——恩切布库女神。……
重生后与恶神斗争的故事	第一次，上了假土拨鼠真耶鲁里的当，族众陷入黑暗和洪水中时，恩切布库变成一个小火珠，火珠呜呜直响，越滚越大，越滚越圆，滚成一个顶天立地的大火球。火球散发出无穷能量，像太阳一样，光芒四射，照彻了宇宙，照亮了大地，暴雨、洪水被熊熊的热焰蒸发了。……她变成的火球顿时飞起，直射天空。在天空施威的耶鲁里，一见火球向他袭来，吓得慌忙逃窜……恩切布库女神用自己变成的火球，追烧着恶魔耶鲁里。耶鲁里被烈火烧得哇哇乱叫，仓皇逃进地窟。第二次，耶鲁里帮助雪岛三耳野魔部落攻打舒克都里艾曼，恩切布库女神为了战胜三耳野魔，不顾疼痛，把自己的眼睛抛向了天空。恩切布库的眼睛，是太阳的化身，是地心火焰熬制而成。温暖的阳光照彻大地，蒸发了耶鲁里的污浊恶水。大地重现光明，大地重又温暖。恩切布库女神又把自己的头发抛向了天穹。女神的头发，乃是地火逐渐熬炼而成。头发变成了一道道顶天立地的挡风墙和收风袋，把耶鲁里喷出的恶风挡在墙外，收入收风袋。大地顿时没有飞沙走石，没有雷鸣闪电，恶魔耶鲁里被黑发绳索捆绑，无法挣脱，眼看就要被擒。他急中生智，使了个缩身法，从恩切布库的法绳里挣脱出来，逃进地牢

表　二

神名	夹昆妈妈	塔思哈妈妈	木克妈妈	众多小精灵
与三女神对应关系	鹰神派来的使者，恩切布库的小妹	天母阿布卡赫赫身边的坐骑	天母阿布卡赫赫身边的东海卫士	她们的首领是僧固妈妈和顿顿妈妈
对应自然物或动物	鸟神、鹰神	虎神	水神、东海女神	小蝴蝶、小蚂蚱、小蝈蝈、小蛐蛐、各种小动物
相应自然现象或动物特长	长啸一声，鹰翅一抖，振臂一呼，群山中，立刻有排山倒海似的惊雷响起，且飞来满天的雄鹰	瞬间召来数不清的吊睛黄毛大虎	能召来海狮、海象、海狗、海豹等	能通风报信，能驱除瘟疫，能预见灾害，能治疗疾病
前世与恶神斗争的故事	曾帮助天母阿布卡赫赫降伏过耶鲁里，耶鲁里身上恶毒的毛发，都是她用嘴和爪子薅下来的	当年她是天母阿布卡赫赫身边的坐骑，为了驱赶耶鲁里，化成金虎吞吃洞穴中的魔怪，受天母之命，永居洞窟中生活。后又受天母之命重返尘世，为的是惩恶扬善，扶危祛邪	当年她是天母阿布卡赫赫身边的东海卫士，统驭东海所有的海疆及海上的生命。她曾用海水淹灌过耶鲁里，使天母胜过恶魔	
重生后与恶神斗争的故事	夹昆妈妈化成千百只雄鹰，飞翔而下，救出了在水中挣扎的族众们	塔思哈妈妈也显出自己的神形，变成千万只猛虎，驮走在水中狂叫的族众们	木克妈妈变成千万只水獭和龟鳖，驮走在水中挣扎着的族众们	

第三节 “满族神话”系列作品研究

在神话《堂白太罗》中有这样一段内容：

> 堂白太罗带着四十八个弟子到天宫去参拜老三星，佛托妈妈带他们参观三星洞，对堂白太罗说：“这样吧，我这儿有一把钥匙，你拿着它到后三洞去，用这把钥匙打开那三个洞门，你进去一看就知道了。那三个洞里有二十一个小洞，每个小洞里都有老三星画的岩画，一看画你就会明白人类是怎么来的，今后又会发展到什么程度。还会知道咱们这茬天结束之后换成新的天地时的历史过程，你仔细看看就明白了。”他打开第一个大洞进去一看，里面有七个小洞，每个小洞都画着记号，堂白太罗打开第一个小洞时，佛托妈妈在她宝座上说的话如同在眼前一样清楚。佛托妈妈告诉他：“这个洞是从混沌初分一直到老三星治世的历史，你们看看吧。”……接着又看了第二个小洞。第二个小洞画的是从阿布卡赫赫到阿布凯恩都里这段历史，天宫神魔大战的整个过程都画在上面，而且画得栩栩如生。到第三个小洞里一看，正是阿布凯恩都里这个男性掌握天下的历史，但接下来画的就比较复杂了。开始是讲人类是怎么产生的，再往后看这些萨满都看不明白了，画上画的有些衣服、武器以及建筑、马匹、城市等等都是见所未见的，因为那都是以后的事情。就这样，他们一直看完了第一个大洞里的第三个小洞，看到北边的兵马侵略大宋国。看到第四个小洞时，刚一打开，佛托妈妈就在宝座上说：“堂白太罗啊，再不要往下看了，这里一共是二十一个洞，剩下的洞将来会有人看的，以后让他们看就行了。你们再往下看，就更不明白了，你们现在能明白这些就行了。”①

山洞和岩画是满族先民记录其氏族历史的重要方式，史诗《乌布西奔妈妈》中，乌布西奔死后，其弟子们就在锡霍特山的岩洞中刻石绘画，将其一生的丰功伟绩记录下来。满族先民尤其是萨满传人们自有其独特的图画文字，用以记录重大的历史事件，后世的萨满读到之后就会明白其中的意思。这则神

① 傅英仁讲述，荆文礼搜集整理：《满族神话》，吉林人民出版社，2016年8月第1版，第35—36页。

话中，佛托妈妈把堂白太罗带到三星洞中看岩画，显然是想通过这种独特的传承方式，让他了解神界的历史。而他看到的二十一个洞中的三个小洞所记载的神话，显然是暗示了不同历史阶段满族神话的不同内容。

这三个小洞中的第一个洞记载了“从混沌初分一直到老三星治世的历史”，似乎正是《老三星创世》中所描写的部分，一开始宇宙中充满了水，水花、水泡、水球不断地互相撞击，形成大水星、大火星、大光星，最终合而为一变成“老三星”，成为最有威力的原始天神，是万物万象之主。笔者认为，《老三星创世》中的天地宇宙从水中而来的说法也与《天宫大战》一脉相承，“老三星”也同《天宫大战》中的三女神颇为相似，都是代表自然界三个现象的三个神来统治天宇，但二者区别也是很明显的，一是没有描写三女神与恶神斗争的过程，二是女性主义色彩已经淡化了。其最高神祇“老三星”虽未点明性别，但其行文中，已经看不到丝毫女性和女权主义色彩，给人的感觉是个男神。笔者认为，很可能《老三星创世》是受《天宫大战》的影响而形成的，是男权社会代替女权社会后，重新改写后的另一个版本的《天宫大战》。

第二部分“从阿布卡赫赫到阿布凯恩都里这段历史”显然是指《天宫大战·附录六则》中的故事，阿布卡赫赫为老三星的大弟子，是老三星最早裂生的萨满神，曾在洪涛后唤醒上劫的大神，收了十个弟子，并重建天地，创下丰功伟绩。阿布凯恩都里是老三星的二弟子，也是阿布卡赫赫手下的巡天大神。恶魔耶鲁里则是“老三星”的第五个弟子，《神魔大战》中，恶魔耶鲁里勾结扫帚星攻占天宫，将阿布卡赫赫和其手下的三百女神囚禁于冰山中，多亏阿布凯恩都里在老三星的帮助下，打败耶鲁里，救出阿布卡赫赫，从此取代阿布卡赫赫成为天上的统治者。第三个洞中的故事，则是阿布凯恩都里取得领导权之后的故事，也就是《满族神话》一书中大部分神话故事中所描写的内容。佛托妈妈故意不让他看完，一方面暗示天机不可泄露，另一方面也可能因为这一部分神话还没有完全创作出来。

笔者认为，这则神话三个小洞中所讲述的萨满天神的三个阶段基本上可以概括“满族神话”系列神话的大体发展线索。除了神话《老三星创世》大体上对应着第一个小洞中的故事之外，“满族神话”系列作品大体上可以分为两部分，第一部分包括《天宫大战　西林安班玛发》一书附录六篇作品中除《老三星创世》外的所有作品，分别是：《附录一　佛赫妈妈和乌申阔玛发》、《附录二　阿布凯恩都里创世》、《附录四　阿布卡赫赫创造天地人》、《附录五　大魔鬼耶鲁里》、《附录六　神魔大战》，还包括《满族神话》中第一部《创世神话》中的某些作品，描写了从女神阿布卡赫赫统治天界到男神阿布凯恩都里取得领导权的演变过程；第二部分则包括《满族神话》一书中的其他作品，描写了阿布凯恩都里取得了天界领导权之后的故事。

一、《天宫大战·附录六则》中的神话人物谱系研究

《天宫大战》的创世神话中，天地最初是在水中诞生的，最初生成的是阿布卡赫赫、巴那姆赫赫、卧勒多赫赫三女神，三女神分别代表了天、地、光三种不同的自然因素。这三女神"同身同根，同现同显，同存同在，同生同孕"，如果阿布卡赫赫遭遇不幸，其他二女神也都活不成。"满族神话"系列作品中也有一篇创世神话《老三星创世》，也将宇宙的原初归之于水，并将自然界孕育形成的大水星、大火星、大光星整合成了一个神话人物，名之为"老三星"。《老三星创世》是"满族神话"系列神话中最重要的创世神话，也是其他一切作品的源头。笔者认为，《老三星创世》中的水生创世思想和三大自然要素合成宇宙的最高天神的思想，与《天宫大战》有相通之处，但从其女性主义色彩已经淡化的特点来看，很可能是生活在长白山区域的女真部落，在男性取代女性得到统治权后，僧格恩都里重新书写的另一版本的创世神话。

《老三星创世》中，自然神以"老三星"的形式存在，而天母阿布卡赫赫的地位有所下降，是作为"老三星"的徒弟，完成着洪水过后重建天地的工作，更像是女萨满的形象，而非自然神的形象。显然，《老三星创世》中的阿布卡赫赫同《天宫大战》中的创世"三女神"中的阿布卡赫赫不是一个神，《天宫大战》中的阿布卡赫赫是开天辟地之后形成的第一个女神，是创生天地万物以及人类的伟大天母，也是天地间的最高统治神，而"满族神话"系列作品中的阿布卡赫赫应该同《天宫大战》中所创造出的第一个女萨满相对应，是天地形成并稳固后沟通神与人的女萨满的代称。

在"满族说部"系列神话中，天神之间的关系，已经不是《天宫大战》中主人与侍女之间的关系，而更多的是师徒关系。笔者认为，某一地域的神话中的人物关系，正是这一地域人与人的社会关系的反映。《天宫大战》中生活在东海沿岸的东海女真人的神话故事，自然也带有这一地域的社会关系特点。从多部描写东海女真的说部作品中，可以看出东海女真人在古代多为女王领导的部落联盟制社会，女王与其族众的关系是主人与侍者之间的关系，因而其对应的神话中的三百女神也都基本是阿布卡赫赫的侍女。"满族神话"系列神话的诞生地为长白山附近的内陆地区，从这一地域流传下来的说部作品中可以看出，这一地区的部落萨满多是师徒相承的关系，因而其所创造的神话中，老三星与其他诸神的关系便也是师徒关系了。

在《老三星创世》中，描写“老三星”在造出天宫大地和万事万物之后，裂生了五个徒弟，也就是五位原古神：“第一位是阿布卡赫赫，翻译成汉语是‘天母’，是女性神。……阿布卡赫赫代表的是仁慈，不愿杀戮。第二位是阿布凯恩都里。翻译成汉语是‘天神’，这是位男性神，他的性情暴躁，看到不平的事情或妖魔鬼怪残害百姓，他都会出面，除暴安良，保护人间太平，所以老百姓有个习惯，一遇难遭灾，都要喊：‘老天爷，老天爷，帮帮我吧！’这个老天爷就是阿布凯恩都里。第三位是巴纳姆恩都里，翻译成汉语是‘地神’。第四位是敖钦大神，这位神力大无穷，能搬动高山大地，最后累死在人间，尸骨分解后化成了大地上的山川河流。第五位是耶鲁里，他和前面四位大神完全不同，是一个大魔鬼。”①

可以看出，与《天宫大战》中几乎都是女性神相比，其《附录六则》中的神话故事淡化了神话中的女性主义色彩，男神的地位大幅度提高。《天宫大战》中所描写的男神只有两个，一个是由敖钦女神变成的两性恶魔耶鲁里；一个是由于犯错被贬，而变身为两性的风神西斯林。在《老三星创世》中，虽然仍然有阿布卡赫赫，也有巴纳姆和敖钦之名，但巴纳姆女神在这里被叫成巴纳姆恩都里，敖钦女神也被叫成敖钦大神，消解了她们作为女神身份的意义，似乎变成男性大神了，他们同老三星的关系变成了师徒关系；恶神耶鲁里仍然存在，但已经不是由敖钦女神变成的了，而变成为老三星的男性弟子。除此之外，又加了一个神话人物，男性大神阿布凯恩都里，同阿布卡赫赫一样同为老三星的弟子。“老三星”虽然没有标示出男女，但从其行为方式来看，显然更像是一位男神。所以开天辟地时期的六位大神中，除了阿布卡赫赫还保留着女性神的特征外，其他的五个都是男性神。就连阿布卡赫赫，虽然名为天母，被明确指出是女性神，但文中仍然写道：“在那时候不管男性神还是女性神，都只是一种标志，因为在那时的神没有男女交合的性能，都只是一种标志。”以此淡化了她作为女性神的性别色彩。

显然，以《老三星创世》为首的“满族神话”系列作品，是诞生于父系氏族社会的神话，更像是建立男性统治之后重写并改造过的神话，这些神话产生的目的更多是为了解释和宣扬男性神代替女性神的统治地位的具体过程和合理性。因而在很大程度上修改了诞生于母系氏族社会的神话《天宫大战》，使得天地创造与造人的过程中，不再只是女性一手包办，而变成是男性神起的作用更大了。恶神耶鲁里仍然是男性神，同时由于又多加了一个虽性情暴躁，

① 富育光讲述，荆文礼整理：《天宫大战　西林安班玛发》，吉林人民出版社，2009年4月第1版，第89—90页。

却疾恶如仇，除暴安良，保护人间太平的男性大神阿布凯恩都里，连地神巴纳姆和力神敖钦也变成了男性神，这就使得男性的地位得到了根本性的提高。《神魔大战》中更是讲述了在阿布卡赫赫被魔王耶鲁里勾结扫帚星人压到冰山之下时，阿布凯恩都里作为阿布卡赫赫手下的巡天大神，在老三星的帮助下，打败魔王耶鲁里，救出阿布卡赫赫，从而代替阿布卡赫赫，成为天上的领导人的过程。

《天宫大战》中自然物所化成的神占有相当重要的地位，但在“满族神话”系列作品中，自然神和兽类神虽然在这里都有所提及，但已经不像在《天宫大战》中那样在战胜恶神的过程中发挥主要作用，自然神虽然仍然存在，但不做重点介绍，动物神成为萨满神的徒弟和保护神，居于从属地位。如在《附录一》中，佛赫妈妈（即佛托妈妈）被关在东海的海眼中，多亏遇上了躲避洪水的僧格（即满语的刺猬）的帮助才打出一个通风洞口，活了下来。在《神魔大战》中，僧格恩都里也和五克倍恩都里（穿山甲神）一起带上火葫芦，破冰去救阿布卡赫赫。鹰神则化身为四方神，守护四天门。但同《天宫大战》中动物神众多，且与自然神一样占有非常重要的地位相比，其地位已经明显下降，成为佛托妈妈、海兰妈妈、安车骨妈妈、海伦妈妈、赛音妈妈等萨满神的保护动物，是他们的徒弟，地位明显比《天宫大战》中降低了许多。

在《阿布卡赫赫创造天地人》中，作品描写了洪劫后，万物毁灭，只有个别萨满神在动物神的保护下隐居，在阿布卡赫赫的帮助下复生，并重新造出天地万物。这些萨满神成为阿布卡赫赫的十大弟子，这十大弟子又分别有他们自己的保护动物作为她们的徒弟。这十大弟子分别是：

1. 佛托妈妈，原型为柳树，女性生育功能的象征，有刺猬神僧格保护，功绩为灵魂山的守护者，劫后始母神，其乳汁哺育万物。

2. 海兰妈妈，原型为榆树，是树神，功绩是保存上一劫的树种。

3. 安车骨（原名安托），有神鹰保护，功绩是创造飞禽，是鸟神。

4. 海伦妈妈，江神，保护神，是水獭，能召唤鱼类。

5. 突忽烈：海神，掌管鲸鱼、海龟等。

6. 赛音妈妈：动物神，保护神是老虎；保存上劫动物灵魂，并让它们重生。

7. 萨哈连妈妈：黑龙江神。

8. 粟末妈妈：部落名。

9. 漠里罕妈妈：部落名。

10. 完达哈妈妈：部落名。

可以看出，除了前六个分别代表了柳树神、榆树神、鸟神、江神、海神、动物神的萨满神之外，还多出了四个以部落名称命名的萨满神。显然，同《天宫大战》相比，这一神话更接近人的世界了，已经将某些部落的首领当作神来传颂了。

在《附录一　佛赫妈妈和乌申阔玛发》中，也有一段关于天上神谱的描写：阿布卡赫赫[①]（佛托妈妈）为了同耶鲁里战斗，跳神并请来天上的诸星、诸神，其中有：从十六层的众星中请来的南斗六星、北斗七星、造天三星、黑虎五星、白狼星、天狗星、千星、万星；从十三层、十二层佛恩都里天上请来的八大主神、三十六部贝勒、贝色神；又请来三百六十五位台吉、玛发恩都里和十一层天的七十一位妈妈恩都里；十层天的神兽：虎神、豹神、水獭神、蛇神、鹰神[②]。这些神名中，星神，尤其是北斗七星在《天宫大战》中就已经出现，各种神兽在《天宫大战》中也有所提及，但“三十六部贝勒、贝色神、三百六十五位台吉、玛发恩都里和十一层天的七十一位妈妈恩都里”却不是《天宫大战》中所有的，从名字来看，这些都是满族先民在不断发展中的祖先神、萨满神。

可以看出，萨满神谱神系在《天宫大战》前后的不同部分以及《天宫大战·附录六则》神话中，呈现出越来越复杂的态势，增加了很多祖先神、英雄神，显示出日益具体化、复杂化，更贴近部族生活的特征。越是年代较近的神话中，其神谱越是内容丰富。从《天宫大战·附录六则》中包含着相当多的氏族祖先神和英雄神来看，其创作的年代应比《天宫大战》要晚许多。

这一系列作品中开始出现了天分层的概念，一代天神统治了一段时间之后，就升到另一层天中，委派其他天神来掌管人间事，如《附录四　阿布卡赫赫创造天地人》最后一段写道：“此后，阿布卡赫赫在天宫执掌了三个小劫后，就让位给男性天神阿布凯恩都里，自己带着二百女神随老三星到第二层天去了。阿布凯恩都里执掌了二十四个小劫到现在。”[③]这样随着社会的发展，萨满可以根据本氏族的历史和发展需要随时增添神祇，方便了新一代神不断被创造出来。

二、阿布凯恩都里统治下的天界

在神话《天神阿布凯恩都里》中，阿布凯恩都里在做阿布卡赫赫手下的巡天大神时，是有九个头的，但为了保护阿布卡赫赫失掉了六个，只剩下三个。文中写道：“阿布凯恩都里有九个脑袋，有时出一个、两个头，有时出三个、四个头，是任意的，这九个头有九个功能，第一个头是管智慧，可以指挥其

① 佛托妈妈自从执掌天界后，大家公认她是阿布卡赫赫。

② 傅英仁讲述，荆文礼搜集整理：《满族神话》，吉林人民出版社，2016 年 8 月第 1 版，第 29 页。

③ 富育光讲述，荆文礼整理：《天宫大战　西林安班玛发》，吉林人民出版社，2009 年 4 月第 1 版，第 102 页。

他八个头。……为了保护阿布卡赫赫失掉了六个脑袋，只剩下三个头。这三个头中有两个头可以离开他的身体，在天地之间随便走，到处巡视。人间每个时期出了什么事，他都知道。所以满族中有一句话叫作三尺以上就有天神。他的脑袋到处行走，专管天上和人间的事，不管是神还是人，只要有求时他就出来搭救。人们在大灾大难时，一喊'天呐'，希望天神来保护，他就出来救你。"①

阿布凯恩都里在没当天神之前，他就给天上和人间立了十二个大功劳。正因为有这十二个大功劳，阿布卡赫赫才把自己的宝座让给了阿布凯恩都里，由母系天神转移到父系天神，也就是由天母神变成男性的天神。这十二大功劳分别是：1. 从魔火中救出阿布卡赫赫；2. 从魔水中救出阿布卡赫赫；3. 抛出一个头，把耶鲁里抛出的冰山往北推了十万八千里，保住天宫的温暖；4. 让人间萨满炼七彩火花，把到处散播疾病的黑萨满（糊涂妈妈，汉译鬼妈妈）手下的小妖赶跑；5. 把耶鲁里手下的魔兵赶到地下国，让海神把好人收到天上的河车星座去；6. 用一个脑袋堵住地下国入口，让恶魔不能到地上为非作歹；7. 设立一个因果报应、灵魂报应的制度，做好事的人死后可以上天，凡是为非作歹的人，死后就让他到地下国去，成为魔鬼；8. 因裂生繁殖太慢，把裂生变为胎生，各种生育方式产生；9. 让动物能变成人类，人类也能变成动物；10. 救出巴纳姆赫赫后，分出清浊水，浊水变大地，人类才能生存；11. 让一些动物变成家养动物；12. 让小徒弟盗天火，允许地上国人用火②。

我们知道神话中经常把生产力发展后人类的进步，归之于天神的功劳，从这十二个功劳中，我们可以看出，在天神阿布凯恩都里统治的时期，人类社会已经比阿布卡赫赫统治的时期有了很大的进步。首先，耶鲁里被阿布凯恩都里的一个头封闭于地下国，也就是说象征着天灾人祸的恶神已经不能随意来人间捣乱了；其次，冰山被阿布凯恩都里的一个头推远了十万八千里，也就是说没有特别严寒的恶劣天气了。让一些动物变成家畜，允许地上国人用火，这两条则说明地上的族众们在畜牧业和用火技术上已经取得了一定成就。由裂生变成胎生，各种生育方式的产生也意味着地上生灵的繁育更加容易，人口和动植物资源也更加丰富了。最后设立一个因果报应、灵魂报应的制度，一方面，笔者怀疑，这一时期的满族神话一定程度上受到佛家思想的影响，另一方面，表明这一时期满族先民的道德观念已经成熟，尊重为族众做好事、有功劳的人，认为他们死后的灵魂可以升天。也正是因为这种道德观念的形成，

① 傅英仁讲述，荆文礼搜集整理：《满族神话》，吉林人民出版社，2016 年 8 月第 1 版，第 19 页。
② 傅英仁讲述，荆文礼搜集整理：《满族神话》，吉林人民出版社，2016 年 8 月第 1 版，第 18—23 页。

使得这一时期的《满族神话》中的作品，大多是讴歌一些为族众呕心沥血做好事，功勋卓著的氏族首领或大萨满，他们死后灵魂的归宿，也大多升到天界。

阿布凯恩都里统治了多长时间呢？文中写道："阿布凯恩都里有翻江倒海的能力，在天国一万二千多年中他生[①]了十二个大徒弟，……这一万二千年相当于地上国一千二百万年，天上的一年是地上一千年。……萨满教认为，天上三个小劫是一个大劫，一个小劫是一万八千年，算起来一个劫就等于地上一亿多年。这个大劫就是天神保护的，若没有阿布凯恩都里的保护，整个浪的天上和地上都完了。"[②]可见，《满族神话》中的时间观念也带有一定的佛学色彩，引进了小劫和大劫的概念。

阿布凯恩都里所统治的天宫里又包括哪些天神呢？在神话《天神阿布凯恩都里》中写道："天上大致有这样几个层次，一个是阿布凯恩都里和他的十个弟子，加上阿布卡赫赫留下的八个女神是第一层，掌管天、地一切。（因阿布卡赫赫退位之后，回到老三星那里去了，不在位了，但是她留下了十个女神。后来老三星带走两个，留下八个女神。）第二层是新古，满族话叫乌什哈额真。第三层是裂生神。最后一层是胎生神，指人类或动物上天成神了。人死后上天也享受神的待遇，同时也享受人间的烟火。"[③]这段文字大体上说出了以阿布凯恩都里为首的天神们分为几类，第一类就是阿布卡赫赫上升到上一层天时，所留下来的八个弟子，佛托妈妈和海伦妈妈就是这一类天神的典型代表。第二类就是阿布凯恩都里的十个弟子（有的版本中说有十二个弟子），这些弟子中最重要的有堂白太罗、长白山主超哈斋爷、刺猬神僧格恩都里等，他们在其他满族说部神话中都有所涉及，还有的成为另一部神话的主人公。这些天神都较为古老，是裂生的天神，代表了天神中的最上层。第三类则是被称为"新古，满族话叫乌什哈额真"，《满族神话》中"星辰神话"部分，描写的就是这一部分天神，他们前世多为部落英雄或大萨满，或是因犯了小错被贬下界的天神，在世间他们或降妖除魔、惩恶扬善，或带着族众迁徙，为部族找到理想家园立下了汗马功劳，受到族众的拥戴和热爱，死后为了表彰其在人间的功绩，他们被上升到天宫或重返天庭，成为某一星座的星主。北极星主乌苏里罕、北斗七星星主纳丹乌西哈、启明星主德凤阿、金牛星主爱新依寒等都是这类神话人物的典型代表。最后一类是"人死后上天也享受神的待遇，同时也享受人间的烟火"，也就是某一氏族的祖先，虽然没有大的丰功伟绩，

① 在满族神话中，下一代天神大都为天神某一部分裂生出来的。
② 傅英仁讲述，荆文礼搜集整理:《满族神话》，吉林人民出版社，2016 年 8 月第 1 版，第 19 页。
③ 傅英仁讲述，荆文礼搜集整理:《满族神话》，吉林人民出版社，2016 年 8 月第 1 版，第 23 页。

但氏族出于慎终追远，对祖先的崇敬之情，也将其奉为天神，使之享受族众的香火。

首先来看第一类：阿布卡赫赫留下的弟子们。阿布凯恩都里统治天界之后，阿布卡赫赫的十个弟子中有八个留了下来。这十个弟子就是《阿布卡赫赫创造天地人》中阿布卡赫赫在洪灾后重建天地时所收的十个徒弟，即：佛托妈妈、海兰妈妈、安车骨、海伦妈妈、突忽烈、赛音妈妈、萨哈连妈妈、粟末妈妈、漠里罕妈妈、完达哈妈妈。其中被“老三星”带走的两个女神是哪两个呢？不得而知，但从《满族神话》的其他作品中可知，留下的八个女神中，最有名的是佛托妈妈和海伦妈妈。佛托妈妈是满族先民心目中的始祖母。长白山被认为是满族先民的祖先魂归之处，因而也是始祖神佛托妈妈和乌申阔玛发所居之处。《东海窝集传》中描写道：“满族的先人住在长白山，也叫太白山。那里是翠林葱秀，林海茫茫，无边无际，到处都是鲜花绿草，环境幽美，好不逗人。尤其是五大峰，七大岭，十三道大川，都是从太白山上延伸出来的山砬子，遍布了东北各地。所以满族人有句俗话：我们发源于太白山，繁衍于大漠北。……那是很古很古的时候，还是阿布凯恩都里造人时，只造出两个人来，一个是男的，叫乌克伸玛发；一个是女的，叫‘佛多（托）妈妈’。两人被造好后，繁衍了一些后代。他们两人在太白山上修身养性，平素间凡是满族的一些子孙，有些什么困难或遇到灾难的时候，都要向他们寻求帮助，他们总是积极想办法去搭救。”① 佛托妈妈在阿布凯恩都里统治时期，俨然是个“月下老人”，男女婚恋上有什么问题都要去求她，她还是个“送子观音”，只要部落中人哪对夫妻没有孩子，都要向佛托妈妈祈祷，总会有好消息，生出一个不凡的半神半人的英雄阿哥来。（因后面的章节中有具体论述，这里不再赘言。）

《满族神话》中海伦妈妈也是一个非常重要的萨满神。专门有一篇神话《海伦妈妈》描写海伦妈妈的丰功伟绩，文中描写“海伦妈妈是最原始的神，她是阿布卡赫赫第七个弟子。阿布卡赫赫一共有八个弟子，海伦妈妈是在洪水大劫前留下的三个弟子之一。……海伦妈妈始终没上天，在人间拯救黎民百姓的痛苦。她住在北方的三江口地方，也就是松花江、黑龙江、乌苏里江的汇合口，那里是她永远的根基地。……她教给人们避寒的方法，后来又教人怎么脱离山洞，建房子，穿衣服。她亲手教大萨满，把萨满祭祀传到人间。”②

① 傅英仁讲述，宋和平、王松林记录整理：《东海窝集传》，吉林人民出版社，2007 年 12 月第 1 版，第 1 页。

② 傅英仁讲述，荆文礼搜集整理：《满族神话》，吉林人民出版社，2016 年 8 月第 1 版，第 38 页。

海伦妈妈被视为满族先民的保护神，为满族先民立下了很大的功劳。其中最大的有四个：一是在天门岭晨罕立国时施以援手；二是在女真建国，也就是建立金国时大力协助；三是保护金朝一百年的基业；四是发现英明君主努尔哈赤，并帮他夺取天下。海伦妈妈的徒弟、保护动物也非同一般，是阿布卡赫赫肚子上的三个原始动物大神之一：水獭神。

其次，我们来看第二类阿布凯恩都里的徒弟。最重要的有三个，第一个是刺猬神，即僧格恩都里。刺猬神在《天宫大战》中就已经出现，是阿布卡赫赫的护眼女神，曾为战胜恶神耶鲁里立下了不小的功劳，在阿布凯恩都里统治时期，她又成为阿布凯恩都里的大徒弟（有的版本神话中讲其大徒弟是堂白太罗），在《神魔大战》中僧格恩都里曾受阿布凯恩都里之命钻入冰山去救阿布卡赫赫的性命，在《人的尾巴》中她受阿布凯恩都里之命到人间给人类安上了智慧的尾巴。（因在动物神中有具体介绍，这里不再赘言。）

第二个重要的徒弟是堂白太罗，在满族神话中，他位列新三星的第二位（第一位是佛托妈妈）。专门有一则神话《堂白太罗》介绍了他的丰功伟绩。文中写道："堂白太罗是裂生的，不是胎生的。老三星裂生了四个徒弟，也就是阿布卡赫赫、阿布凯恩都里、公钦大臣、阿布太银领。堂白太罗是阿布凯恩都里的大徒弟，他是专管天上秩序和祭礼的大神。他把天上由于神魔天宫大战造成的混乱局面安定下来，而后又把地上国的秩序重新整顿一番。"[①]（这里讲老三星裂生了四个徒弟，"也就是阿布卡赫赫、阿布凯恩都里、公钦大臣、阿布太银领"，这同《老三星创世》中所写的老三星共裂生了五个弟子，分别为阿布卡赫赫、阿布凯恩都里、巴纳姆恩都里、敖钦大神和恶魔耶鲁里的说法稍有不同，应该是不同部落所流传的神话的不同版本。）

在满族说部中，堂白太罗的功劳非常大，首先，他稳定了天国的一切神位，都让他们安于职守。"同时，他委派自己的弟子布星妈妈布满星星，星座上坐着各类神仙，掌管一些事情。因为他们的功劳特别大，应该给他们一方领地，使他们能够享受自己的生活。阿布凯恩都里把星主分散到各个星星里，才出现了各个星座的星主。他一共分出四等，野星叫作乌什哈，汉话就是星主，根据功劳的大小分到星座里去，让他们在自己的领地为王，安居乐业。就像北斗七星，有七个星座，所以就有七个星主；南斗六星，有六个星座就有六个星主；北斗星是二等星座，北极星是一等星座。"[②]七星为首的是堂白太罗。堂白太罗对人间有十大功劳：一是分长幼；二是别婚姻；三是懂礼节；四是

① 傅英仁讲述，荆文礼搜集整理：《满族神话》，吉林人民出版社，2016年8月第1版，第32页。
② 傅英仁讲述，荆文礼搜集整理：《满族神话》，吉林人民出版社，2016年8月第1版，第32页。

祭天地；五是立家规；六是分岁数；七是孝敬父母；八是爱兄弟；九是明赏罚；十是立部落。每个部落都请来一位萨玛[①]，萨玛能够上传神谕，下达人意，在人和神之间起到沟通、桥梁的作用。萨玛能够制服耶鲁里等妖魔，还能给人们看病治病。堂白太罗的措施对后来的立国安邦起了很大作用，产生了王爷，形成了比较原始的国家。最后，堂白太罗还为人间培养教育了一批萨满。他先是培养了十二个萨满，“后来人类繁衍多了，部落也发展多了，原有的十二个萨玛已经不够用了，……于是又造出十二个，一共二十四个大萨玛。牛录里又有二十四个小萨玛，小萨玛由大萨玛一层一层地训练。”[②]堂白太罗的弟子，在其他神话中也有所提及，如《海伦妈妈》中讲乌林萨满是堂白太罗的徒弟。

神话正是现实社会的曲折的投影，堂白太罗管事的时代，应该是部落发展到一定程度，各种制度相对完善，建立了原始国家的时期。正因为堂白太罗功勋卓著，后来他被请上天庭，成为继新三星之一位列佛托妈妈之后的第二位。（据《老三星创世》中描写，“新三星”分别为佛托妈妈、堂白太罗和纳丹岱珲[③]。）但《海伦妈妈》中讲“堂白太罗上升到新三星宝座之后，不大管人间的萨玛事了”。他的徒弟乌林萨满就只好跟着海伦妈妈回三江口。

阿布凯恩都里的另一个非常重要的徒弟是长白山主超哈斋爷。在《神魔大战》中，故事描写在神魔大战中有些天神受了伤，这些“在人间养伤的神，有愿意回天的回到了天上，不愿意回天的成了地上国的神，像河神、海神、湖神、山神、土地神、治病神等等。阿布凯恩都里把在地上养伤的神都做了安排，同时又把超哈斋爷送到地上的长白山当了长白山主，调兵遣将镇压着邪魔外道”[④]。可见，在满族神话中，长白山主地位特殊，受命管理地上国的一切事宜。各路没有回到天上的神，像河神、海神、湖神等，都受长白山主的调遣。长白山主还有一个很有名气的大儿子，叫三音贝子，因为祭天时喝醉了酒，碰洒了祭天的米酒坛子，阿布凯恩都里一气之下，把他打发到人间，降生在一个猎户家里。后来天上出了九个太阳，三音贝子在长白山主的指点和喜鹊们的帮助下用五彩天绳套下了六个太阳，只剩下三个。阿布凯恩都里把五彩天绳交给三音贝子，封他为值日恩都里，专管日出日落的大事。一旦太阳发了怪脾气，三音贝子就用五彩天绳把太阳套住。

① 萨玛：即萨满。

② 傅英仁讲述，荆文礼搜集整理：《满族神话》，吉林人民出版社，2016 年 8 月第 1 版，第 34 页。

③ 富育光讲述，荆文礼整理：《天宫大战　西林安班玛发》，吉林人民出版社，2009 年 4 月第 1 版，第 89 页。

④ 富育光讲述，荆文礼整理：《天宫大战　西林安班玛发》，吉林人民出版社，2009 年 4 月第 1 版，第 128 页。

在《乌龙贝子》中故事讲道："（乌龙）听老人讲，长白山是一座神山，那里有长白山主，神通广大，武艺高强。他便决定上神山去学武艺。……长白山主是满族的一位保护神，手下有八路兵马，由八个徒弟率领。真是旗分八色、甲分八种。这八路兵保护八方，有求必应，有难必救。从此乌龙就在山上苦心学艺，成了长白山主的第九个徒弟。……"[①]《多龙格格》中也有这样的内容："据说咱们祖先住在几百里远的长白山。长白山主是阿布凯恩都里的弟子，保护着咱们祖先，教给先人做弓做箭、打鱼狩猎、播种五谷、种麻织布，（先人们）生活过得挺富足。"[②]可以看出，长白山主作为人间部落的保护神，在满族先民心目中占有极高的地位。当然，长白山主只是一个封号，并不指固定的某个人，人间的英雄也可以因功劳当上长白山主。《乌林贝子》中描写：后来，老长白山主因为治理人间有功，被阿布凯恩都里封为阿布凯贝勒（天王），召到天上去了。临上天之前，老长白山主因见乌龙贝子武艺高超，又有智谋，对待各部落人仁慈热情，想要把长白山主的大权交由乌龙来继承。乌龙认为有大师兄在，苦苦请求老长白山主将大权让给大师兄。大师兄继任后，心怀鬼胎，怕乌龙夺权，就命令他夫妻二人下山去巡视各方，乌龙高高兴兴辞别各位师兄，走遍各部落的山山水水，解决了大小困难九九八十一件，受到各部落人的爱戴，称他为"恩都里乌龙贝子"。大师兄当了长白山主不到三年，把个长白山弄得七零八落，被老长白山主调到身边，又要把大权交给乌龙贝子，乌龙又跪到老长白山主宝座前，苦苦请求把大权交给二师兄，并表示甘愿帮二师兄治理长白山。老长白山主又一次答应了他的请求。乌龙和必拉夫妻两个兢兢业业治理着长白山，真是赏罚分明，调度有方，没出三年，把长白山治理得井井有条，人强马壮。老长白山主把情况向阿布凯恩都里禀告后，阿布凯恩都里根据实情，封乌龙为白山圣主超哈恩都里。人们亲切地称他为超哈斋爷。（注：超哈恩都里是管兵的神。满族在出兵打仗之前，都要祭祀这位神。平常在春秋大祭时午前祭。）

不少满族神话中的部落英雄一有难时，就都到长白山去请长白山主传授武艺或帮忙解决问题。所以很多部落首领、英雄和萨满，都是长白山主的徒弟。如《阿达匹汗奇》中的主人公是拉林河伊尔根觉罗氏族各部落的女首领、女萨满，"阿达四十岁那年，阿布凯恩都里路过长白山，让长白山主收她为徒。"后来升为北极星主的乌苏里罕下凡锻炼的三世之中有一世所处的部落被木都里部落所灭，也是拜长白山主超哈斋爷为师三年，才打败了对方，为父母报

① 傅英仁讲述，荆文礼搜集整理：《满族神话》，吉林人民出版社，2016年8月第1版，第138—145页。
② 傅英仁讲述，荆文礼搜集整理：《满族神话》，吉林人民出版社，2016年8月第1版，第134页。

了仇；《多龙格格》中的主人公，也是在长白山上学了一百天箭法，又练了一身好武艺……

在《满族神话》的多数作品中，阿布凯恩都里是作为正面形象出现的，是除暴安良、为民众做好事的老天爷，但在后期的某些作品中，阿布凯恩都里的形象就不再那么正面了。如在《白云格格》中，作品将漫天洪水的灾害归之于阿布凯恩都里的残暴；在《托阿恩都里（火神）》中，阿布凯恩都里在火神盗火的故事中，扮演了阻碍人间取得火种的坏的“天老爷”角色。书中写道：人们“几次恳求给人间留下火种，阿布凯恩都里都摇摇头、摆摆手说：‘这火可不能随便传到地上，因为你们不懂得怎么用，会把我创造的世界焚毁掉。那时候，你们的性命也保不住了，还是过着没火的生活安全些。’”① 这一方面是为了突出主人公的形象，要设置一个反面角色；另一方面，也表明到了满族神话发展的后期，随着越来越多的新的更贴近百姓生活的神被创造出来，阿布凯恩都里也越来越远离人们的生活，变成九重天上的享尽天福、不问世事，甚至是与部落民众为敌的天神了。代之而兴起的是其徒弟堂白太罗、长白山神，以及长白山神所培养起来的部落英雄和大萨满。

第四节 “女真神话故事”系列作品研究

一、神树的传说与满族先民的中原赤子之心

在《女真神话故事》中有一则神话名叫《九天女拜神树》，描写九天女率领女真人居住在安车骨，安车骨首领给所有女真人每家分一个三足铁锅做饭。那个时代东北的铁器十分稀罕，大部分人还都在用笨重的石锅，所以九天女十分吃惊，一问之下，才知道这里有一个炼铁炉，一个不知道多大岁数的神树爷爷能够将树木烧成黑炭炼铁，九天女就去拜见这位神树爷爷。文中写道：“九天女对树神爷爷三拜九叩首之后，树神爷爷才将两只眼睛睁开，好似两盏明灯，笑呵呵望着九天女说：‘九天女免礼！我乃“没厄然你”（木主），人称我树神。现在“树神”归蜿蜒（完颜）女真，我就放心了。但你要记住，树神也好，女真也好，咱们自古都是中国人，我树神人去天朝向汉高祖皇帝进贡。我们还是天朝的旧邦。千万记住！’”② 安车骨的神树爷爷自称木主，也就

① 傅英仁讲述，荆文礼搜集整理：《满族神话》，吉林人民出版社，2016 年 8 月第 1 版，第 169 页。
② 傅英仁讲述，荆文礼搜集整理：《满族神话》，吉林人民出版社，2016 年 8 月第 1 版，第 58 页。

是祖先之意，神树爷爷一再强调“咱们自古都是中国人”，显然其心向中原王朝的心意非常强烈，其为中原天朝的一分子之赤子之心可见一斑。我们知道，满族的先民肃慎人很早就与中原王朝取得了联系，史书上早有明文记载，《史记·孔子世家》中就有肃慎人向周朝进贡楛矢石砮的记载：

有隼集于陈廷而死，楛矢贯之，石砮，矢长尺有咫。陈湣公使使问仲尼。仲尼曰："隼来远矣，此肃慎之矢也。昔武王克商，通道九夷百蛮，使各以其方贿来贡，使无忘职业。于是肃慎贡楛矢石砮，长尺有咫。先王欲昭其令德，以肃慎矢分大姬[1]，配虞胡公而封诸陈。分同姓以珍玉，展亲；分异姓以远方职，使无忘服。故分陈以肃慎矢。"试求之故府，果得之。[2]

而安车骨，作为古肃慎的一个部落，也在中原的典籍中有所记载。《新唐书》中记载：

黑水靺鞨居肃慎地，亦曰挹娄，元魏时曰勿吉。直京师东北六千里，东濒海，西属突厥，南高丽，北室韦。离为数十部，酋各自治。其著者曰粟末部，居最南，抵太白山，亦曰徒太山，与高丽接，依粟末水以居，水源于山西，北注它漏河；稍东北曰汨咄部；又次曰安居骨部；益东曰拂涅部；居骨之西北曰黑水部；粟末之东曰白山部。部间远者三四百里，近二百里。白山本臣高丽，王师取平壤，其众多入唐，汨咄、安居骨等皆奔散，浸微无闻焉，遗人进入渤海。唯黑水完强，分十六落，以南北称，盖其居最北方者也。[3]

笔者认为，此安居骨部，很可能就是《女真神话故事》中所写的安车骨部，我们知道“车”在古代的读音是jū，也就是战车的意思，所以依读音安车骨被写成“安居骨”也在情理之中。根据上述古籍记载，最晚到唐朝时，这一安车骨部就与中原王朝有了交往，并且曾经明确隶属于唐王朝。从《九天女拜神树》中描写的树神爷爷所说的："我树神人去天朝向汉高祖皇帝进贡"来看，安车骨部应该从汉代就已经臣属于中原王朝了，其对于中原王朝的归属意识由来已久，而且根深蒂固。

① 大姬：武王的长女。
② 司马迁：《史记》，卷47，中华书局，2000年第1版，第1549页。
③ 欧阳修、宋祁：《新唐书》，卷219，中华书局，2000年第1版，第4694页。

二、“女真神话故事”系列的人物谱系与情节模式

“女真神话故事”系列作品的中原文化色彩是最浓的。其最高的天神是中原神话中的玉皇大帝和王母娘娘，阿布凯恩都里则是其领导下的地方性天神，作品显然是把萨满神作为地方性神直接纳入中原神话的体系之内，其情节模式也有些中原神怪小说的影子。除描写完颜阿骨打的祖先九天女与函普结成姻缘及其后代发展强大过程的神话传说之外，作品的其余部分大多是描写古代东北地区女多男少，阴盛阳衰，妖魔横行，盛行抢男之风，男子东藏西躲，害怕被捉，阿布凯恩都里受玉帝之命，派女萨满神下界，帮助族众降妖除魔，建立留子与群女婚配的氏族群，并使用太阳精子和合欢镜来治愈男人阳痿之疾、传播两性性交及生育技巧，使其能更多地繁衍后代，渐渐改变了女多男少的局面。

“女真神话故事”系列作品中，萨满神是最核心的人物，降魔除怪的任务多由她来完成。作品中萨满神是怎样的形象呢？文中描写：

> 阿布凯恩都里受王母娘娘的嘱咐，心想，派谁下世去救这支人哪？想来想去，忽然想起为他执镜照妖的萨满神来了，便传萨满神前来。不一会儿，只听丁零当啷飘然而来一位神女打扮的仙女，她头戴神帽，帽上两边插双鹿角，竖着六个杈桠，中间佩着一面护头镜，神帽边缘上飘散着五颜六色的风带。上身穿着对补襟的神衣，在左右衣襟上绘着六足蛇、四足蛇、短尾蛇，一边各一条，蛇下边绘着乌龟和蛤蟆，胸前佩有护心镜，腰系神裙，下垂着三十六条缨穗，围腰布前后有四面铜镜，铜镜的空隙拴着十二个小铜铃，丁零当啷山响。脚蹬神靴，鞋尖上有黑色的皮毛，鞋面上有个铜铃，身背神鼓，右胯下挎神刀，左胯下带着神鞭，手拿照妖镜，好不威风凛然。她来至阿布凯恩都里面前，施礼说：“阿布凯恩都里，唤小仙有何吩咐？”①

从上文的描述中可以看出这一萨满神形象完全像个人间的女萨满，鹿角神帽，绘着各类动物的神裙，铜镜、神鼓、铜鼓也都是作为人间萨满的标准装备。然而这一萨满神却被唤作仙女，自称小仙，作为阿布凯恩都里的手下，间接受命于玉帝与王母，显然已经归入中原神话的话语体系中，明显有些汉化的痕迹了。

① 马亚川讲述，王益章、黄任远整理：《女真神话故事》，吉林人民出版社，2016 年 8 月第 1 版，第 86 页。

《女真神话故事》的人物谱系中，代表善的力量的，除了阿布凯恩都里、天上星官及一些较勇敢的人类首领之外，就是一些受命或者自觉来帮萨满神的动植物精灵，如北狐仙、杏仙、蟾蜍仙、鳖仙、六足蛇、山神等，他们与萨满神的关系比较疏离，不像《天宫大战》中的女神多为阿布卡赫赫的侍女，也不像《满族神话》中大多为阿布凯恩都里的徒弟，这些山神、狐仙等，似乎只有在萨满神有麻烦时念动咒语，才能呼之而来帮忙降妖除怪的，一旦任务结束就彼此分开，似乎更有中原道教的味道。

《女真神话故事》中前半部分描写了“九天女”下凡后与函普的姻缘以及此后的种种奇遇，后半部分大多为萨满神降妖除魔，保护留子和群女，并令留子与群女相配繁殖女真后代的故事。大体的情节模式为：妖魔横行，欲害群女或留子，萨满神发现，自己出马或向阿布凯恩都里请教，在北狐仙或各天上星官、地上动植物精灵的帮助下，偶尔还有群女中的领袖或是比较勇敢的留子出手相助，巧施计谋，消灭妖魔，还有一些妖魔被降伏，甘心情愿为部落族众服务，最后部分点明与故事相关的地名或部落名称的来历。总体说来，有传奇色彩，故事诡异、离奇。

值得注意的是，《女真神话故事》中虽然有着中原文化的包装和外壳，然而从其所描写的女真人的生活图景来看却是相当古老、原始的，反映的应该是在唐代或者更早之前的历史图景，那个时代甚至比“天宫大战”系列故事所处的时代还要古老。证据除了前述的《九天女拜神树》中所描写的安车骨人在汉高祖时期就已经朝贡的描写之外，还有其所描写的部族婚制还是相当原始的，甚至比《恩切布库》所描写的妈妈窝还要原始。正因为其创作背景的古老、原始，这一类神话故事中保留了相当多的东北辽金以前的非常有研究价值的民俗民情以及山川地理部落的名称资料，特别是其树中藏人、石蕊壮阳、女多男少、东海侵占陆地等情节，都为研究满族先民的树神崇拜、石神崇拜、女权主义思想、水生创世及洪水神话提供了非常有价值的原始材料。笔者认为，“女真神话故事”系列作品，很可能是某些具有中原文化背景的人，搜集古老的东北民间口耳相传的传奇故事和山川地理部落名称等作为素材和背景，并结合中原神话的某些元素创作出来的。其创作时间不见得很早，但其所使用的民间传说和部落名称等素材背景却是相当古老的。

三、“女真神话故事”系列中的妖魔神怪形象与中原古籍中的相似形象对比分析

值得注意的是萨满神所打败的诸多妖魔的名称与《山海经》《神异经》等

中原古籍中的妖魔不但名称相同，而且外形也高度相似。如在《女真神话故事·除妖》一节中有一段对窫窳（yà yǔ）精的描述："窫窳精是牛马精，被东海龙王用海水憋在穴洞里。它吃了几个婴儿后，婴儿的精灵聚在它的精灵之内，变成人面婴儿之音。由于它本性是吃人的妖精，至今未变，又经过千年修炼，所以有呼风唤雨的妖术，又能寻穴洞而行，有能迷惑人的眼睛。特别厉害的是，它会迷人妖术，将人用妖法迷住后，人就变成痴呆一般，听它摆布，最后任由它吃掉。"① 而窫窳在《山海经·北山经·北次一经》中被描述为："又北二百里，曰少咸之山，无草木，多青碧。有兽焉，其状如牛，而赤身、人面、马足，名曰窫窳，其音如婴儿，食人。"② 可见《女真神话故事》中的窫窳与《山海经》中的窫窳不但名称相同，而且体貌特征亦相似，基本可以断定是一种妖魔。

在《女真神话故事·阿芨斯水》一节中，有对鬿妖的描述："只见前边有个大鸟，忽上忽下，长的甚是奇怪，虎脑袋，白脸膛，鸡身子，耗子腿，四只虎爪撒着，看其嘴像兽，见其身像鸟，比鹰大，它飞得敏捷迅速。"③ 而这一鬿妖也是在《山海经》中有记载的妖兽，《山海经·东山经》中说："有鸟焉，其状如鸡而白首，鼠足而虎爪，其名曰鬿雀，亦食人。"④ 从其体貌特征和名字来看，也像是一种妖魔。

《女真神话故事·鬼车鸟妖》一节中描写："这只九头大妖鸟长的人头脸面，一丈多长，五六尺宽的身子，布满六条白色横斑纹，黑色的羽毛。……鬼车鸟妖原来有十个头，被天狗咬去一个，剩九个，它在地上行走，翅膀像车轱辘，因此才叫它鬼车鸟妖。"⑤ 文中还有这种鸟抓人后留下清淡之血的描写。此妖非常怕火光，因而，当萨满神从九天女那里要来篝火，"它见到火光不仅睁不开眼睛，而且见着火光它的翅膀就麻木得不会飞了，非扎进火里不可"。最后"鬼车鸟妖"坠入火中而亡。

这种"九头鸟妖"实脱胎于《楚辞》和《山海经》中关于九凤的神话。《山海经·大荒北经》中载："大荒之中，有山名曰北极天柜，海水北注焉。有神，九首，人面鸟身，名曰九凤。"⑥《山海经》中此九首之凤，并不含妖气。关于九头鸟在民俗中演变成反面角色，是从汉代小说所载"周公居东，恶闻此

①马亚川讲述，王益章、黄任远整理：《女真神话故事》，吉林人民出版社，2016年8月第1版，第198页。
②陈维礼、黄云鹤、柴秀敏注译：《白话绘图山海经》，吉林文史出版社，2001年7月第1版，第60页。
③马亚川讲述，王益章、黄任远整理：《女真神话故事》，吉林人民出版社，2016年8月第1版，第227页。
④陈维礼、黄云鹤、柴秀敏注译：《白话绘图山海经》，吉林文史出版社，2001年7月第1版，第86页。
⑤马亚川讲述，王益章、黄任远整理：《女真神话故事》，吉林人民出版社，2016年8月第1版，第252页。
⑥陈维礼、黄云鹤、柴秀敏注译：《白话绘图山海经》，吉林文史出版社，2001年7月第1版，第249页。

鸟，命庭氏射之，血其一首，犹余九首”开始的，唐段成式的《酉阳杂俎·卷十六·羽》记载："鬼车鸟，相传此鸟昔有十首，能收人魂，一首为犬所噬。秦中天阴，有时有声，声如力车鸣，或言是水鸡过也。”宋欧阳修的《鬼车》诗生动完整地记述了此鸟："昔时周公居东周，厌闻此鸟憎若仇。夜呼庭氏率其属，弯弧俾逐出九州。射之三发不能中，天遣天狗从空投。自从狗啮一头落，断颈至今清血流。尔来相距三千秋，昼藏夜出如鸺鹠。每逢阴黑天外过，乍见火光惊辄堕。有时余血下点污，所遭之家家必破。……”都是人面鸟身，十个头被狗吃掉一个，变成九头，且断头处流清血，显然，《女真神话故事》中的描述，与唐段成式的《酉阳杂俎》和欧阳修的《鬼车》诗中所描述的基本相同，大体可断定为同一个妖魔。

此外，《女真神话故事》中，还有一则有关旱魃精的故事，描写了旱魃精出现时的情景："烟气瘴里裹着一个大妖怪，身高丈二，脸面长在头顶上，雀儿嘴，人眼睛，尖嘴上边有两个鼻子窟窿，没脖颈，细身挺，大长腿，行如风，短胳膊，大巴掌，浑身上下一身红毛，挓挲着。妖怪行到水边后，身子一张，头朝下，尖嘴插在水里，两腿拉胯站着。霎时，就见从妖怪的阴户里蹿出一道白线，水便滋滋地见少，没有多长时间，一条河水被妖怪给抽干涸了。这时，就见妖怪浑身的红毛，呼呼往外喷着红烟，随风而转，妖怪车到哪儿，哪儿的水就立刻干涸了。”关于如何灭此精："阿布凯恩都里说，此妖怪是旱风鬼变成的旱魃精。因它行速太快，用雷劈都劈不着它。只有寻到一个会水的小孩，胆子还大，潜在水中，当旱魃将嘴插入水中时，用柳条枝儿，刺瞎旱魃的两只眼睛。只要眼睛瞎，嘴脱落，其身变风而亡，就可灭掉旱魃妖精。阿布凯恩都里还告诉，寻到这样英勇的小孩，必须是男孩，潜入水中时还要在头上戴着用柳条围成的圈儿，这样就不能被旱魃精发现。”[①] 对比《神异经·南荒经》中记载："南方有人，长二三尺，袒身而目在顶上，名曰旱鼠，走行如风，名曰魃。所之国大旱。一名格子。善行。市朝众中，遇之者，投著厕中乃死，旱灾消。”两个旱魃精虽身高有所不同，但其目在顶上，行走如风，见之大旱等特点却是相通的，显然是有所借鉴。其以柳条来灭旱魃精的做法，与北方人常见的以射柳来祈雨的民俗似有联系。《辽史·礼志》载契丹族为祈雨，进行射柳活动："若旱，择吉日行瑟瑟仪以祈雨。前期，置百柱天棚，及期，皇帝致奠于先帝御容，乃射柳。皇帝再射，亲王、宰执以次各一射。”[②] 其后金代、明代皆有射柳之俗。

① 马亚川讲述，王益章、黄任远整理：《女真神话故事》，吉林人民出版社，2016年8月第1版，第190页。
② 脱脱：《辽史》，中华书局，2000年版，第502页。

除妖怪外，《女真神话故事》中的一些为人类造福的动物，亦与中原神话中的记载相通。如《女真神话故事·涡淮山》一节中，萨满神向涡牛介绍说："自从开天辟地之后，玉帝为保护生灵万物，派下五方神鸟，通禀信息，保护人类中的好人和勇士。这五方神鸟是：东方名叫发明神鸟，西方名叫鹔鹴神鸟，南方是焦明神鸟，北方就是这幽昌神鸟，中央则是凤凰神鸟。救你的就是神鸟幽昌。"[①] 这五方神鸟之说显然也是来自中原典籍，如《说文解字》中说："五方神鸟：东方曰发明，南方曰焦明，西方曰鹔鹴，北方曰幽昌，中央曰凤凰。"但五方神鸟在有些典籍中并不都是祥瑞之鸟，只有中央神鸟是祥瑞之鸟，其余四种神鸟皆为妖，见之不祥。如《后汉书·五行志二》中引《乐叶图征》说："五凤皆五色，为瑞者一，为孽者四。似凤有四，并为妖。一曰鹔鹴：鸠喙，圆目，身义戴信婴礼膺仁负智，至则旱役之感也；二曰发明：鸟喙，大颈，大翼，大胫，身仁戴智婴义膺信负礼，至则丧之感也；三曰焦明，长喙，疏翼，圆尾，身义戴信婴仁膺智负礼，至则水之感也；四曰幽昌，锐目，小头，大身，细足，胫若鳞叶，身智戴信负礼膺仁，至则旱之感也。"[②] 对比二者，可以看出《女真神话故事》中的"幽昌鸟"名称同中原典籍相同，同是北方之鸟，但细节与样貌有所不同。

可见，《女真神话故事》中的妖或神，很多与中原典籍或神话传说中的妖或神相似或重合。笔者认为形成这种现象的原因无非是两种情况，一种是其作者对《山海经》等中原典籍极为熟悉，有意将中原神话传说中的妖、神形象结合东北地区的山川地理、部落名称及当地历史传说等，创作出了《女真神话故事》；另一种则可能是东北地区本有此妖或神鸟的传说，后来传到中原，被中原典籍收入其中。到底是哪种情况，还有待深入研究。

① 马亚川讲述，王益章、黄任远整理：《女真神话故事》，吉林人民出版社，2016年8月第1版，第177页。
② 范晔：《后汉书》，中华书局，2000年版，第2246页。

第二章　水生创世与洪灾神话

创世神话与洪灾后的重建神话是各民族神话中常见的母题，《圣经》中的挪亚方舟故事和中原神话中的大禹治水、女娲补天等都是这类神话，中国各少数民族中的这类神话更是不胜枚举。满族说部中的创世神话与洪灾神话有其自身的特点，那就是“水生创世”的思想，以及“洪水混沌”的理念。在满族说部神话中，水，是宇宙和万物之源，包括三女神在内的一切万物和神灵都从水中诞生；洪灾，并不像希伯来神话中所写的是上帝用来惩罚人类的灾难，而是被视为一种自然的劫数，每隔一段时间就会有洪水淹没大地，是一种无法抗拒的自然现象，而洪灾后的重建就是上一劫中的神灵重生与重建天地的过程。

满族先民们为什么会有这样的认识呢？笔者认为，水生神话的产生，或许与《女真神话故事》中所提到的东海龙王侵占陆地的传说有关；“洪水混沌”理念的产生，似乎与东北古代每到雨季常常会暴雨不断的气候特点有关，还同时常发生“起亮子”——也就是洪水泛滥的现象有关。

第一节　满族说部神话、史诗中的水生创世神话

《天宫大战》首先是创世神话。在满族先民眼中，世界并不像西方神话那样是由上帝有目的、有计划地创造出来的，也不是如中原神话那样是被英雄神、始祖神拿着斧凿开辟出来的，而是自然形成的，带有较多唯物论的色彩。可以看出这一民族的宇宙观是偏于唯物的、尊重自然的、贴近现实的。在满族说部神话中，世界是从水中诞生的。《天宫大战》中描写世上最古最古的时候，天地间是不分天、不分地的水泡泡，“天像水，水像天、天水相连，像水一样流溢不定”，后来，水泡渐渐长，水泡渐渐多，水泡里生出阿布卡赫赫。阿布卡赫赫“像水泡那么小，可她越长越大。有水的地方，有水泡的地方，都有

阿布卡赫赫。她小小的像水珠，她长长的高过寰宇，她大得变成天穹。她身轻能飘浮在空宇，她身重能沉入水底。无处不在，无处不有，无处不生，她的体魄谁也看不清，只有在小水珠里，才能看清她是七彩神光，白蓝白亮，湛湛。她能气生万物，身生万物。”地、光都是由天母自然裂生出来的，文中写道："空宇中万物愈多，便分出清浊，清清上升，浊浊下降，光亮上长，雾气下降，上清下浊，于是，阿布卡赫赫下身又裂生出巴那姆赫赫。这样清光成天，浊雾成地，才有了天地姊妹尊神。清清为气，白光为亮，气浮于天，光游于光，气静光燥，气止光行，气光相搏，气光骤离，气不束光，于是阿布卡赫赫上身裂生出卧勒多赫赫，好动不止，周行天地，司掌明亮。阿布卡赫赫、巴那姆赫赫、卧勒多赫赫，同身同根，同现同显，同存同在，同生同孕，阿布卡气生云雷，巴那姆肤生谷泉，卧勒多用阿布卡赫赫的眼睛分别生顺、毕牙、那丹那拉呼[①]。三神永生永育，育有大千。”[②]阿布卡赫赫、地神巴那姆赫赫、光明之神卧勒多赫赫，这三个女神虽说是神，却更像自然的化身，代表着天、地、光明三种最原初的自然物。

《老三星创世》中的描写与《天宫大战》既有所联系，又有不同之处。《老三星创世》中也有天、地、光三种元素诞生世界的描述，只不过把这三种自然物的统一体，整合成了一个神话人物，名之为"老三星"。这样自然神就以"老三星"的形式存在，而与作为天母神的阿布卡赫赫分离开来。《老三星创世》中，水又被赋予了不同于现在人间的水的不同特点，是"巴那姆水"，也叫真水，这显示出满族先民在生产发展过程中对宇宙诞生理论的发展。巴那姆水由两种不同的水组成，比较重的是巴那姆水，较轻的就叫水，这一重一轻的两种水不断撞击产生了大大小小的水泡，水泡再互相撞击，产生了大小不等的水球，这些大小不等的水球又互相撞击产生了火花。这些火花又不知撞击了多少年，宇宙中终于产生了两颗巨星，一是大水星，一是大火星，大水星和大火星不断撞击又产生了大光星。大光星一产生，就主管着大水星、大火星，由此就产生了创世之神"老三星"。从老三星创世的神话中，我们可以看出这一"老三星"基本上就是《天宫大战》中的天、地、光明三女神的合体，只不过将其中的地神换成了大火星，而巴那姆地神在《老三星创世》中，地位稍有下降，变为"老三星"的第四个徒弟。这一"老三星"创世的过程比《天宫大战》中创世的过程更复杂了，显示出满族先民对宇宙产生的思考更加深入具体了。

① 顺、毕牙、那丹那拉呼：满语，即日、月、小七星。

② 富育光讲述，荆文礼整理：《天宫大战　西林安班玛发》，吉林人民出版社，2009年4月第1版，第9—11页。

值得注意的是，《红楼梦》中，贾宝玉常说："女人是水做的骨肉，男人是泥做的骨肉，我见了女儿便清爽，见了男子，便觉臭浊逼人。"[①] 这种说法似乎与《天宫大战》中的说法类似。《天宫大战》中说："世上最古最古的时候是不分天不分地的水泡泡"，"水泡泡"中渐生出最早的三女神，女人正是女神们压身上的慈肉和烈肉做的，因而女人的原质是水。而男人是地神巴那姆赫赫压自己的肩胛骨和腋毛和着姐妹们的慈肉和烈肉做成的，因为"巴那姆赫赫常把肩胛骨压在身下，肩胛骨有泥，所以男人比女人浊泥多，心术比女人叵测"[②]，这似乎与男人是泥做的骨肉的说法是相通的。

第二节　"洪水混沌"与洪灾后的重建神话

《天宫大战》中对于洪水的描写只有一句："天荒日老，星云更世，不知又过了多少亿万斯年，北天冰海南流，洪涛冰山盖野。地上是水，天上也是水，大地上只有代敏大鹰和一个女人留世，生下了人类。这便是洪涛后的女大萨满，成为人类始母神。"[③] 对于洪水过后，天神们如何重新造出万物，并重造天宫，《天宫大战》只是稍有提及，并未展开。这些在《天宫大战·附录六则》及《满族神话》的某些神话中，却成为主要的情节，并加以展开，补充了《天宫大战》在情节上的不完整之处。在《佛赫妈妈和乌申阔玛发》《阿布卡赫赫创造天地人》等神话中，都不同程度地补充说明了洪水过后众神同心协力，共同重造万物、重建天宫的过程。

洪灾后重建世界的情节模式在世界各地的神话中都有描写，最典型的是《圣经》中挪亚方舟的故事，挪亚在洪灾之前，在神的帮助下建造方舟以躲过洪水，并重建人类。在中原神话中也有大禹治水的神话传说，各少数民族神话中也有类似的故事。然而《佛赫妈妈和乌申阔玛发》《阿布卡赫赫创造天地人》等神话中的洪灾重建神话同西方神话有所不同。从洪灾的发生角度来说，西方的洪灾是上帝施加的，用于惩罚人类的道德沦丧和思想堕落、不敬神明。而在中原神话中，洪水是共工撞坏了不周山而造成的人祸；有些少数民族的神话中还有描写有人得罪了雷神，雷神生气了，因此降下大灾难之说。可见，在其他地区的神话中，洪水的发生都是缘自外在因素，而不是自然现象。

① 曹雪芹：《红楼梦》，第 2 回，吉林文史出版社，1995 年 11 月第 1 版，第 15 页。
② 富育光讲述，荆文礼整理：《天宫大战　西林安班玛发》，吉林人民出版社，2009年4月第1版，第16页。
③ 富育光讲述，荆文礼整理：《天宫大战　西林安班玛发》，吉林人民出版社，2009年4月第1版，第71页。

而在《佛赫妈妈和乌申阔玛发》《阿布卡赫赫创造天地人》等神话中，洪水的发生并毁灭一切，并不是外在因素造成的，而是一种无法避免的自然现象。《天宫大战·附录六则》中洪水混沌的概念出现了，《佛赫妈妈和乌申阔玛发》中描写道："阿布凯恩都里看见佛赫在海眼中不但没死，反而修炼得道行更大了，便对大家说：'我在天界已经执掌了三个洪水混沌，下一个洪水混沌，我想让佛赫执掌天界，由大徒弟执掌人间。'说完便带着二徒弟升到第十七层天修炼去了。佛赫自从执掌天界之后，大家公认她是阿布卡赫赫。"① 这里出现了"洪水混沌"的概念，也就是说，在满族先民眼中，每隔一段时间，都会有洪水出现毁灭万物，这在神话中被称为"洪水混沌"，对他们来说，这种洪水之灾是一种天劫，劫数出现时别说人类毫无办法，就连创天造人的老三星也毫无办法，因为这是命里注定的，是连天神都阻止不了的自然现象。

从洪灾后的重建过程来看，《佛赫妈妈和乌申阔玛发》《阿布卡赫赫创造天地人》中的说法，也同西方神话以及中原神话都不同。西方神话中洪灾后的重建，依靠方舟以及方舟中保存下来的众生和植物的种子，而这幸存下来的方舟中的众生显然是按上帝的旨意而存留下来的，全知全能的上帝的意志主导着一切；中原神话中则人为色彩浓郁，大禹治水的过程似乎就是一场人类用自己的智慧和顽强拼搏精神战胜洪灾的感人故事。《天宫大战·附录四·阿布卡赫赫创造天地人》中所描写的洪水后的重建过程表现了满族先民对自然界的独特认识：洪灾过后，总会有上劫的神在动物保护神的保护下以休眠的方式逃过一劫，幸存下来，这些神又总能保留着上劫动物的灵魂。在阿布卡赫赫的帮助下，在佛托妈妈乳汁的哺育下，这些动物灵魂复活，生成了人间的万物。这种洪灾过后依靠劫后余生的动植物再生的神话同西方神话相比，显然更具有唯物主义的色彩，包含着满族先民对自然界再生方式的朴素的思考。

在《满族神话》一书中，洪灾神话还有不同的版本，有的版本中洪灾成了耶鲁里降下的灾难，如在《阿布凯恩都里创世》中，故事写道："人类居住的大地是老三星创造的，后来，耶鲁里从天库里偷来天水葫芦，揭开盖子，全部倒在地上国的国土上，虽然经过天神的努力，治退了洪水，不料有些洪水灌进地里，大地被浸泡，常常出现地震地陷的天灾。阿布凯恩都里派一只经过五次大劫的神龟驮住了大地，天不塌，地才不陷。只要它一合眼，就用鞭子抽它，它一打哆嗦，又睁开眼睛。这一哆嗦不要紧，地面上便会出现大大小小的地震。"②

① 傅英仁讲述，荆文礼搜集整理：《满族神话》，吉林人民出版社，2016年8月第1版，第28页。
② 傅英仁讲述，荆文礼搜集整理：《满族神话》，吉林人民出版社，2016年8月第1版，第16页。

在《白云格格》中，洪水变成阿布凯恩都里故意降下的灾害，文中写道："传说，天地初开的时候，天连水，水连天，天是黄的，地是白的。渐渐，渐渐，世世才有了人呀，鸟呀，鱼呀，兽呀，虫呀。住在九层天上的天神阿布凯恩都里，瞧见地上出现奇怪的生灵，大发雷霆，要把地上所有的生物统统收回天上去。于是，他叫雷神妈妈、风神妈妈、雹神妈妈、雨神妈妈，朝地下猛劲地刮起暴风，呜呜的风啊，洒下暴雨，落下冰雹，又派把守东海的龙王，打开水眼，洪水从天上哗哗地灌下来，一连三千三百三十六个日日夜夜，遍地汪洋，白浪滔天，人呀，鸟兽呀，混在一块儿漂流，谁也顾不得伤害谁，都在黑浪里嚎叫、挣扎……拼命找地方活命。"① 在这里，阿布凯恩都里已经由一个正义善良、为人们除灾解难的天神变为一个在天上享乐的残暴的君王，洪水也变成了阿布凯恩都里降下的灾难。

从《天宫大战》的水生万物的创世神话，到《佛赫妈妈和乌申阔玛发》《阿布卡赫赫创造天地人》中洪水混沌概念的提出以及洪灾后的重建神话，再到《阿布凯恩都里创世》《白云格格》中耶鲁里降灾和阿布凯恩都里降下洪水的神话，反映了三个不同历史时期的三种不同的有关于水的神话。《天宫大战》中的水生万物的创世神话应该是最古老的神话，反映了满族先民对于天地产生的朴素的认识。在原始先民心目中，一切万物都是在水中产生的，水中产生火与光明，产生大地与万物，一切皆孕育于水，诞生于水，水中所诞生的都是女神，反映了在母系氏族社会时期人们对天地宇宙的朴素观念。笔者认为，这种水中创世的神话很可能也与洪灾有关，因为洪灾之时一片汪洋，目之所及，似乎只有水，洪灾过后，大地在洪水中露出，万物都从水中浮现出来。经历了这种天灾之后，满族先民很可能会产生天地万物都是从水中生出的想象，这种水生万物的创世神话也就随之产生了。

《佛赫妈妈和乌申阔玛发》《阿布卡赫赫创造天地人》中的创世神话则是晚于《天宫大战》中创世神话产生的时期，反映了由女权社会向男权社会过渡时期人们对水的认识。这一时期人们视洪水为一种自然现象，一种无法逃避的天劫，天劫之后，是女神领导天神们完成了灾后的重建，也就是反映了女性萨满神功勋卓著，占有重要地位。

《阿布凯恩都里创世》《白云格格》则是更晚期的神话创作，反映了男权社会建立之后的思想观念。阿布凯恩都里统治的早期，人们为了突出阿布凯恩都里的重要作用，将洪灾视为恶神耶鲁里的有意捣乱，阿布凯恩都里则成

① 傅英仁讲述，荆文礼搜集整理：《满族神话》，吉林人民出版社，2016 年 8 月第 1 版，第 134 页。

为治理洪灾的英雄；到了阿布凯恩都里统治的晚期，随着一些新的英雄和神的诞生，为了突出新的主人公的英勇无畏与卓越功勋，往往把阿布凯恩都里描写成一个残暴的统治者，洪水则成为阿布凯恩都里降下的灾难。

第三节 “起亮子”与“东海龙王侵占陆地”

——满族水生创世神话与洪灾神话的起因考

满族说部中何以会有宇宙万物都是从水中产生的神话呢？其“洪水混沌”后重造天地之神话观念又是如何产生的呢？笔者认为，神话虽然是原始先民想象出来的，是先民们对无法用正确的科学观念解释的种种自然现象的解释，但任何思想观念的产生都不是无缘无故的，必然有其一定的物质基础。笔者认为，满族说部中之所以会有那么多的水生神话与洪水神话，其原因还要从古代东北的气候以及地理变迁中找。关于辽东的气候，其他满族说部作品中多有描写，如《兴安野叟传》中有这样一段描写：

> 辽东这地方，冬季风大干燥、冰雪覆盖、寒冷无比，过了春到夏，又往往暴晒，那太阳像下火一样，把大地烤得沙粒子、土面子都烫脚，可是一进入雨季，那雨可就下个没完没了，天上只要起一阵风，一刮云就聚来，转眼间滂沱大雨就来到，而且一下就没完没了。这不是，纳哈出、蒙德儿的北征刚刚出了金山不过几十里远，大雨就劈头盖脸地浇灌下来了，荒原上像刮起了白烟，水泡泡一片片地翻飞，电闪雷鸣，狂风挟着暴雨，眼前一片茫茫，令人生畏。[①]

《兴安野叟传》中还描写了一种俗称“起亮子”的自然现象：

> 突然听到一种“喔喔”的响声，好像是风声，可这时已没有风了，风已经停了，那么，这是什么响动呢？他就再往上爬。当蒙德儿爬到将近树梢处时，他往远处一看，不仅吃了一惊，那是什么来了呢？只见远处，凭空起了一道“白墙”，那“白墙”齐刷刷地向这边推进，蒙德儿一下子明白了，雨停了，水到了，这是“起亮子”啦！起亮子，这是北土民间的一句老嗑，是指在连雨天土地饱和之后再下大暴雨，又没有河流疏浚，就会生成巨大的洪水，向地势低凹处推卷而来，那白亮亮的洪峰就像一

① 傅英仁讲述，曹保明整理：《兴安野叟传》吉林人民出版社，2018 年 8 月第 1 版，第 44 页。

面墙，所以民间叫“起亮子”或“水墙”。[①]

一进入雨季就下个没完，暴雨过后还总是“起亮子”，一切都被大水淹没，瞬息之间，也许一个部落或几个部落就都被大水冲走，连尸骨都找不到。这种现象就可以解释何以在满族先民心目中，会产生“洪水混沌”的观念，视洪水发生是每隔一段时间就会发生一次的自然现象，仿佛其是注定的劫数。大劫过后，天地万物都被水淹没，阿布卡赫赫便寻找残存至下劫的天神，重新造出一个天地来。

另外，《女真神话故事》中还有许多神话描写了东海龙王侵占陆地的传说，很多妖魔精怪的产生，都与几千年前东海龙王侵占陆地有关。据笔者统计，《女真神话故事》中共有八则神话提到了这一事件，许多妖精都是在东海龙王侵占陆地之后才慢慢形成的。其中讲得最为清楚的是《山精》一章：

> 开天辟地的时候，在北国万山丛中，兀立一山，为万山之首。哪知东海龙王为扩大地盘，将北国大半土地侵吞了，变为一片汪洋大海。百兽被海水追逐得无处躲藏，便纷纷逃到兀立山洞中，没想到被海水围困而死。万兽精灵和兀立山混成一体，经过在海里修炼，便与龙王展开搏斗，每斗一次都要发生海啸。后来，玉帝见东海龙王经常兴风作浪，一怒将东海龙王撵到东海海峡内，不准它再侵犯大地。兀立山精才脱离大海，回到陆地。[②]（此段讲“山精”）

从这段文字中可以看出，很可能很久以前，东北大地是被海水淹没的，还经常发生海啸。此外，还有七则神话中提到了东海侵占陆地一事，摘引如下：

> 阿布凯恩都里赐教萨满神说：“说起狼精，还得从天庭说起，很早以前，玉帝为天狼星配个伴星，名叫白女星。天狼星见白女星长得漂亮，便起了坏心，偷着将白女星强暴啦。说来也巧，强暴后，白女星便身怀有孕。别的星不知道咋回事儿，见白女星肚儿越来越大，都叫它‘白矮星’。纸里包不住火，这事被玉帝知晓了。白女星生个母狼崽子，听说玉帝知道了，吓得她赶忙将狼崽子抛到东海里。从此玉帝就将天狼星和白女星分开了，五十年才准见一面。白女星扔下海里的母狼崽子，被东海龙王捡进龙宫去，让龙王母哺乳喂养，说将来让狼把守龙宫门。不料这狼崽子哺大了，

① 傅英仁讲述，曹保明整理：《兴安野叟传》吉林人民出版社，2018 年 8 月第 1 版，第 46 页。

② 马亚川讲述，王益章、黄任远整理：《女真神话故事》，吉林人民出版社，2016 年 8 月第 1 版，第 146 页。

在动性的时候，便爱上了龙王，要和龙王交配。它见龙王和龙王母同宿，便起了歹心，要将龙王母咬死，自已好当龙王母，因为这个它被押在海山底下。后来东海龙王总好兴风作浪，惹恼了玉帝，玉帝缩小了东海龙王的地盘，将它龟缩在东海海峡里，才露出这北国大地，生长了万物。可这只母狼所在的海山，现在变成陆地上的大山了，海水也没了。它就和山洞里的‘精灵’交配了，留下狼的后代，再后来，由于山崩，将它憋死在山洞里，精灵便伏在它的体中，变成狼精。”[①]（此段讲“灭精怪”）

鳖王说：“……一千年前，我额娘快生我的时候，忽然东海龙王侵犯陆地，用海水将大地全吞下去了。额娘被惊吓又在海水里挣扎，一使劲儿，连我和子宫全从阴户里落出来了，就将我憋在子宫里。我在里边挣扎，这子宫就在海里翻滚，谁也不知我是啥，将我身子憋圆了，背盖长厚了，脖子憋长了，脑袋憋小了，嘴儿憋尖了，腿儿憋短了，可我有生存的勇气，靠着从子宫的缝隙进来的海水和风丝，吸吮活着。子宫天长日久吸取海里养物，使它变成个大肉蛋，包裹着我，保护着我，使我生存下来了，我便在里边修炼起气功来。气能生精，精能生灵，我变成有精灵的动物了。后来玉帝惩罚东海龙王，将海水撤回到东海海峡里去了，我便留在三担水中。”[②]（此段讲“鳖神”）

这十一个鬼魂，是东海龙王发水侵占大地时，他们十一位勇士反对龙王发水侵略，便和东海龙王争战起来，东海龙王的蟹兵蟹将，都被这十一个勇士打败了。东海龙王将十一个勇士压在山下，人虽死，鬼魂没散，经过几千年，变成鬼精，因为他们从山里钻出来，把脑袋变成个凸形，他们抢女是要吸女阴增添他们的阴灵，阴灵成熟后，还要去找东海龙王报仇，那时又要发生一场大患。这回被你用神袋吸进来了。他们已有半仙之体，神袋灭不了他们的鬼灵。他们为保护人类生物而死，是人类的勇士，就将这群尸魂灵精，让鬼星官收去看管吧。[③]（此段讲“除鬼精”）

雄蛇和东海二公主交配，东海龙王知道后，大发雷霆，一怒之下，将二公主关在冷宫，又大发海水，将雄蛇淹死了。二公主由于和雄蛇交配，

①马亚川讲述，王益章、黄任远整理：《女真神话故事》，吉林人民出版社，2016年8月第1版，第139页。
②马亚川讲述，王益章、黄任远整理：《女真神话故事》，吉林人民出版社，2016年8月第1版，第151页。
③马亚川讲述，王益章、黄任远整理：《女真神话故事》，吉林人民出版社，2016年8月第1版，第167页。

已经怀孕，便生个小脑瓜、长脖子后边拖个又宽又扁的长身子，下边长个大巴掌似的四肢，既不像龙又不像蛇，这么个怪物。[①]（此段讲"蛇龙精"）

这是东海龙王侵吞大地后，留下的祸患。这巨虚妖精，需要吸人兽禽鸟万个精灵和血液，才能装满它的内脏，到那时，谁也治不了啦。这巨虚妖精能在一里地之外吸进喘气的生物。[②]（此段讲"槊硌水"）

窫窳（yà yǔ）精是牛马精被东海龙王用海水憋在穴洞里，它吃了几个婴儿后，婴儿的精灵聚在它的精灵之内，变成人面婴儿之音，由于它本性是吃人的妖精，至今未变，又经过千年修炼，所以有呼风唤雨的妖术，又能寻穴洞而行，有能迷惑人的眼睛，特别厉害的是，它会迷人妖术，将人用妖法迷住后，人就变成痴呆一般，听它摆布，最后任由它吃掉。[③]（此段讲"除妖精"）

她是一个少女，在东海龙王发水的时候，被淹死在山洞里。山在海里又往高长，她被埋在底下，尸体没腐烂，经过千年后，她的精灵未散，已成鬼怪，但还没成形体，现在已吸取男人的阳液，用不多久，鬼怪用男人精液将尸体复活，这个恶鬼可就不易灭了。[④]（此段讲"禅存水的来历"）

神话是现实生活的曲折的反映，既然《女真神话故事》中如此多次地提到东海龙王侵占陆地的故事，那么笔者推测，很可能东北地区有一段时期是被海水淹没的，或者至少是海啸的多发区。既然在满族先民的眼中，大地最早的时候曾是一片汪洋，到了后来陆地才慢慢呈现出来，那么他们的想象中，自然把天地万物的创生归之于水，万物从水中产生的神话也就由此产生了。

① 马亚川讲述，王益章、黄任远整理：《女真神话故事》，吉林人民出版社，2016年8月第1版，第173页。
② 马亚川讲述，王益章、黄任远整理：《女真神话故事》，吉林人民出版社，2016年8月第1版，第186页。
③ 马亚川讲述，王益章、黄任远整理：《女真神话故事》，吉林人民出版社，2016年8月第1版，第198页。
④ 马亚川讲述，王益章、黄任远整理：《女真神话故事》，吉林人民出版社，2016年8月第1版，第231页。

第三章 女神世界和女权社会

满族说部中保存了相当数量的母系氏族社会的文化遗产。在满族说部的神话和史诗中，有相当数量的神话都是以女神为主，男神几乎毫无地位，如《天宫大战》《恩切布库》《乌布西奔妈妈》等，都是如此。由于母系氏族社会很早就已经退出了历史舞台，在中国乃至世界的神话史诗中，产生于母系氏族社会的神话和史诗留存下来的少之又少，非常稀有；而满族说部中母系氏族社会的神话和史诗却大量存在，因此，这对研究母系氏族社会的文化遗存显然具有非常重要的意义，是非常珍贵的文化遗产。

为什么满族说部中会有这么多母系氏族社会的文化遗存呢？神话的世界往往是现实世界的折射与投影。中原早在夏商周时期就已经进入父系时代，而生活在东北偏远地区的东海女真人，直到明代中后期，还仍然处于母系氏族社会向父系氏族社会过渡的年代，因而，在满族说部相当一部分作品中大量存在母系氏族社会的描写，如《东海窝集传》《东海沉冤录》等，都非常详尽地描述了还处于母系氏族社会的东海女真人生产生活的方方面面。《东海窝集传》更反映了由母系氏族社会向父系氏族社会过渡的艰难历程。

第一节 女神世界及母系婚俗

一、“重女轻男”的女神世界

在满族说部神话中，尤其是在“天宫大战”系列的神话作品中，往往是女神的世界，男神很少，即使有，也大多是与恶神相关。《天宫大战》中，以阿布卡赫赫为首的三百女神统治着天界，同男性相关的神，只有恶神耶鲁里和后来投靠恶神的风神西斯林。恶神耶鲁里的诞生与男性有关，他是由催促巴那姆赫赫造男人的敖钦女神变成的，“巴那姆赫赫本来就烦恶敖钦女神，一气之下用身上的两大块山砬子打过去，一块山尖变成了敖钦女神的一只角，直插天穹，另一块大山尖，压在了敖钦女神肚下，变成了‘索索’。敖钦女神被两块山尖一打，马上变了神形，（变成了）一角九头八臂的两性怪神，她自己有索索，能自生自育。……它就是九头恶魔神，无往不胜的耶鲁里大神。”[①] 自此以后，以阿布卡赫赫为代表的善神与恶神耶鲁里的斗争就成了天宫大战的最重要的母题。在笔者看来，这种神话思维中潜藏着男权与女权斗争的因素，不然何以恶神的诞生会与男人有关，而且只有这个恶神拥有男人才有的器官“索索”！很显然，这种神话有意抬高了女权统治地位，视其为正宗的、神圣的，视男性统治为不安分的、邪恶的。

《天宫大战》中重女轻男的倾向在其造男人和造女人过程的描述中也能清晰地看出来，神话中写道：

> 世上怎么有了男有了女？有了虫兽？有了禀赋呢？阿布卡赫赫性慈，巴那姆赫赫性酣，卧勒多赫赫性烈，原来三神生物相约合力，巴那姆赫赫嗜睡不醒，阿布卡赫赫和卧勒多赫赫两神造人，最先生出来的都是女的，所以，女人心慈性烈，等巴那姆赫赫醒来想起造人时，姐妹已走，情急催生，因无光而生，生出了天禽、地兽、土虫，都是白天喜睡，夜出活动。因无阿布卡赫赫的慈性，相残相食，暴殄肆虐，还有虫类小兽惧光怕亮，癖好穴行。
>
> 那么怎么又有了男人呢？阿布卡赫赫见世上光生女人，就从身上揪块肉，做个敖钦女神，生九个头，这样就可以有的头睡觉，有的头不睡觉。还用从卧勒多女神身上要的肉，给她做了八个臂，有的手累了歇息，有的手不累辛勤劳碌。让她守在巴那姆赫赫身旁，使巴那姆赫赫总被推摇，酣不成眠。阿布卡赫赫、卧勒多赫赫这回同巴那姆赫赫造男人。巴那姆身边，有捣乱的敖钦女神，不得酣睡，姐妹在一旁催促她快造男人，她忙三迭四不耐烦地顺手抓下一把肩胛骨和腋毛，和姐妹的慈肉、烈肉，揉成了一个男人，所以男人性烈、心慈，还比女人身强力壮，因是骨头做的，不过是肩骨和腋毛合成的，所以，男人身上比女人须发髯毛多。巴那姆赫赫躺卧把肩胛骨压在身下，肩胛骨有泥，所以男人比女人浊泥多，心术比女人叵测。男人同女人不同在哪呀？卧勒多赫赫也不知男人啥样。巴那姆赫赫便想到学天禽、地兽、土虫的模样造男人。男人多一个索索……慌慌忙忙从身边的野熊胯下要了个索索，给她们合做成的男人形体的胯

① 富育光讲述，荆文礼整理：《天宫大战　西林安班玛发》，吉林人民出版社，2009年4月第1版，第21—22页。

下安上了。所以男人的索索同熊罴的索索长短模样相似，是跟熊身上借来的，所以兽族百禽比人来到世上早。[1]

由上述引文可知，在《天宫大战》中，女人是最先做成的，且是由天神阿布卡赫赫和光明女神卧勒多赫赫两位女神一起造的，所以承继了两位女神的心慈、性烈。兽类则是由巴那姆赫赫自己造的，所以少了阿布卡赫赫的慈性，相残相食，暴殄肆虐。而男人是最后造出来的，且是由巴那姆赫赫在忙三迭四的情况下匆忙地用肩胛骨、腋毛和姐妹的慈肉、烈肉合成的，“巴那姆赫赫躺卧把肩胛骨压在身下，肩胛骨有泥，所以男人比女人浊泥多，心术比女人叵测。”男人的索索又是从熊身上要来的，所以男人身上天生具有动物的兽性。

其实，不只是在《天宫大战》中，在其他满族说部神话和史诗中，也有这种重女轻男的倾向。如在《神魔大战》中，作品也明确指出：“阿布卡赫赫特别看不起男人，认为男人是最没能耐的，只能干出力的粗活，还是女神有能耐。这样，男神在阿布卡赫赫时期没有担任主要角色……”[2] 在《恰喀拉人是怎么来的》中也指出：“恰喀拉的神大部分是老太太神。男神少，妖怪大部分是男的，不善良。神善良，她们能治妖怪，常常一种神治一种妖怪。”[3] 在《恩切布库》中，通篇大多赞颂女神恩切布库的丰功伟绩，她手下的几个半神半人的部落首领也都是女神的化身，男性几乎没有存在感。唯一提到的三个男性部落首领，还都是以负面形象出现的，男人在这里似乎是残忍争斗与暴力仇恨的象征：

在堪扎阿林南坡百里荒原，住着三个互不相亲的艾曼，经年械斗，血染沃原。黑角爷爷、黄角爷爷、白角爷爷，是这三个艾曼的首领。他们率领族众，终年厮斗，打闹不息，所有的族众，饱受灾难，清贫如洗。这三条乌哈山（牤牛）简直像三只疯狼，两眼冒着火花，恨不能将对方烧化。这三条乌哈山又像三条毒蛇，张着血盆大口，恨不能毒死对方。恩切布库女神，苦劝苦说，无济于事。恩切布库女神暴怒了，命族众用柳条，狠狠抽打他们的屁股。三个人的屁股被打出了一道道血沟，仍然叫骂不休，没有一点儿回心转意的意向。见此情景，恩切布库又命族众拿来火盆，

① 富育光讲述，荆文礼整理：《天宫大战　西林安班玛发》，吉林人民出版社，2009 年 4 月第 1 版，第 14—17 页。

② 富育光讲述，荆文礼整理：《天宫大战　西林安班玛发》，吉林人民出版社，2009 年 4 月第 1 版，第 114 页。

③ 谷长春主编：《恰喀拉人的故事　小莫尔根轶闻》，吉林人民出版社，2018 年 8 月第 1 版，第 1 页。

> 放在三人胯下熏烤。三怪的屁股红了，三怪的卵子红了，团团黑毛被烧焦了，三怪照样唇枪舌剑，互不服输。……“原来仇怨皆源于水源，皆源于河滩草坪，皆源于松林猎场，他们为了争夺水源、草场、猎场，年年争杀不息，结下仇冤。相互以强凌弱，相互以暴抑暴，相互以武镇武，相互以势凌人。”①

总之，在满族说部神话中，尤其是东海女真人的神话中，存在着女神多、男神少，女神多为善神、男神多为恶神的描述，连男性的部落首领也多为负面形象。

二、从“妈妈窝”到“女娶男嫁”——女权制度下的婚制变革

神话是现实生活及人们思想观念的曲折投影，这种重女轻男的神话世界，其实正是满族先民东海女真人女尊男卑的女权世界的真实写照。直到明代，满族民族共同体未形成之前，部分“野人女真”仍过着文明社会以前的生活，在社会形态上是母系氏族社会或是从母系氏族社会向父系氏族社会过渡的时期。因此，满族说部中的神话传说和英雄史诗中还保留着许多相当完整和鲜活的母系氏族社会的史料，这对于我们研究母系氏族社会的产生、发展和解体显然是非常有帮助的。那么这种女性为主的母系氏族社会产生的原因是什么呢？

在《东海窝集传》中，佛托妈妈和乌申阔玛发争论，是女人当家好，还是男人当家好时，佛托妈妈认为女性比男性强，主要有两点，一个是男人总向外跑，不能照顾子孙；还有一个就是男人好争斗，没有人情：“由男人当家，那天下不就大乱了吗！那不就成天互相争斗吗！你也打，我也打。男人不懂人情，没有人味儿，非闹事打架不可；还是女的当家稳妥，可以联合，可以商量，还是女的当家做主好。”② 东海女真人女性为主的社会的形成，真的是因为男人的不顾家以及好打架、没有人情吗？似乎未必。因为哪里的男人都有这两个特点，但却不是所有的地方都能长期维持这种女性为主的社会，似乎只有东海女真人这种女性当家的传统比其他地域更加长久，也更加根深蒂固。

首先，东海女真人的女权社会与其女权为主的婚制有关。原始的群婚制及其导致的必须从母亲一方来确定世系，是形成母系氏族社会最初的动因。群婚制是生产力低下的群居社会中必然产生的婚制形式，因为群婚能促进族

① 富育光讲述，王慧新整理:《恩切布库》，吉林人民出版社，2009 年 4 月第 1 版，第 124—125 页。

② 傅英仁讲述，宋和平、王松林记录整理:《东海窝集传》，吉林人民出版社，2007 年 12 月第 1 版，第 1 页。

群的凝聚力，最大限度地提高妇女受孕的可能性，从而满足氏族繁衍发展的需要。而群婚制又必然导致从母亲的一方来确定世系，因为在一切形式的群婚家庭中，谁是某一个孩子的父亲是不确定的，但谁是孩子的母亲则是确定的。恩格斯将从蒙昧时代到文明时代的婚姻形式分为"血缘家庭""普那路亚家庭""对偶制家庭""专偶制家庭"四个阶段。除这四个阶段，有甚至比"血缘家庭"更原始的婚姻形式在满族说部中都能找到存在的证据。如《恩切布库》中写着："生人牝为首，主母位如神。群男拥女魁，众部应运生。生母推为首，壮男争其宠。子嗣唯知母，孕子视为天。亘古不识父，代代成自然。生命的婚媾，难休又难止。同餐一灶饭，同饮一坛水，同宿一铺炕，同尊一个母。古称'妈妈窝'。……禽知躬亲，兽避生母。人情相昵，阴阳相吸。不知长幼，不晓年辈。不忌母子，不忌父女，不忌兄妹，不忌姐弟。妈妈窝中一炕男女，朝朝暮暮，随之而动。……"[①] 这显然是最混乱的、无所禁忌的群婚形式及其自然形成的以女性为中心的群体的生动描写，是比恩格斯所说的"血缘家庭"更原始的婚姻家庭形式，因为在"血缘家庭"中婚姻集团是按照辈分来划分的；在家庭范围以内的所有祖父和祖母，都互为夫妻；他们的子女，即父亲和母亲，也是如此；同样后者的子女，构成第三个共同夫妻圈子。而"妈妈窝"，是"不忌母子，不忌父女"的。此外，《女真谱评》中记载满族的始祖"九天女"（又叫女真）所生的一男一女长大后，"姐弟俩相亲相爱成为配偶，女儿不和任何男性发生性的关系，而男孩也不和任何女人去胡搞，总是和姐姐睡在一块儿。可这姐弟俩又留下一男一女，长大后，全是智障，啥事不懂"[②]。这显然是恩格斯所说的"血缘家庭"曾经存在的证据。

从百无禁忌的"妈妈窝"到同辈通婚的"血缘家庭"，都同样存在一个非常严重的问题：近亲婚姻所生育的后代质量不高。随着社会的发展，满族的先民们逐渐认识到了这个问题，也逐渐进行着从氏族内婚到氏族外婚的变革。这一变革在当时无疑是具有重要意义的，是决定民族命运的、深刻的、历史性的变革。在满族说部的多个神话传说中，都鲜活生动地记载了这一历史性婚制变革的具体过程。其中最为详尽的是《恩切布库》中记载的恩切布库女神在舒克都里艾曼（氏族）首次严行氏族内部男女禁性的变革。这一变革的过程大致可分为四步：第一步是动之以情、晓之以理，向氏族成员说明氏族内婚的巨大危害："为此，恩切布库女神爱心悯悯，将由于混居紊乱、内婚生出的畸形男女收养起来，组成一个残童'营子'。开始时，众位妈妈没把乱婚

① 富育光讲述，王慧新整理：《恩切布库》，吉林人民出版社，2009年4月第1版，第108页。
② 马亚川讲述，王宏刚、程迅整理：《女真谱评》，吉林人民出版社，2009年4月第1版，第6页。

当成一回事，当恩切布库女神把她们领到残童营子时，眼前的情景使她们大为震惊：有的人三只脚，有的人一只眼，有的人两个身子，有的人两个脑袋，有的人痴呆茶傻，有的人半男半女。可悲可怜，令人心酸难忍”；第二步是动用神的权威，压服部众：“于是，她祈请萨满神灵，向所有族众宣布：从即日起，艾曼内不可男女相和。我舒克都里艾曼的上下人众，必遵天母阿布卡赫赫和众神灵的训诲，按照神灵的训谕养育子孙。”第三步，施以残暴的刑罚，用强制力量严格禁止氏族内性行为。“恩切布库女神，深知几千年的痼疾，非一时规劝可以制止。积年的惨痛悲剧、习俗，必须通过强力，才能扭转。……艾曼设立了巡查营子，由神鹰三千日夜巡守，每遇私通者，必扦眼、剖腹、扯断脚筋，身残立毙，概不姑息。……经年累月，顽习渐消。艾曼男女，互相见面惊而四避，不敢相嬉流连，渐渐规而成习。男女相敬如宾，礼让有加。”第四步，建立新的婚配制度。“夹昆、塔思哈、木克，及所有大小艾曼，因不是一个妈妈窝，可以定时互选男女配偶。凡每年春暖花开之时，在阔野溪边，鸟语花香之地，搭建‘花屋’‘草堂’‘皮篷’，编织‘婚床’‘婚帐’，恩切布库女神，分给各艾曼适龄男女，每人一片彩色翎羽。男女双方在互唱情歌时，将彩翎插在中意人头上，倾吐爱慕之情，携手进入花屋相交。各艾曼的男女，在欢乐的野合中相合相配，留下自己的后代。……互相间只要有中意的人，便可摆手作舞，双方欢聚数日。亦有常住经年，生了儿女以后，男随父，女随母，到亲人的艾曼生存，或者另选新地居住下来。儿女长成人，也可另立门户，加入新的艾曼，又可依照父母之俗，成人男女再相会，重寻野合之欢。”①

可以看出，这种氏族外婚的最原始的形式是相当自由的，在选定的场所和时期内，任何一对不同氏族的男女，都可以相悦相合，孕育自己的后代。这种相合并不是以建立稳定的家庭为目的（原始人只有氏族观念，没有家庭的观念），只是出于繁育后代的需要，因而通常这种性关系是相当不稳定的。这种相合大体上可以分为三种情况：一是男女双方只是“欢聚数日”的野合罢了，对对方没有任何的责任和约束，因而通常所育子女都是只知其母、不知其父的。这种氏族外的自由野合在原始社会是相当普遍的，如《周礼·地官·媒氏》记载“仲春之月，令会男女，于是时也，奔者不禁”，就是这种婚俗的遗存。第二种情况是“亦有常住经年，生了儿女以后，男随父，女随母，到亲人的艾曼生存”。这种婚姻形式是男女双方虽有较稳定的性关系，但经济上仍各自独立，分别属于各自的经济集团——生之养之的氏族内，所不同的，

① 富育光讲述，王慧新整理：《恩切布库》，吉林人民出版社，2009年4月第1版，110—115页。

只是满族偶居所生子女，男的到父亲的氏族中，女的到母亲的氏族中。这种氏族外的走婚制，应该是在满族某些地域的部族中盛行过的。如《东海窝集传》中记载当格浑问起巴拉人的老妈妈："你有没有儿子、孙子？"老人呵呵乐了："我们这里不准和家人在一起，我自己单独在这里，我老头子单独在西北！"[①]显然，这种夫妻平常不在一起的婚姻在当地已经成为一种比较普遍的婚姻形式。"走婚制"有利也有弊，一方面它保持了氏族内部财产的稳定性，不会因个体婚姻家庭的形成而外流，但另一方面也使夫妻分居，不能长久团聚。第三种情况，就是男女偶居多年，生育子女后，"另选新地居住下来"，也就是另外建立一个新的氏族。在笔者看来，这种婚姻形式，在生产力十分低下的原始社会不可能成为主要的婚姻形式，因为当时人们通常依赖群体才能生存，除非有足够的生存能力，小型家庭分立出去，是很难立足的。在族群结合得紧密的年代，一夫一妻的单个家庭，也是一种稀有的例外。

满族原始部落中是否存在着恩格斯所说的"普那路亚家庭"[②]呢？显然是存在的。《东海窝集传》中有一个现象曾经令笔者困惑不解，就是先楚和丹楚两兄弟，竟然同时爱上了穆伦部落的四位格格，而且想娶她们为妻，似乎毫无迹向显示是哪一个爱上了哪一个，只是说他们"六人从十二三岁时就一起骑马射猎，到了十五六岁时自然产生了爱慕之心。姑娘有心，小伙子有意，只是谁都没有言明罢了。"[③]他们的这种爱情竟然得到他们父亲的认可，如果没有东海女王的干涉，他们是很可能顺利结婚的。后来丹楚和先楚同时被逼"嫁"（在母系氏族社会里是女娶男嫁）给东海窝集部老女王的两位格格，从头到尾也没有说明他们四个到底是谁娶了谁，或者谁嫁了谁，只知道是兄弟俩嫁给了姐妹俩。后来，丹楚和格浑成婚，却同另一个女人说"我已经和格浑结婚了，而且和她的三个姐姐也订了婚，她的三个姐姐虽然死了，但也是我的妻子"[④]。这种现象如果用"普那路亚家庭"来解释就很容易理解了，很显然，一对姐妹或更多的姐妹，同时娶几个兄弟做她们共同的丈夫，在当时是很普遍的现象，

① 傅英仁讲述，宋和平、王松林记录整理：《东海窝集传》，吉林人民出版社，2007年12月第1版，第52页。

② 普那路亚家庭：是指那种若干数目的姐妹——同胞的或血统较远的姐妹——是她们共同丈夫们的共同的妻子，但是在这些共同丈夫之中，排除了她们的兄弟，这些丈夫彼此已不再互称兄弟，而是互称普那路亚，即亲密的同伴；同样一列兄弟——同胞的或血统较远的——则跟若干数目的女子（只要不是自己的姐妹）共同结婚，这些女子也互称普那路亚。

③ 傅英仁讲述，宋和平、王松林记录整理：《东海窝集传》，吉林人民出版社，2007年12月第1版，第4页。

④ 傅英仁讲述，宋和平、王松林记录整理：《东海窝集传》，吉林人民出版社，2007年12月第1版，第66页。

不但被普遍认可，而且被认为是很好的婚姻形式。

“普那路亚家庭”是氏族外“走婚制”向对偶制婚姻之间过渡的一种典型形式。然而这种婚姻形式，在满族原始先民中显然不是唯一的，也不是最普遍的婚姻形式。当母系氏族发展到比较成熟的阶段，则逐渐演变为以“女娶男嫁”的对偶婚制为主的婚姻制度，即男子成年后嫁给某一女子，并到妻子的氏族中生活，经济上完全脱离原属氏族，受妻子所在氏族的统管。《东海窝集传》中所描写的大部分婚姻都是这种婚制。

至此，我们可以总结一下从蒙昧时代到文明时代满族的婚制变革，大体上可分为这样七个阶段：最早是百无禁忌的“妈妈窝”到同辈结合的“血缘家庭”，然后是氏族外野合、走婚制、普那路亚式家庭、对偶制家庭、专偶制家庭，这种分法同恩格斯的分法显然有所不同。当然，上述列举的，只是最典型的、最主要的婚姻形式，绝不是全部。由于各地社会发展的不平衡，满族的传统婚制实际上相当自由也相当混乱，存在着多种婚姻形式并存的现象。正如《东海窝集传》中所说：“那时不是一夫一妻制，女王可以娶两三个男人，其他女人也可以多夫，就是一夫也可嫁多妻。”[①]

三、女多男少与抢男风俗

如果说群婚制及其导致的“只知其母、不知其父”的状态，是母系氏族社会得以形成的最初始动因，那么随着婚姻制度的变革，儿女不再是只知其母、不知其父的了，这必然会动摇母系氏族社会的根基。而且从现代社会普遍认同的观点来看，随着生产力的发展，男子由于身强力壮，在农业、畜牧业和手工业等主要的生产部门中逐渐占据主导地位，必然会产生向父系氏族社会过渡的要求。实际上在大多数民族中也是这样发展的。中原早在尧舜时期就逐步完成了由母系社会向父系社会的过渡。这一过渡早在产生阶级和压迫之前就已经产生了，因而不存在女性对男性的剥削和压迫。然而，通过对满族说部的研究，笔者发现了一个惊人的现象，就是满族的母系氏族社会不是终止于原始社会末期，而是一直延续到奴隶社会。而且当它发展到最成熟的阶段时，女性的地位明显高于男性，存在着女性对男性的剥削和压迫，是典型的女权社会。这种女权社会的根基是相当牢固和稳定的，以至于如果没有中原男权社会的影响和干扰，仍有延续下去的可能。

满族的母系社会何以会延续如此之长，且相对比较稳固呢？笔者注意到

① 傅英仁讲述，宋和平、王松林记录整理：《东海窝集传》，吉林人民出版社，2007 年 12 月第 1 版，第 66 页。

了一个很有趣的民俗文化现象，那就是在满族的原始先民中盛行抢男之风。最早的也是最普遍的抢婚，不是男人抢女人，而是女人抢男人，这种抢男当然并不是因为男人身强体壮，可以做很好的劳力，而是将男人当成纯粹的配种工具。这和古代东北似乎存在着一个女多男少的时期有关。这种抢男之风在很多作品中都有，并不是个别现象。如《恩切布库》中描写道："各妈妈窝互相抢人，抢年轻力壮的男孩，索索如骨，勃挺强健，孕生壮崽，啼声如虎。只有这样，妈妈窝才会越来越壮大，才能越来越无敌，才不被别的妈妈窝所欺负。"[①]《西林安班玛发》中也描写了一个抢男人的部落："不知何时刮来，阿玛利厄顿格色[②]，突然地冲过来，人山人海，烧杀抢掠。不但抢劫财物，而且活捉男人。"[③]在《女真谱评》中，女抢男的风俗颇盛，九天女的丈夫猎鱼郎，就被群女抢走交配，好不容易找回来，却已经虚弱而亡了。《女真神话故事》中这种抢男的现象更是普遍，大多数神话故事都是以男少女多，男人畏惧被抢，四处躲藏，萨满神降妖除魔，寻找"留子"[④]，建立一个一男拥有群女的部落来繁衍后代为情节模式。《东海窝集传》中更是写道："历来有抢男的，从来没有发生过抢女的呀！"似乎东海地区抢男之风古已有之，非常普遍。对于这种抢男之俗，描写的最为详尽的，是《女真谱评》中关于肃慎的来历的传说：

> 我的祖先得先从"树神"说起，开天辟地后，人，只认其母不认其父。那时女的也多，既要生小孩，又要抚养小孩，猎取食物，都是女的。听祖上流传下来的传说，咱这北方是个女人国，男的看不着，没有男的，哪来的小孩？男的是有，全让女的藏起来了，那时候男人就成女人的宝贝了。因为抢个男子，女的和女的，展开一场生死搏斗，胜者将男子抢走，败者另寻找男子去。有时抢男子，将对方打死了。男人成为女人的宝贝疙瘩，女人将抢到的男人，这藏那掖。有的藏在山洞里，有的将男人藏在树窟窿里。女的东跑西颠去给男人猎取食物供男的吃，啥也不用男人干。（男人）确实成了木偶。……[⑤]

抢男之风盛行，是因为男人少，女人多，为什么会有男少女多的现象呢？

① 富育光讲述，王慧新整理：《恩切布库》，吉林人民出版社，2009年4月第1版，第60页。

② 阿玛利厄顿格色：满语，像北方的风。

③ 富育光讲述，荆文礼整理：《天宫大战　西林安班玛发》，吉林人民出版社，2009年4月第1版，第142页。

④ 留子：在古代女真社会中，男子太少，多被视为繁衍后代的工具，所以那个时代，男人以及男人的生殖器都被叫成留子，留下子孙之意。

⑤ 马亚川讲述，王宏刚、程迅整理：《女真谱评》，吉林人民出版社，2009年4月第1版，第465页。

有些说部作品把它归之于男人中年以后患病造成的。如《西林安班玛发》中说："他们野人部落，女人当家。女人多，男人少；生女人多，生男人少。而且任何女人身边，都有几个男人。男人到中年后，脚腿四肢无力，被当成是个累赘，或杀掉，或投入大海。故相传大海里，有男人岛，全都是老年哈哈[①]。老人岛又叫弃儿岛，岛上的男人，都变成了海盗，成为一方之患。弃儿岛还在不断增多，祸害无穷。"[②]文中把男人少女人多归之于疾病，也就是男人到中年后，脚腿四肢无力。至于为什么会有这种病，就不得而知了。

在《东海窝集传》中，也有一个男少女多的部落，更是奇特，因为这个部落的男人婚后三年都死了，所以部落里剩的全是寡妇。到底是怎么回事呢？原来是因为两棵灵丹果树：

> 在送丹楚和四格格成亲的路上，索尔赫楚听到喜鹊说："你们不知道，在北山上有两棵灵丹树，四季都结果，女人见到灵丹果就恶心，说什么也不吃，惟独男人见了灵丹果就像老猫见了老鼠一样那是非吃不可，吃下灵丹果三年后非死不可。"另一只喜鹊说："原来是这么回事，怪不得这个部落没有男人全是女人呢！"……索尔赫楚说："你们北山上是否有两棵灵丹果树？就是白色果的树？"老部落达说："有呀！我们叫它灵丹果树。"索尔赫楚说："这种灵丹果是否男的爱吃，女的见了恶心？"老部落达说："对呀，我们这里还有这么个风俗，凡是新婚夫妇三天后都得领着他们到灵丹树那儿摘一个灵丹果呢！因为结的不多，只摘一个给男的吃。传说这样能够使新婚夫妻美满幸福。"索尔赫楚说："毛病就在这里！"随后他把听到的喜鹊的对话说了一遍。……知道真相后，五个女的噼里啪啦就把这两棵树砍倒了，果子扔到山里，树枝树叶都烧了，从此，这里就没有灵丹果树了。但遗留下的种子，生出一些当年生的植物，叫灵丹花，土名叫藕粒果，直到现在这藕粒果到处都有。这藕粒果你要是采一把回来，满屋子都是香味，但不能吃，它的毒性非常大，轻者中毒，重者死亡。现在的藕粒果就是古时的灵丹果树变的。[③]

抢男之俗在《女真神话故事》中普遍存在，这些神话故事把东北地区男

① 哈哈：满语，指男人。

② 富育光讲述，荆文礼整理：《天宫大战　西林安班玛发》，吉林人民出版社，2009年4月第1版，第142页。

③ 傅英仁讲述，宋和平、王松林记录整理：《东海窝集传》，吉林人民出版社，2007年12月第1版，第48—50页。

少女多归之于九天女下界与猎鱼郎成婚，玉帝震怒，关闭了阳门，导致阴盛阳衰，阳气萎缩所致，阿布凯恩都里派萨满神下界去沟通阴阳，搭救女真人。文中写道：

> 萨满神说："女真之地寒气盛于阳气，阴胜阳，阳气萎缩，故尔阴阳不合，致使阳性减少，阴性虽盛，缺阳则可枯，故魔怪横行，长此下去，人将断后，不知我此去何法拯救也？"阿布凯恩都里说："萨满神所言极是。北国所以如此，皆因阳门未大开所致，待我禀明玉帝令二位星官将阳门大开，北国阳气将逐渐好转也。"……
>
> 九天女吃惊地问道："萨满神，怎么将东北阳门关闭了？"萨满神说："九天女有所不知，自从你下界与猎鱼郎成婚，玉皇大怒，让将东北阳门关闭，让你在下界遭受痛苦！"九天女气愤地说："玉皇心肠太狠，怪不得阳光不暖，阴风总起不断，原来如此呀！"①

到底为什么会出现这种女多男少，且男子多命短、羸弱的现象呢？笔者认为同东北水土气候有关，也同当时的生产力低下，人们不得不住在阴湿的洞穴中有关。如《西林安班玛发》中所写："多数住穆林阿林的人，久居寒冷潮湿的山中，因山麓洞窟内潮湿寒凉，东海人不论男女老少，好患两种地方怪症，一是白痴呆傻或哑不能言；一是头大、胸隆鼓、双腿双臂短小，……东海人早年寿命短，还是青壮年有为时，就四肢不用，很早离开人世了。"②也许相对来说，男人患这些病的概率大些，才会造成普遍的女多男少的局面，才会有那么多女抢男的现象。不管是何种原因导致的，从这些作品中可以看出，东北地区似乎曾有过一段女多男少的历史时期，男人太少，只好被当成是生育的工具，像宝贝似的藏起来，让女人互相抢夺。男人既然很少，自然就是女人掌权，女人为主。

当然，随着生产力的发展，这种女强男弱、女多男少的现象越来越少，逐渐消失了。首先是族众的居住条件改善了，人们由山洞或阴湿的地下迁到地上，且有了火炕，不再潮湿阴冷，减少了发病的概率；其次是医学发展了，萨满们掌握了一系列医治疾病的良药，提高了治愈疾病的能力。这一男少女多的现象

① 马亚川讲述，王益章、黄任远整理：《女真神话故事》，吉林人民出版社，2016 年 8 月第 1 版第 86、第 103 页。

② 富育光讲述，荆文礼整理：《天宫大战　西林安班玛发》，吉林人民出版社，2009 年 4 月第 1 版，第 186—187 页。

只是在一个时期内存在过，后来很可能随着医药技术的提高，萨满沟通阴阳能力的加强，男少女多的现象不复存在，但这时很可能其女权社会已经发展得相当成熟，女神为主的神话又在一定程度上强化了这种女权主义观念，使之深入人心、根深蒂固，形成相当强大的文化制度和习俗的力量，因而也决定了在某些地区，男权代替女权的斗争会非常不容易，甚至会相当惨烈。

第二节　至高无上的女王与残忍的殉葬制、兽奴制

一、至高无上的女王——不同历史时期的女权社会

神话的世界往往是社会生活的曲折反映，东海女真人神话中的女神世界正是东海女真人女权社会的真实写照。在满族说部的多部作品中都对东海女真人女性统治下的女权社会有清晰的描写，如《东海沉冤录》《东海窝集传》《乌布西奔妈妈》《飞啸三巧传奇》《扈伦传奇》《红罗女三打契丹》等都有相关描写，其中尤以《东海窝集传》中的描述最为详尽。如果说个别的满族说部作品中所反映的不足为信的话，那么这么多作品都有相似的描述，就应该具有较高的真实性。这些不同时代的作品所反映出来的东海女真人的生活彼此印证，互相补充，基本上可以完整地展现不同历史时期东海女真人女权社会的社会生活和思想观念特点。

首先我们看《红罗女三打契丹》。这是一部以唐代渤海人生活为背景的作品，其中有一段描写红罗女的丈夫乌巴图被陷害，发配到东海，被“押解到东海的一个荒僻的部落，那里离京城很远，住房多是用桦树皮搭建的，人们穿的是鱼皮衣和狍皮衣，吃的是山野菜和兽肉、鱼虾，有小丁点儿布就当成宝贝，当作装饰品戴在头上。部落的大头领，是一个六十多岁的老妈妈，叫胡苏里，别看她满头白发，一脸褶子，可照样骑马打猎，在部落里很有威信，说一不二，群众都很敬重她。”①可见，这个东海部落就是以女性为主的社会，部落首领为女性，女性地位颇高，但很显然还是原始社会，部落首领也同族众一样骑马打猎，并没有森严的等级制度。

其次再看《东海沉冤录》中的描写。这是一部元末清初的作品，反映娟娟等人深入东北地区，联合土著的女真人，同纳哈出斗智斗勇的故事。其中

① 傅英仁讲述，王宏刚、程迅记录整理：《红罗女三打契丹》，吉林人民出版社，2009 年 4 月第 1 版，第 132—133 页。

较详尽地描述了东海女真人的社会制度和社会生活：

> 女真野人属母系社会，部落的首领皆是女性。萨勒痕家族部落的首领是一位年轻、貌美、勇敢、泼辣的女人，人们叫她奴鲁泰妈妈。……在东海女真野人的原始部落中，其古俗之一，便是部落由女人掌权，女人说话算数，以女王为核心，并享有至高无上的权力。在女王妈妈的统属下，部落的所有人全是她的子女，组织严密，井然有序，纪律严明。大家共同生活，共同劳动，平均分配，谁也不许欺压谁。男儿长大以后，由女王妈妈与外部落联络，同他们的女子通婚。专有婚嫁的特殊礼仪，成为规范，任何人不得违拗，违者遭活埋或火烧。女王可以在众多男人中，选出年轻、可心的放在身边，做自己的侍卫。奴鲁泰妈妈就选了二十多个棒小伙子，用土话讲，他们裆间都有一根像石头一样坚硬的小椎椎，即小索索（此为满语，指男性的生殖器）。说这些人是护卫女王的，其实主要是为了女王与他们同居繁育自己的子孙后代。她跟二十几个壮小伙儿轮流睡，今天与这个住，明天又与那个住。同部族所有的儿孙，对凡是与女王奴鲁泰睡过的侍卫，即那些哈哈皆尊称为额索（叔叔）。这样，在东海女真野人中，子女知道自己的妈妈是谁，却不知道爸爸是谁。个个不认爸只认妈，把那些跟妈妈同居过的哈哈，统称为额索特（叔叔们）。①

可见，元末明初的东海女真人，也是女权为主的社会，从这句“大家共同生活，共同劳动，平均分配，谁也不许欺压谁”来看，他们还处于原始社会，社会关系还是彼此平等的。从其女王享有众多男性侍卫的婚制来看，是女性为主的一妻多夫制。从其女王与臣属的关系来看，是女王与侍卫之间的关系，部落中无论男女，都是女王的侍者。这使笔者想到了“天宫大战”系列作品中“三女神”与其他女神之间的关系，不也是主人与侍女的关系吗？显然正是其社会生活的真实投影。

我们再看《扈伦传奇》中描写的东海女真人。《扈伦传奇》是一部反映明代海西女真扈伦四部从兴起到衰落的兴亡史作品。其中描写了建立扈伦王国的纳其布禄之子多拉胡其继承王位后，奋发图强，励精图治，远交近攻，仅用几年光景，使扈伦国的地盘增大了数倍。扈伦国东境发展到窝集国的边缘，就与在其东边的东海窝集国有了争端，又由争端发展为和亲：

① 富育光讲述，于敏记录整理：《东海沉冤录》，吉林人民出版社，2007年12月第1版，第247—248页。

单说扈伦国东方有一个大国，叫作窝集国。窝集国地域广阔，从虎尔哈河东达海滨，都是窝集国的领地。窝集国共有十八部，各部有额真统辖。窝集国还是按照祖先传下来的老传统，世代国王都由女性继承。在窝集国内，女尊而男卑。各部额真如果光有儿子没有女儿，她的继承权便被取消，由女王另选女额真接替。……

窝集国女王叫纳格玛，约有五十岁的年纪，英勇强悍，能开硬弓，手擒虎豹，诸部无不畏服。女王有二女，皆受到宠爱，将来王位传给谁，女王一时还拿不定主意。二女之中，长女老实忠厚，次女刁蛮任性，某些地方有点儿像其母。一日窝集国王得知有一个扈伦国在窝集国的西边，逐渐蚕食她的领土，女王心中大怒，决心派兵征服扈伦国，于是令次女班哲领兵一千攻入扈伦国境内。……窝集兵并没住进帐篷休息，全在外边山坡上露宿。一千兵马最少有一半是女兵，女兵排在最前列，男子在后，中间尚有一段距离。再一看领兵大将，是个二十岁左右的女孩子，打扮装束也十分特别。只见她头上顶着用柳枝编成的圈圈，周围插满各种野花，浓密的青丝垂在脑后，两只胳膊上套着由珊瑚、贝壳、珍珠串成的手镯，穿一身兽皮制成的紧身衣裤，没有衣袖，两只雪白的胳膊露在外面，面容姣美，身材匀称，骑一匹仅有毛驴大小的长鬃短尾卷毛兽，似驴非驴，似马非马，手里拿了一口三棱两刃刀，刀背上有孔，系着几颗小小的铜铃，一动叮咚作响。在她的身后，跟着一群女兵，打扮也大同小异。……多拉胡其从来没见过这种兵马，心想，这也能打仗吗？“你为什么侵犯我扈伦国的境界？”班哲似乎听不懂他的话，只是说：“东海窝集国，是阿布卡赫赫之国，阿布卡赫赫之国是天下无敌的，灭你扈伦国，是阿布卡赫赫的意志。”

多拉胡其与东海女真讲和。女王让他先吃饭。按照纳格玛女王的吩咐，酒饭很快摆上。多拉胡其也饿了，坐下刚要进餐，女王说：“慢！”班哲这时走过来，她拿着一个大海螺，里边盛满了酒，送到多拉胡其嘴边。多拉胡其闻到酒香味，也不问情由，双手接过，一饮而尽。接下来，班哲陪他美美地吃了一顿兽肉餐。酒饭已毕，女王纳格玛发话了：“按照窝集国的风俗，你接过格格送过来的酒，你就属于她了。今晚你就在她房里过夜，明日她随你去扈伦。三年后，生了呵呵[1]必须给我抱回来，要是养了哈哈，就永远不要回来了。”……三年之后，班哲果然抱着独生女

① 呵呵：满语，女人之意。

儿回归窝集，最后她继承了窝集国王的位子，其女也接了她的班。正是：诸国主政多男子，惟有窝集女为尊。[①]

从上述引文可以看出，明代初期的东海女真人仍然是女权主义的社会，其女王的王位只能由女性继承，各部额真如果光有儿子没有女儿，她的继承权便被取消，由女王另选女额真接替。但其婚制似乎已经有了变化，可以允许公主外嫁，但如果生了女儿则要回来继承王位。另外，从班哲所说的"东海窝集国，是阿布卡赫赫之国，阿布卡赫赫之国是天下无敌的，灭你扈伦国，是阿布卡赫赫的意志"可以看出，东海女真人所信仰的神话正是《天宫大战》中所描写的以阿布卡赫赫为领导的女神世界。东海女真人长期存在的女权社会是形成女权思想浓厚的《天宫大战》神话的基础，而这一女权色彩浓烈的神话又反过来教育并影响了一代代的后世子孙，使得这种女权制社会在神权的保护下得以维持得更为长久。

《乌布西奔妈妈》中提到"奇闻出在成化甲辰年"，成化（1465—1487）是明宪宗朱见深在位时的年号，成化甲辰年，即1484年。这说明《乌布西奔妈妈》所描写的是明代中期的东海女真人的社会生活。《乌布西奔妈妈》中的东海女真人仍然是以女权制为主，虽然有个别部落因种种原因改为男罕掌权，这多是因为女性统治者后继无人，或是其懦弱无能，但大多部落仍是女罕掌权，乌布西奔妈妈更是开创了一个女罕统御下的包含七百个部落的大部落联盟，把东海女真的女权制社会推向一个繁盛的巅峰。她所选择的继任者，也同样是女性。乌布西奔妈妈也同样有众多男侍，同《东海沉冤录》中的女罕有众多男侍的婚制也是一脉相承的。只是这一时期的女权制已经发展到奴隶社会，人与人之间不再是完全平等的关系。这种奴隶制及其所带来的女王专权的女权社会在《东海窝集传》中发展达到了顶峰（下文中将具体介绍，此处不赘言）。物极必反，男权代替女权的激烈冲突与战争也不可避免地发生了，最终导致女王的统治被推翻，男权代替女权。

是不是在《东海窝集传》中描写的推翻了女王的统治，男权代替女权之后，就不再有女权制的部落了呢？不是的。在清代的说部作品《飞啸三巧传奇》中，描写了獾子部的女罕，其中写道："当时獾子部女罕王朵尼玛，身边已有好几个男的。在獾子部有个风俗，女罕成王以后，她可以选好几个男的，今天这个，明天那个，有几个男的晚上轮流陪着，但她都没有感到比潭洞大玛发好。"[②] 这

① 《呼伦纳兰氏秘传》，赵东升整理：《扈伦传奇》，吉林人民出版社，2007年12月第1版，第26页。
② 富育光讲述，荆文礼记录整理：《飞啸三巧传奇》，吉林人民出版社，2007年12月第1版，第402页。

与《东海沉冤录》中所描写的婚俗何其相像，都是以女性为主的一妻多夫婚制。只是这种女罕制在《飞啸三巧传奇》中已经不再是普遍的，而是只有个别土著原始部族仍然保留的制度，可以说是古代东海女真人女权制的残留。

此外，在《萨大人传》中，从宁古塔部女穆昆达波尔辰妈妈身上，也能隐约看到东海女真人女权制社会的影子，文中写道："她身披皮大哈，穿着羽毛扎成的彩裙子，耳朵上戴着一副大银环，走起路来哗啦哗啦直响，还闪着银光，显得很威风。此为北方东海人常见的装束，有些男人也戴耳环。波尔辰妈妈仍保留着这个古风。"[①] 她是宁古塔氏家族中的萨满，在家族中很有威信，几乎是说一不二的，不仅歌唱得好，还会治病，她又性格豪爽，爱憎分明，公正无私，赏罚分明，自己犯错，一样要罚。波尔辰妈妈不仅装束颇似东海人，连性格做派也颇有东海女真女罕的风采，让我们看到到了清代，东海窝集的女权主义遗风仍然存在。

总之，从唐代的《红罗女三打契丹》到元末明初的《东海沉冤录》、明代初期的《扈伦传奇》、明代中期的《乌布西奔妈妈》《东海窝集传》，再到清代的《飞啸三巧传奇》《萨大人传》等，都从不同侧面描述了东海女真人的独具特色的女权主义社会形态。如果说一部作品中的描写尚显片面的话，那么多部作品中都有相似的描写，似乎就可以大体上证明东海女真人的女权主义制度自古便是如此，其有着深厚的历史渊源和广泛的群众基础。可以看出，东海女真人的女权制统治似乎是一脉相承的，唐代以前就已经产生，明代中后期达到鼎盛，后来被男权取代，慢慢衰落，但其遗风遗俗，到清代仍有延续。这就难怪在《东海窝集传》中，佛托妈妈说："人类从来都是女的当家做主，你在什么地方看到过男人当家做主呢？""从古至今都是男的在女的指挥下过来的。"[②] 丹楚的母亲在讨伐丹楚时理直气壮地说："我们是正义之师，根据阿布凯恩都里的旨意，从古至今，东海窝集部祖祖辈辈都是女权社会，这是永远不可改变的，从来没有男人掌权这一说。"[③] 很可能东海女真部落，从古至今，约定俗成，都是女权统治的世界，丹楚的母亲又生活在十分闭塞的地方，没有到过其他男权统治下的国度，所以她认为女子掌权是天经地义的，是不可改变的。原始神话是原始人的思想意识和思维模式经过变形后的反映，东海女真人根深蒂固的女权主义思想必然在其神话中有所反映。了解了东海女真

① 富育光讲述，于敏记录整理：《萨大人传》，吉林人民出版社，2007年12月第1版，第94页。

②傅英仁讲述，宋和平、王松林记录整理：《东海窝集传》，吉林人民出版社，2007年12月第1版，第1—2页。

③ 傅英仁讲述，宋和平、王松林记录整理：《东海窝集传》，吉林人民出版社，2007年12月第1版，第133页。

社会的这一特点，我们对《天宫大战》中何以会有重女轻男的鲜明倾向，也就很好理解了。

二、男子殉葬制与兽奴制——最为鼎盛时期的女权社会

东海女真人女权社会发展到最鼎盛时期的生活状态是怎样的呢？在《东海窝集传》中我们似乎能找到答案。首先是生女为荣的观念。书中写道：东海窝集部的"爱坤沙德女王有两个姑娘，没有儿子，当时都是女的继承王位，谁家有了姑娘就是有了传人，都很高兴"。佛涅部老女王塔斯丹德，"没有姑娘，只有两个儿子，谁来继承王位，她很犯愁，儿子将来是要嫁出去的，所以总是得不到安慰"①。

其次，婚礼程序中也充满了女尊男卑的味道，如这段对丹楚和四姑娘的婚礼的描写：

> 结婚典礼头三四天，就把丹楚送到佛勒恒部落去，到时候再由那个部落娶过来。……娶亲人到了部落，女方大批人敲打着木板、围着兽皮迎出门外，他们还在部落外搭起一个迎亲的帐篷。丹楚下马之后，见到女方的老太太就得跪下磕头，为了捉弄人，许多老太太都出来迎亲，丹楚没有办法，只好一个一个地磕头。闹了一阵子才把丹楚接到里面去。丹楚还不能到上房，由佛勒恒领着先进入下房西屋，等待由萨满挑选吉辰。大约是巳时（吉辰），看到正房门开了，紧接着从中冲出来十几位手持弓箭的女人，照着西厢房顶每人射了三箭，意思是向男方示威，表示男方必须屈服于她们。射完箭后，才由佛勒恒和索尔赫楚领着丹楚进了上房。丹楚首先向四格格请安，之后两个人出来朝南磕了三个头，表示拜天。回头坐在长凳子上，这时老太太和萨满出来了，在新婚人面前说了些吉祥话，然后进入新房，随后是左亲右故们送礼，牛肉、猪肉、鹿肉，什么礼物都有，这些礼物放进院内的两三口盛着水的大石锅内。等这些肉煮熟后，大家就围着喝酒，吃肉，新婚夫妇就给大家敬酒，互相磕头。②

从上文中可以看出，男人要嫁到女家，不但要向所有迎亲的老太太磕头，还要在下房西屋等着；吉时到了，正房冲出十几位手持弓箭的女人，照着西

① 傅英仁讲述，宋和平、王松林记录整理：《东海窝集传》，吉林人民出版社，2007年12月第1版，第3页。

② 傅英仁讲述，宋和平、王松林记录整理：《东海窝集传》，吉林人民出版社，2007年12月第1版，第49页。

厢房顶每人射了三箭，意思是向男方示威，表示男方必须屈服于她们；射完箭后，男方才能进上房，进去之后，还要向妻子请安。这样的婚礼礼俗女尊男卑的味道非常浓。

男子嫁到女方家里之后，还有一系列的规矩要遵守。丹楚、先楚兄弟嫁到东海窝集部几天之后，就被女王叫去立规矩了。文中描写：

> 结婚几天后，东海窝集部女王召见两位额驸，款待一阵子，还请了其他部落的葛山达、穆昆达作陪，然后告诉两位阿哥三件事：第一，应该好好侍候两位格格，不能惹她们生气，如果一旦惹她们生了气，本王对你们可不客气；第二，你们两个必须安分守己，不许勾结其他女人，发现你们有不轨行为，就斩首示众；第三，听说你们有武功，必须领兵马去打仗。如果你们能够做到这些，还可以很好地生活，不然的话，你们是难以逃生的。从现在开始，履行你们的基本义务，就是在这一年内，过好四道关，过了这四道关，你们就成了正式的女婿，才正式地属于这个家族。当时的风俗是：每道关三个月，一年共十二个月，是四道关。第一道关是房道杂役关，学会打杂活，学会本族的礼节，怎么侍候两位格格；第二道关是喂猪关，不会养猪是不行的。马，也是很要紧的，它是出兵打仗用的，所以喂猪喂马都得会干；第三道关是砍柴挑水关；第四道关是守门庭关，看宫、看屋、看寨。[①]

男人嫁人后，听命于妻子，地位很低，一不小心就会挨打受骂，对妻子更是不可有二心。如果男人除有自己的女人外，又占有了其他的女人，则为难容之罪恶。书中描写两位阿哥回到东海老女王府里闷闷不乐，两位格格心里就更不满意了：你们俩本来是小小部落的阿哥，嫁到我们这里来，等于一步登天，你们还不高兴，想必是有外心。这两位格格忌妒心特别强。有一天，吃完晚饭，两位阿哥本想回到自己的房间休息，两位格格却不让走，并叫来四个彪形大汉把他俩绑起来，把这两个驸马打得遍体鳞伤，并且说："你们如果回心转意就拉倒，不回心转意，我们还有更厉害的刑罚等着你们呢！"[②]后来，丹楚先楚兄弟在战争中获胜，被封为骑督将军，赏了封地。一次他们与穆伦

① 傅英仁讲述，宋和平、王松林记录整理:《东海窝集传》，吉林人民出版社，2007 年 12 月第 1 版，第 9 页。

② 傅英仁讲述，宋和平、王松林记录整理:《东海窝集传》，吉林人民出版社，2007 年 12 月第 1 版，第 8 页。

部的四个姑娘在树林中谈话、嬉闹之时，被恰巧在附近打猎的两位格格听到，两位格格非常生气，心想，怪不得你们对我们爱理不理的，原来你们还与四位姑娘勾搭上了。两位格格也无心去打猎了，马上回到宫里连哭带闹。老女王一听，说："这还得了！我将来要把东海窝集部交给大姑娘，把佛涅部交给二姑娘，再说事先已和两位阿哥约法三章，是绝对不准他们与外边的女人来往的呀！我一定要重重处置他们！"于是免去了他们的骑督将军之职，收回他们的领地，将他俩打入水牢，将穆伦部的四位姑娘重新变为阿哈[①]，去看守坟墓[②]。

再次，同男权社会中男人死后妻子殉葬的习俗相反，东海窝集部是女人死后，做丈夫的要殉葬，并且这还被认为是光荣之事。书中详细地描写了殉葬的全套仪式：

> 两位格格死了，情况突然，女王即刻召集文武百官，商讨继承王位的事情。找来找去，找到了女王的侄女当了女王。同时，又有官员提议，让二位阿哥殉葬，女王也答应了。……于是，在二位格格坟墓之旁，又修了埋活人的墓地，又准备了殉葬品，如万年灯、石床、豹皮等等，为殉葬人所用。从前有一条规矩，男人殉葬之前，必须先向亲生父母辞行。于是有八位随从陪同二位阿哥前往佛涅部拜见父母。他们到了佛涅部见到父母，父母向先楚、丹楚道喜，高高兴兴让二位阿哥殉葬，又准备吃的、喝的等等。当二位阿哥辞别时，其母已泣不成声了。阿哥们又说起自己的雄心大志未能实行，母亲坚决反对（他们逃走），催着二位阿哥回东海窝集部了。第二天是殉葬的日子，殉葬之前，萨满击鼓跳神，念诵着佛勒密神歌，将两位阿哥送到坟地上。坟墓在两位格格棺材的中间，挖一小洞与外边通风，送吃的，坟内有油灯照亮，用的穿的，都安排好了，随后把两位格格葬入。把两个挖墓的男阿哈和八个女阿哈都活埋。老女王的丈夫说："你们跟随两位格格和额驸办事有功，同到那里去共同生活吧！"当时殉葬被认为是荣誉之事，墓地又派了一百多人护卫着。[③]

殉葬的人，即使逃跑了，还要被抓回来进行第二次殉葬。殉葬的人，被

① 阿哈：满语，奴隶之意。

② 傅英仁讲述，宋和平、王松林记录整理：《东海窝集传》，吉林人民出版社，2007年12月第1版，第26页。

③ 傅英仁讲述，宋和平、王松林记录整理：《东海窝集传》，吉林人民出版社，2007年12月第1版，第40页。

认为是死人了，任何时候谁也不准杀害，仍然是活着把他装在殉葬笼中。书中写道：

> 那时候凡是抓回逃跑的殉葬人，还得举行第二次大丧，……女王就派了六个女萨满，穿上神衣，系上腰铃，戴上鹿角神帽，到姑娘坟前把三个鹿头摆起来，跳神进行丧祭。萨满跪在坟前磕了几个头，点起了火把，敲起了皮鼓，在东南方向和西南方向生起了两堆火。五六把石头镐（一起挥动，人们）动手开坟，把二公主旁边原为丹楚殉葬之坟的棺材重新挖出来，再把二格格的棺材从坟墓中挖出，同丹楚的棺材放在一起，运回王宫内。把石棺停好后，再把丹楚拉出来，叫他里里外外换了一身新的鹿皮衣裳，用一个半蹲式的木头笼子把丹楚装了进去，四周上下又放了带刺的树枝，使得丹楚在里边不能活动，真像上供人似的。把囚丹楚的笼子摆到石棺旁边，选择吉日，再次让丹楚殉葬，以示军威。各部落人都拿着吊礼，有牲口头：鹿头、猪头、牛头、豹头，围着石棺摆了一圈，成为一座兽头山。这种大丧连续举行了三天，那边重新修的新坟也修好了，这回的坟墓是用石条做成的……然后就把丹楚放进了坟墓，也用大石条压住，只留了个洞。丹楚在坟墓中看天是黑洞洞的，看地是黑洞洞的，坟外只有一个送饭的小伙子陪伴着。[①]

殉葬的人即使逃了出来，也会被人看作死人，见到殉葬人被视为不吉利。书中描写丹楚、先楚逃出殉葬之地后，带上厚礼来到自己的家乡佛涅部，进了寨子，人们看到他们就躲开。那时有个习俗，认为已经殉葬的人，是被人们欺侮和轻视的，碰见这种人是不吉利的。

最后，是残忍的兽奴制。丹楚、先楚兄弟起兵反抗女王统治时，得到了不少人的响应和拥护，其中很多人都是从东海部逃出来的兽奴。什么是兽奴呢？是指女王手下专门训练野兽的阿哈，有训练熊的，也有训练老虎的。女王还时常叫兽奴与野兽格斗取乐，有时叫野兽把兽奴咬死，撕成肉片女王才高兴呢。文中描写了兽奴石鲁死里逃生的故事：

> 原来石鲁十七八岁时，是个兽奴，身体壮得像头小牛，力气很大，女王很看重他，让他专门训练老虎。他训练老虎很有办法。一天，正赶

① 傅英仁讲述，宋和平、王松林记录整理：《东海窝集传》，吉林人民出版社，2007年12月第1版，第85页。

二女王的生日，各部落的头领都被请来了。女王为了显示自己兽奴的能耐，放出一只最大最厉害的老虎，让石鲁与虎拼斗，并扬言说："石鲁与虎斗有一套办法。"大家一看这么大的老虎，恐怕要出事，劝说不要进行为好。女王说："你们不要怕，今天就是叫你们看看老虎是怎样吃人的！如果老虎吃不了他，你们也可以看看我这位兽奴的本领嘛。"说罢就把老虎放出来了，石鲁也被推了进去，他们就撕打起来了。一个十七八岁的小伙子，怎能敌得过一只猛虎呢？结果三下两下，老虎就把石鲁压在身子下面了。这时丹楚的父亲看了这种情景，觉得老女王实在太残酷了，就拿起箭狠狠地射了老虎三箭，老虎当即就死了。石鲁乘此机会，拿起弓箭逃跑了，跑到山上，专门招收兽奴，训练兵马，占山为王，等候时机杀回东海窝集部，再回到佛涅部报答丹楚父亲的救命之恩。①

可见，女权社会发展到最鼎盛的时期，女尊男卑已经到了无以复加的程度。不仅生女为荣，女娶男嫁，而且婚礼和婚后的制度中都有相当明显的女尊男卑的色彩，男人不仅对女人要从一而终，还有可能为女人殉葬。女王更是霸道残忍，把男人当成兽奴，拿兽奴的生命来取乐。

总之，在奴隶社会中，无论是女人当政还是男人当政，都会伴随着对另一性别的歧视与压迫。从母系氏族社会发展到奴隶制时期，也存在着男子被置于女子的绝对权力之下，被贬低、被奴役的现象。恩格斯说："在历史上出现的最初的阶级对立，是同个体婚制下的夫妻间的对抗同时发生的，而最初的阶级压迫是同男性对女性的压迫同时发生的。"②研究了满族说部，特别是《东海窝集传》，似乎有理由相信这种"最初的阶级压迫"不仅可能是与"男性对女性的压迫同时发生的"，也可能恰恰相反，是与女性对男性的压迫同时发生的。

第三节　男权代替女权的嬗变

一、男权社会代替女权社会的艰难嬗变

恩格斯在其名著《家庭、私有制和国家的起源》中说："必须废除母权制，

① 傅英仁讲述，宋和平、王松林记录整理:《东海窝集传》，吉林人民出版社，2007年12月第1版，第64页。

②《马克思恩格斯全集》第21卷，《家庭、私有制和国家的起源》，第32—203页。

而它也就被废除了。这并不像我们现在所想象的那样困难，因为这一革命——人类所经历过的最深刻的革命之一——并不需要侵害到任何一个活着的氏族成员。氏族全体成员都仍然能够和以前一样。只要有一个简单的决定，规定以后氏族男性成员的子女应该留在本氏族内，而女性成员的子女应该离开氏族，转到父亲的氏族去就行了。这样就废除了按女系计算世系的办法和母系的继承权，确立了按男系计算世系的办法和父系的继承权。”当然，上述观点也只是推断罢了，并没有切实的证据，因此恩格斯随之补充说："这一革命在文化民族中是怎样和在何时发生的，我们毫无所知。它是完全属于史前时代的事。不过这一革命确实发生过。”[①]从母权制向父权制的转化，是不是真的如恩格斯所说的“必须废除母权制，而它也就被废除了。这并不像我们现在所想象的那样困难”呢？也许在原始社会时期，是这样的，因为确如恩格斯所说，当时生产资料公有，产品公平分配，母系到父系的变革并没有触及所有人的实质利益。因而，《女真谱评》中从“九天女”的母权统治过渡到函普的父权统治，似乎没有任何冲突，完全是互相谦让下的自然而然的结果。

然而，当母权制的发展延伸到奴隶社会的时候，当权力意味着财富和地位的实质性变化的时候，这种转化就绝不是这样简单，必然伴有残酷的斗争、流血和冲突。首先，拥有既得利益的女性群体绝不可能轻易放弃自己的权力，这使得这种变革几乎不能通过和平手段所达到。最典型的例子是《东海窝集传》中兴安部落王权之争：老女王临死前“一看这帮男的都是武艺出众，男人掌权一定比女人强”，就决定把王位传给小格格色布登的女婿索尔赫楚了，哪知“不要说是那七位姐妹，就是色布登自己也不答应”。迫于形势，连主张父权的丹楚也不得不说：“咱们祖传习惯，男的没有当王的，还是由索尔赫楚辅佐色布登继承王位吧。”……最后决定由八姐妹共同执政，由色布登领头，总算是暂时缓和了矛盾[②]。

哪里有压迫，哪里就有反抗。女尊男卑的婚姻制度必然会遭到男人的反抗，反抗的结果往往是以悲剧收场，甚至有些婚姻最后演变为男女相杀相争的悲剧。如《东海窝集传》中描写：“兴安部的穆昆达是一位七十多岁的老太太，……老太太年轻时由于脾气太暴躁，她先后娶过六个男人，都被她赶跑了，其实也不能完全怪她，六个男人中，有四个是骗财而逃，尤其是最后一个，老太太更恨得不得了。于是老太太对男人也越来越残忍，天天打过来骂过去。

①《马克思恩格斯全集》，第 21 卷《家庭、私有制和国家的起源》，第 32—203 页。

② 傅英仁讲述，宋和平、王松林记录整理：《东海窝集传》，吉林人民出版社，2007 年 12 月第 1 版，第 72 页。

有一天，最后这位男人，实在无活路了，准备在夜深人静时，把老太太杀死，正准备杀她的时候，被老太太发现了，老太太也有点儿功夫，一狠心，杀了自己的丈夫。从此老太太不再娶男人了。”[①]

兽奴们成了女王戏谑的玩具，随时都有被野兽吃掉的危险，心中也埋下了仇恨女人的种子。因而，不少兽奴跑出来占王为王，专门劫路为生。他们最恨女人，从来不接近女人，见到女的就先奸后杀。兽奴们也不抢东西，只抢些兵器，认为兵器最珍贵，尤其是黑石刀，那更是所见必夺，为的是扩充队伍，杀回东海窝集部，夺取女王的权力，建立男人掌权的社会。因而当丹楚、先楚召集众人想要推翻女王统治时，马上就得到了这群兽奴们的大力支持，成为丹楚、先楚新组建的大军的主力。

其实，男权代替女权的最根本原因，还不是上述两者，最重要的是男性见多识广，代表了学习外来文化，改进生产方式、促进生产力发展的方向，而女人相对保守落后，代表的恰恰是对旧的生产方式的固守。因而，表面上是男权与女权之争，但实质上是新旧生产力方式的角力。在《东海窝集传》开头引出全文的就是天界乌克伸玛发和佛托妈妈的争论，乌克伸玛发认为女人当家是治理不好天下的，因为她们封闭保守，不敢大力发展生产；而佛托妈妈却认为旧的生产方式没有什么不好，从古至今都是男的在女的指挥下过来的，且男人不懂人情，没有人味儿，非闹事打仗不可，还是女人当家稳妥。二人各不相让，于是分手，到下界去培养自己的力量了，这就引出了东海窝集部男女争权的一场大战。

乌克伸玛发在人间培养的自己的代表人物是谁呢？显然是丹楚和先楚兄弟。文中描写道：丹楚、先楚正受命与穆伦部开战，突然四只大鹰把他们叼走，来到乌克伸玛发处，乌克伸说：“你们是先楚贝子和丹楚贝子。你们原在天上，今下来转生为人，是我的最小弟子。你们应经得住灾难的折磨，承受大业，应让男人掌管天下了。”[②]第二天，来了一匹神马，先楚骑上马继续向南去了，丹楚在原地又住了五年，学习了新的技术。五年后，哥儿俩回到东海窝集部，向女王献了十条计策：一、兴农业，耕种五谷；二、种麻织布做衣服；三、兴木工、铁匠，开矿炼铁，制造器具；四、各部落和睦共处；五、整顿兵马，兴邦安国；六、多养家禽，牛羊猪等；七、不分男女，论功赏罚；八、人畜分流；九、

① 傅英仁讲述，宋和平、王松林记录整理：《东海窝集传》，吉林人民出版社，2007 年 12 月第 1 版，第 68 页。

② 傅英仁讲述，宋和平、王松林记录整理：《东海窝集传》，吉林人民出版社，2007 年 12 月第 1 版，第 35 页。

废除女王制度，由男人掌权；十、废除兽奴，男女都一样[①]。显然，先楚和丹楚兄弟一开始并不想造反，而是想通过建言献策来推进改革，促进东海窝集部的发展。然而这种改革受到了以女王为首的守旧势力的坚决抵制，并没有成功。后来，两个格格病死，丹楚、先楚更是沦为殉葬人，被埋进活死人墓。

残酷的现实教育了丹楚兄弟，他们终于意识到要想改革旧有制度，发展生产力，就必须推翻女王和她背后根深蒂固的女权制度。于是丹楚在被救出坟墓后，在万路妈妈等人的指引下，招兵买马，积蓄力量，准备同老女王决一死战。可是第一次与老女王的战争，因为丹楚兄弟太过着急，没有听从万路妈妈的劝告去中原请孙真人，没过多久就失败了，丹楚兄弟又被重新殉葬，埋进墓中。可见老女王的女权王朝经过多少辈人的苦心经营，在国家军队和武力防御方面，已经达到了较高的水平，不是一般的内部叛乱能够推翻得了的。后来，丹楚和先楚又被救出，这次他们吸取教训，带了几个人亲自到中原去请孙真人帮忙，并在孙真人的指导下，更新了武器、装备，将原来的石制武器换成钢铁制造的武器，又引进了云梯等先进的攻城设备，更重要的是，他们对孙真人言听计从，奉之为军师，这才所向无敌，打败了老女王的军队。然而女王虽然战败，但仍然不服输、不投降，提出必须经过萨满跳神比武，萨满跳神胜利的一方才能得到族众的承认，象征着其胜利是神授威力。这显然与满族说部神话和史诗中以神判的方式决定战争胜负和是非对错一脉相承，是其神话型原始思维方式的延续和传承。丹楚兄弟在萨满比武中获胜，终于推翻了女王的统治，建立了男权统治下的新的东海窝集国。

丹楚兄弟一波三折地赢得了战争的胜利，推翻了女王的统治，然而男权与女权之争却并没有随着战争的结束而结束。即使通过武力手段推翻了母权王朝的统治，但由于母权观念根深蒂固，仍然会有人不惜流血牺牲去争取挽回女性曾经拥有的权力，男权社会的形成和发展也是一件相当困难的事，甚至为了维护女权，有些女人甚至不惜用自己的生命去拼。文中讲述当丹楚建立王朝，封赏功臣之时，"老女王手下的旧部，约四百余人偷偷地跑到西山里，而且全部是女的，离东海城二十来里地，她们摆下了用石板做的牌位，……哭了一阵后，每人便脱掉了全身衣服赤条精光，后来每人围上一块遮羞布，把左臂割开口，以血当酒，并发誓，宁死也要为老女王报仇。……临行前她们每个人摞起一个土堆，代表了她们的坟，表示誓死不回的决心。到了丹楚的兵营所在地，也不用指挥，因为大家都不要命了，就砍杀起来。这就是软

① 傅英仁讲述，宋和平、王松林记录整理：《东海窝集传》，吉林人民出版社，2007 年 12 月第 1 版，第 36 页。

的怕硬的，硬的怕横的，横的怕不要命的！她们深知江山已完，只求多杀些丹楚的人马，为老女王出气罢了。好一阵厮杀，鬼哭狼嚎，一直打到王府……（被镇压下去后）其中剩余的百十来人窜到山林中去了。据传这些人钻入森林后延续了很长时间，成为女儿国，一直发展到清初后金时，才成立了一个朱色里部，这帮人直到清初时还是那么彪悍、生死不怕的一帮女人。”[①]

不仅如此，读者怎么也想不到，丹楚兄弟所创建的男权王国最大的阻力竟然是来自他们自己的母亲。文中描写道：

> 佛涅部的两位部落头领，也就是丹楚和先楚的父母，听到两个儿子打胜仗的消息，他们的母亲很不高兴。曾经在先楚和丹楚从坟中跑出去之后，其母亲曾多次跑到老女王跟前自刎，说："我养的儿子是杂种，他们不应该从坟里逃出去。"当面就把自己的头发剪下两绺，表示自己不要自己的儿子了。老女王一看她能剪下自己的两绺头发，那是表示了她最大的决心，就说："你能够效忠本王，本王也不责怪你了。"丹楚的母亲、佛涅部女王塔斯丹德回到部落后，白天黑夜地练兵，因为周围其他部落都知道佛涅部是丹楚、先楚父母的部落，哪个部落也不敢骚扰，她有机会就操练兵马。她所以加强练兵，是为女王撑腰和报仇，想制服甚至杀死丹楚和先楚。当她觉得自己的实力差不多时，就跟丈夫说："我们可以出兵了，去声讨两个逆子，把他们重新捉拿，为两位格格殉葬。"……伯克兹劝说塔斯丹德："你那点儿兵马能抵挡得了先楚、丹楚那么多的军队吗？"塔斯丹德说："不！我们是正义之师，我们根据阿布凯恩都里的旨意，从来没有男人掌权这一说。"塔斯丹德仍坚持自己的主张。后来听说两个逆子真的坐了王位，就带着兵马向东海城出征，讨伐两个儿子来了。……（并且拿刀要砍两个儿子），说："我宁可不要儿子，也要把你们杀了祭奠老女王，为老女王报仇。"[②]

其实塔斯丹德反对自己的儿子们并非是为了自己那点儿权势，而是为了东山再起，维护旧俗，恢复女权制。她也清楚，光凭佛涅部恢复旧制那是根本无望的，于是她吞并了四周的几个弱小部落，把东海窝集国安排去的男章

① 傅英仁讲述，宋和平、王松林记录整理：《东海窝集传》，吉林人民出版社，2007年12月第1版，第131页。

② 傅英仁讲述，宋和平、王松林记录整理：《东海窝集传》，吉林人民出版社，2007年12月第1版，第132—133页。

京都给赶了出来。先楚、丹楚无奈，想要把老太太请回东海窝集部关起来，塔斯丹德就戴上她的用黑石做的帽子，向先楚撞去。先楚一闪，结果她撞在石柱上，结束了生命。

为了维护女权制度，塔斯丹德竟然不惜与自己的亲生儿子为敌，最后竟然用拼命的办法来逼儿子，可见其女权思想是多么根深蒂固，不可动摇。这也从一个侧面反映出千百年来形成的重女轻男的传统观念，已经深深地扎根于某些人的心中，成为她们心目中最最重要的原则，为了这一原则，甚至可以不顾亲情，挥刀相向。

最后，必须指出的是，从母权制到父权制的转化必定离不开多数女性的理解与支持，如果没有这种理解和支持，这种转化也是不可能实现的。正如在《东海窝集传》一书结尾，老太太讲："不管怎么说，没有女的男的也不行！没有男的女的也不行！"[①] 没有万路妈妈的指点和帮助，丹楚等人甚至不会有建立男权王朝的雄心壮志；没有穆伦四姐妹的一次次救助，丹楚等人或许早已经成了刀下之鬼；没有丹楚姨母的支持和帮助，丹楚等人的父权制改革也不可能那样轻易成功……因而，从一定程度上说，从母权到父权的转化也是多数明智的女性审时度势，从部落发展的历史需要出发，主动让出权力的结果。

除《东海窝集传》外，还有一则神话故事，也反映了从女权向男权过渡的艰难过程，这则神话名叫《朱图阿哥（炼铁神）》。故事讲的是长白山脚下的牛祜禄哈拉部落中的穆昆达是本屯很有名望的老太太，大家都叫她博尔混妈妈。她心地善良，对待族里的男女老少没厚没薄，处理大小事情也公平合理。可就是人老了，到底怎么领大家过好日子，她想不出什么主意来。别人提一点儿新的办法，她老人家总是摇摇头说："不行呀，孩子们！这不合乎咱们祖传的规矩呀！"尼马察哈拉有一个小伙子叫朱图。这个阿哥聪明伶俐，见啥一学就会，十几岁就跟阿玛上山打围、采参。十七岁那年，他还跟阿玛去过抚顺马市，用人参、鹿茸、兽皮换回一些铁铧子、铁镐，用这些铁农具开荒种地。土地一天天多了，粮食也一天天多了，日子一天比一天红火起来。朱图二十岁那年，嫁到牛祜禄哈拉博尔混妈妈家为婿（那时仍然是女娶男嫁）。婚后不久，老妈妈病倒了，临危时，嘱咐户里人说："我没管好咱们户族，叫大家跟我遭罪。我死后，可以让我女婿朱图继承穆昆达这个缺吧。"老妈妈故去以后，谁当穆昆达这件事，要按旧规矩很好办，只要在族中再选出一个能干的女人来，就算了事。可这回不行，老太太临终把这个缺让给了朱图阿哥，

①傅英仁讲述，宋和平、王松林记录整理:《东海窝集传》，吉林人民出版社，2007年12月第1版，第6—7页。

这对牛祜禄哈拉来说，可真是一件惊天动地的大事。一伙女人坚持从女人里挑继承人。朱图当上穆昆达后，虽然领着大伙过上了好日子，但那伙女人嫉妒他，恨不得一口把朱图吞了，几次设计害他，火烧，水淹，都没有害死朱图，但她们还是趁一次天灾，粮食歉收之际，利用萨满权威把朱图夫妻赶出了部落。后来，朱图夫妻救了一个浑身长疮、流脓淌水的老人，把他当成自己的老人那样精心照顾着，老人病好后教朱图炼铁。牛祜禄部落自从朱图走后，又恢复了老样子，选了一个没能力的糊涂女人当穆昆达，把朱图领大伙开的土地也撂荒了，人们天天东跑西颠打猎摸鱼。不种地，粮食也没了，再加上部落人口越来越多，弄的大家吃不上、穿不上。后来部落里的人实在没办法，又来找朱图，朱图就回到部落，把炼铁术带回部落。朱图不计前嫌，把原来害他的一伙女人请回来。从此，牛祜禄哈拉设了两个穆昆达：一男一女。直到后来还是这样沿袭下来。牛祜禄哈拉打铁的技术，直到今天在东海窝集一带还很出名①。

文中提到了抚顺马市，笔者查资料得知，抚顺马市是明代天顺八年（1464），为了限制建州女真京城朝贡所开设的马市，专待建州女真。也就是说，这则神话的发生时间，应该在天顺八年（1464）以后，大体上应该早于《东海窝集传》的发生时间。这说明在明代中期，在东海窝集部还普遍存在着相当根深蒂固的女权制社会，由女权制向男权制的过渡经历了一个非常艰难的过程。而从女权向男权转变的根本原因，是男性见多识广，锐意改革旧制，从而代表了较为先进的生产方式，因而与女性所代表的相对保守封闭的生产方式之间产生了难以调和的矛盾。

二、从女神世界到男神世界的变革

社会的变革也必然在其神话中有所反映，社会现实生活中有男权代替女权的残酷斗争，这种斗争在神话中也必然有所反映。满族说部神话中男神代替女神成为天界领导者的神话，那就是《天宫大战·附录六·神魔大战》。笔者大胆推测，正是因为现实生活中有以男权代替女权的迫切要求，萨满们才顺应形势要求，创作出了《天宫大战》以男神代替女神掌权模式的神话故事，来作为现实生活中男权观念权威性和合理性的说明和神话依据。因而这些神话故事应该是与《东海窝集传》同时期或稍晚些的作品。

在《天宫大战》中，阿布凯恩都里只在结尾的地方稍被提及，似乎阿布卡赫赫悄无声息地就被阿布凯恩都里取代了，而且这种取代似乎只是称号的

① 傅英仁讲述，荆文礼搜集整理：《满族神话》，吉林人民出版社，2016年8月第1版，第160—163页。

改变，其他的都没有什么变化，甚至没有明确指出其性别发生了改变。但在神话《大魔鬼耶鲁里》和《神魔大战》中，故事非常详尽地描写了男权代替女权的过程。文中描写了阿布卡赫赫由于过失，在与耶鲁里的战争中失利，最终被压在冰山之下。阿布凯巴图（就是后来的阿布凯恩都里）代替了阿布卡赫赫的地位，继续领导天兵天将同耶鲁里斗争，最终取得胜利后，阿布卡赫赫让位，阿布凯恩都里逐渐取代了阿布卡赫赫的地位，成为掌管天地的主神。很显然，这反映了满族先民母系氏族社会逐渐被父系氏族社会所取代时的观念冲突与变革。

首先，《神魔大战》中将男权代替女权，阿布卡赫赫最终退出最高领导地位，归之于女性的心慈面软、妇人之仁。大体上说，正是阿布卡赫赫的三次仁慈，直接导致了耶鲁里力量的不断壮大，发展成熟。第一次：老三星在耶鲁里裂生后就想消灭他，阿布卡赫赫为师弟求情，并把自己的灵气分给了他；第二次：耶鲁里到扫帚星拜魔王为师，被抓回来，老三星要处置耶鲁里，阿布卡赫赫又求情，只让耶鲁里到地下国去反省；第三次：受老三星委派，阿布卡赫赫带上安达葫芦去查看耶鲁里，阿布卡赫赫受耶鲁里蒙骗，没有用安达葫芦把耶鲁里抓回来。由于阿布卡赫赫的心慈面软，三次妥协退让，耶鲁里逐渐积蓄起强大的力量，成了气候，最终酿成了神魔大战的大祸。

因而虽然阿布卡赫赫曾经居功至伟，但由于女性天生的弱点，她已经逐渐不适合做天宫之主，这已经是明摆着的事实了，这点老三星也非常清楚，只是没有明说罢了。因而在《神魔大战》中老三星对阿布凯巴图说："你可能总在想，为什么我们不早些把耶鲁里除掉，让他闯了这么大的祸才动手。……主要原因有几个：一是阿布卡赫赫该有这一劫，必须得经过这一过程才能让她的想法得以改变，不然很难改变她的想法。二是阿布卡赫赫造的天宫也已经过时了，天宫已经到了该重新造的时候了。……"①

从战争方式来看，《神魔大战》的战争方式似乎与满族先民的部落战争方式非常相似。首先，在满族先民的部落战争中很喜欢通过比武或比赛萨满神通来判定胜负，这种战争方式很显然已经移植到了神话中。如《神魔大战》中，战争打到后来，"耶鲁里和三个魔头还不服气，说：'这么办吧，咱们比武，如果我们输了，你想怎么治就怎么治我；如果我们赢了，你把天宫让给我，

① 富育光讲述，荆文礼整理：《天宫大战　西林安班玛发》，吉林人民出版社，2009年4月第1版，第127页。

我还给你一个元帅宝座。'"[1] 比武之后他们又比神通，比赛割头再长上、把身体大卸八块再长上、坐火板，等等，这让我们联想到了满族先民以萨满神通比赛来确定战争胜负的方式。《东海窝集传》中的战争最后就是用这种比赛萨满神通的方式来解决的，这种方式在《乌布西奔妈妈》《西林安班玛发》等满族说部史诗中也很常见。

其次，在满族先民的部落战争观念中，打败对方并不是消灭对方，而是让对方心服口服，再也不敢来犯。正如在《天宫大战·附录六·神魔大战》中阿布凯巴图所说的："消灭他们倒容易，但是必须把他们的魔法都制服了，让他们再也没有能力反天了，然后咱们再制服他，不用别人动手，我一个人就行。"[2] 因而我们看到，所谓的神魔大战看起来是相当仁慈的，并不制敌于死地。《天宫大战·附录六·神魔大战》中有多处这样的记载，如敖钦大神准备用一半（高山）砸死耶鲁里和那三个魔头，却被阿布凯巴图截住了。他对敖钦大神说："只许他不仁，不许咱不义，你把他砸死犯天戒。……"[3] 再如守卫天宫北门的纳丹岱辉和纳尔浑两个，用柳圈套住了两个妖怪，依着纳丹岱辉的想法，就此干脆把他们弄死得了，但纳尔浑说："不行，天宫里是一片净土，不能在这里杀生。"[4] 耶鲁里同阿布凯巴图比赛割头，头割下来后，阿布凯巴图手下有五只神雕，这时五只神雕同时飞起来了，其中两只保护阿布凯巴图的脑袋，不让任何人侵犯；另两只神雕叼住了耶鲁里脑袋上的两只耳朵，要扔到大海里去。这时阿布凯巴图的脑袋说话了："不行，我已经跟他说好，不许伤害他。"[5]

对于外来的敌人，他们更是不愿得罪，虽然扫帚星的星主曾用冰山压住阿布卡赫赫等三百女神，并且派四个魔头来帮助耶鲁里，但老三星和阿布凯巴图并没有置他们于死地，只是非常谨慎小心地活捉了魔头将他们送回扫帚星而已。当阿布凯巴图派人请示老三星，问他怎么对付耶鲁里和外星来的四个魔头时，老三星说："……你回去对阿布凯巴图说，一定要把凡可沙星派来

① 富育光讲述，荆文礼整理:《天宫大战　西林安班玛发》，吉林人民出版社，2009年4月第1版，第119页。

② 富育光讲述，荆文礼整理:《天宫大战　西林安班玛发》，吉林人民出版社，2009年4月第1版，第122页。

③ 富育光讲述，荆文礼整理:《天宫大战　西林安班玛发》，吉林人民出版社，2009年4月第1版，第120页。

④ 富育光讲述，荆文礼整理:《天宫大战　西林安班玛发》，吉林人民出版社，2009年4月第1版，第115页。

⑤ 富育光讲述，荆文礼整理:《天宫大战　西林安班玛发》，吉林人民出版社，2009年4月第1版，第122页。

的四个魔王送回去，不要太伤害扫帚星，因为得罪了他们对（大家）以后都不好。把耶鲁里压在冰山下可以，但那四个魔王必须送回扫帚星去。至于怎么送，我去第一层天指挥这件事。……”[①]

这种不愿意将事态扩大、息事宁人的态度也是满族先民部落在战争中对外来势力干预的一贯态度。可以看出，所谓的“神魔大战”，其实不过是人间的男权代替女权战争的翻版，是以神话的方式为人间的男权代替女权统治寻找依据和合理性。

① 富育光讲述，荆文礼整理:《天宫大战　西林安班玛发》，吉林人民出版社，2009 年 4 月第 1 版，第 124 页。

第四章　生命的繁衍与智慧的增长

——满族说部神话、史诗中的“树神”“石神”崇拜

在满族先民的传统观念中，树神非常受重视，尤其是佛托妈妈（柳树神），在满族神话中地位极高，一度被封为阿布卡赫赫，成为掌管人类的最高统治者。柳树神是通天通地的天桥，佛托妈妈更是被视为女性的象征，婚姻的见证，更是部族的始祖母和人类的乳母。在民间，佛托妈妈被当成“月下老人”“送子观音”一样崇拜，祭祀也非常普遍。此外，榆树和白桦树也很受重视，榆树是长寿之树、吉祥之树，白桦树则是阿布凯恩都里的三女儿白云格格所化。不仅如此，还有的神话中将山梨木视为造人的原料，把天上的智慧树枝视为人类智慧的源泉。

树神在满族神话中何以会有这样的地位呢？笔者认为，这同东北的气候特点有关。东北冬季寒冷，在没有掌握用火技术和建造房屋的技术之前，最早的满族先民是如同熊和蛇一样在树洞中过冬的。树，尤其是千年的大树，常常是他们在冬季最好的住所和藏身之地，像是母亲一样给予他们温暖的保护。因为女多男少，所以很多男人都被藏在树洞中，树洞对他们而言，更是两性结合的浪漫象征。

石神在满族先民心目中是生命与火的源泉，连阿布卡赫赫要想战胜耶鲁里，都必须要“吃石补身”；同时石神又是男性生殖器和男性的象征，是始祖父的象征，乌申阔玛发死后就是与山石融为一体的；最后，石神还是工艺与技术的象征，作为工艺与技术之神的西林安班玛发正是一尊石雕萨满。

满族先民何以会有这种石神崇拜呢？笔者认为，石中有火，这同满族先民击打石块取火的方式有关；石神作为男性生殖器与男人的象征，则同一种神秘的“吃石蕊壮阳”的传说有关；石神成为工艺与技术之神，则同东北古代没有铁器，很多武器与工具都是石制工具有关，因而东北的石匠众多，且石制工艺都非常精美。

第一节　满族说部神话、史诗中的树神崇拜

一、佛托妈妈与神树下的浪漫婚礼

在满族说部神话、史诗中，有许多作品都描写了在神树下祭祀、聚会和举行婚礼的场面，神树下成为原始部落中最为神圣的场所。如《飞啸三巧传奇》中写道："达萨布罕的府前，有几棵千年的老榆树。他们建部落的时候，把这个老树留下来了，作为他们的神树，每次祭祀就在这里举行。北方少数民族各个部落都有自己的神树。他们的神树有意思，是并排的三棵，四五个人伸出胳膊才能抱住，又粗又高。这树就在他们前门，像大旗杆似的，是他们九拐部落全族的神树。"[①] 书中描写"北方少数民族各个部落都有自己的神树"，可见神树在北方各部落中是非常普遍的，几乎每个部落都有。甚至各部落之间一年一度的商议军政大事的会议，也要在神树下举行。《东海窝集传》中描写道：东海窝集部的"老女王很有势力，每年九月初九都要召集各个波吉烈额真，到她的府上开一次全体东海窝集部祭神树大会，并一起商量部落中的一些军政大事"[②]。可见神树下是部落聚会和家族祭祀的最重要的场所。

在满族神话传说《多罗甘珠》中也描写了在神树下祭祀的盛大场面：

> 这一年的秋天，又迎来了诸申们敬祭神树的日子。古顿城和阿克敦两个城相邻的虎尔哈河边，有棵千年榆树，像擎天蟠龙，按照风俗，这是虎尔哈河上最欢乐的日子。两个部落诸申，骑马坐车，聚到神树下载歌载舞，杀猪祭天，祈祷风调雨顺。祭神树的人，在这里互相换皮张和马匹，摔跤、比箭、赛马，热闹极了。他们之间，再大的仇恨和悲伤，到神树底下，都化成了和睦和友谊。……神树前，供起了整猪、全牛，点起了鞑子香，在皮鼓牛角号声里跪祭完神树。哈斯古罕精心安排了大宴：烧鹿脯、焖熊掌、飞龙羹，吃不完的酒肉扔满了山野。三声螺号，奴仆们抬上来箭架，会猎开始了。哈斯古罕假装殷勤地给多罗罕和几个部落

① 富育光讲述，荆文礼记录整理：《飞啸三巧传奇》，吉林人民出版社，2007年12月第1版，第489页。

② 傅英仁讲述，宋和平、王松林记录整理：《东海窝集传》，吉林人民出版社，2007年12月第1版，第3页。

长摘下一张张桃木弓，五个部落头领飞身上马，像五支箭飞向树林……[①]

神树下，也是青年男女举行婚礼的最主要场所。如在《红罗女三打契丹》中，乌巴图和红罗女的盛大婚礼，就是在神树下举行的。书中描写道："按照当地的婚俗，是在傍晚举行婚礼，在大神树底下点上篝火，拜天成亲。……胡苏里老妈妈把二人引导到大神树下，举行拜天仪式。这里四周点起了篝火，人们打起手鼓，吹起螺号，群众欢呼起来。新郎新娘拜完了天地，酒宴便开始了，大家围着篝火，喝酒的喝酒，唱歌的唱歌，跳舞的跳舞。"[②]《红罗女三打契丹》是唐代的故事，这说明很可能最迟在唐代，满族先民们就有了在神树下举行婚礼的习俗。在《萨布素将军传》中，也有关于九月祭神树的描写："神鼓敲响了，有唱歌的，跳舞的。萨布素一看，那里在进行神树祭呢，知道这是九月祭树神的日子。他领着大伙儿到神树底下磕了头，与大家一起围着神树又唱歌，又跳舞。"[③]书中还特别描写了三对新人在神树下成亲的场面。说明在萨布素所处的清代，在神树下举行婚礼，仍然是满族先民们普遍存在的重要婚俗之一。

描写神树下的婚礼最为生动、具体的应属记述明代东海女真人的作品《东海窝集传》。书中描写道："九月初九那一天，按照东海窝集部祖传的婚俗，不管双方父母是否同意，男方女方必须在神树下自由结合才行，要不然的话，婚姻大事，谁说了也不算"[④]，所以虽然老女王想让丹楚和先楚做自己两个女儿的女婿，但丹楚、先楚却和穆伦部的四个格格商量说："这样吧，明年祭神树时，我们偏不找她俩，单找你们四个人，那时你们四个也别找别人了，这样咱们顺势就在神树前宣誓结婚了。我看老女王也不敢违背古传风俗的！"[⑤]神树下自主结合的风俗甚至连老女王都不敢违背，可见这一婚俗观念是十分根深蒂固的，得到当时各部族民众的普遍认同。

书中还相当生动地描写了神树下婚礼的盛大场面，摘录如下：

① 富育光讲述，荆文礼整理：《苏木妈妈　创世神话与传说》，吉林人民出版社，2009年4月第1版，第201页。

② 傅英仁讲述，王宏刚、程迅记录整理：《红罗女三打契丹》，吉林人民出版社，2009年4月第1版，第138页。

③ 傅英仁讲述，程迅、王宏刚记录整理：《萨布素将军传》，吉林人民出版社，2007年12月第1版，第138页。

④ 傅英仁讲述，宋和平、王松林记录整理：《东海窝集传》，吉林人民出版社，2007年12月第1版，第6页。

⑤ 傅英仁讲述，宋和平、王松林记录整理：《东海窝集传》，吉林人民出版社，2007年12月第1版，第4页。

在神树祭祀正式开始之前，有二十七位女萨满戴着虎皮帽子，穿着鹿皮裙子，点燃八十一盆年祈香，香烟缭绕，显得神圣肃穆。神树周围生起篝火，接着东南西北四路大篝火也生起来了。他们击鼓跳神，高声诵唱着祭神歌。之后由锅头开始宰杀，摆腱在木架上，共有八十一只鹿，鹿的四条腿吊在架子上。各部派出八十一个锅头，拿着石刀单脚一跪，将鹿脑袋割下来，把鹿头挂在早已搭好的神架上。各部落带来的神器，木筒大鼓、小鼓敲打起来，然后将鹿头放在祭坛上，全场一片欢腾。所有带来的牲畜一律剥皮，忙坏了各部刀斧手。待祭品摆好后，全体人员跪下向神树祈祷，祈求全年幸福安康。……

第二遍祭神树开始了，二十七位萨满又开始跳神，诵唱神歌，接着是众人跳舞。当祭神树完毕，外边人群早已围成一圈，从各部落中出来八个男的八个女的，他们随着木鼓声四起，翩翩起舞，像是蝴蝶飞舞似的，那么轻盈好看。这时候乌苏里部和萨哈连部跳的是宣舞，有的是跳皮子，就是把牛皮绷起来，在上面跳，跳九张皮子，即从这张皮子上，跳到另一张皮子上，连续跳九张，跳的花样就更多了……跳到一定的时候，各部落牛角号手，随着东海老女王的牛角号声，吹起来。这时人们就明白了，择婚选偶的时辰开始了，这时男的找女的，女的找男的，找各自心目中情投意合的伴侣。双方一对对都到东海老女王面前去跳，意思是让老女王认同。这样一来，有些男女平时相互看中的，就自然而然地凑到一起；有的是临时看中的，也要到东海老女王面前给她请安磕头、跳舞。老女王也一一赏赐，给点儿钱或物品，如鹿角啦，小刀啦，玉石等，每人都能得一份。按照祖规，男的要戴绿羽毛花，女的要戴红羽毛花，……

这时东海老女王亲自将四个火把交给两位阿哥和两位格格，意思是叫他们和大家一起去跳舞。两位阿哥与两位格格跳了一阵舞后，火把烧完了，篝火也灭了，这时候跳舞就更紧张热烈了，所有鼓声响成一片，不分个数，此时的男男女女，双双对对，都到各自选定的地方成婚去了。第二遍火把烧起来，锣鼓一响，男男女女都戴着花出来了，说明都结婚了；此时萨满第二次出来给大家咏唱喜歌，这些成婚的男男女女向天、向地、向父母磕了头，随后女的领着男的回到野外帐房，过新婚之夜。这样祭神树就结束了。①

①傅英仁讲述，宋和平、王松林记录整理：《东海窝集传》，吉林人民出版社，2007年12月第1版，第6—8页。

满族先民何以会长期普遍存在祭祀神树，并在神树下举行婚礼的习俗呢？这也要到满族原始神话中去寻找答案。首先，在满族神话中，柳树是女性生殖器的象征，是人类性爱启蒙的代表。在满族神话《佛赫妈妈和乌申阔玛发》中描写道：

> 十万年前，普天之下，到处洪水为害。平地几丈深的大水，把地上的生灵万物淹得一干二净，只有长白山上的一株柳树和北海中的一座上顶天下拄地的石矸，还在水中立着。不知又过了多少年，这株柳树修炼成人形：身子两头细，腰间粗，一道深沟从头到脚像柳叶似的；石矸也变成一位高大巨人，满头黑发、平顶、大嘴，浑身上下一般粗，两只脚像两个大石球一样。这两个怪物离得太远，又有洪水隔着，谁也不认识谁。柳树被风一吹，发出拂拂的响声儿，所以自己起个名叫佛赫；石钎被大水冲得发出空空的声音，所以自己起个名叫乌申阔。他俩一南一北，孤孤单单，生活没一点儿意思。①

“两头细，腰间粗，一道深沟从头到脚像柳叶似的”这既是柳叶的形象，同时也更像是女性的生殖器官，似乎正是女性生殖器的象征物，而石矸的“满头黑发、平顶、大嘴，浑身上下一般粗，两只脚像两个大石球一样”，细想起来，不正像是男性的生殖器吗？《佛赫妈妈和乌申阔玛发》这一神话，正是描写满族先民性意识觉醒的神话。文中还描写道：“第十七层天上，住着阿布凯恩都里和他的两位徒弟”，阿布凯恩都里对大徒弟昂邦贝子说：“有了这两个生灵，就有人类了。你神通广大，洪水前你又是人间的萨满，这回派你下界，教会这两个生灵男女之情，以便滋生后代。”于是昂邦贝子就承担了为两个生灵安生殖器的重任：“大徒弟问了他俩的名字，便拿出男女生殖器，端详半天，不知安在哪个地方好，有心安在头上，又怕风吹日晒，有心安在脚下，又怕路远磨损，便安在两个生灵身体的中间部位，还教会他俩男女之情……”②

在另一则神话《阿布凯恩都里创世》中，佛赫（佛托）妈妈成了人类性爱的启蒙者和导师。神话中描写道：“那些人和动物，不会传宗接代。多亏造人时剩下两堆神土，一堆丢在柳树下，一堆放在神杵旁，天长日久，这两堆神土按柳树叶和神杵的样子，生出许许多多的小神。他们也不懂互相交配。阿布卡恩都里看到以后，立刻打发三弟子到一层天去向老天神佛赫恩都里讨

① 傅英仁讲述，荆文礼搜集整理：《满族神话》，吉林人民出版社，2016年8月第1版，第25页。
② 傅英仁讲述，荆文礼搜集整理：《满族神话》，吉林人民出版社，2016年8月第1版，第26页。

教。佛赫恩都里把她开天辟地和乌申阔交合，生下天上群神之事，向他讲述了一遍，详详细细地（向他）传授了传宗接代的秘诀。”[①]

满族说部中还描写了一些与柳树相关的有性爱意味的舞蹈，也从另一个侧面证实了满族先民以柳树为女性生殖器的象征物的观念和习俗古已有之，十分普遍。如以辽金女真人生活为背景的《女真神话故事》中描写道：“合欢舞是女真原始人的性爱舞，女人手持用柳条编织的象征性的女性生殖器——即柳条圈，圈周围的柳叶象征为阴毛。”[②]这种有原始性爱意味的舞蹈和祭俗直到清代的乾隆年间仍然非常流行，如在《瑞白传》[③]中，有对具有生殖崇拜意味的“柳祭大典”的生动描写：

> 阳春三月这一日，邱大海陪着夫人宫氏到郊外观看由北方征战迁徙过来的满洲人举行的柳祭大典。在村头江边的老柳树下，全村男女老幼围聚柳树周围，有三十三个满洲姑娘全身赤裸，仅在腰间围上用柳枝编成的柳裙，代表生育人类和万物的柳神。族人围住这些美貌的神女，往她们的身上泼洒牲血、米酒和清洁的江水。神女们边舞边唱，族众呼喊应和。又有萨满甩开腰铃，击起神鼓，神女们跟随她从村子到周边的山野，再到河岸、溪畔，把村子里的人经常活动的地方走遍，一路上边走、边舞、边唱，激越高昂。（她们）走过的地方都要甩牲血和江水，祈求神灵保佑全村人大吉大利，风调雨顺，年年五谷丰收。邱百万夫人宫氏看完满洲人的柳祭，又到村里的庙前祭拜“观音菩萨”，说也奇怪，这一年邱夫人果然怀揣六甲，第二年竟生出一对龙凤胎。[④]

其次，在某些神话中，佛托妈妈或是神树，还充当了“月下老人”的角色，成为成全恋爱中男女的重要神祇。如满族神话《朱拉贝子》中描写道：

> 朱拉贝子陪她到江边走走，两个人渐渐有了感情。有一天，朱拉贝子又来陪姑娘出去散步，走到一棵老松（应为“榆”字）树底下，姑娘说：“这是我们部落的神树，它可有灵验啦。尤其是男女年轻人，只要在树根一坐，管保能结成姻缘。你要不信，咱俩试一试？”……于是两个人跪在神树

① 傅英仁讲述，荆文礼搜集整理：《满族神话》，吉林人民出版社，2016 年 8 月第 1 版，第 16 页。

② 马亚川：《女真神话故事》，吉林人民出版社，2016 年 8 月第 1 版，第 19 页。

③《瑞白传》：是清乾隆年间黑龙江省双城市邱家屯住着的几户从江西过来做买卖的邱姓人家讲述的故事，他们将在江南地区流传很广的瑞白和瑞红的故事带到了东北。

④ 马亚川讲述，王松林整理：《瑞白传》，吉林人民出版社，2009 年 4 月第 1 版，第 1 页。

前祷告说："海兰恩都里（榆树之神），给我们出个主意吧！"老榆树真的摇摇树枝，闷声闷气地说话了："六月初一佛托妈妈到江边，朱拉贝子呀，你求求她老人家，一定能成全你俩的婚事。"两个人高兴地给神树磕了三个头，海誓山盟地订了婚，各自回了家。六月初一那天，朱拉贝子一大早就来到江边。正当午时，果然一位老妈妈骑着罕达犴来到江边。朱拉赶忙迎上去跪在老妈妈面前，求她想办法成全他和阿苏里的美好姻缘。①

最后，佛托妈妈（佛赫妈妈）还是满族先民心目中的生育神，谁家夫妇没有孩子，都要向佛托妈妈祈祷。如满族神话《依兰安顿（风神）》中描写道："佛里佛佗妈妈（佛托妈妈的别称）是主管生儿育女的神"②，老夫妻俩长久没有孩子，就去求佛里佛佗妈妈保佑，后来果然生了一个孩子，就是依兰安顿。再如《木伦乌拉恩都哩（里）》中也描写："在河的右岸有一户叫图西哈的人家，夫妻俩四十开外还没有儿女，他们经常祷告佛托妈妈保佑他们生儿子，也向阿布凯恩都里祷告。有一天晚上，妻子做了一个梦，梦见一位金盔金甲的神抱了一条金翅鲤鱼往她怀里一扔说：'金翅贝子到你家，要好好爱护他，他能治河治水行云布雨，掌管木伦这条河，从今以后不能泛滥。'从那（以后）她真的怀孕了。"③

总之，在满族神话中的佛托妈妈，也就是柳树神，一神兼三职：既是女性生殖崇拜的象征物，又是成就男女姻缘的"爱神"，同时还是为夫妇送来下一代的"送子观音"。正是这些神话观念，支撑了满族先民数千年的神树崇拜和在树下举行婚礼的习俗，甚至连双方父母、女王的话都说了不算，必须在神树下举行婚礼才能得到大家的认可。于是，大神树就成了满族先民甜蜜爱情和自由婚姻的见证者，数千年神鼓声不断，神树下的爱情和婚礼也延续不断。

二、佛托妈妈的"乳汁"与满族先民的崇母情结

满族先民对佛托妈妈（柳树神）的信仰非常普遍，佛托妈妈的形象深入人心。在满族先民的心目中，佛托妈妈是非常重要的神祇，这不仅仅因为满族先民把佛托妈妈视作法力无边的阿布卡赫赫一般崇拜，相信其能保佑自己逢凶化吉、遇难呈祥、生活顺利，更是认为其具有一种感情因素的作用，满族先民大多不把她当作一个高高在上的神，而是把她看作自己的祖先、自己的祖母，一个非常亲近的亲人。在《女真谱评》中，有这样一段情节：阿骨

① 傅英仁讲述，荆文礼搜集整理：《满族神话》，吉林人民出版社，2016年8月第1版，第156—157页。
② 傅英仁讲述，荆文礼搜集整理：《满族神话》，吉林人民出版社，2016年8月第1版，第180页。
③ 傅英仁讲述，荆文礼搜集整理：《满族神话》，吉林人民出版社，2016年8月第1版，第190页。

打三岁时被坏人刺猬偷偷劫走，乳母兰洁去追，却险些被其强奸。正在危急时刻，突然天昏地暗，风沙四起，兰洁和阿骨打被一道金光托在空中，如腾云驾雾一般，吹到一个安全的地方……原来是佛托妈妈及时出手相救。接下来佛托妈妈与阿骨打相见的一段描写非常感人，摘引如下：

> 兰洁紧紧抱着阿骨打，如同腾云驾雾一般，抱着听天由命、随风而去的想法。等风息平静之时，才来到此地，见一位白发苍苍的老太太笑吟吟地说："金主、阿骨打、我的宝娃娃你可来了，让我等得好苦哇！"老太太说着伸手将阿骨打抱在怀中，又贴脸又亲嘴，好像久别的亲人。随后对兰洁说："兰洁，多亏你啦，几次拯救完颜部，女真人忘不了你呀。饿了吧，快进屋，我早给你们预备下好吃的啦。"她抱着阿骨打将兰洁领进屋里，见屋里放着用绿叶儿包着的饽饽，老太太说："吃吧，这苏子叶饽饽可好吃啦。"就给阿骨打拿一个，又递给兰洁一个。阿骨打边吃边喊："好吃，香！"老太太说："好吃，香，你长大了就供给我这个吃，好吗？"阿骨打嗯了声答应。兰洁不知咋称呼老太太好，跪下磕头说："我就称你为活神仙吧！"老太太说："你就叫我佛妈妈吧。"
>
> 兰洁正在向劾里钵夫妇叙述的时候，佛妈妈从屋里出来了……老太太说："快到屋里吃饽饽，吃完饽饽快回去，部里不可无主！"说完将劾里钵等人领进屋去。此时天色已黑，老太太说："我与你们同吃背灯肉，背灯吃苏子叶饽饽，记住，逢年遇节要是想我，供这些，只要背灯，我就能吃到！"他们围在炕上，摸黑抓肉、抓苏子叶饽饽吃，吃得那个香啊。他们吃后，佛妈妈才让劾里钵拿些给外边的随从人员吃。从此留下背灯肉，亦称佛头妈妈肉，以及供奉苏子叶饽饽等风俗习惯。
>
> 劾里钵要走的时候，佛妈妈从兜里掏出一把金锁，这把锁是长圆形的，锁上拴着金链，锁正面刻着金龙戏水，后面刻着些弯弯曲曲的几行小字。佛妈妈给阿骨打戴在五色线绳上面，和阿骨打亲亲脸儿，老太太说："你们走吧！"①

在这段描写中，我们仿佛看到了一场亲情戏，佛头妈妈（佛托妈妈）就好像一位和蔼可亲的老祖母，阿骨打俨然是活泼可爱的小孙儿，小孙儿与老祖母亲密无间，说笑戏闹。文学作品正是一段时期人们思想观念的反映，这

① 马亚川讲述，王宏刚、程迅整理：《女真谱评》，吉林人民出版社，2009 年 4 月第 1 版，第 189 页。

段描写正说明了满族人把佛托妈妈视作亲人一般加以爱戴，把她看成是自己的祖母一般加以亲近。满族先民何以会对佛托妈妈如此亲近呢？这也还要从满族神话中去找答案。

在满族神话中佛托妈妈不仅仅是人类的祖先，还是所有动物，包括兽类、鸟类、爬行动物们的共同祖先。满族神话《佛赫妈妈和乌申阔玛发》中描写道：洪水过后，大地上只剩下佛赫（佛托）妈妈和乌申阔玛发两个人，二人一开始离得很远，后来终于碰到，并在阿布凯恩都里的大徒弟昂邦贝子的帮助下，安装了生殖器，懂得了男女之情，最终结合在一起，并生下了四对男女。书中描写道："这四男四女长得完全不一样：第一对长得四脚五官都很端正；第二对是尖嘴，一身羽毛，两只翅膀；第三对只有四只脚，人头，浑身披毛；第四对没手没脚，身长头小。因为孩子是女人生的，所以什么事都是佛赫说了算。"[①]后来，恶神耶鲁里施展智谋，压乌申阔在东山之下，把佛赫关在东海的海眼里。阿布凯恩都里把佛赫和乌申阔的四对儿女接到九层天，并派二徒弟镇守大地。"阿布凯启发第一对孩子的智慧，教他们弓箭和骑射的本领；教第二对孩子飞腾方法和通递消息的能力；教第三对孩子穿山越岭和互相搏斗之术；第四对孩子没手没足，教他们入地之功和医治病症之术。不知学了多少年，个个都学得了通身本领。"[②]他们又回到地上，从东海海眼中救出了佛托妈妈。佛托妈妈不但没死，反而修炼得道行更高了，阿布凯恩都里派她执掌天界，大家公认她是阿布卡赫赫。第一对儿女按照自己的模样，造出了男男女女，后来成为人类的祖先；第二对儿女按照自己的模样，造出了天上的飞禽，成为鸟类的祖先；第三对儿女也按自己的模样造出了地上的走兽，成为兽类的祖先；第四对儿女造出了地上爬的动物，成为爬行动物的祖先。由此可见，在满族先民的神话世界中，佛托妈妈是满族先民的始祖神，不仅生育了人类，也是自然界生存的一切动物的祖先。

佛托妈妈和乌申阔玛发的神话影响深远，他们的形象，尤其是佛托妈妈的形象，在其他满族说部作品中多次出现，几乎随处可见。如在《东海窝集传》中，一开始就写到了"乌克伸玛发"和"佛多（佛托）妈妈"，情节与上面的描写大体相同。书中写道："那是很古很古的时候，还是阿布凯恩都里造人时，只造出两个人来，一个是男的，叫'乌克伸玛发'；一个是女的，叫'佛多妈妈'。两人被造好后，繁衍了一些后代。他们两人在太白山上修身养性，平素间凡是满族的一些子孙，有些什么困难或遇到灾难的时候，都要向他们寻求帮助。

① 傅英仁讲述，荆文礼搜集整理：《满族神话》，吉林人民出版社，2016年8月第1版，第26页。
② 傅英仁讲述，荆文礼搜集整理：《满族神话》，吉林人民出版社，2016年8月第1版，第27页。

他们总是积极想办法去搭救。”[①] 这显然是神话《佛赫妈妈和乌申阔玛发》的延续，描写了两位神魂归长白山，成为山神，也是满族先民的祖先神，在满族子孙们有困难时，总是想办法搭救。有了这些神话在满族先民观念上的影响，满族先民自然将佛托妈妈视为自己的祖母，在有难时最希望得到这位老祖母、修行得道的祖先神的救助。上文所引用的《女真谱评》中阿骨打遇难时，佛托妈妈来搭救阿骨打的情节也就合情合理、顺理成章了；书中描写佛托妈妈把阿骨打视为孙儿一样地疼爱，阿骨打对她就像对待久别重逢的老祖母，也是人之常情，不足为怪了。

在《女真谱评》中还有一个情节，也与佛托妈妈有关，那就是阿骨打常常把自己的乳母，从小将自己带大的兰洁也称为佛托妈妈，书中描写道：“学艺时，阿骨打想念兰洁，看到幻化的兰洁，激动得边跑边喊：‘兰洁额娘，兰洁额娘，我的佛陀（佛托）妈妈，我可见到你啦。’”[②] 还描写阿骨打非常心疼乳母兰洁，担心把她累坏了，背着额娘赫达氏，经常管兰洁叫“额娘”，有时还叫“佛陀妈妈”，在阿骨打心里，他感到最疼爱他的还是兰洁。如果有什么好吃的食物，阿骨打宁可自己不吃，也偷偷地送给兰洁吃[③]。笔者认为文学作品中的故事情节可以虚构，但情节背后所反映出来的思想观念、文化符号，却是真实的，往往是最深层的文化心理和思想观念在文学作品中的反映。阿骨打为什么会将自己的乳母也叫成佛托妈妈呢？这在满族神话中也可以找到答案。

满族神话《阿布卡赫赫创造天地人》中描写道，洪劫过后，世界上一片汪洋，天母神阿布卡赫赫“奉老三星的命令，周游天下，一直走到东方的东海岸。眼前是一片壮阔的大海，在海的岸边有一座小山。再一细瞅，在小山的山根旁长着一棵大柳树，这棵树青枝绿叶的。她感到很奇怪，因为洪劫早已把宇宙的一切冲刷干净，唯独在这里还生长着这么一棵树。她赶紧走到大柳树的跟前一看，每一片树叶上都有一粒像珍珠似的东西在晃悠。”这些树叶上珍珠似的东西就是上劫后的灵魂。“阿布卡赫赫退出一百多步，对着柳树推了三掌。把大柳树推倒后，又朝着柳树连着吹了三口法气。柳树一打滚变成了个女人。这女人的两个乳房比一般女性大几十倍。柳树很高兴，对阿布卡赫赫说：‘对，我在上劫就是这个模样的，感谢你让我复活，现在就让我拜你为师吧！’……

① 傅英仁讲述，宋和平、王松林记录整理：《东海窝集传》，吉林人民出版社，2007 年 12 月第 1 版，第 1 页。

② 马亚川讲述，王宏刚、程迅整理：《女真谱评》，吉林人民出版社，2009 年 4 月第 1 版，第 198 页。

③ 马亚川讲述，王宏刚、程迅整理：《女真谱评》，吉林人民出版社，2009 年 4 月第 1 版，第 217 页。

阿布卡赫赫为她起名为佛里佛托赫，简单说就是佛托。”阿布卡赫赫救出佛托妈妈后，佛托妈妈问，自己身上的上劫动物的灵魂该怎么办？阿布卡赫赫说：“有办法，我师傅在天宫建起两座山，一座是灵魂山，一座是乌春山。你可以把身上带的这些灵魂放到灵魂山。灵魂山有洞，叫灵洞，你把这些灵魂放到最上面的灵洞里，安排好后再去周游天下。”佛托妈妈说：“我的两个乳房是为给这些灵魂喂食而长的，这些灵魂如果不喝我的奶他们就活不了。”阿布卡赫赫的大弟子僧格恩都里说：“不要紧，你把乳房交给我吧，到时候我给他们喂奶，顺便看守着灵魂山不受外来破坏。”这样，佛托妈妈就把自己的两个乳房交给僧格恩都里。僧格恩都里从此便替佛托妈妈守着灵魂山。

神话中，佛托妈妈的乳汁十分神奇，任何动植物的生命似乎都要靠佛托妈妈的乳汁来滋养，否则就无法存活。神话中描写道：海兰妈妈在榆树中昏睡不醒，阿布卡赫赫和佛托妈妈师徒两个人急匆匆回到灵魂山，灌了一葫芦乳汁又回到大榆树旁。把乳汁往海兰妈妈身上一浇，不一会儿，树叶动弹了；再一会儿，躺着的那个人一下子起来了。……海兰妈妈带着一个兜子，里面是上劫所有的树种子，也需要佛托妈妈的乳汁才能长得快。海兰妈妈拎着手里的树种口袋，跟着师傅、师弟，三个人边走边往地上撒树籽，兜子在前面撒，佛托妈妈就在后面用她的乳汁浇。你说怪不，不大一会儿，就见这些树苗都长起来了；又不大一会儿，就见这些树苗又都长大了。佛托妈妈自从找到了海兰妈妈后，就总惦记着放在灵魂山上的那些自己身上的灵魂，也不知那些灵魂修炼得怎么样了，她就想回去看看。阿布卡赫赫看出了她的心思，就对她说：“你回灵魂山去看看吧，把灵魂山好好修建起来，将来地上有人类的时候，灵魂会越来越多，灵魂山上的灵魂洞恐怕容纳不下。”[①]

从神话中我们可以看出，在满族人心目中，佛托妈妈不仅仅是人类的始祖，更是人类灵魂和万千生灵的乳母，她的乳汁哺育了人类，更哺育了地上的一切生灵，是一切生命之源。无独有偶，在满族另一则神话《佛托妈妈》中，佛托妈妈也扮演了人类养母和乳母的形象。全文较短，引录如下：

> 传说天神造人之前先造了地，满山遍野都是柳树。他用天上的白梨树和地上的柳树做人的骨架造成男女两个人，又用天泥造成人身。刚刚造完，忽然刮来一阵大狂风，把女人吹到西方，男人留在原地。只有男人没有女人，没法留下子孙。

① 傅英仁讲述，荆文礼搜集整理：《满族神话》，吉林人民出版社，2016 年 8 月第 1 版，第 4—8 页。

> 这时在原野里有一株柳树王叫佛托，它见过女人赤身露体的模样，于是变成一个女人与留下的男人结婚并生子。她产子一胎四五个，养活的方法也不同，她用柳树叶喂养小孩，这样她养的孩子越来越多。她还用柳树叶给孩子们做出各种美丽的衣服。可当佛托妈妈不在的时候，谁也不会用柳树做各种东西，只好等着她回来。有时大家饿了就喊她："妈妈快回，我们没吃的东西了！"佛托妈妈听见后就赶快回来。所以当时的子孙不但叫她妈妈，还叫她赐福妈妈。
>
> 终于有一天被风吹到西方的女人回来找到了自己的男人，佛托妈妈只好又变回了柳树的模样。人们念念不忘她的恩情，凡是求子求福都拜这位原始的老母亲佛托妈妈，这是满族人留下的传说。①

这则神话虽然与上文提到的《阿布卡赫赫创造天地人》中的描写有所不同，但其中的精神内涵和文化观念却是内在相通的，都是把佛托妈妈视为始祖母和乳母，她不但生育了人类，而且还用自己的乳汁（柳树叶）喂养小孩儿。有了这样的神话观念的影响，阿骨打将自己的乳母亲切地称为"佛陀妈妈"也就不奇怪了。我们可以看出佛托妈妈的神话在满族先民思想中的影响是深远的，根深蒂固的，乃至于在文学作品中都能随处体现出来。

满族先民何以会把柳树神视为自己的乳母呢？这从《女真神话故事》的一则神话《雪兔引路》中可以看出一点儿端倪来。神话中描写萨满神在雪兔的帮助下从冰妖的手中救出了两个留子，又在雪兔的带领下把他们两个藏在古松树洞里，安全度过寒冷的冬天。神话中写道：

> 老雪兔说："这棵神树，外面有三十多丈粗，可里面却是空心，在空心里边分好几十个隔洞，每个洞里都能容留一个人。人在里面，要将树洞里边的一根根茎含在口中，咬住，既不渴又不会饿，这个根茎就供给你身上需要的东西了。洞里还可迂回排泄气体，使人平安地不感到胸闷，同时在洞里既不觉冷也不觉热，使人（平安地）越过寒冬。萨满神没见这棵树冰霜雪花一点儿都沾不上吗？因它是避寒神树呀！同时，我的家族栖居于树洞底下，正是借助神树之威。另外，我的家族，也是御体，发出的热量，又助神威。所以，把留子安置在神树洞内，万无一失，我们也会保护他们的呀！"萨满神和九天女把两个留子安置在这棵古松树

① 傅英仁讲述，荆文礼搜集整理：《满族神话》，吉林人民出版社，2016年8月第1版，第192页。

洞里，为冬眠群女留下了种子。[①]

笔者认为，满族先民所生活的东北地区气候极为寒冷，在没有学会使用火之前，人类的生存，尤其是冬季的生存成为很大的问题。在这种情形下，像熊一样躲藏在树洞中过冬，就成为一个非常明智的选择。《女真谱评》中存在着大量将男人藏在树洞中的描写。如上文所述，树洞中不仅能避寒，而且可以“将树洞里边的一根根茎含在口中，咬住，既不渴又不会饿，这个根茎就供给你身上需要的东西了”，这种能给人类提供营养的东西，似乎与妈妈的乳汁有同等的功效，在寒冷的冬季成为必不可少的东西。难怪《天宫大战》在盛赞柳树之功德时这样写道：“长叶柳树，能说人语道人性，能育人运水润虫蛙，通天通地称为天树。”[②]既然满族先民们在尚未学会使用火的最原始的时代中，在漫长的寒冷的冬天里必须要藏在树洞中，吸吮树根的汁液才能生存，那么把柳树称为妈妈，视为乳母，幻想其硕大的乳房中的乳汁哺育了万物，是人类赖以生存的营养之源，也就是非常自然而然的了。满族先民们很可能在这种躲藏在树洞中过冬的生活方式中，以及依靠吸吮树的汁液来提供营养的最原始的饮食方式中，对树产生感恩之情，将其神化，于是逐渐形成了树神崇拜,并将一切树神的代表——“佛托妈妈”视为一切人类的始祖母和乳母。

但是，上文所引神话《雪兔引路》中所写的树是古松树，而非柳树。笔者认为，无论是柳树还是松树，只要是千年以上的粗壮的树木，大概都可以承担冬季为人类提供庇护所，并有以汁液为过冬的人类提供营养的功能。只是柳树的树叶细长，与女性的生殖器很像，更易让人联想到女性的形象，而女性提供乳汁养育后代更是自然而然的事，所以满族先民会将柳树视为人类的始祖母和乳母。

三、神树造地与满族先民的树屋民居

在满族说部中，多有天神将天上的神树砍倒，放到地上变成大地的神话传说。在满族神话《佛赫妈妈和乌申阔玛发》中有段描述：

由阿布凯恩都里的大弟子昂邦玛发率领他们（四对儿女）治理人间世界，给他们做了五个大石罐，能避水避火。（他）还把天上的万生泥和万生柳统统给了他们，叫他们按照自己的模样造出更多的生灵。……五

① 马亚川：《女真神话故事》，吉林人民出版社，2016 年 8 月第 1 版，第 128 页。

② 富育光讲述，荆文礼整理:《天宫大战　西林安班玛发》，吉林人民出版社，2009 年 4 月第 1 版，第 57 页。

个石罐装不下这么多生灵，他们又用地上的火球把地上的泥浇成瓦罐，让人们住在瓦罐中。……洪灾过后，越生越多，石罐、陶罐再也容纳不了这些生灵，……阿布卡赫赫一狠心，把天上一棵生长万物的大神树砍倒，扔在大地的洪水中。大树遇到洪水，不住地生长壮大。那些生灵从石罐、陶罐中爬出来，在大树枝上生存下去。从此以后，生物越来越多，他们沿着树枝、树丫，分散着发展，这才有了各种各类生物，才有了各个民族的分支。①

此外，还有一则名叫《天神创世》的神话，其《天和地》一章中同上面的描述大致相同，也有阿布凯恩都里砍树接地的描写，篇幅较短，引述如下：

天，有十七层，地有九层。人住的地方叫地上国，神住的地方叫天上国。主宰十七层天和九层地的，是至高无上的天神阿布凯恩都里。原本没有地。天连着水，水连着天，是天神阿布凯恩都里照着自己的样子，造了一男一女两个人，然后把他们放在一个石头罐子里，又把石头罐子放到了水里，罐子就在水面上漂着。这一男一女婚配生了许许多多的人，一代又一代，这个罐子也跟着越长越大。后来石头罐子里的人太多了，太挤了，阿布凯恩都里就想给自己造的人，再筑一个可以栖身的地方。于是（他）用土做了一个很大的地，把地放在水面上，又命令三条大鱼驮着它。（他）还打发一个天神，每隔几天给三条大鱼送一次食物。有时，送食的小天神偷懒，没按时送到食物，驮地的三条大鱼饿了，忍不住要晃动身子，地也就随着晃动起来，这便是地震。再后来，地上的人越来越多，又住不下了。阿布凯恩都里就把天上的一棵最大的树砍倒了，接在地的边缘上，人类从此沿着树的枝丫发展下去。所以世界上才有了各色各样的人种。②

此外，另一则神话《通天桥》中的情节似乎能与上面的神话互相印证。神话描写人们想要看一看天上国是什么样子，欣赏一下天上的美景，得到阿布凯恩都里的允准后，人们来到天上国参观，还看到了那棵被砍倒了扔到地上的神树，已经只剩下木桩了。神话中写道：“（天上）还有一棵大木桩子，那木桩就是人类繁衍的根本。因为地上国人多，阿布凯恩都里砍了树，扔到地上，接在

① 傅英仁讲述，荆文礼搜集整理：《满族神话》，吉林人民出版社，2016年8月第1版，第28—30页。
② 傅英仁讲述，荆文礼搜集整理：《满族神话》，吉林人民出版社，2016年8月第1版，第1页。

土地的边上，人们随着树分杈、分枝发展，形成自然的各类不同的人种。”[①]

这些神话虽然说法不尽相同，但内容大体相似，都写了天神将天上的神树砍倒变成大地，成为人类繁衍的根本依托。满族先民们何以会有这种从石罐大地到树生大地的神话呢？笔者认为，上述树生大地的神话，都是说在洪灾过后，人类赖以生存的大地显得不够用，因而天神才会砍下天树来造地，因而这或许与水灾过后，人们依赖大树或树木所造的“威呼”（小船）来逃生的记忆有关。如宁古塔富察哈拉祭天的神谕中也写道：“当大地洪水为灾的时候，水从四面八方涌来。天连着地，地连着天，人们没法活下去。阿布卡赫赫从天上扔下一棵神树，这神树向东方，向南方，向西方，向北方伸展着，人们爬到树上才生存下来。他们沿着树枝向四方繁衍，才有今天的各式各样的人。”[②]与此相关，另一则神话《白云格格》中，也有类似描写：阿布凯恩都里降下洪灾淹没众生，阿布凯恩都里的三女儿白云格格，为了拯救苦难的众生，“往水里扔下的小树枝，在大水中一下子变成千根、万根巨树，人啊，一看这洪水里有巨树了，有大木头了，都爬过去，很快都爬到水中的绿树上，抓住这些绿树，凿成威呼（小船）逃命。鸟啊，在大浪里，捡到小树枝，叼着小细枝，在高树上絮窝；虫啊，野兽啊，爬到木头上，漂啊，漂到远处藏身。剩下的枝杈，在浅滩扎根，慢慢、慢慢变成了北方兴安岭的松林窝集（密林、林海）”[③]。在满族说部神话、史诗中，描写满族先民们遭遇洪水灾害的情节很普遍，相对应的，在满族神话中洪灾神话也很多，甚至有的神话把洪灾视为一种自然的天道循环，每隔一段时间，就会有洪灾发生，一切万物消失灭亡，天地尽毁，天神上升到另一层天去，待到洪灾过后再重建天地，神话中把它称之为“洪水混沌”。说明水灾在当时的东北非常普遍，水灾后，大地消失，人们借助树木才得以逃生，所以人们自然视借以逃生的树木为天神所赐的新的陆地。

其次，笔者认为，诸神所赐的大地开始是石罐，后来石罐不够用后，又用树木补充，这还可能同满族先民早期的原始民居文化的演变有关。在满族说部的史诗《恩切布库》中，对满族先民最早的传统民居及其改造与发展过程有较细致的描写。满族先民们最早的民居是什么样子呢？其中描写道，在恩切布库到来之前，野人们终年生活在旷野草莽，不懂架屋盖房，甚至无法

① 傅英仁讲述，荆文礼搜集整理:《满族神话》，吉林人民出版社，2016 年 8 月第 1 版，第 64 页。

② 傅英仁讲述，荆文礼搜集整理:《满族神话》，吉林人民出版社，2016 年 8 月第 1 版，第 5 页。

③ 富育光讲述，荆文礼整理:《苏木妈妈　创世神话与传说》，吉林人民出版社，2009 年 4 月第 1 版，第 135 页。

像野生动物一样入洞窟中安居，因为那里有成群的猛兽和巨蟒，有时又“释放毒气”，使野人们不敢靠近。他们甚至“看到熊罴洞中出入，看蝙蝠洞中倒悬，看獾豹洞中繁衍，看蟒蛇洞中爬窜”都觉得“多么令人羡慕憧憬啊！”①

后来，在恩切布库的带领下，族众们运用自己的智慧和能力，用驯养的鹰群赶跑了盘踞在南山洞穴中的“黑熊王和棕熊王”，让夹昆部族住了进去；用火熏赶跑了北山洞中的蟒蛇，让塔斯哈部族入住其中；用水淹赶跑了东山洞中的野豹、野狸、猞猁，让木克部成为其中的主人；用烈火烧尽了西山洞中的蜈蚣、蚰蜒和地蝼蛄，让众精灵的族众也住进了洞穴……“往昔的野人，有了新的称号——‘堪扎洞主’”②。

相对野外来说，山洞中的生活真可谓是天堂了，一是山洞挡风遮雨，温暖如春；二是山洞是很好的御敌、防敌、避敌之所，只要守紧洞门，就万无一失；三是洞中不仅有居室，而且有地仓，食物不易腐烂，可经久存放。此外，人们还围起木墙，盖上梁木，发明了地下火灶，因山洞中常有地泉地水，阴暗潮湿，人们还发明了架木烘烤之法，使得地土干燥、坚硬，再没有潮湿、泥水和霉气。

然而地室内总是阳光不足，空气不畅通，且常有沼气袭人，于是，恩切布库女神和众位神妈妈，共同仿学禽鸟鹰隼之能，引导艾曼的族众，在树上筑巢、筑屋，这就是赫赫有名的树屋。关于树屋的建造工艺和种种好处，文中有较详尽的描写：

> 族人们选在百余年的古树之上，筑起大小不等的各种房屋，有的粗壮树上搭有两到三个不同的小屋，都绑钉了与地面相通的软梯子。为了防备猛兽袭扰，到了夜间，这些软梯子还可以收起来。有了树屋，（族人们）再不怕地湿地水，再不怕猛兽偷袭。（族人们）住在高树屋里，阳光充沛，清新畅爽，（族人们）如同吮抱着妈妈的裸乳，甜蜜美满。树屋越建越多，越建越完美。后来又出现了单巢、双巢、连环巢。林海中树屋相连，像数不清的鹊巢。③

从此，冬入洞、夏建巢，成为满族先民独具特色的居住方式，这在此后满族说部神话、史诗的多部作品中都有所提及。

① 富育光讲述，王慧新整理：《恩切布库》，吉林人民出版社，2009 年 4 月第 1 版，第 88 页。
② 富育光讲述，王慧新整理：《恩切布库》，吉林人民出版社，2009 年 4 月第 1 版，第 93 页。
③ 富育光讲述，王慧新整理：《恩切布库》，吉林人民出版社，2009 年 4 月第 1 版，第 95—96 页。

《乌布西奔妈妈》故事中记载，在乌布西奔时代，他们在居室方面仍然延续着恩切布库时代所创下的夏巢、冬窟的居住方式，但其居室显然比以前精美、舒适了许多。文中以近乎诗意的笔调描写了东海女真人的传统居室，如描写黄獐子部族临海建的树巢，“远望，像累累巨果在高枝上飘摇”“海风吹拂，夏巢不怕烈日，如子夜温馨”，东海人夏临高屋“看惯海禽翩翩，常把东海渔舟艘连艘，喜看丰稔，船船活鱼，银鳞闪耀”。冬天则宿于崖穴之中“凿洞深深，悠梯出进，洞中有洞，洞洞相连，各有梯门，栖兽皮、羽褥、茅葛、席枕，冬暖如春”[①]。

满族先民长期生活在气候寒冷的东北地区，经历了一个从居无定所到住山洞，再到山洞与树屋互为补充的居室文化发展过程。笔者认为，对于生活闭塞、环境单一的原始先民来说，其居住的环境就是他们心目中的大地的缩影。在其凭借想象创作的神话中，自然会将天神所造的大地与其所居住的居室联系起来。因而在其想象出来的神话中，天神给人类提供的大地居所，一开始是“石罐”“瓦罐”等类似洞穴的东西；后来住不下了，天神就将天上的神树砍倒了接到地上给人们居住，人们住在树上，就同满族先民们后来居住的“树屋”非常神似了。神话是一段时期人们的生存状态和文化观念的反映，也许正是这种夏巢、冬窟的居室文化造就了天神造出石罐大地和神树大地的满族神话吧。

四、神树造人与神像、人偶、图腾柱

我们知道，在满族祭祀文化中，神偶和图喇柱（即图腾柱）大多数都是用木制的。这在满族说部神话、史诗作品中的描写比比皆是。如在《乌布西奔妈妈》中描写乌布西奔妈妈为了验证古德罕忏悔罪过的诚心，“命古德罕不准雇用奴仆，自己刻榆、槐、柳神像三十尊；自己编做藤、葛、茅神像三十尊；自己堆做石、砂、红石、黄土兽神九尊；自己竖起木桩神柱九尊。古德罕从第一个黎明忙到第七个黎明，赤臂、赤脚，汗流浃背，虔诚至极，验考神断，精心自制神位也是神明裁验的重要祖制”[②]。从中可以看出，大部分神偶神柱都是木质的，有六十九尊之多，只有少部分是用“石、砂、红石、黄土”所做，还只是兽神，只有九尊。在《奥克敦妈妈》中，部落所制的巨大图喇柱，也是用巨木雕镂而成的。神话中写道：“为使尼雅玛，人丁有序，以血缘为纽带，分出族系、长老、穆昆、各血缘统系，并以千古祖先——发端、创世、荣辱、承袭、祀神、崇仰，激励众人，恭用巨木雕镂——九庹图喇柱，魁伟壮观，

① 鲁连坤讲述，富育光译注整理：《乌布西奔妈妈》，吉林人民出版社，2007年12月第1版，第35页。
② 鲁连坤讲述，富育光译注整理：《乌布西奔妈妈》，吉林人民出版社，2007年12月第1版，第60页。

矗据一方，遥相呼应，傲视苍穹，视若远祖，笑掬百代，护爱子孙，源远绵长。”[①]《恩切布库》中女罕的图喇柱也是用山梨树做的：“众野人又放倒一棵拳头粗的山梨树，在平整的草坪上，立起一个山梨树木桩，这就是图喇柱，又叫‘女罕柱’。柱上镌刻日月星辰和恩切布库女神总首领的尊容。女神长发拖地，腰围柳叶。”[②]在乌布西奔妈妈的葬礼上，殉葬的也是木制的人偶：“特刻制九小男，裸体露阳物，特刻制九小熊，裸体露阳物，木刻小男、小熊偶体，三人乘筏送归大海，祈求多赐壮男乌布逊。”[③]笔者认为，满族先民们这种喜用木质作为神偶、人偶材质的传统，很可能与满族神话中的神树造人神话有关。

在满族说部神话中，神树造人的神话不少，其中最多的是柳树和山梨树造人的神话。如满族神话《佛托妈妈》中说：“传说天神造人之前先造了地，满山遍野都是柳树。他用天上的白梨树和地上的柳树做人的骨架造成男女两个人，又用天泥造成人身。”[④]与白梨树枝造人的神话相关，在满族神话《倪玛恩都里（山羊神）》中描写一只名叫倪玛查的天羊因向往人间，偷偷下凡来到人间，倪玛查听到草窠里有小孩子的哭声，发现了一个被狼咬掉了一条腿的小男孩。老天羊于是用自己的奶喂养他。孩子长到四五岁时，因为缺一条腿而发愁，倪玛查想起离天羊圈不远处有一棵白梨树，自己可以用树枝为小男孩造一条腿。据说天神就是用白梨树的树枝来造人腿的。于是倪玛查苦求白梨树神，要来了一根树枝。可是倪玛查回家后却发现孩子不见了。山喜鹊给倪玛查报信说孩子是被狼捉去了。天羊倪玛查立即去找孩子，最终杀死狼王，救回了孩子，重新为孩子安了一条腿[⑤]。

在《恩切布库》中，恩切布库女神也是从一棵山梨树上降生的，是山梨树为她重新塑造了人形。书中写道：

> 神鹊站在恩切布库阿林高巅的松干之上，传告着恩切布库：恩切布库姐姐，我奉天母之命，令你重返宇内。恩切布库姐姐，你万年前的体魄，虽被耶鲁里魔光吞噬，但你不必担心，当春雷、春风、春雨普降之时，你的魂魄仍可随地心的水、光、气同时升腾。通过山梨树蓬松柔软的树根，渗入树中，与山梨树的嫩芽、花蕾，一起复苏而新生。而那时辰，山梨树的花苞中就会绽露出你的人形。山梨树的花瓣，山梨树的香蕊，

① 富育光讲述，王卓整理:《奥克敦妈妈》，吉林人民出版社，2018 年 8 月第 1 版，第 65—66 页。
② 富育光讲述，王慧新整理:《恩切布库》，吉林人民出版社，2009 年 4 月第 1 版，第 61—62 页。
③ 鲁连坤讲述，富育光译注整理:《乌布西奔妈妈》，吉林人民出版社，2007 年 12 月第 1 版，第 199 页。
④ 傅英仁讲述，荆文礼搜集整理:《满族神话》，吉林人民出版社，2016 年 8 月第 1 版，第 192 页。
⑤ 傅英仁讲述，荆文礼搜集整理:《满族神话》，吉林人民出版社，2016 年 8 月第 1 版，第 232 页。

山梨树的嫩茎，会给你重新塑造一个身影，依然是你万年前的模样。届时，你又可以成为一位叱咤风云、美丽圣洁的女神了。[①]

关于木制神偶与神木造人神话之间的关联性在一则《恰喀拉人是怎么来的》的神话中描写的最为清楚，神话中写道："远古的时候，大地上生有很多树林、花草，什么动物都有。这么大的森林里，连个人影都看不见。有一个老妈妈，自己在林子里生活，一个人感到很寂寞，闲着没事，就用石片刀刻几个木头人，把它们拿到太阳底下晒，一晒这些人就活了。这么一来，世界上就有人了，有男有女，有老有少。"既然神用木头造了人，满族先民们自然相信树木中具有神的灵性，孕育着生命的力量，因而满族先民喜欢用木头来制造人偶、神偶、图喇柱（图腾柱）也就顺理成章了。因而神话中写道："恰喀拉人后来也用木头刻神。用木头刻各式各样的神，不许用石头刻，也不许用泥捏。刻神不许用一般的木头，必须用椴木一类的木头刻。刻完后，就把它们当作神供起来。因为神用木头刻人，人用木头刻神，人供神时，神一定知道。人刻的是哪个神，就一定是它。"[②]

五、树神的"智慧"与"智慧树"神话

在满族神话中，树木，尤其是年代久远的、粗壮的大树，都是有神通的，不但如前文中所述，可以充当成就婚姻的"月下老人"和古远历史的见证者，同时还是极有智慧的，有很多经验和智慧是人类所没有的，通常作为原始先民的导师形象出现，要么施予良药，治病救人；要么出谋划策，降妖除魔；要么弄点儿小发明，造福乡里；还有的教会族众识宝、鉴宝。

在满族神话《三只眼》中："皮鲁皮看到别人的脖子前后都能动，就是自己及（自己的）后人不能回头，便来到一棵桦树下问：'都说山里桦树妈妈很灵，您能不能给我治治脖子的病呢？治好后，我们全族人供奉您为我们的祖先神！'桦树妈妈嗡嗡地说话了：'你想要治好脖子去南山，山上有两堆土，一堆红土，一堆白土，你各取一半回家，烧热后和成泥，贴在脖子上不出三天，管保好！'他谢过桦树上了南山。山中果有两堆红白土，他取回照桦树妈妈告诉的办法，自己先试验，果真好了。他让子孙们也照样做，大家的脖子全部治好了。"[③] 这是树神治病的故事。另一则神话《纳丹乌西哈》中讲，众人不知道如何降服耶鲁里派来的巨魔，还是多亏榆树神给他们出主意，用榆树蜂

① 富育光讲述，王慧新整理：《恩切布库》，吉林人民出版社，2009 年 4 月第 1 版，第 25 页。
② 谷长春主编：《恰喀拉人的故事　小莫尔根轶闻》，吉林人民出版社，2018 年 8 月第 1 版，第 1 页。
③ 傅英仁讲述，荆文礼搜集整理：《满族神话》，吉林人民出版社，2016 年 8 月第 1 版，第 57 页。

蜜水，能治死巨魔，这是榆树神出谋划策、降服妖魔的故事。在《九天女获鹿哨》中，九天女奇怪为什么自己一骑马跑起来，桦皮篓发出的“呦呦”声音就会把鹿引来，可当自己一停下来，就没有声音了，鹿就跑了。九天女以为是桦皮篓显灵，便对桦皮篓说让它再呦呦叫几声。正在这时，老白桦树里露出一位白胡子老头，望着九天女哈哈大笑，说：“笑你九天女让桦皮篓‘呦呦’叫，马不疾风不吹它不会叫的。……送给你这个‘鹿哨儿’，要猎鹿，一吹哨，鹿就来了。可有一宗，只能捕杀单只母鹿，捕母不捕公，更不能捕捉群鹿，让它繁殖啊！”说罢，忽下子一股白烟，白胡子老头不见了，仍然是棵老白桦树。九天女方知白胡子老头是树神，赶忙下马参拜说：“感谢树神施给鹿哨儿！”[①]这是一则树神弄点儿小发明，惠及乡里的小故事。在《九天女拜神树》中，树神爷爷引来貂祖母教九天女捕貂护貂的知识，还教会了九天女鉴宝、识宝，他说：“女真地，遍山宝，梅花鹿，老紫貂，独角莲（即白附子），皱面还丹（人参）无价宝。还有东珠、生金、松实、金珀……都是宝，只要能采猎着，拿到‘希弹’（契丹）去交换，就可换回很多很多女真人需要的东西。”树神爷爷说着，从怀里掏出闪光发亮的东珠、“白胖孩子”皱面还丹（人参）、金黄如沙的生金、奇大如卵的独角莲给九天女做样子。这是神树教人鉴宝、识宝的故事[②]。在满族说部神话、史诗中，这类故事还有很多，不一一列举。

何以在满族先民心目中，树神会有如此智慧呢？这还和满族先民的“智慧树”神话有关。满族神话《人的尾巴》一文描写道：阿布凯恩都里造人时，忘了给人类智慧，人们都像木头人一样，什么都不懂，还得由神来供他们吃喝穿用。阿布凯恩都里的大弟子僧格恩都里，猛然想出一个办法，就对阿布凯恩都里说：“恩师，您记得吧？原先各位大神也都没有智慧，不是您在纳丹乌西哈那里要来智慧树枝，他们才有了灵气，成了各路神仙吗？您何不再取来一些智慧树枝，每人分一枝，让他们有了智慧，他们的吃、穿、用不就不愁了吗？”阿布凯恩都里一听很高兴，立刻派僧格去办这件事。从此世上人人有了智慧树枝，只要人们拿起来智慧树枝就聪明能干，可是放下智慧树枝就又什么也不懂了。为了方便，阿布凯恩都里命僧格恩都里用神土把智慧树枝粘在人的屁股上做成尾巴，人才有了智慧。可是自从阿布凯恩都里把智慧树分给人类以后，天上的天神开始分不出四时，吉凶也不知道了，就连他自己也没法指挥三界大事。实在没办法，他又找僧格恩都里商量。僧格恩都里

① 马亚川讲述，王益章、黄任远整理：《女真神话故事》，吉林人民出版社，2016 年 8 月第 1 版，第 10—11 页。

② 马亚川讲述，王益章、黄任远整理：《女真神话故事》，吉林人民出版社，2016年8月第1版，第58页。

心中暗想：世上人好容易有了智慧，真收回来他们怎么生活呀？可是不收回来，天上又乱套了。最后僧格恩都里想出一个办法，给人们留下个尾巴根，虽然人们没有了天大的智慧，但起码能维持生活。再说，几个人的尾巴根合在一起，也顶上一根全尾巴的长短了，一样会有好点子。于是僧格恩都里又下到人间，把智慧树枝全部收回天上，只给每人留下尾巴根。再说收回天上的树枝，全是一段一段的，没办法再变成一棵大树，僧格恩都里只好用它们做骨架，加上神土和仙泉水，造出一位大师，掌管天上的智慧，这个大师被封为“天师”①。原来，无论是在天上，还是在地上，最有智慧的是“智慧树”，就连天神的智慧也要靠神树来赐予，人类的智慧也是拜天神分给的含有智慧树枝的尾巴根所赐。这就难怪满族说部神话、史诗作品中满族先民会把树神视为智慧导师，时常向其请教难题了。

然而，满族先民何以会有这样的想象：智慧为何都藏在树上呢？乃至于创造出这则神奇的“智慧树”神话呢？笔者认为，这很可能来源于两个原因：首先，如前文所说，古代女真人通常把男人藏于树洞中，这些从树洞中出来的男人常常被外人误会成“树神”，这些男人在长期生产生活中也积累了很多智慧，很有可能某些“树神”会成为某些部族的导师，这自然会使人联想起智慧是来自树神，也就是智慧树。

其次，这种想象还很可能同满族人的刻木记事的传统有关。古代的满族先民们没有纸张，亦无文字，最早的记事方式很可能就是刻木记事。在满族说部神话、史诗的很多作品中都提及了刻木记事。如辽金时期的说部作品《苏木妈妈　创世神话与传说》中提到苏木妈妈：“苏木自制薄板，用皮条串起，上面用火烤焦，记载她对各种草药的炮制方法。相传苏木怕失散，用兽骨嵌成了地下秘窖，留下良方三小窖之多，被人尊称为‘郎中府’。族人齐说这是松阿里药神传授给苏木的拯世‘良方’。可惜，天庆年，阿骨打伐辽时，遭辽兵焚毁，仅有少量抢获，多种妇儿百科，未能传留后世。”② 明代的满族史诗《乌布西奔妈妈》中也提及：“乌布逊各部众，素无文字，以言达情。日久无证可辨，世事无能传真。女罕为便利交往，记忆常存，以会意述状或纳世间物象，创下图符百形。砍凿于林莽聚汇通渠，间以折枝伴用。乌布林普享天聪，记事辨识井然不争，俗称：‘东海窝稽幢’，经年日久，世代永铭。”③ “乌布西奔女

① 傅英仁讲述，荆文礼搜集整理：《满族神话》，吉林人民出版社，2016 年 8 月第 1 版，第 55 页。

② 富育光讲述，荆文礼整理：《苏木妈妈　创世神话与传说》，吉林人民出版社，2009 年 4 月第 1 版，第 79 页。

③ 鲁连坤讲述，富育光译注整理：《乌布西奔妈妈》，吉林人民出版社，2007 年 12 月第 1 版，第 117 页。

罕，为广谕东海，以自创凿木刻记法传令。凡事小刻记浅纹，凡事大刻记深纹。事事各有刻记符标，愚氓野民睹板悉明。明隔遥遥，递捷迅迅。诸岛传刻板以达情理，海内生民心心相通。”[①] 后来乌布西奔在航海途中，也不忘记命侍人将“迎送日神的时辰”以及“太阳入海点”“均一一刻板记绘，一路图木积存如山”[②]。书中还写乌布西奔在初来乌布逊时，就听“人言传闻，海盗在东海捡得桦筒神书一束，为鱼泳网类文字[③]，不可辨认。海盗追求萨满译言，多卜来世之隐”[④]。可见桦树皮，亦是满族先民用以记录的重要工具。

在没有文字、没有纸张的古代，刻木记事是满族先民们重要的记录生产生活经验和智慧的方式。这种刻木法也并不是所有人都会的，大多都是萨满和部落中的领导者才有机会学到。天长日久，刻有图符的树木和木板便成了承载满族先民智慧的神物，后代的萨满们要通过阅读刻有图符的树木和木板才能承继先人的智慧，这自然就使满族先民们产生了智慧来自神树的想象，也就产生了诞生智慧树神话的文化土壤。

六、“树洞藏人”与“木主”神话

除人偶、神偶外，满族先民家家都有供奉木主也就是祖先牌位的习惯，如《雪妃娘娘和包鲁嘎汗》中写道：“包袱：满语，家坟。包袱楼子是专门摆放和供奉祖先灵牌的所在地。汗王爷又吩咐查其纳在赫图阿拉的‘包袱楼子’里给白雪格格的祖先设立一个牌位。女真人过去有这样的一个习俗，每族每家都设立自己的祖宗牌，按时进行祭祀。汗王爷为了让他的白雪格格安心地待在赫图阿拉，就按照女真人的习俗给雪儿的父母也立了牌位。”[⑤] 在《元妃佟春秀传奇》中也写道：“满族人家，大多数都在西山墙正中供奉无字的神板子，上边供祖先和崇拜神祇，交罗哈拉的西墙上供两块神板子，南边那块神板供四位尊神，这四位神是圣宗神、观世音菩萨、关圣帝君和佛朵妈妈，上边摆四个木制香碗，满族人叫香碟。北边那块神板子供五位祖神。”[⑥]

而供奉木主习俗的产生，也同树神有关。神话《九天女拜神树》中描写了一个神秘的树神爷爷，他住在神树中，是个老寿星，不知道活了多少年月了。

① 鲁连坤讲述，富育光译注整理：《乌布西奔妈妈》，吉林人民出版社，2007年12月第1版，第186页。

② 鲁连坤讲述，富育光译注整理：《乌布西奔妈妈》，吉林人民出版社，2007年12月第1版，第187页。

③ 鱼泳网类文字：指东海女真人古代习用的图形符号，多为会意形和拟态形表意符号。

④ 鲁连坤讲述，富育光译注整理：《乌布西奔妈妈》，吉林人民出版社，2007年12月第1版，第192页。

⑤ 富育光讲述，王慧新记录整理：《雪妃娘娘和包鲁嘎汗》，吉林人民出版社，2007年12月第1版，第262页。

⑥ 张立忠讲述，张德玉、张春光、赵岩记录整理：《元妃佟春秀传奇》，吉林人民出版社，2009年4月第1版，第200页。

书中写道："听老人说，炼铁炉就是这树神爷爷创办的。他每过个青青在树上刻一道儿，刻到九十九重刻，也不知他刻了多少个九十九，他到底儿过多少个青青谁也数不清了。"这个长寿老人何以会被叫成树神呢？这同他的神秘居处有关。神话中写道：

"因为树神爷爷冬居树洞，夏蹲树桠，无冬无夏，生活靠树，渴饮树泉水，饿食松树子，他还能将树木烧成黑炭炼铁，所以才管他叫树神爷爷。"……她们刚登上山顶，便看见一棵粗大的山榆，像座小山似的立在山顶上，它的枝丫像把伞似的笼罩下面，丁点儿缝隙不见。更为奇怪的是，粗大的树干旁有一根枯枝，粗如碗，从里边往外不停地吧嗒吧嗒滴着泉水，滴落在树前一个石盆中，石盆里的水清澈透明，看上去已盈盆，盈盆不溢也属罕见，何况仍在不停地往里嘀嗒泉水。蜓特边往前走边介绍说："九天女，你说，这棵山榆有多粗吧？二十个人手拉手搂抱还没扣头！"她们还没走到老山榆跟前，就听树神爷爷粗声拉气地说："树神归蜿蜒，蜿蜒兴金源，金兴镔铁灭，女真世代传！"……她们来到老山榆前，举目一看，只见粗大的山榆正面中间，长成个凹陷形，凹进去有一丈五尺多深，二丈多高。凹陷处里盘腿坐着一位白胡子老头，他的胡子有丈八尺长，飘散在腿膝上，两寸多长的白睫毛打着绺儿。双目紧闭，满面红光。(他)头上盘着白发辫儿，活像"失扎"(佛)一般。九天女肃然起敬，慌忙跪在树神爷爷面前，高声呼叫说："九天女叩拜'忒革玛发'！"说罢又叩头。

九天女对树神爷爷三拜九叩首之后，树神爷爷才将两只眼睛睁开，好似两盏明灯。笑呵呵望着九天女说："九天女免礼！我乃'没厄然你'(木主)，人称我'树神'。现在'树神'归蜿蜒女真，我就放心了。但你要记住，树神也好，女真也好，咱们自古都是中国人，我树神（肃慎）人去天朝向汉高祖皇帝进贡。我们还是天朝的旧邦。千万记住！"……蜓特、函普惊疑地探头一瞧，只见树窟里坐着的树神爷爷，变成一个粗轱轮墩扁而且圆的一个大木牌子，上边刻着"没厄然你"(木主)。打这儿，在女真人中流传下来供奉"木主"的风俗[①]。

显然，这则神话中的树神爷爷是满族先民男性祖先神的代表，他不但寿命极长，而且通晓整个部族的历史掌故，是炼铁炉的创建者，对于远祖肃慎

① 马亚川讲述，王益章、黄任远整理：《女真神话故事》，吉林人民出版社，2016年8月第1版，第56—63页。

人朝见汉高祖的故事竟也能言之凿凿。神话中其由祖先神变成木主，让后代借助木主祭祀牢记祖先的功德和家族的历史，也是顺理成章的。

然而这个祖先爷，何以会是一个在树洞中藏身的树神形象呢？其实，满族先民们最早的"民居"，可能就是树洞。如《恩切布库》中写道："恩切布库女神降生后教会愚蠢的野氓，学用干枝藤草，围架篷帐，冬夏偎依在古树古藤之中，躲藏雨雪雷电燥热风狂。"夏季人们可以搭一个帐篷借以挡风雨，冬天太冷，帐篷显然不适用，最早的先民又尚未熟练掌握御火技术，山洞又多被大型凶猛动物所占，在这种情况下，像熊一样，藏在树洞中御寒，显然是一个不错的选择。

不仅如此，满族说部神话、史诗作品中还经常描写在女多男少的社会中，女人们经常把男子当成宝贝疙瘩，把他们称为留子，藏在树洞中的故事。在《女真谱评》中有这样一段描写：

> 我的祖先得先从"树神"说起，开天辟地后，人，只认其母不认其父。那时女的也多，既要生小孩，又要抚养小孩，猎取食物，都是女的。听祖上流传下来的传说，咱这北方是个女人国，男的看不着，没有男的，哪来的小孩？男的是有，全让女的藏起来了，那时候男人就成女人的宝贝了。因为抢个男子，女的和女的，展开一场生死搏斗，胜者将男子抢走，败者另寻找男子去。有时抢男子，甚至将对方打死了。男人成为女人的宝贝疙瘩，女人将抢到的男人，这藏那掖。有的藏在山洞里，有的将男人藏在树窟窿里。女的东跑西颠去给男人猎取食物供男的吃，啥也不用男人干。男人确实成了木偶。……
>
> 据说有一年，从南方来了几个人，要到这寒冷地方看看，这块儿到底有人生存没有？他们拉着骆驼，带着食物来了。见平原就是片荒草，连个人影儿也没见着，只见成群的野兽。考察的人走到大树下要撒泡尿，刚掏出来，惊动了树窟窿里的男人，吱棱一声，（男人）从树洞里钻出来。考察的人见从树里钻出一个披发至地，黑黢潦光，长毛扎撒的人，吓得他跟头把式地就往回跑。可不好了，又从树窟窿里钻出一个，差点儿将他吓死，（他）再也不敢往里走了，逃了回去。他逢人便说，北方都是些"树神"，长得傻大黑粗，跟树一模一样儿。他这一说，一传十，十传百，越传越玄，（人们）甚至说，北方这"树神"，都是上拄天、下拄地，三头六臂，专能吃人。……南朝皇上就根据这些传说，让识文断字的人记上《北方是"树神"》。写来写去，不知怎么闹扯的，听梁福说，写成肃慎了。

这就是“树神”的传说。[1]

原来，东北古代女多男少，为了繁衍后代，男人都成了宝贝疙瘩，被称为留子，为了不让其他女人抢去，大多女人都只好将男人藏在树洞里，男人就很容易让人联想成是树成精了，或是树神所变，久而久之，这种说法就真假难辨了。在树洞里藏身的男人被认为是“树神”的神话，在满族说部神话故事中很常见，如《女真谱评》里描写：“金女这天被大雨浇得没办法，躲藏在大树窟窿里。哪知，这树说不上有多少万年了，受到日精月华就成气候啦，见金女长得美貌无双，就变成美貌的男子，和金女结为夫妇，生下仨男孩，大的阿古乃，二的猎鱼郎，三的活里来。”[2] 其中的猎鱼郎后来又与九天女成婚。

虽然后来随着生产力的发展，男人不再稀少，也不再到处乱藏，但满族先民还是将男性祖先藏在树洞中生活的“树神”形象延续了下来，使之成为神话《九天女拜神树》的主人公——“神树爷爷”的原型。

七、“海兰妈妈”与长寿、吉祥之榆树

在满族说部神话中，榆树是与柳树齐名，并且一样古老而长寿的古树，在祭礼中享受同等待遇。《天宫大战》的故事中说：“千年松、万年桦，开天时的古树是榆柳。”[3] 虽然松树和桦树已经足够长寿，有千年、万年之久，但真正与天齐寿的古树是榆树和柳树。为什么榆柳最长寿呢？在《天宫大战》中也有答案，《天宫大战 · 捌腓凌》中写道：阿布卡赫赫“与耶鲁里杀在一起，地动星移，星撞星雷鸣电闪，耶鲁里喷着黑风恶水，天地昏暗，石雨雷雹，万物陨灭，只有榆柳长寿齐天，延续至今。百兽从此变得细小，藏匿于岩林沃雪之中。硕兽巨鸟，因畏惧西斯林的飓风，传下瘦小敏捷的后代，能在林荫草莽中栖身。”[4] 也就是说残酷的天宫大战，万物都因之毁灭，只有榆树和柳树，凭借顽强的生命力活了下来，是最长寿的古树。所以在最古老的满族祭礼中，榆柳之祭与天地之祭是同样重要的。在《恩切布库》中的恩切布库是“头辈达妈妈”，是“满族最古老的祖先，这是满族最古老的萨满神”。她所主持的最原始的祭礼中“祭拜的第一位神，是通天地的神树祭及祭拜阿布卡赫赫、

① 马亚川讲述，王宏刚、程迅整理:《女真谱评》，吉林人民出版社，2009 年 4 月第 1 版，第 465 页。

② 马亚川讲述，王宏刚、程迅整理:《女真谱评》，吉林人民出版社，2009 年 4 月第 1 版，第 467 页。

③ 富育光讲述，荆文礼整理:《天宫大战　西林安班玛发》，吉林人民出版社，2009 年 4 月第 1 版，第 57 页。

④ 富育光讲述，荆文礼整理:《天宫大战　西林安班玛发》，吉林人民出版社，2009 年 4 月第 1 版，第 63 页。

巴那吉额母的祭礼”[①]。也就是说，神树的祭礼与天地祭一样，排在最前面，可见满族先民对其的重视。

在满族神话中，榆柳不但齐名，同样长寿，同享祭礼，而且，榆树神“海兰妈妈”与柳树神“佛托妈妈”还同为上古大神，同样是阿布卡赫赫的徒弟，彼此是师兄弟的关系。柳树神“佛托妈妈”承担着万物的祖始母、性启蒙者和乳母的角色，而榆树神“海兰妈妈”则更多承担了一切树类的拯救者和统领者的责任。在满族神话《阿布卡赫赫创造天地人》中描写海兰妈妈带着一个兜子，里面是上劫所有的树种子，“海兰妈妈拎着手里的树籽口袋，跟着师傅、师弟，三个边走边往地上撒树籽，她在前面撒，佛托妈妈就在后面用她的乳汁浇。你说怪不，不大一会儿，就见这些树苗都长起来了；又不大一会儿，就见这些树苗又都长大了”[②]。正因为榆树同柳树一样最为长寿也最为古老，所以榆树也常常被视为祖先树。上文中所提到的在神话《九天女拜神树》中被视为祖先神，并被供奉为木主的“神树爷爷”，正是一株山榆树。

此外，榆树神被视为祖先树，还与一则描写努尔哈赤将祖宗尸骨葬在榆树里的传说故事有关。在一则《鄂多哩人搬家》的故事中有这样的描写，早年努尔哈赤所领导的部落从长白山下的鄂多哩城，搬到了赫图阿喇。图伦城主尼堪外兰等人，见努尔哈赤把人搬来了，非常不满，但又怕打不过，只好暗地里设计陷害，把有毒的芸豆送给努尔哈赤，想要毒死他的部众，却被一个白发老猎人用白菜解毒法解了此毒。努尔哈赤非常气愤，想要把这些部落打服，老猎人却出主意说：“打是打不服的，只有让人家真心敬服你们才行。我看你们把祖坟迁来吧，让人家知道你们要永远居住在赫图阿喇的决心，他们也许就不会往外挤你们了。”努尔哈赤深以为然，就把祖宗的骨尸装在木头匣里，背到了赫图阿喇。可是骨尸不能随便进城，正好城南有一棵一搂多粗的大榆树，树根上有个大窟窿，他就把骨尸匣子放在树窟窿里了。然后派人去请叶赫、哈达、图伦等城主带着人马来参加安葬仪式。鄂多哩人全部来到大榆树下，对着祖宗的骨尸发誓，永居赫图阿喇。念完誓言，每人取出一支箭射在大榆树上，表示坚定不移。众人都射完了，到努尔哈赤来射时，白发老猎人笑眯眯地说：“用我这支吧。”接下来的场景就颇有传奇色彩了，让大家都看得目瞪口呆，书中写道：

努尔哈赤恭恭敬敬地接过箭来搭在弓上，一箭射去，正射在榆树分

① 富育光讲述，王慧新整理：《恩切布库》，吉林人民出版社，2009年4月第1版，第63页。

② 傅英仁讲述，荆文礼搜集整理：《满族神话》，吉林人民出版社，2016年8月第1版，第6—7页。

丫处。没等大伙喊亏哈（射中了），就见榆树一抖，撒下一团雪片一样的东西，纷纷扬扬地把树都遮住了，眨眼间地上落了老厚一层。人们走近一看，原来是像小银圆一样的树籽。再看那榆树，已从一搂粗变成三搂粗了。树窟窿已长合拢了，骨尸匣子被裹到了里边。在场的人都十分吃惊。老猎人往树后一指说："你们看，这坟茔地冒着青气了，他的后人应当做皇帝。"

……老猎人说完就呵呵地笑着腾空而起，朝东向长白山飘去。鄂多哩人恍然大悟：这位白胡子老猎人，原来是长白山里的班达玛发，下界来保佑我们的，于是都向东叩拜起来。

后来努尔哈赤的后人真的在盛京当上了皇帝。人们就认为这是他把祖宗的骨尸葬在榆树里的结果。因而人们就把榆树当成吉祥的象征了。凡地有榆树的地方，人们就喜欢以它为名。榆树，满语叫"海兰"，所以东北就有了海兰路、海兰部、海兰窝集、海兰江、海兰河、海兰泡等。[①]

不管这则传说故事是否真实，但在满族先民的心目中，世世代代把榆树视为长寿之树、吉祥之树，并且喜欢榆树、崇拜榆树的传统观念却是真实的，不但那么多以"海兰"命名的古地名可以证明，而且在其他满族说部神话、史诗作品中也有类似的说法，如在《萨大人传》中描写道："哇嘎想要改名，去找萨布素帮忙，萨布素让他改名叫海兰，并说：'我看你叫海兰吧，满族是榆树之意。咱们北方人特别喜欢、崇拜榆树，因为这种榆树的生命力最强，谁也离不开它。'"[②]

八、"白云格格"与白桦树之妙用

在满族神话中，还有一则美丽动人的神话《白云格格》，是《太阳与月亮的传说》的姊妹篇，在满族先民中流传很广。故事描写道：

阿布凯恩都里有三个沙里甘追[③]：即，顺[④]、毕牙[⑤]和白云格格。白云格格长得美丽端庄，聪明伶俐，善良贤惠，天神就给她取个名字叫依兰吉格格。她身披九十九朵雪花云镶成的银光衫，神采奕奕、楚楚动人。

① 谷长春主编：《恰喀拉人的故事　小莫尔根轶闻》，吉林人民出版社，2018年8月第1版，第238—239页。

② 富育光讲述，于敏记录整理：《萨大人传》，吉林人民出版社，2007年12月第1版，第518页。

③ 沙里甘追：满语，女儿之意。

④ 顺：满语，太阳。

⑤ 毕牙：满语，月亮。

> 阿布凯恩都里送给大女儿顺大格格、毕牙二格格，每人一个托里，就是大铜镜，（她们）出嫁后主管着天地的温暖和光明。（阿布凯恩都里）身边只剩下心爱的小女儿白云格格了。……阿布凯恩都里格外宠爱小女儿，信任她，娇爱她，给她无限的权力，让她掌管着天上的聚宝宫。天上最珍贵的东西都在聚宝宫里。[①]

神话的产生，往往是层层累积而成的，有以往的神话作为原型，后世的作者根据自己的生产生活经验、情感和愿望，以及时代的需要，通过想象，不断地添加新的内容，进行充实完善，再加以变形改造，于是一个新的神话人物就产生了。笔者认为，白云格格的原型很可能是《天宫大战》中，阿布卡赫赫的第三个侍女奥朵西。关于奥朵西，《天宫大战》中仅有这样一段描写：

> 阿布卡赫赫身边，第三个侍女叫奥朵西，意为小姑娘（奥朵西，满语意为牧人而不是小姑娘，此处似有误），掌握七彩云兽，是放云马的神女。天河中的各色云兽，都是按奥朵西的意愿奔行。有的像虎，有的像豹，有的像兔，有的像马，有的像猪，变幻无穷。阿布卡赫赫追赶耶鲁里，总是追不上。奥朵西便想出一个巧妙的招法，用藤草编成白色的马，借给耶鲁里。耶鲁里挺高兴，哪知骑上白马便被藤草缠住了。耶鲁里这才被阿布卡赫赫捉住，服输。耶鲁里说了软话，阿布卡赫赫心慈手软，放了他。不料，耶鲁里马上就变心了，还照样伤害生灵。耶鲁里见阿布卡赫赫身披九彩云光衫，姿貌秀美，便想调戏她，并想得到她。阿布卡赫赫格外恼火，一见到耶鲁里就头发涨，看不清楚耶鲁里的全身，只能见到他的九个脑袋，便头晕目眩，忙让众侍女轰走他。大侍女喜鹊用叫声赶走他，耶鲁里用几座山塞住了耳朵；二侍女用刺猬针上的太阳光刺他九头的双眼，耶鲁里用白雾作眼帘；三侍女奥朵西便将七彩云马赶进了耶鲁里的眼睛里，耶鲁里疼得九头一十八只眼睛，都变成了黑雾虫噬，耶鲁里被赶跑了。可是耶鲁里的眼睛裹走了许多天马，天的颜色从此不再是九个颜色，而变成七色了。阿布卡赫赫非常生气，将奥朵西赶走，不准她再做牧兽女神。可是奥朵西走后，天上又少了百兽的蹄声、叫声，天空只有一片云光。阿布卡赫赫深感寂寞，便又把小奥朵西召到身边，重做牧神。奥朵西是智慧的战神，所以各族敬尊奥朵西为牧神和侍家女神，

① 富育光讲述，荆文礼整理：《苏木妈妈　创世神话与传说》，吉林人民出版社，2009年4月第1版，第134页。

庇佑宅室女红顺遂。神偶供于堂屋的正北方。[①]

奥朵西是放云马的女神，与白云格格同样与云彩有关，又同样是与三有关，奥朵西是阿布卡赫赫的第三侍女神，而白云格格则是阿布凯恩都里的第三个女儿，同样也是光彩照人、美貌动人、魅力无限的小姑娘形象。然而一个时代的神话有一个时代的神话情节模式和风格特点，“天宫大战”系列神话中的情节模式是以善恶斗争为其特点，奥朵西也自然逃不出这个局限，也是一个与耶鲁里斗争的智慧型女斗士的形象。而白云格格的创作时代很可能相当晚，这一时代阿布凯恩都里的形象已经由一个一心为民的老天爷形象，变成一个残忍地想要用洪水淹没众生的暴君形象，白云格格则变成一个一心拯救民众于洪水，不惜牺牲自己也要维护正义，与父神斗争到底的形象了。为了救助洪灾中无处可逃的众生，白云格格先是扔下一段树枝，变成千根、万根巨树，救了无数洪水中的生灵；接着又冒着生命危险，趁父神睡着时，勇敢地偷走父神的“开天钥匙”，打开聚宝宫，拿出两个匣子里的土，撒在地上，一个匣子里装的是金黄色的土，那是黄金，把黄金撒下去了；一个匣子里装的是黑黄色的土，是黑油沙土，正是庄稼院需要的庄稼土，肥土、沃土。后来人们都说兴安岭山不陡，土质肥，就是白云格格留下的。而且，我们住的地方金子多，刨土筛沙，能得狗头金呐！北方平地，这么肥沃，都是白云格格从她阿玛的聚宝宫里偷出来的。

白云格格对人类的贡献巨大，但却因得罪了父神阿布凯恩都里，不得不离开天宫，逃到地上，到处躲藏。父神震怒，派雷神、风神、雹神去追撵白云格格。白云格格躲在花草间藏身，于是阿布凯恩都里又派雪神降雪，刮寒风，冻死地上的所有花草，使白云格格无处藏身，但她还是踪影皆无……时间长了，阿布凯恩都里思念女儿，就哀求说：“伊兰甘追，伊兰甘追，你认个错，回天上吧！阿玛饶你啦！不然，你再不回来，我要一年下半年的雪，世代不变，那时候，我看你怎么办？”

可是，刚强、正义、善良的白云格格，想到自己是为了搭救地上的生灵，宁可尝尽地下的寒苦，也不向阿玛认错。大雪越下越猛，年年这么下，一年下半年，白云格格就在冰雪瓮子里冻着，冰着，从不说软话。雪还在下，白云格格把自己的银光衫裹了一层又一层，绕了一圈又一圈，冻呀，冻呀，最后把自己冻成一棵身穿白纱、木质洁白的树，永世长存在大地上。后人都管

① 富育光讲述，荆文礼整理：《天宫大战　西林安班玛发》，吉林人民出版社，2009年4月第1版，第33—35页。

这种树叫白桦树。白桦树，它的皮是一层一层的，就是这种白纱卷成的。白云格格变成白桦树，心还向着世上人。人们用她的躯体做爬犁辕，盖漂亮的哈什，就是仓房和苞米楼子，用她身上一层层的银衫——白桦皮，编筐织篓；夏天，过路人口渴，在树上划个小口，插根细棍，喝她胸膛里的水汁，清甜润口[①]。

神话是创造它的时代的文化观念和社会生活的曲折反映，从这则神话中，我们可以看到满族先民对白桦树的崇敬心理和格外喜爱、无比亲近的深厚感情。满族先民都喜欢白桦树，热爱白桦树，崇敬白桦树，赞美白桦树，白桦树是他们心目中美貌聪慧的白云格格，她牺牲了自己，为他们带来无限的财富和幸福的生活。

满族先民们为什么会如此喜爱白桦树呢？这从满族先民的其他作品中能得到确切的答案。白桦树的妙用在满族说部神话、史诗中比比皆是，某些部落的满族先民对白桦树的依赖已经达到无以复加的程度，他们的吃穿用度、衣食住行、婚丧礼仪，乃至打猎、写字，没有一样少得了白桦树。如在《阿达匹汗奇》中有这样的描写：

阿达匹汗奇是伊尔根觉罗（赵姓）氏族的女神。据说她是拉林河伊尔根觉罗氏族各部落的女首领、女萨满、女巴图鲁。她聪明能干，做事公平认真，心灵手巧，武艺高强。阿达匹汗奇穿的是桦树皮衣服、桦树皮鞋，戴的是桦树皮帽子，（这些东西）又漂亮又结实。……阿达匹十岁那年，阿布凯恩都里路过长白山，让（长）白山主收她为徒。长白山主教阿达匹学艺，一教就是五年。不光教她骑射等十八般武艺，还教给她用桦树皮做衣服、鞋和帽子的手艺，还教给她治理部落的方法。……部落的女人，三个一帮，两个一伙，跟她学做桦树皮物件。说也怪，她做的桦皮衣帽，穿戴起来，既绵软又漂亮，冬不冷，夏不热。男人也来跟她学做桦皮船，编桦皮篓。她还教年轻的阿哥和格格们习练骑射。她教人做桦树皮物件，一传十，十传百，拉林河中游的几个部落听说后，都派人来学。不到一年时间，妇女、小孩都戴上了桦树皮帽子，穿上了桦树皮衣服和桦树皮鞋。有些人家还使用了桦皮碗、桦皮盆、桦皮篓和桦皮船。妇女全身穿上衣服，也能外出打猎、捕鱼、采野菜了。[②]

① 富育光讲述，荆文礼整理：《苏木妈妈　创世神话与传说》，吉林人民出版社，2009 年 4 月第 1 版，第 138—139 页。

② 傅英仁讲述，荆文礼搜集整理：《满族神话》，吉林人民出版社，2016 年 8 月第 1 版，第 68 页。

正如文中所写，白桦树大大丰富了满族先民的服饰文化，人们“穿的是桦树皮衣服、桦树皮鞋，戴的是桦树皮帽子，（这些东西）又漂亮又结实”；人们的饮食文化也离不开白桦树，家家都在使用桦皮碗、桦皮盆、桦皮篓；人们出行更是离不开白桦树，过江过河，都需要使用桦皮船；人们的居住文化也少不了白桦树，如《红罗女三打契丹》中描写“乌巴图被押解到东海的一个荒僻的部落，那里离京城很远，住房多是用桦树皮搭建的”[①]；葬俗方面更离不开白桦树，多个满族说部神话、史诗作品中都描写了满族先民们用桦树皮裹尸体的习俗，如《萨布素将军传》中描写“鄂伦春有一个风俗，人死后用桦木皮包上或用四片板钉上，挂在树上风葬”[②]，前文中讲的九天女也是用白桦树皮来包裹丈夫猎鱼郎的尸体的。说到打猎，满族先民还是离不开白桦树，前文“智慧树”的故事中，也讲了白桦树神教给九天女使用白桦皮做成的“鹿哨”来呼鹿的情节；而桦皮纸则是满族先民重要的书写工具，如《雪妃娘娘和包鲁嘎汗》中描写：“在万历二十七年的时候，努尔哈赤就让额尔德尼和葛盖两位满洲的圣人创造了满文。就这样，褚文弼、褚良弼兄弟俩把三国、水浒等一些书里的故事，选出一段一段的，如《刘关张三结义》《草船借箭》《扈三娘》《武松打虎》《智取生辰纲》等等，舒尔哈齐让人用满文翻译过来，写在赫图阿拉特有的‘桦皮纸’和‘皮板书’上”[③]；《乌布西奔妈妈》中也描写乌布西奔：“初来乌布逊，人言传闻，海盗在东海捡得桦筒神书一束，为鱼泳网类文字，不可辨认。海盗追求萨满译言，多卜来世之隐。”[④]可见，桦皮纸、桦皮筒，是当时满族先民常用的书写工具。

还有一则满族神话，把桦皮小篓和桦皮威呼（桦皮船）的功效加以夸大、神化，将其变成能救人、富人的神物了。神话中讲：布特哈部落有一个叫乌梁海的小伙子，救济了一个穿着破烂衣服、冻得哆哆嗦嗦的老太太，作为报答，老太太送他一个桦皮篓和一个桦皮威呼。桦皮篓里装上米，倒出来后，没一袋烟工夫，又有满满一篓米；桦皮威呼，虽然看似破旧，在发大水时，却能变成头号大船，救了全部落的人[⑤]。可见，白桦树在满族先民的日常生活中非常重要，在他们的心目中，是一时一刻也离不了的宝物。

① 傅英仁讲述，王宏刚、程迅记录整理：《红罗女三打契丹》，吉林人民出版社，2009 年 4 月第 1 版，第 132—133 页。

② 傅英仁讲述，程迅、王宏刚记录整理：《萨布素将军传》，吉林人民出版社，2007 年 12 月第 1 版，第 561 页。

③ 富育光讲述，王慧新记录整理：《雪妃娘娘和包鲁嘎汗》，吉林人民出版社，2007 年 12 月第 1 版，第 207 页。

④ 鲁连坤讲述，富育光译注整理：《乌布西奔妈妈》，吉林人民出版社，2007 年 12 月第 1 版，第 192 页。

⑤ 傅英仁讲述，荆文礼搜集整理：《满族神话》，吉林人民出版社，2016 年 8 月第 1 版，第 277 页。

第二节　满族说部神话、史诗中的石神崇拜

一、从阿布卡赫赫“吃石补身”说起

在《天宫大战》中有一位女神格外引人注目，她就是多喀霍女神，这位女神显然与石相关，是一位以石为屋、永住在石头中的女神，神话中与之相关的部分不多，摘引如下：

在分不清天，分不清地的时候，有个多喀霍神出现了。这位女神就是以石为屋，永久住在巴那姆赫赫肤体的石头里。她能帮助众神，获得生命和力量，并有自育自生能力。她听说九头恶魔耶鲁里在天穹里大显神威，阿布卡赫赫、巴那姆赫赫也无可奈何。天昏地暗，巴那姆赫赫肤体也被触角豁伤，伤痕累累；阿布卡赫赫肤体也被触角搅得飞星落地、白云不生。七彩神光被九头遮盖，只能见到红色和黑色。见到世上恶魔逞凶，（多喀霍）便和阿布卡赫赫身边的西斯林女神商量，让西斯林女神施展风威，用飞沙走石驱赶魔迹。……西斯林女神，见到阿布卡赫赫被困，便同意多喀霍女神的请求，搬运巴那姆赫赫肤体上的巨石，追打魔神耶鲁里。耶鲁里在意得志满时，突然遭到满天飞来的巨石击打，无处躲身，便仓皇逃回到地下，暂躲起来，天穹才又现出光明。

一座座大雪山压到阿布卡赫赫身上，耶鲁里把阿布卡赫赫骗进了北天雪海里逃走了。雪海里雪山堆比天还高，压得阿布卡赫赫冻饿难忍。这里雪山底下的石堆，里边住着多喀霍女神，温暖着阿布卡赫赫的身躯。阿布卡赫赫饿得没有办法，又无法脱身，在雪山底下只好啃着巨石充饥。阿布卡赫赫把山岩里的巨石都吞进腹内，阿布卡赫赫顿觉周身发热。因为多喀霍女神是光明和火的化身，热力烧得阿布卡赫赫坐立不宁，浑身充满了巨力，烤化了雪山，一下子又重新撞开层层雪海雪山，冲上穹宇。可是热火烧得阿布卡赫赫肢身融解，眼睛变成了日、月，头发变成了森林，汗水变成了溪河……[①]

……千寿万寿的彩石呵，是祖先的爱物，朝夕难分难离。石头是火，

① 富育光讲述，荆文礼整理：《天宫大战　西林安班玛发》，吉林人民出版社，2009 年 4 月第 1 版，第 42—46 页。

石中有火，是热火、力火、生命之火。自从西斯林女神搬石御敌，追打九头耶鲁里，北方堆石成了山岳，石山、石砬、石涧最多，就是那时候留下来的。石岩凝固成山脉，石岩凝结成高山。平川河谷就缺少了火石。所以天下暴雪，寒酷非常，百兽百物藏洞求生。阿布卡赫赫一心打败狠毒的九头恶魔耶鲁里，就要强壮筋骨。突姆神告诉赫赫要多据有石火，吃石补身。便天天派侍女，白腹号鸟、白脖厚嘴号鸟，飞往东海采衔九纹石。吃彩石就能壮力生骨，吃彩石可以身长坚甲，热照天地。①

这几段文字中描写多喀霍神（石神）在阿布卡赫赫与恶神耶鲁里的斗争中发挥了重要作用：先是在风神的配合下以飞沙走石驱赶耶鲁里，使恶神暂时逃回地下。在阿布卡赫赫中了耶鲁里之计，被关到北天雪海中时，也多亏了多喀霍神，让阿布卡赫赫吃石补身才得以重生。后来，阿布卡赫赫为了打败耶鲁里，仍需“吃石补身”，天天派侍女飞往东海采衔九纹石，显然吃石已经成为阿布卡赫赫一种相当重要的日常所需。

第一段文字描写西斯林女神飞沙走石击打耶鲁里比较容易理解，显然与处于原始社会的满族先民们在狩猎和战争中多使用石制武器有关。东北古代铁器稀少，石制武器长久以来一直是满族先民们最主要的武器。如《奥克敦妈妈》中描写道：“奥克敦妈妈，又让沙克沙和莫林，进山里捡石块，带领尼雅玛，天天磨石球。艾曼里堆起，山一样的石球山。奥克敦妈妈，率领尼雅玛们，采集藤草，编成长长的石兜子，教尼雅玛们，装上石球，用臂力猛甩。……石蛋子，百发百中——击水中鱼，击云中鸟，击林中兽。熟能生巧，越制越精。时光流逝，日月如梭，尼雅玛，不仅飞蛋子锐利，磨制——石针、骨箭、骨矛头，也锋芒无比。”②“妈妈技传磨石弩。伐大木，砍硬弓。矢穿两棕熊，连透三只鹿。艾曼奇猎勇，传袭靠神弓。”③

第二段文字描写阿布卡赫赫被困于北天雪海中“啃食巨石充饥”，这也很容易理解，因为“多喀霍女神是光明和火的化身”，用火石取火是古代原始先民常用的引火方式，在寒冷异常的北国，人们依赖火才能生存，因而格外崇拜火神。而击打石块能引出火来，自然使当时的原始先民产生了“石头是火，石中有火”的联想。石火之神“多喀霍女神”也是满族神话中众多火神之一，

① 富育光讲述，荆文礼整理：《天宫大战　西林安班玛发》，吉林人民出版社，2009年4月第1版，第56页。

② 富育光讲述，王卓整理：《奥克敦妈妈》，吉林人民出版社，2018年8月第1版，第76页。

③ 富育光讲述，王卓整理：《奥克敦妈妈》，吉林人民出版社，2018年8月第1版，第117页。

受到原始先民的崇拜。（因在“火神崇拜”一节中对此将有更详尽的论述，所以此处不多赘言。）

然而在第三段文字描写中阿布卡赫赫“吃石补身”并不仅仅是为了抵御严寒，还有“强壮筋骨”的目的，她之所以“天天派侍女，白腹号鸟、白脖厚嘴号鸟，飞往东海采衔九纹石”，是因为石中之火不只是“热火、力火”，还是“生命之火”，“吃彩石就能壮力生骨，吃彩石可以身长坚甲，热照天地”……阿布卡赫赫的“吃石补身”，似乎并不仅仅是因为要靠火石引火来补充热量，似乎还有某种不可言说的其他意味在其中。

笔者注意到，在第一段描写中多喀霍女神“能帮助众神，获得生命和力量，并有自育自生能力”，其中这句“自育自生能力”在《天宫大战》中并不多见，似乎只有在描述恶神产生时提到过。神话中描写耶鲁里的索索，是“一块大山尖，压在敖钦女神肚下”变成的，也就是说，耶鲁里的索索是石头所变，有了索索，他才能自育自生。从中可以看出，在满族先民的观念中，石头是男性生殖器的象征物，因而作为石神的“多喀霍女神”，虽称为女神，却也同耶鲁里一样，具有男性的生殖器，有自育自生的能力。

在满族神话中，阿布卡赫赫常常是氏族女首领的象征，阿布卡赫赫与恶神耶鲁里之间的斗争其实是生活中女首领带着族众，与各种不可抗拒的天灾人祸之间的顽强抗争，获得生存与发展的象征。在母系氏族社会的原始婚俗中，一个女氏族首领是可以和多个男人交合的，这些男人被称为侍男。这一婚俗在满族说部神话、史诗的多个作品中都有所反映。如《东海沉冤录》：

> 女真野人属母系社会，部落的首领皆是女性。……女王可以在众多男人中，选出年轻、可心的放在身边，做自己的侍卫。奴鲁泰妈妈就选了二十多个棒小伙子，用土话讲，他们裆间都有一根像石头一样坚硬的小椎椎，即小索索（此为满语，指男性的生殖器）。说这些人是护卫女王的，其实女王主要是为了与他们同居繁育自己的子孙后代。她跟二十几个壮小伙儿轮流睡，今天与这个住，明天又与那个住。同部族所有的儿孙，对凡是与女王奴鲁泰睡过的侍卫，即那些哈哈皆尊称为额索（叔叔）。这样，在东海女真野人中，子女知道自己的妈妈是谁，却不知道爸爸是谁。个个不认爸只认妈，把那些跟妈妈同居过的哈哈，统称为额索特（叔叔们）。[①]

① 富育光讲述，于敏记录整理：《东海沉冤录》，吉林人民出版社，2007年12月第1版，第247—248页。

上文中提道："他们裆间都有一根像石头一样坚硬的小椎椎，即小索索。"也许正是因为男性的生殖器与石头坚硬的品格相似，所以他们自然将石头与生殖器联想在一起，石神也就被赋予了"自育自生"的功能。因而，阿布卡赫赫的"吃石补身"，除了取石火取暖外，还有与许多男性交合，采阳补阴，自然能"强身健体"之意；与男性交合，还能生育后代，不断壮大自身的力量，所以神话中所说的多喀霍女神"帮助众神，获得生命和力量，并有自育自生能力"也就顺理成章了。

然而在最早的母系氏族社会中，男性的地位极低，只是生育工具和女性的侍者罢了。男人，在母系氏族社会中，是个隐性的存在，不被重视。因而在母系氏族社会的神话中，受女尊男卑的观念影响，男神极少，且一般男神都是恶神。在《天宫大战》中，有三百女神，都是善神，只有两个男神，一个是变成恶神的耶鲁里，一个是犯了错受罚后变成男性恶神的西斯林风神。受这种思维定式的影响，在神话中，作为善神的石神"多喀霍"自然被称为女神，其作为男性生殖器象征物的意义被隐藏起来，更多凸显多喀霍作为石火的火神形象，但我们仍然可以在字里行间，隐隐地读出这种男性象征意味来。

总之，阿布卡赫赫的"吃石补身"，不只有以石火取暖的含义，其更深一层的意义是与众多男性交合，采阳补阴，并多多繁育后代，壮大自己部族的力量，这样才能在同耶鲁里的斗争中取得胜利。

关于吃石补身，在《女真神话故事》中有一则《鹿食乐》的故事，讲述三个留子喝"石乳"壮阳，并与石蕊精交配，石蕊受孕后变成一种叫鹿食乐的草，是鹿冬季里最爱吃的食物。故事中女石人说的话耐人寻味："三担水，天天担，浇我头，润我肝，变石乳，壮三男，阳气壮，石物生，精石液，得洗净，洗不好，病体生，不打种，白费劲。""萨满神，不用愁，元气有，肾中存，石液净，元气升，精液旺，无损伤。"故事的最后，还讲"从这以后，人们肾旦有石，均是这三个留子留下的后代"[①]。

石蕊是一种地衣类的植物，可以生长在岩石表层上，诗中所说的"三担水，天天担，浇我头，润我肝"，很可能是指让三个"留子"（男人）天天用三担水来浇灌长在岩石上的石蕊，然后这石蕊就能变成"石乳"，常喝这种"石乳"，有壮阳的功效，使得精液旺，元气足，因而神话中说"人们肾中有石"，也就是喝了这壮阳的"石乳"的缘故。这种石蕊还是鹿冬季最爱吃的东西。我们知道，鹿茸有壮阳功效，有补肾壮阳、强筋骨、益精髓、养气血的功效，可以用于

① 马亚川讲述，王益章、黄任远整理：《女真神话故事》，吉林人民出版社，2016年8月第1版，第155—156页。

治疗肾虚腰冷、遗精滑精、阳痿早泄等症，对医治男性性功能减退有显著疗效。笔者猜想，很可能很早以前，这种“石乳”和“鹿茸”就是东北地区人们用来给男人补肾壮阳的良药。

如果从这个角度来说，“吃石”的确是可以“补身”的，不过补的不是女人，而是补男人之身，补肾壮阳，男人有了更强壮之身体，更坚挺之“索索”（生殖器），才能更好地与女神交合，孕育更多的后代。

二、“石神妈妈”与管理百兽的兽神、山神

阿布卡赫赫的“吃石补身”除了用石火取暖和采阳补阴、补肾壮阳、繁育后代之外，还有没有更深的含义呢？笔者注意到，《天宫大战》中在讲到造男人的时候有这样一段描写：“男人同女人的不同在哪呀？卧勒多赫赫也不知男人啥样。巴那姆赫赫便想到学天禽、地兽、土虫的模样造男人。男人多一个索索……慌慌忙忙从身边的野熊胯下要了个索索，给她们合做成的男人形体的胯下安上了。所以男人的索索同熊罴的‘索索’长短模样相似，是跟熊身上借来的，所以兽族百禽比人来到世上早。”[①] 我们从中可以知道，男人的生殖器是从熊身上借来的，也就是说人类与兽类的生殖器官是一样的，男人既与兽类有同样的生殖器官，也就相对于女人来说更具兽性。从前文的论述中我们可以知道，耶鲁里的生殖器是石砬子所变，所以“石”可以作为男性的生殖器官的象征物，既然人类与兽类的生殖器官是一样的，那么石神与兽类之间是否同样存在着一定的联系呢？

这一猜想在满族说部其他神话中得到了证实。在满族神话《白喜鹊》中写道：“很古很古的时候，天上有个石神妈妈，喜欢地上的山水，带着一百个儿女，从天上下来，到了地上，住在森林茂密的大窝集里。这一百个儿女，名字起得都很奇巧，哈哈济就叫虎、叫豹、叫鹿、叫兔；沙里甘追们就叫雀鹰、叫画眉、叫莺哥；最小的格格叫喜鹊，兄妹里，要数喜鹊最聪明伶俐。”[②] 这一百个儿女长大后都留在了地上山林中继续生活，而石神妈妈开出了一片片绿色庄田后回天宫去了。可见，在满族先民的观念中，石神妈妈是一切兽类的祖先。这就可以解释为什么在《乌布西奔妈妈》中古德罕所雕刻的大部分神偶、神柱都是木质的，有六十九尊之多，只有少部分是用“石、砂、红石、黄土”所做，还只是兽神，只有九尊。因为在满族先民心目中，人类是天神

① 富育光讲述，荆文礼整理：《天宫大战　西林安班玛发》，吉林人民出版社，2009 年 4 月第 1 版，第 15—16 页。

② 富育光讲述，荆文礼整理：《苏木妈妈　创世神话与传说》，吉林人民出版社，2009 年 4 月第 1 版，第 140 页。

用天上的白梨树和地上的柳树做骨架造成的，所以应该用木制神偶；而兽类则是由石神妈妈生养的，所以应该用石来做神偶。

满族先民何以会产生这种兽类是“石神妈妈”所生的观念呢？笔者认为，山中有石，石为山之骨，“石神妈妈”其实代表的是山林之神。兽类在山林中生，山林中长，生生世世都离不开山林之神的庇佑，所以满族先民们视山林为一切兽类的共祖也是自然而然的了。神话《山精》讲述了这样一个故事：“开天辟地的时候，在北国万山丛中，兀立一山，为万山之首。哪知东海龙王为扩大地盘，将北国大半土地侵吞了，变为一片汪洋大海。百兽被海水追逐得无处躲藏，便纷纷逃到兀立山洞中，没想到被海水围困而死。万兽精灵和兀立山混成一体，经过在海里修炼，便与龙王展开搏斗，每斗一次都要发生海啸。后来，玉帝见东海龙王经常兴风作浪，一怒将东海龙王撵到东海海峡内，不准它再侵犯大地。兀立山精才脱离大海，回到陆地。”[①] 后来阿布凯恩都里奏请玉帝，将兀立山精变为山神，并告诉萨满神一个咒语，让萨满神能够驾驭山神。从此，萨满神嘱咐女真人以后要年年拜祭山神，这样山神就能为人类谋福利。从故事中我们可以看出，山神是动物神和山融为一体生成的，所以山神也是兽神，兽神也叫山神。满族先民年年祭祀山神，以求得山神保佑，多多猎得动物。

山神与兽神一体，这种观念在其他满族说部神话、史诗作品中也可以看到。如《红罗女三打契丹》中描写道：黑水靺鞨人在打猎时每次都遇到一个怪兽，把他们的猎物吃掉一半，却从不伤人。红罗女认出那怪兽是管百兽的“布罗布恩都力”（兽神），就问他：“请问布罗布恩都力，黑水靺鞨人有什么过失，遭到惩罚？”兽神一听红罗女已识破他的身份，更不高兴了，答道：“黑水人本和你们是一个祖先，早些年，他们和你们一样每次进山行猎，都要祭山神，可是他们的后代有点儿忘本了，祭得越来越不勤了，即使祭祀，也是草草应付了事。尤其去年，黑水王秋围时，只祭天不祭山，根本不再把我放在心上，我怎能不生气？”红罗女一听，明白了是这么回事，便问还有什么补过的办法没有。兽神说：“只要他们以后按时祭山，就不再惩罚他们了。”[②]

可见，石神、兽神、山神，在满族先民心目中是一体的，只不过名字不同罢了。因此，阿布卡赫赫的“吃石补身”，似乎又可以添加另一层含义，就是让石神也就是山神，给她送来各种兽类，补充营养，使其身体强壮，阿布卡赫赫才能更好地同恶神耶鲁里搏斗。

① 马亚川讲述，王益章、黄任远整理：《女真神话故事》，吉林人民出版社，2016年8月第1版，第146页。

② 傅英仁讲述，王宏刚、程迅记录整理：《红罗女三打契丹》，吉林人民出版社，2009年4月第1版，第192页。

至此，我们可以形成一个满族先民文化心理和文化观念的简单连接：石神 = 石火 = 男性生殖器 = 补肾壮阳药 = 山神 = 兽神，所以从阿布卡赫赫的“吃石补身”上至少可以看出三层含义：一是石能生火，火为阿布卡赫赫提供暖身之热量；二是石是男性肾精之源，让阿布卡赫赫多多采阳补阴，多多繁育后代，壮大自己的队伍；三是石是山神，亦是兽神，阿布卡赫赫吃石补身亦有多吃兽类，补充营养，强身健体的意味。

三、乌申阔玛发与男性性别意识的觉醒

如果说《天宫大战》中，石神作为男性生殖器的意味还是隐藏在文字中，很难被发现的话，那么在出现较晚的另一则满族神话《佛赫妈妈和乌申阔玛发》中，山石作为男性生殖器象征物的意味就非常明显了。神话中描写“十万年前，普天之下，到处洪水为害。平地几丈深的大水，把地上的生灵万物淹得一干二净，只有长白山上的一株柳树和北海中的一座上顶天下拄地的石矸，还在水中立着。不知又过了多少年，这株柳树修炼成人形：身子两头细，腰间粗，一道深沟从头到脚像柳叶似的；石矸也变成一位高大巨人，满头黑发、平顶、大嘴，浑身上下一般粗，两只脚像两个大石球一样。这两个怪物离得太远，又有洪水隔着，谁也不认识谁。柳树被风一吹，发出拂拂的响声儿，所以自己起个名叫佛赫；石矸被大水冲得发出硿硿的声音，所以自己起个名叫乌申阔。”① 很明显，柳叶是女性的生殖器官的象征，而石矸是男性的生殖器官的象征，在后面的情节中，还有阿布凯恩都里派其大徒弟为二人安装生殖器的情节，这种生殖崇拜的意味就更明显了。这则神话则象征着人类性意识的觉醒。同时也表明，随着社会的发展和男性地位的提高，作为男性生殖器象征物的石神，不再是作为隐性的存在，终于堂而皇之地在神谱上占有了一席之地，还有了自己的名字——乌申阔玛发。不仅如此，他与佛赫妈妈生了四对子女，分别成为人类、鸟类、兽类和爬行动物的祖先，因而佛赫妈妈与乌申阔玛发成了世间一切生灵的始祖母和始祖父。

男性性别意识的觉醒，至少说明满族先民们终于完成了婚制的改革，不再是“妈妈窝”式的群婚制，完成了从群婚制向对偶婚制的改革。天宫中的神位，其实是现实生活中的统治阶级在神话中的投影。在群婚制的条件下，“只知有母，不知有父”，男性成员完全是隐性的存在，与此相对应，神话《天宫大战》中的三百神祇，都是女神，男性只有恶神，没有善神，在神谱上无名无分，只能作为“女神”的侍者和助手。即使是在一夫一妻制的社会中，受

① 傅英仁讲述，荆文礼搜集整理:《满族神话》，吉林人民出版社，2016 年 8 月第 1 版，第 25 页。

传统观念的影响，男性，尤其是没有任何神迹和功绩的男人，要想登上“神位”也是柤当不容易的，在《恰喀拉人是怎么来的？》中也讲：“恰喀拉的神大部分是老太太神。男神少，妖怪大部分是男的，不善良。”① 这实质上反映了母系氏族社会中的传统观念，正如《神魔大战》所说：“阿布卡赫赫特别看不起男人，认为男人是最没能耐的，只能干出力的粗活，还是女神有能耐。”② 只有完成了从群婚制向对偶婚制的改革，并且在女权观念上有了一定改变，不再排斥男性，才能最终使得男性作为祖先神出现在神谱当中，这在历史上具有划时代的重要意义。

然而在这则神话中，乌申阔玛发最终还是被恶神耶鲁里所骗，被压在大山下。虽然佛赫妈妈也同样被恶神所骗，压在海眼之中，但佛赫妈妈后来被四个儿女所救，不但毫发未损，而且通过修炼，其道行更高了，被人公认为阿布卡赫赫，掌管天界；而乌申阔玛发被压在大山下之后，“变成直冲天上的大石峰，大石峰下有两座又圆又光的小团山，和乌申阔的形象一模一样。……乌申阔玛发因为是神石修成的，已经和山石结为一体了，再也变不回原先的样子了！”③ 如上文所说，山石象征山神、兽神，因此乌申阔玛发与山石融为一体的结局，其实还包含着另一层含义，就是男人的生殖器本来同兽类是一样的，天生具有兽性，其兽性的一面是天生的，也是不可改变的，受耶鲁里的引诱，被压在山下后，就与山石融为一体，正象征着男人在恶神的引诱下，其兽性的一面被开发出来，也就同兽类一样了，无法像佛赫妈妈那样具有天生的神性和顽强的生命力。这就为女性掌权，提供了神话意味的理由。这表明乌申阔玛发虽然作为始祖父神有了一定的地位，但此时还是女性掌权的时代，真正以男权代替女权，还需要相当长的时间。

在另一部满族说部作品《东海窝集传》中，乌申阔玛发终于迎来了男性翻身掌权的时代。在《东海窝集传》中，佛赫妈妈和乌申阔玛发的故事被加以改写，与山石融为一体的说法被删除了，变成这个样子：“那是很古很古的时候，还是阿布凯恩都里造人时，只造出两个人来，一个是男的，叫‘乌克伸玛发’；一个是女的，叫‘佛多妈妈’。两人被造好后，繁衍了一些后代。他们两人在太白山上修身养性，平素间凡是满族的一些子孙，有些什么困难

① 谷长春主编:《恰喀拉人的故事　小莫尔根轶闻》，吉林人民出版社，2018 年 8 月第 1 版，第 1 页。

② 富育光讲述，荆文礼整理:《天宫大战　西林安班玛发》，吉林人民出版社，2009 年 4 月第 1 版，第 114 页。

③ 傅英仁讲述，荆文礼搜集整理:《满族神话》，吉林人民出版社，2016 年 8 月第 1 版，第 28 页。

和遇到灾难的时候，都要向他们寻求帮助。他们总是积极想办法去搭救。”① 神话的创造有时也是迎合社会需要的，在一个男性跃跃欲试、想要推翻女权统治的时代，以“男性”为主角的神话也就悄然诞生了。在《东海窝集传》中存在一个明线，一个暗线。明线是以丹楚、先楚为代表的男性先进文化要推翻老女王的统治，实现男权代替女权的重大改革；暗线则是在神话的世界中，佛赫妈妈和乌申阔玛发争论是男的当家好，还是女的当家好，都列举了一些理由，谁也说服不了谁，于是就打赌，各自培植自己在人间的代表，看看谁培植的英雄能在人间获胜。由女权社会向男权社会的过渡过程是相当艰难和惨烈的，最终还是乌申阔玛发所培植的男性英雄丹楚、先楚兄弟获得了胜利，推翻了老女王的统治，成为东海窝集部的新王。（由于这一主题在其他章节中已经做了详尽论述，此处不再赘言。）

四、男性萨满神的代表——“石雕萨满”西林安班玛发

在女权社会中，并不是没有男性萨满神的存在，只是数量相对较少而已。在“天宫大战”系列神话中，女性萨满神众多，而作为男性萨满神的只有西林安班玛发。他之所以能拥有萨满神的地位，与他的神奇出世与非凡功绩分不开。关于他的出世，神话中写道：

> 世人谁都知道，西林色夫可不是部落里哪位赫赫怀胎有孕大肚子，呱呱坠地下来的巴图鲁大英雄。而是，不知不觉中，世间众部落的人，在一个朝霞似火的黎明，突然发现了他。他是（在）红光里千只喜鹊鸣唱（中）降世的，他是伴随万道朝霞的光芒现身的，他是被东海大大小小的白鲸驮举的，他是从海里的波涛中蹦上岸来的。……
>
> 就在一个黎明时分，大家正在呼喊时，只听东海里一声声雷鸣，海浪高耸入天，在白茫茫钻天的白柱子一样高的浪峰上，恍惚可见，果真从海底深涡中，突然涌喷向天穹一股隆起的巨浪，巨浪托举出一个上身穿小红兜肚、下身系着虎皮绣带、穿条金色鳞纹连裆小皮裤，戴着耳珠坠子，光着小红膀子，两个有劲的小胳膊上，各都长有大筋包，头上披着半腰长的黑发，闪光（闪）放光。脖子上围着金丝圈，金丝圈上串着九个小骨人，都是海豹和鲸骨磨出来的，情态峥嵘，栩栩如生，称作“乌云瞒爷”。这个“乌云瞒爷”，是著名的管天管地管人的大瞒爷，也叫“搜

① 傅英仁讲述，宋和平、王松林记录整理：《东海窝集传》，吉林人民出版社，2007 年 12 月第 1 版，第 1 页。

温赊克”。九个骨人大瞒爷，是东海女神德力给奥姆妈妈身边的侍神，管天的神有“舜都云”“比亚都云”“都给都云”；管地的神有“阿林都都”“渥集都都”“窝赫都都”；管人的神有“尼莫格赫”“尼亚满格赫”“恩都发扬阿格赫”。这些众神，翻译过来就是——“太阳神”“月亮神”“云爷爷”“山神”（“丛林神”）、“岩石神”“治病妈妈”“心智妈妈”“神魂妈妈”。看啊！有了这些司掌宇宙的九位大神，全系一身，都为这位海中跃出的赤臂小神人效劳，万神敬慕，谁敢惹他，真是神勇无敌啊！……小神人说：“噢，我是东海之子，你们就叫我西林色夫吧！”于是，西林色夫的名字，就从此传叫起来了。①

西林安班玛发的功绩卓著，在萨满教方面，他规范了神选仪式，制定了族规和祭祀礼仪，记录了神谱神歌。在医药方面，他教给族人针灸、按摩、医药的炮制技术。文中写道：他“擅用草药为族众医病，每每都药到病除。凡东海的千草百物，在西林安班玛发的手里，就变成了稀世珍宝，可医治百病。所有疑难杂症，妇人产前产后，童子癫疯白痴，都能转危为安，起死回生。”②为了治愈族人的怪病，他还两次用萨满神技神魂离体，到天上和地下寻觅良方。在武器方面，西林安班玛发受树上飞豹的启发，学会造弓箭、毒箭。他还帮助族人，学会巧制石球、陷阱、兽套等技艺，从此人们敢于与野猪、熊、獾搏斗。服饰文化方面，他还发现了野麻，并带领大家沤麻织布。在航海文化方面，他带领族众制造了扎卡大舟；他发明的铜雀信风鸟，成为海上必不可少的向导；他还带领族人，远航海上，迁居到美丽的苦兀岛，就是现在的库页岛……

凭着卓越的功绩和神奇的萨满神技，西林安班玛发成为满族先民祭祀仪式中的技艺神、文化神、医药神、工艺神。他的存在说明在漫长的母系氏族社会中，有不少男性成员，虽然在群体生活中发挥了非常重要的作用，但由于在女权社会下，男性地位低下，所以男性萨满的数量相对较少。即使在西林安班玛发作为大萨满的时期，我们还是能看到女权社会对这个男性萨满的种种限制，他虽然是几个部落的大萨满，但他通过神选而选出来的萨满弟子，却都是女性，且可以看出，真正主持政务的还是女首领，西林安班玛发作为萨满只襄助部落女首领来治理部落，这说明其与《恩切布库》和《乌布西奔

① 富育光讲述，荆文礼整理：《天宫大战　西林安班玛发》，吉林人民出版社，2009年4月第1版，第140—148页。

② 富育光讲述，荆文礼整理：《天宫大战　西林安班玛发》，吉林人民出版社，2009年4月第1版，第184页。

妈妈》中的主人公恩切布库和乌布西奔妈妈既是大萨满又是部落女首领，集神权与君权于一身，还有一定的差距。

正如前文所说，在满族先民的萨满文化观念中，石神一般是作为男性生殖器的象征物存在的，作为一位男性萨满神，西林安班玛发在神话中的"真身"，仍然是一尊"石雕萨满"的模样，文中写道：

> 天地开创不久，天母阿布卡赫赫，见此地一片荒芜，各林莽生灵只是弱肉强食，互相残害，毫无礼数，便商定，此地应有萨满[1]治世。巴纳姆赫赫嘱咐阿布卡赫赫，必设法选一位最精深造诣之师为萨满，才能治理好此山此水。阿布卡赫赫用与耶鲁里争杀时穿戴在身上的石球，摘下了一颗，化作石雕萨满模样，称其名为西林萨满，西林即含"精细""高深"之意。[2]

然而有意思的是，虽然西林安班玛发的"真身"是一尊"石雕萨满"，但氏族民众为了让他从此不再每日从海中现身，"能与族众朝夕相处"，便从海岛中请回他的"真身"，用巫术令其复活，然而这回他们请回的却是一尊木雕萨满，文中写道：

> 在三位女萨满的主祭下，参拜神灵，立即率众出海，迎接西林色夫。他们登上棒槌小岛，发现一座洞穴，三位女萨满，焚香进入洞室，将石棺中神器与一尊木雕萨满，小心包裹好，捧出海滨，然后众人乘舟，返回莎吉巴那地方，重铸神堂神位。遵照西林色夫嘱咐，将木雕萨满偶人，植入木槽盆中。木槽里装满从野地采来的野谷穗，用石臼研压，风吹扬晒，筛出鲜嫩的白小米，装入烧制的陶盆中，再将偶人摆入米中，完全用白小米覆盖，日日润海水十滴，牲血三滴，鱼血五滴，鲜花汁水九滴，百日后白小米呈艳红色。日下有光，再经百日，白小米呈金黄色，经旭日阳光普照，再经百日，众族众再视陶槽盆内，白米已经空荡荡，所放的木偶人，不知销迹何处，仅余光洁槽盆一具。……突见东天海滨，陡现半天霞光，光芒万道，间有迅雷声，犹豫不决如天马行空。众族人蜂拥，直奔海滨，其景令人心旷神怡，远眺前方，海面高高隆起陡峭山峰般的

① 萨满：原文为萨玛，为行文方便，此处统一为萨满。

② 富育光讲述，荆文礼整理:《天宫大战　西林安班玛发》，吉林人民出版社，2009 年 4 月第 1 版，第 178—179 页。

浪涛，直插天云，浪尖梢上站着西林色夫，大海向海岸倾斜，恰似海中天桥。西林色夫在浪涛呜呜风吟之中，从浪桥走到族人之中。他兴高采烈地说："乡亲们啊，你们纯真的赤诚，感动了东海女神，感动了我，我再生了！千年后我重又回到了人间。"[①]

从"石雕萨满"变为"木雕萨满"，笔者一度以为这种前后文的不一致是笔误所致，但细细想来，却不是笔误，这种前后文的不同，正是满族先民萨满文化观念的反映。如前文所述，作为男性萨满神，西林安班玛发必须是石制的，因为石头是男性生殖器的象征物，石人代表男神是一种约定俗成的文化传统；然而作为一种使人复活的萨满巫术，却必须是使用木制人偶才为合理的，因为如前文所述，在满族先民的观念中，人是天神用木头所造，具体说来是天上的山梨木和人间的柳木所造，使人复活的巫术，无论如何只能用木头，不能改用石头，所以才有了这种前后看似矛盾的说法。

其实，西林安班玛发只是满族先民中男性萨满神的一个代表。在满族神话中，还有不少男性萨满或男性天神都是以石为其"真身"的，如在满族神话《金牛星》中，描写了一个"石头人"，同作为"石雕萨满"的西林安班玛发颇为相似：

柳树排上的年轻阿哥告诉爱新依塞说："眼下我实在太忙，你明天起身往南走，跨过九河十八川二十七道岭，有一个山洞，洞里有一个石头人。那是我前几年做的，你把它取来，能帮你除恶霸，治瘟灾。可是，路上有三道大关不易闯，你敢去吗？"

……

早晨，他醒来一看，石头人不见了，往外一瞅，风雨交加，在云雾中只见一位身穿盔甲的英雄东抓西抓，发出九道闪光，飞来九条土龙，抓起那九个妖怪向西方走去。天空立刻雨住风停，天朗气清。[②]

还有神话《石头蛮尼》中所描写的"石头蛮尼"，又叫大蛮尼，是苏木哈拉供的一位祖先神，又称吉祥神。据说这位石头蛮尼是咸丰年间苏木哈拉的大萨满。大萨满活着的时候，神通广大，除邪祛病，解救困难，做了不少好事，

① 富育光讲述，荆文礼整理：《天宫大战　西林安班玛发》，吉林人民出版社，2009 年 4 月第 1 版，第 179—182 页。

② 傅英仁讲述，荆文礼搜集整理：《满族神话》，吉林人民出版社，2016 年 8 月第 1 版，第 96—98 页。

一是用神术帮穷小子崇阿与地主斗争，二是用神术搭救一个被官府骗去宝珠的采珠人；三是在要发大水时，拿起值钱的东西就跑，引诱卖瓦盆的人去追他，使得卖瓦盆的人躲过洪水。大萨满把全身的本领都教给了小崇阿。他死了之后，小崇阿按照大萨满的形象做了一尊石头像供奉起来。满族人有个习俗，凡是生前神通广大的、给人做好事的萨满死后，都尊为蛮尼。因为是用石头刻制的，就称为石头蛮尼。

五、"石头玛发"与精巧的五彩石器

石神除了常指男性萨满神之外，还常与石制工艺品的制作之神有关。在《奥克敦妈妈》中也描写道："奥克敦妈妈召唤石神卓禄玛发，献出银色的岩石，当石柄和石盘。教尼雅玛用石柄和石盘，碾压一捆捆黄色金穗子。从此，尼雅玛有了食谷。"① 这说明满族先民在很早的时候就掌握了用石碾碾米的工艺，同时石神亦指教会族众使用石柄和石盘的技艺之神。

在满族说部神话中还有一则名叫《石神》的神话，神话中描写道：乌托岭南面有一个小部落，住着那木都鲁哈拉的一个分支。小部落只有二十几户人家，能上山打围的还不足十个人。他们常常受大部落的欺侮，想要迁徙到别的地方，却又遇到黑鱼精、熊怪等欺侮。正当大家走投无路的时候，不知从什么地方来了一个老头儿。这老头儿个头不太高，干干巴巴的骨架，虽然瘦小，长得倒很结实。这位老人向大家说："留在这里吧！我会给你们幸福。因为你们都是老实人，我才叫你们在这安居乐业。"部落人并不相信老者的话，因为这个地方，除了石头就是沙，是寸草不生、百兽不来的地方，怎么可能带给他们幸福的生活呢？可是不久以后，他们就发现了这石头的好处，神话中写道：

> 这石头别看外边硬，敲开以后，里面却是很软很软的石泥。他们一时高兴，用这些石泥捏成各种器皿、玩物。什么石碗、石盆、石刀子、石斧、石箭头；石虎、石人、石鸟、石鲤鱼。这些捏出来的东西没待一个时辰，都和石头一样坚硬。尤其是做的石刀、石枪，比别处（同样）的武器锋利得多，坚硬得多。他们越捏越爱捏，越捏越熟练。日子一长，许许多多的石制品，堆得很多。……日子一长，他们不用出门就有许许多多的人来换取这些世间没有的珍宝。木都鲁真是绝境逢生，生活很快

① 富育光讲述，王卓整理：《奥克敦妈妈》，吉林人民出版社，2018 年 8 月第 1 版，第 72 页。

富裕起来。[①]

可是，好景不长，这件事被一个大部落的贝勒王知道了，部落人被赶走，石头川被贝勒王占去。奇怪的是部落人一走，石头川里的石头，都变成了普通的石头，怎么凿也不见一点儿石泥，里外都是一样坚硬的石块。而木都鲁部落的人逃走后，老头儿又出现了，带领大家又找到一处宝地："大家往河里一看，斗大的圆石头到处都是，劈开石头一看，啊！五颜六色的石泥，又细又滑。他们用这彩色的石泥，又制作起来。这次制出来的石器，不但精巧细致，还光彩夺目，五光十色。这（样）一来，远近部落来取石器的人更多了，真是车水马龙，络绎不绝。"[②]

虽然贝勒王一再捣乱，想要强占这盛产石器的宝地，但在神人一样的老者的帮助下，部落人最终用石头阵打败了贝勒王，过上了平安幸福的日子。"为了纪念这位老人，人们按老人的形象，捏制成一尊石头神像，年年祭祀，月月烧香，都尊敬地称他为'石头玛发'或者'石头公公'。人们为了镇妖除邪，都到贝勒王山上取回几块神石，放在院心里。神石、石头玛发成了这一带满族先民祭祀的祖先神。一直到今天，满族人家家院子里立的硕木竿下面都必须放上三块石头，说是能避邪除妖，不忘石头公公的大恩大德。"[③]

不管这部神话所说的石中有五彩石泥的说法是否真实存在，从神话中至少可以看出满族先民中有一些专门以凿制石器为生的部落，他们所生产的石器非常精美，巧夺天工，成为当地非常出名的特产，曾经在当时的社会生活中发挥了非常重要的作用。在东北，冶铁业不发达，同时由于交通不便，从外面购买铁制品非常昂贵，据说要购买一口铁锅要用能装满一锅的上好貂皮去交换才行。因而长期以来，各种石器在东北最为常见，石器是人们日常生活中不可缺少的生活必需品。尤其是武器，直到明代中期，《东海窝集传》中描写的部落民众，仍然大多使用石制武器，中原的钢刀、宝剑只有极少数人才会有，因而当万路妈妈给丹楚和先楚哥儿俩一人一把钢刀，"哥儿俩一看这刀真锋利，用石头刀削一百下，钢刀一两下就能解决，真是（让人）爱不释手"[④]。书中还写了东海窝集部与丹楚、先楚带领的装备了中原兵器的队伍开战时，使用的仍然是石制武器："石刀、石斧、石锤、石锥对石鲁的铁制兵器，

① 傅英仁讲述，荆文礼搜集整理：《满族神话》，吉林人民出版社，2016年8月第1版，第186页。

② 傅英仁讲述，荆文礼搜集整理：《满族神话》，吉林人民出版社，2016年8月第1版，第187页。

③ 傅英仁讲述，荆文礼搜集整理：《满族神话》，吉林人民出版社，2016年8月第1版，第188页。

④ 傅英仁讲述，宋和平、王松林记录整理：《东海窝集传》，吉林人民出版社，2007年12月第1版，第19页。

哪能是对手，不一会儿工夫死伤大半，飞石打在盔甲上也没用，不像牛皮能打出洞……”①

在东北，真的有五彩的神石存在吗？其实早在《天宫大战》神话中，就对这种彩石有了生动的描写，在神话中，彩石是耶鲁里的魔骨所变，因而也就具有了一定的灵气，成为萨满占卜的重要神物。神话中写道：

> 在萨哈以北穆丹阿林以东，还有个著名的玛呼山，也是这一带诸族人拜祭的神山。相传，在天宫大战时，阿布卡赫赫率领众动植大神，在这座山上打败了九头恶魔耶鲁里，将他烧化成一个九头的小鸟打入地心之中，永不能残害寰宇。神火燔烧的耶鲁里的魔骨，从天上掉到了这里，变成了一条绵延的白骨、乌骨、绿骨、黄骨堆成的石山，其山中石木皆为此骨的诸种颜色，并有灵气。萨满千里北上，采集灵石灵佩，均要攀登玛呼山，即瞒盖山，魔骨山也是它的名字。在萨满诸姓的神物中，神裙、神帽、神碗，都是用玛呼山的玛呼石磨制成的神奇器物。萨满并用此石板、石盅、石柱、石针，占卜医病，成为萨满重要的灵验的神物。

东北彩石资源丰富，且有使用石器的传统和需要，产生一些专门生产石器的部落和地区，也就是自然而然的事了，这在其他满族说部作品中也能得到证明。《兴安野叟》中有这样的描写：

> 进到集里他们才发现，这儿许多人在交易一种石头。这些石头各种颜色都有，有黑色的、红色的、黄色的、绿色的，而且，有许多卖这些石头的人就是石头的加工者。他们坐在草地上，身前身后堆着各种石料，手里还拿着一块，用凿子、刻刀、锤子在慢慢地敲打，不一会儿便能敲打出一些艺术品来，什么马呀、牛呀、猴呀、狗呀，甚至还有叫不出名的“宝贝”，红红绿绿，闪闪晶莹，真是好看。……原来，这个地方叫星星泡，离道宝一百八十里，是个专门产砾石的宝地，怪不得这里的人都经营这些石料、石物、石器。②

上文中，这个村落生产的五彩石器与《石神》中所描写的五彩石器何其相像！其规模之大，工艺之精美，也与神话《石神》中所描写的相差无几。

① 傅英仁讲述，宋和平、王松林记录整理：《东海窝集传》，吉林人民出版社，2007 年 12 月第 1 版，第 113 页。

② 傅英仁讲述，曹保明整理：《兴安野叟传》，吉林人民出版社，2018 年 8 月第 1 版，第 99—100 页。

社会生活是神话产生的源头，是社会生活的曲折反映，正是因为有了这样的加工生产各种精美石器的神秘部落，才使得《石神》这样的神话，有了得以诞生的文化土壤。

第五章　光的渴望与热的追求

——火神、星神、日月神、托里神崇拜

东北地区冬季寒冷异常，因而光明与热量一直是满族先民向往与追求的对象，因而与光与热相关的火神、星神、日月神、托里神的神话就非常多。首先，火对生活在这一地区的满族先民来说非常重要，关系到他们的生死存亡。然而人类掌握用火技术的过程却是曲折而漫长的，其中充满了各种各样的血泪回忆，因而满族说部神话中，描写火神的神话非常多，几乎各种类型的火在其神话中都有反映，如石中之火、旱闪之火、火山之火、雷电之火、太阳之火等，既有盗火的故事，也有防火御火的故事……那代表石中之火的多喀霍女神、代表陨石之火的突姆火神、代表雷电之火的拖亚拉哈大神、代表火山之火的恩切布库女神，以及取太阳之火的古尔苔神女和盗取天火的托阿恩都里等都有非常感人的神话故事，火神之多，火神故事之优美生动，令人叹为观止。

其次，满族先民很早就懂得了夜观天象，把天文学知识用于计时、定位，这些天文知识不仅给满族先民的生活带来颇多便利，也给他们的神话插上了想象的翅膀。神秘的夜空高渺无垠，引起他们无限的遐思：这些星星是怎样形成的？为什么会变成这样的形状？人死后，会到星星上去生活吗？于是就有了许多关于星的神话，就有了星神崇拜和星祭的祭典。在“天宫大战”系列神话中，星神由阿布卡赫赫的眼睛化成，在卧勒多赫赫的布星袋里藏身，或由突姆火神变化而成……在与恶神耶鲁里的斗争中，各大星神们为保护阿布卡赫赫英勇无畏，献出了自己的光与热；计时定位的塔其妈妈星神、鼠星、鹰星，三星各司其职，默默无闻地发挥了计时、定位的功能，为满族先民的生活带来诸多便利；在《乌布西奔妈妈》中，星神塔其乌离化身萨满乌布西奔济世救人；在“老三星”系列神话中，星座又成了满族先民为萨满神和英雄神死后灵魂所安排的最理想的归宿，让他们死后的灵魂得到安息，也让善恶有报的理想观念悄然渗入人们的观念之中。北极星星主乌苏里罕、北斗七星星主纳丹威虎里、启明星主德风阿等星主的神话故事，都生动感人，极富文学色彩，而且充满道德教化和哲理思辨意味。

再次，天上的日、月给人类带来温暖和光明，自古以来，就被各个国家、各个民族的神话所推崇。满族神话中的日月神话非常多，且写得精彩纷呈：《天宫大战》中阿布卡赫赫的眼睛化生日月，旁边还有身披光衫、威力无比的护眼女神——者古鲁女神；九彩神鸟昆哲勒曾用神奇的太阳河水疗愈过受伤昏迷的阿布卡赫赫，太阳河水还被鹰母神衔来哺育了世界上第一个萨满女神；《乌布西奔妈妈》中，九彩神鸟昆哲勒化作“火燕”，融成万里东海；东海德里给奥姆妈妈座下迎日神和托日神，日日勤劳不懈，托起金色的太阳；乌布西奔妈妈，为了寻找神奇的“天落宝石”和美丽神秘的“太阳之宫”而不远万里，五次远征海上，最后死于海上……此外，满族说部中还有萨满带着族人不远万里“找月亮”的神话，三音贝子用五彩天绳套上六个太阳的独特的“套日”神话，都格外精彩动人。

最后，托里不但可以照影，还可以反射和凝聚太阳光，产生一定的热量，这些功能对于原始先民来说，非常神秘，引人遐思，因而托里在满族先民心目中非常重要，它变幻无穷，威力巨大，是萨满不可缺少的神器。从功能上分，满族说部中的托里有三种，一是火焰托里；二是照妖镜；三是“合欢镜”，有指导人们男欢女爱之功能，与《红楼梦》中的“风月宝鉴”有些相似。

第一节　满族说部神话、史诗中的火神崇拜

东北地区冬季寒冷异常，因而火对生活在这一地区的满族先民来说非常重要，关系到他们的生死存亡。满族先民很早就认识到火的重要性，如《恩切布库》中说：“阿布卡赫赫，赐给人类两宗宝——互助和火。……人类掌握的第二宗宝是——火。火——生存的韶光，火——生命的希望。火——使人傲立群牲，火——使人开创光明的坦程，建树不凡的勋业。人若不懂得火，形同百兽无异，甚而不如虫蛔。……人认识了火，才真正成为大地上的长户，有稳固的立锥之地，主宰世界。”[1] 满族人几千年崇拜火、依赖火、爱护火、祭祀火、尊崇火，对火充满了渴望、热爱与感恩。

然而人类掌握用火技术的过程式却是曲折而漫长的，正如《恩切布库》中

① 富育光讲述，王慧新整理：《恩切布库》，吉林人民出版社，2009 年 4 月第 1 版，第 18—19 页。

说："可怜得很！这两件小小的法宝，是人类经过几百万年，用生命的代价获取的。"① 人类熟练地掌握取火、御火、保存火种等用火的技术的过程是一个充满了曲折艰辛的过程，其中也充满了各种各样的血泪回忆，因而满族说部神话中，描写火神的神话非常多，也格外优美感人。几乎各种类型的火在其神话中都有反映，有石中之火、旱闪之火、火山之火、雷电之火、太阳之火等，既有盗火的故事，也有防火御火的故事……满族先民的火神之多，火神故事之丰富，笔者认为，不但是中国各少数民族之冠，而且在世界各地的神话中也不多见。

一、"多喀霍女神"与石中之火

首先，我们来看石中之火。满族说部神话、史诗中的石火之神为多喀霍女神，如前文中所述，《天宫大战》中描写道："在分不清天，分不清地的时候，有个多喀霍神出现了。这位女神就是以石为屋，永久住在巴那姆赫赫肤体的石头里。"文中又深情地咏叹道："千寿万寿的彩石呵，是祖先的爱物，朝夕难分难离。石头是火，石中有火，是热火、力火、生命之火。"② 这种石火，在古代满族先民抵御严寒的斗争中发挥了非常重要的作用。正如神话中所写，阿布卡赫赫被耶鲁里骗进了北天雪海里，"雪海里雪山堆比天还高"，阿布卡赫赫冻饿难忍，多亏了雪山底下的石堆里边住着的多喀霍女神，她用石中之火温暖着阿布卡赫赫的身躯。文中描写道："阿布卡赫赫饿得没有办法，又无法脱身，在雪山底下只好啃着巨石充饥。阿布卡赫赫把山岩里的巨石都吞进腹内，阿布卡赫赫顿时浑身发热。因为多喀霍女神是光明和火的化身，热力烧得阿布卡赫赫坐立不宁，浑身充满了巨力，烤化了雪山，一下子又重新撞开层层雪海雪山，冲上穹宇。可是热火烧得阿布卡赫赫肢身融解，眼睛变成了日、月，头发变成了森林，汗水变成了溪河……"③

关于阿布卡赫赫的"吃石补身"，正如笔者前文中所述，是有多重含义的，但其中最重要也最明显的一重含义正是以石中之火取暖。可见，满族先民很早就掌握了用击打石块的方式取火的技术，靠这种取火技术抵御严寒，度过寒冬。

这种用火技术是满族先民在什么时候开始使用的呢？笔者认为，最晚到唐代，就已经在北方民族中普遍流行了。这在满族说部神话、史诗中也有明

① 富育光讲述，王慧新整理:《恩切布库》，吉林人民出版社，2009 年 4 月第 1 版，第 17—18 页。

② 富育光讲述，荆文礼整理:《天宫大战　西林安班玛发》，吉林人民出版社，2009 年 4 月第 1 版，第 56 页。

③ 富育光讲述，荆文礼整理:《天宫大战　西林安班玛发》，吉林人民出版社，2009 年 4 月第 1 版，第 45—46 页。

显的证据。如在《萨大人传》中描写了“火绒城”的历史：

火绒城是渤海国的上京龙泉府所在地。渤海国是在唐朝武则天执政时建立的国家，刚建国时，都城设在敖东城。一迁迁至中京显德府，就是现在的敦化海浪河古城。二迁迁至上京龙泉府，即这座火绒城。唐贞元三年时，三迁都城至东京龙源府，也是哈勒苏的老家珲春八连城。贞元十年的时候，又将都城迁回上京龙泉府。所以火绒城便成了座有名的城。为什么叫火绒城呢？因为这里长期以来出产艾蒿，其中白艾蒿是有香味儿的。将采来的艾蒿砸了，编成绳儿，晾干，需要火时，用火镰打着火，将绳儿点燃作为火绒，火一直不灭。可以用它点烟、生火，人们称它为火中之王。那时，取火是件挺难的事儿，故而中原地区的历代王朝都希望得到这里的火绒，火绒城也因此而得名。①

《雪妃娘娘和包鲁嘎汗》中也描写道：“古时候，人们取火就用石头互相碰，碰出火花，就把用艾蒿捶出的小绒球点着了，这是几千年来北方人类常备的点火用品。”②可见火石与火绒配合才能点着火，而东北在唐代就已经有了生产火绒的名城，至少说明东北在唐代以前就已经相当熟练地掌握了这一石中取火技术。

二、突姆火神与点天灯、燃篝火的习俗

在创世神话《天宫大战》中，常常是善神与恶神斗争的模式，耶鲁里代表着恶风黑雾、严寒冰雪等种种恶劣的生存环境，众女神护卫、襄助阿布卡赫赫为首的三女神，与耶鲁里进行着一次次斗智斗勇的殊死抗争，其实这正是满族先民世世代代在寒冷的气候和黑暗无光的环境中顽强生存、不断抗争的过程的生动投影。在这一艰苦卓绝的斗争中，火，代表着光与热，在同耶鲁里斗争的过程中发挥了重要作用，自然就被想象为牺牲了自己，照亮了别人的神，成为人们永远祭祀、怀念与感恩的女神。

突姆火神正是在与黑暗之神耶鲁里的斗争中，无私地奉献出了自己的光与热，才变出满天星斗，照亮天宇，自己却最终变成光秃白石头，悬于天空。神话中写道：

巴那姆赫赫还将长在自己心上的突姆火神，派到天上卧勒多赫赫身

① 富育光讲述，于敏记录整理：《萨大人传》，吉林人民出版社，2007年12月第1版，第86页。

② 富育光讲述，王慧新记录整理：《雪妃娘娘和包鲁嘎汗》，吉林人民出版社，2007年12月第1版，第268页。

边，用她的光、毛、火、发帮助赫赫照路。天上常常见到的旱闪，便是突姆火神的影子。天上常常掉下来些天落石，便是突姆火神脚上的泥。九头恶魔耶鲁里，闯出地窟，又逞凶到天穹，它要吃掉阿布卡赫赫和众善神。耶鲁里喷出的恶风黑雾，蔽住了天穹，暗黑无光，黑龙似的顶天立地的黑风，卷起了天上的星辰和彩云，卷走了巴那姆赫赫身上的百兽百禽。突姆火神临危不惧，把自己身上的火光毛发，抛到黑空里化成依兰乌西哈、那丹乌西哈、明安乌西哈、图门乌西哈，帮助了卧勒多赫赫布星。然而，突姆火神却（变得）全身精光，变成光秃秃、赤裸裸的白石头，吊在依兰乌西哈星星上，从东到西悠来悠去，白石头还发着微光，照彻大地和万物，用生命的最后火光，为生灵造福。南天上三星下边的一颗闪闪晃晃、忽明忽暗的小星，就是突姆女神仅有的微火在闪照，像天灯照亮穹宇。[①]

在《天宫大战》中，火神、星神、石神是可以互相转化的。笔者认为，这很可能与天落石，也就是陨石有关，天上的陨石落地时必然带来大火，火熄后又变成石头。陨石仿佛天上落下的星星，星落地引起火，火熄灭变成石，星、火、石三者之间的转化，在满族先民的心目中也就是很自然的现象了。很可能满族先民夜观星象，发现了南天上三星下边闪耀着微光的小星，就联想到是火神耗尽了能量后所变，再套用到阿布卡赫赫与耶鲁里的天宫大战的情节模式之中，将其对火神的深切热爱与感激之情凝注其中，这样一则美丽而感人的突姆火神的神话，就诞生了。

神话的真实性，不在于它是否客观存在，真实发生，而在于神话所折射出来的社会生活，所凝聚与发挥的内在情感是不是真实的。可以看出，这则神话所描写的火神与恶神进行的艰难博弈正是满族先民与黑暗寒冷的险恶环境进行艰难抗争的真实投影，而其中所凝聚的族人对火神的依赖、热爱与感恩之情，也是真实的；这样一种为了集体的利益牺牲自己的精神也正是那个时代所提倡与需要的。也许这些内在的真实性也是这则神话能够得以长久流传、历久弥新的原因。直到今天，满族人的很多生活习俗，仍然与这则突姆火神的神话有关，正如神话中所写：

后世人把它叫作“车库妈妈”，即秋千女神，从此后世才有了高高的

① 富育光讲述，荆文礼整理:《天宫大战　西林安班玛发》，吉林人民出版社，2009 年 4 月第 1 版，第 47—49 页。

秋千杆架子，吊着绳子，人们头顶鱼油灯荡秋千，就是纪念和敬祀突姆慈祥而献身的伟大母神。后世部落城寨上和狍獐皮苫成的“撮罗子”前，立有白桦高杆，或在山顶、高树上，用兽头骨盛满獾、野猪油，点燃照天灯，岁岁点冰灯，升篝火照耀黑夜，就是为了驱吓独角九头恶魔耶鲁里，也是为了缅念和祭祷突姆女神。[①]

也许正是因为这则神话的深入人心，影响深远，才使得满族先民更加热爱火、尊重火、离不开火。我们看到，在满族说部神话、史诗作品中，燃篝火的习俗几乎随处可见，满族先民们在大神树下点燃篝火祭天，举行婚礼，迎接新朋友……几乎处处都离不开篝火的身影。前文中已经引用了《东海窝集传》中神树下盛大的篝火婚礼的热闹场面；《红罗女三打契丹》中描写了篝火祭天的盛大场面：“到了篝火祭天的节日，人们又像往常一样，点上数十堆篝火，祭完天神，大家伴随鼓点跳舞、唱歌；有些人敞怀喝酒、吃肉；少男少女追逐嬉闹；年岁大些的说笑话讲故事，真是人神同欢喜，老少皆忘忧。”[②] 来了客人，依照礼节，也要举行篝火宴，如《乌布西奔妈妈》中，为迎接海岛上的野人朋友：“燃起篝火照天的九堆，篝火是海岸人的俗礼。凡大海送来陌生的野客，迎迓的族众都要燃起冲天的篝火，向天昭示，有远方生命来到乌布林部落，是兄弟，是四面八方人的家。”[③]……几乎所有的重要日子都是伴着篝火进行的，这说明篝火在他们心目中的重要地位，也正凸显出这则神话的影响力之大。

摘引《乌布西奔妈妈》中的一段关于篝火的文字，大概可以表达出满族先民对篝火的无限热爱：“锡霍特阿林那丹格格山尖，燃起七堆彻夜不灭的篝火，这是德里给妈妈的火呀，这是拖洼依女神的火呀，这是突姆离石头的火呀，这是卧勒多星神的火呀，这是巴那吉胸膛的火呀，这是额顿吉天风的火呀，这是顺格赫永生的火呀。……火啊，母亲的火，恩惠的火，慈祥的火，哺乳的火，火是闪着来，火是笑着来，火是蹦着来，火是树上来，火是雨里来，火是雷里来，火是风里来，火是火中来……烧尽污秽尘埃，烧尽胆缩心惊，烧尽卑贱低能，烧尽猜忌贪惰……”[④]

① 富育光讲述，荆文礼整理：《天宫大战　西林安班玛发》，吉林人民出版社，2009 年 4 月第 1 版，第 47—49 页。

② 傅英仁讲述，王宏刚、程迅记录整理：《红罗女三打契丹》，吉林人民出版社，2009 年 4 月第 1 版，第 104 页。

③ 鲁连坤讲述，富育光译注整理：《乌布西奔妈妈》，吉林人民出版社，2007 年 12 月第 1 版，第 153 页。

④ 鲁连坤讲述，富育光译注整理：《乌布西奔妈妈》，吉林人民出版社，2007 年 12 月第 1 版，第 208—209 页。

三、拖亚拉哈大神与火祭、火神雕像

《天宫大战》中还有一段描写拖亚拉哈大神的神话，情节曲折，故事性强，文字也优美流畅，在满族先民中流传最广。神话中写道：

> 最古，先人用火是拖亚拉哈大神所赐；阿布凯恩都里未给人以火之前，人们茹血生食，常室于地下同蝼鼠无异。雪消出洞，落雪入地，人蛇同穴，人蝠同眠，十有一生。阿布凯恩都里，额上生红瘤“其其旦”，化为美女，脚踏火烧云，身披红霞星光衫，嫁与雷神西思林为妻。风神西斯林一样，原来同是阿布凯恩都里的爱子，雷神西思林，是阿布凯恩都里的鼾声化形而成的巨神，火发白身长手，喜驰游寰宇，声啸裂地劈天，勇不可当；而风神西斯林早生于西思林雷神，是阿布凯恩都里的两只巨脚化生，风驰电掣，不屈服于雷神的肆虐，乘其外游，盗走其其旦女神，欲与女神媾育子孙，播送大地，使人类得以绵续。可是其其旦女神见大地冰厚齐天，无法育子，便私盗阿布凯恩都里的心中神火临凡。怕神火熄灭，她便把神火吞进肚里，嫌两脚行走太慢，便以手为足助驰。天长日久，她终于在运火中，被神火烧成虎目、虎耳、豹头、豹须、獾身、鹰爪、猞猁尾的一只怪兽，变成拖亚拉哈大神。她四爪踏火云，巨口喷烈焰，驱冰雪，逐寒霜，驰如电闪，光照群山，为大地和人类送来了火种，招来了春天。天上所以要打雷，就是禀赋暴烈的雷神弟弟，向风神哥哥索要爱妻呢！①

拖亚拉哈大神私盗的是阿布凯恩都里之心火，可见其火是从天上来，她又是雷神的妻子，所以这位其其旦女神，很可能就是天上的闪电女神。闪电之火确实比石中之火更容易被人发现。很可能满族先人们观察到电闪雷鸣之后引起了森林之火，被烧熟的动物更为好吃了，从此他们留下火种，从生食改为熟食。萨满教万物有灵的思维方式，为神话的诞生提供了合适的温床，感激雷电之火为人类带来火种的真实情感为神话的产生提供了种子，于是这一满族先民心目中的火神形象就诞生了。为了给人类带来火种，她不惜把神火吞入肚中，最终被烧成“虎目、虎耳、豹头、豹须、獾身、鹰爪、猞猁尾的一只怪兽”，这种情节与《天宫大战》的一贯风格是一致的，都是宣扬主人公为人类献身的“自我牺牲精神”，借以感动读者，使族人们对“火”的感激

① 富育光讲述，荆文礼整理：《天宫大战　西林安班玛发》，吉林人民出版社，2009年4月第1版，第74—76页。

之情在神话中升华。

在后世中，拖亚拉哈大神成为满族先民火祭的主神。在其他满族说部的作品中多有提及。在《恩切布库》中，火祭已经正式成为满族先民祭祀仪式的重要组成部分，而且其中明确提及所祭祀的火神，正是这位闪电女神“拖亚拉哈大神”。文中写道：“恩切布库女神在火中重生，火给艾曼开辟了生机。拖亚拉哈女神的祭礼——火的祭礼，就是从这时开始的。”[①] 并且深情地赞颂拖亚拉哈女神道：“当拖亚拉哈女神——驱寒之火、逐邪之火、惊兽之火、生存之火，永驻人世之时，当人类和拖亚拉哈女神，世代相依为命之时，当生命之火与人类朝夕共存之时，宇宙比任何时候，都更加活跃而有生气。”[②]

对于火祭仪式，满族说部的其他作品中也有生动的描写，如《苏木妈妈　创世神话与传说》中描写道：“直到如今，在满族诸姓氏萨满祭礼中，专有火祭。因为苏木妈妈是葬身于火海中的。族人们都在火祭中，迎请苏木妈妈的神灵到神堂享受，后世子孙献上的，丰盛供果，聆听后世子孙对她的颂歌。祭坛篝火中，投入各种牺牲、糕果，苏木妈妈会乘坐火云驹，与族人同欢的。”[③] 可见这种火祭的仪式，有祭坛，有篝火，是先唱火神的颂歌，还要把各种牺牲和糕果等投入火中，请火神享用。

在《扈伦传奇》中，笔者还注意到这样一个细节，就是明代海西女真哈达部万汗的三格格远嫁蒙古黄台吉之子之时，特意带上一尊拖亚拉哈雕像，文中写道：“闹腾了几天，选择吉日良辰，由德喜萨满主持，三格格拜辞祖先，拜辞供奉的恩都力和瞒尼，拜辞阿玛、额娘和家族长辈，被黄台吉用毡车拉走。三格格远嫁，特别带上一尊托（拖）亚拉哈的雕像，她要把火种传到蒙古去。”[④] 可见，火神“拖亚拉哈大神”在满族先民中传播很广，不但在东海女真人的神话和祭典中备受推崇，而且在海西女真各部中也有广泛的传播，且地位很高，连格格远嫁也要特意带上火神拖亚拉哈的雕像，可以想见，这一火神崇拜的传统多么根深蒂固，人们对于拖亚拉哈大神的崇拜，多么虔诚！

四、火山之神——恩切布库女神

除了石火之神多喀霍女神、雷电之神拖亚拉哈大神和化为万千星光的突姆火神之外，满族说部神话中，还有一位“火山之神”，就是恩切布库女神。

① 富育光讲述，王慧新整理：《恩切布库》，吉林人民出版社，2009 年 4 月第 1 版，第 63—64 页。

② 富育光讲述，王慧新整理：《恩切布库》，吉林人民出版社，2009 年 4 月第 1 版，第 19 页。

③ 富育光讲述，荆文礼整理：《苏木妈妈　创世神话与传说》，吉林人民出版社，2009 年 4 月第 1 版，第 116 页。

④ 呼伦纳兰氏秘传，赵东升整理：《扈伦传奇》，吉林人民出版社，2007 年 12 月第 1 版，第 137 页。

前世恩切布库女神是阿布卡赫赫的侍女，在阿布卡赫赫遇难的危险时刻，恩切布库女神毅然从地心中冲出，用自己的光和热照亮天地，牺牲了自己，照亮了天宇，拯救了人类。“她为天母而生，她为天母而死”，即使最终“永世困居于地心烈焰之中”，仍不忘“万载不眠地监守着恶魔耶鲁里的猖嚣”。这是火神的精神，也是满族先民们所向往和爱戴的萨满高尚仁爱的精神特质。文中写道：“时光流逝数万年，披着霞帔，骑着风骥，与众神女周游于九天云浪中的天母阿布卡赫赫，在天籁之音中，观赏众神女的九霞神舞，心情陶醉，嬉笑于怀，眼见簇拥在自己周围的众神，天母阿布卡赫赫，想起了万年前，朝夕陪伴着自己的忠诚侍女。”[①] 于是，为了让灾难重重的部落人有一个英明的萨满，也为了让世人永远铭记这位伟大的女神，阿布卡赫赫决定让恩切布库重生，做人间的萨满。

恩切布库既是人间的萨满，也是火神的重生。即使重生人间，恩切布库仍然不改火神的禀性，她“教野人们会用火，认识各种各样的火，还教他们怎么保护火，怎么抵御火，怎么驾驭火，怎么保留火种。从此，野人们不再为怕火而惊遁，野人们不再为缺火而烦愁。他们成为使用火和保存火的主人，成为大地上最无敌的人，生活远超过百禽、百兽”[②]。她相貌如火：“万年前在地火中锤炼，火焰一样的身躯，火焰一样的光芒。她红光大脸、热力非凡。”连她的性格，也是火一样的性格：“她身边的人，就像有阳光普照，温暖心房。她像一把永不熄灭的火炬，她像一团喷薄四射的巨光，她像一盏鲸鱼油熬成的照明灯，她像一面水晶铸成的反光镜，照耀着人们，驱散着黑暗，令人头聪目明，神怡心旷。野人们跟从恩切布库女神，心情无限畅快，无比亮堂。恩切布库女神禀赋——性如烈火，恩切布库女神办事——雷厉快爽。在恩切布库身上，恐惧、惆怅、畏葸、怯懦、卑微、渺茫，全都化作虚烟飞扬。不分老老少少，不分女女男男，只要跟着恩切布库，就会变成顶天立地的英雄汉。”[③]

即使是最后的结局，恩切布库的死法也是“火神”的死法，在部落被耶鲁里和三耳野魔部围攻的最危难的时刻，她献出了自己的“双眼”“头发”，耗尽了全部心血和生命之火：

> 恩切布库女神为了战胜三耳野魔，不顾疼痛，把自己的眼睛抛向了天空。恩切布库的眼睛，是太阳的化身，是地心火焰熬炼而成。温暖的

① 富育光讲述，王慧新整理：《恩切布库》，吉林人民出版社，2009 年 4 月第 1 版，第 13 页。
② 富育光讲述，王慧新整理：《恩切布库》，吉林人民出版社，2009 年 4 月第 1 版，第 40 页。
③ 富育光讲述，王慧新整理:《恩切布库》，吉林人民出版社，2009 年 4 月第 1 版，第 41—42 页。

阳光照彻大地，蒸发了耶鲁里的污浊恶水。大地重见光明，大地重又温暖。恩切布库女神又把自己的头发，抛向了天穹。女神的头发，乃是地火、浓烟熬制而成。头发变成了一道道顶天立地的挡风墙和收风袋，把耶鲁里喷出的恶风黑雾恶风挡在墙外，收入收风袋。大地顿时不再飞沙走石，没有雷鸣闪电。恶魔耶鲁里被黑发绳索捆绑，无法挣脱，眼看就要被擒。他急中生智，使了个缩身法，从恩切布库的黑发绳子里挣脱出来，逃进地牢。三耳野魔没有耶鲁里撑腰，顿时像泄了气的皮球。……这时，恩切布库女神，双眼变成的两个太阳，能量已经烧完，天空昏暗下来。恩切布库的体魄开始消失，恩切布库女神的心灵之火全部耗尽。令人尊敬的恩切布库女神，为了拯救人类，献出了自己的全部心血和生命之火。①

这是满族先民心目中永恒的“火神精神”，也是他们最崇敬和热爱的萨满的品格。满族先民在这部作品中，完成了一次对“火神”的崇敬之情的抒发，也是对高尚仁爱、充满自我牺牲精神的萨满神的礼赞。

五、取太阳之火的古尔苔神女与满族先民的乌鸦崇拜

乌鸦全身黑色，在中原文化中一向被看作是灾难的象征和不吉之鸟，但在满族文化中，却刚好相反，乌鸦同喜鹊一样，极受尊重，被认为是一种吉祥之鸟。这种对乌鸦的尊重在满族说部其他作品中都有所表现。最典型的是《扈伦传奇》中的描写：王杲率残部逃亡到建州、哈达、辉发三部交界处，决定要走西北，奔往叶赫方向，忽然一阵乌鸦叫声，从头顶盘旋而过，向正西方飞去，王杲命令部队暂停，先不要忙于北走。“原来女真之俗，乌鸦是种吉祥鸟，它飞向哪里，哪里便是宝地！它离开哪里，哪里必生是非。王杲见乌鸦从北方飞来，在头上盘旋又向西方飞去，这不明明预示他北方有事去不得，西方平安可行吗？”② 他想，北方叶赫一定去不得，若去定是凶多吉少。西方哈达才能保平安。他临时改变路线，还是走哈达。因为乌鸦，王杲竟然改变了逃亡时的路线，可见满族人对乌鸦的崇拜到了怎样根深蒂固的程度。满族人何以会如此崇拜乌鸦呢？这也同满族说部神话有关。

在《乌布西奔妈妈》中有一则关于乌鸦盗火的神话，是乌布西奔在临死之前，讲给诸位弟子的：

① 富育光讲述，王慧新整理：《恩切布库》，吉林人民出版社，2009 年 4 月第 1 版，第 144 页。
② 呼伦纳兰氏秘传，赵东升整理：《扈伦传奇》，吉林人民出版社，2007 年 12 月第 1 版，第 196 页。

"……要学乌鸦格格，为难而死，为难而生，勿贪勿妒，勿惰勿骄，部落兴旺，百业昌盛。"特尔沁不解乌鸦故事，乌布西奔仰靠虎榻，闭目讲诵："天地初开的时候，恶魔耶鲁里猖獗寰宇，风暴、冰河、恶浪弥天，万物不能活命。阿布卡赫赫是宇宙万物之母，将太阳带到大地，将月光送到宇宙，让身边的众神女捏泥造万物，让身边的众神女用露气造谷物，让身边的众神女用岩粉造山川，让身边的众神女用云水造溪河，才有了宇宙和世界。耶鲁里不甘失败，喷吐冰雪覆盖宇宙，万物冻僵，遍地冰河流淌。阿布卡赫赫的忠实侍女古尔苔，受命取太阳光坠落冰山，千辛万苦钻出冰山，取回神火温暖了土地。宇宙复苏，万物生机，古尔苔神女被困在冰山中，饥饿难耐，误吃耶鲁里吐出的乌草穗，含恨死去，化作黑鸟，周身变成没有太阳的颜色，黑爪、壮嘴、号叫不息，奋飞世间山寨，巡夜传警，千年不惰，万年忠职。"①

这又是一则历尽千辛万苦，为世界取来神火的故事。古尔苔神女所取的，是太阳之火。文中所述甚为简略，只写她"受命取太阳光坠落冰山，千辛万苦钻出冰山，取回神火温暖了土地。宇宙复苏，万物生机"，没有写她是如何取得太阳之火的，但笔者猜想，很可能是满族先民在一定程度上掌握了用太阳能来生火的技术。

古尔苔神女取来太阳神火，自己却误食了耶鲁里吐出的乌草穗，死后变作乌鸦，一个向往太阳的神女，死后却化作了没有太阳颜色的乌鸦，这种自我牺牲，不可谓不大，这种牺牲精神也感动了千万满族先民，形成了崇拜乌鸦的古俗。因而在满族先民的心目中，乌鸦与喜鹊是并称的，都是吉祥之鸟。

当然，满族先民崇拜乌鸦的原因，并不仅仅是上述古尔苔神女的神话，还有许多其他的神话，其中与火有关的还有另一则故事，名叫《打黑墨儿》，故事描写道："传说有一年，住在大林子里的巴拉人，得罪了阿布凯恩都里，山林里一冬天没落一个雪花。就在正月十五前三天晚上，林子里就着了火。大林子一着火，就烧得鸟飞兽跳。班达玛发（猎神）一看这还了得，赶紧打发林中最美丽的鸟嘎哈（乌鸦），去喊人来救火。人们白天上山打猎劳累了一天，这时睡得正香。嘎哈按门挨户地叫了一大阵，才叫来一半儿人。这大火烧得吓人，离老远就听见噼啪山响。树木着得像一根根大蜡，照红了半个天。人们走到火场，都不敢靠前，可是一看连美丽的嘎哈都用翅膀打火，深受感动，

① 鲁连坤讲述，富育光译注整理：《乌布西奔妈妈》，吉林人民出版社，2007 年 12 月第 1 版，第 190—191 页。

于是就抡起扫帚、树条拼命打了三天三夜，总算扑灭了这场大火。人们筋疲力尽地回家了。可是山上的树木已经烧去了一半儿，班达玛发心疼得不得了。再一看嘎哈那身上五光十色的毛已被熏得乌黑，成了乌鸦……”[①]在这则故事中，乌鸦原本是最美丽的鸟儿，有着五光十色的漂亮羽毛，因为救火才被烧成黑色的。

上述两则故事都是写乌鸦为了人类才由美变丑，变成现在的模样，只不过，一个是为了取太阳火给人类取暖，误食了耶鲁里的乌草穗而死，化作乌鸦；一个是为了扑灭森林大火，被烧成黑色的。笔者认为，这两个神话产生的时代不同，古尔苔神女的神话产生的更早些，那时，世上寒冷难耐，缺少火，人们不会保存火种还是最主要的问题，加上人们对乌鸦的崇敬之情，自然产生了古尔苔神女的取火神话；而后者则产生的时代颇晚，那时取火、使用火、保存火种已经不成问题，人与火的主要矛盾，已经转变成时而发生的森林大火对人类的危害了，再加上乌鸦的羽毛是黑色的，很像被火烧过后的样子，以及民间由来已久的对乌鸦的喜爱之情，人们想要通过神话来继续维系这种感情，三种因素加在一起，自然又诞生了另一个版本的乌鸦神话。

当然，与崇拜乌鸦相关的神话还有很多，而且多与喜鹊并称，如乌鸦和喜鹊都是死去的九天女的儿女所变，回来报恩送种子；还有阿骨打出生时，敌兵刚好来追，乌鸦、喜鹊为其遮蔽取暖，寻觅食物喂哺等等。笔者认为满族先民们对乌鸦的崇拜是由来已久的，很可能最早的神话正是古尔苔神女取太阳火的神话故事，后继的神话不过是这一神话在不同时代、不同时期的不断变形与改版。虽然各个版本的乌鸦神话情节不同，但所抒发的对乌鸦的崇敬与感恩之情，则是一脉相承的。正是这些神话对人们观念的影响和一再的强化作用，才使得满族先民对乌鸦的崇拜一直维系下来，成为满族先民一贯的思维定式，看到乌鸦，一定会想到这是吉祥的鸟，一代一代流传下来，才有了《扈伦传奇》中王杲在逃亡的危险时刻，竟然能够因为看到头上乌鸦飞行的方向而改变自己逃亡路线的故事。

六、藏火于石——满族说部神话、史诗中的盗火神话

满族说部神话、史诗中的盗火神话要从天宫中的天火库说起。在满族神话《恩图色阿（开山神）》中有这样一段文字：“提起这天火，是天上太阳的真火，装在一万个火葫芦里。一旦放出来，烧山山光，烧石石化，烧水水干，

① 谷长春主编：《恰喀拉人的故事　小莫尔根轶闻》，吉林人民出版社，2018年8月第1版，第204页。

是天上无价之宝。平时任何人不许动用,(阿布凯)还派专人天天看守库房。”①笔者认为，这种天火葫芦的神话产生的颇晚，在这个时代，阿布卡赫赫与耶鲁里争夺天上领导权的斗争已经结束，耶鲁里已经失败，藏于地下，不再敢轻易现身，且阿布卡赫赫已经升到另一层天，阿布凯恩都里已经取代阿布卡赫赫成为天上的领导者。对于天上的神仙来说，他们已经能够熟练地驾驭火、管理火，所以天上会有天火库，会有专门管理天火库的神仙。然而由于天火库控制得极严，对于地面上的人来说，他们还没有自由使用火的权力。这时人们生存的主要矛盾，已经不是天神与耶鲁里之间争夺领导权的斗争，而是变成了人类与天神阿布凯恩都里之间争夺火的使用权的斗争。于是英雄出世，盗取天上天火库中火葫芦里的真火的神话，就由此产生了。在满族神话《托阿恩都里（火神）》中说：

> 据说，古时候的人不会用火。……都听说天上有真火，就是没法去取。……只有每年秋季，阿布凯恩都里率领八部天神、天兵天将巡视大地时，才从天上带来火种，供大家享受玩乐一天。那一天，一堆堆天火照亮大地，一排排火把插满人间，吃着火烤的兽肉和煮熟的各种食品，人们真是载歌载舞乐在其中。可是阿布凯恩都里一回天，就把全部火种带了回去，人们又过上无火的生活。人们几次恳求给人间留下火种，阿布凯恩都里都摇摇头、摆摆手说：“这火可不能随便传到地上，因为你们不懂得怎么用，会把我创造的世界焚毁掉。到那时，你们的性命也保不住了，还是过着没火的生活安全些。”②

神话《托阿恩都里（火神）》中塑造了一个矢志不渝、百折不挠，要把天火永留人间的英雄形象。在阿布凯恩都里下界举行天火大会的日子，部落里降生了一个小孩，叫托阿。长大后，托阿又聪明又勇敢，练就一身好武艺，被阿布凯恩都里看中了，召到天上，掌管天火库。从此，他每天专心学习用火的方法和做熟食的技术，一心要把天火偷偷带到人间。第一次盗火，火把大会结束时，托阿偷偷躲在大榆树尖上，把天火拿给部落人，从此人们学会了吃熟食，夜间有火可以照明，冬天有火可以取暖。可是却被一头一心梦想着上天的田鼠告了密，阿布凯恩都里收回火种，托阿也被惩罚，他被绑在天树尖上，头朝下悬吊了起来。为了奖赏田鼠的功劳，阿布凯恩都里命他顶托

① 傅英仁讲述，荆文礼搜集整理:《满族神话》，吉林人民出版社，2016年8月第1版，第151页。
② 傅英仁讲述，荆文礼搜集整理:《满族神话》，吉林人民出版社，2016年8月第1版，第169页。

阿的缺，掌管天火库。这是托阿的第一次盗火，他不但没有成功，反而受到了严厉的惩罚。

人们思念托阿，天天向阿布凯恩都里祈祷。一天从南方飞来一白一黑两只喜鹊，它们下决心为部落的民众到天上去寻找托阿。两只喜鹊飞了九天九夜，飞到天上，在一棵百丈高的神树上休息，却意外遇到了被倒吊在神树尖上的托阿。托阿对喜鹊说："南山有棵红果树，给我偷来一粒红果，我就有办法脱离虎口。"神话中描写道："南山红果树结的是神果，想当年阿布凯恩都里创造人类的时候，每人肚子里都放一颗红果，才有了生命。现在人的心脏，就是阿布凯恩都里放的那颗红果。谁要吃一枚红果，能长命百岁，遇难呈祥。"为了救托阿，盗取神果，白喜鹊牺牲了自己的生命，引开看守红果树的老雕，黑喜鹊趁机盗了红果，送给托阿吃了。托阿自从吃了红果以后，不但力气增大，还能隐住身形，能飞能跳，于是托阿第二次盗火给人间。为了不让阿布凯恩都里发现，托阿嘱咐人们在山洞中使用火，却还是被田鼠设计发现并报告了上天，他所盗得的火种又被收回了。

第二次盗火又失败了，托阿被扔到呼尔汉河里，阿布凯恩都里命天兵在河上面压上石板。黑喜鹊到处寻找托阿，终于在呼尔汉河边找到托阿。托阿让黑喜鹊去找天桥岭的老铁牛。老铁牛是镇守天桥岭的一只神牛，它的两只角能戳破天和地，力大无穷。黑喜鹊请来老铁牛，戳破了石板，救出托阿，并找阿布凯恩都里理论。阿布凯恩都里害怕黑铁牛的神威，只好赦免了托阿，让他留在天上打石头修天宫。可是托阿却借打石头的时机把火藏在石中送给了人们，他最后一次终于盗火成功。关于这次盗火的过程，文中写道：

托阿天天在石灵山打石头，他一看这石头真怪，不但能修砌宫殿，还有一些发白的石头凿个洞什么东西都能装。心中暗暗地想，要是把天火装进石块里，扔到大地上，人们就可以从石头中取火了。想到这里，他就偷偷溜出石灵山，隐住身形，偷来一葫芦天火。每天打石头的时候，他就找一些白色的石头，暗暗地把天火一点儿一点儿地装到石头里。可是怎样才能把这些石头送到人间呢？正在没办法的时候，阿布凯恩都里派人找托阿，让他往人间送石块修行宫。这可乐坏了托阿，他借着运石头的机会，把装火的石头一起运下天去，并把石里有火的事告诉了人们。人们捡回白石用力一磕，果然磕出来火星，从此人们又用起火来。托阿把空葫芦又偷偷送回天火库，田鼠丝毫也没有发觉。阿布凯恩都里看见人们又有了火，心中纳闷，可是却不知道人们是从哪弄来的火种。日子一长，又看人间用火用得很好，阿布凯恩都里也就不再追究了。[①]

笔者认为，满族先民们很早就学会了使用火，但由于种种原因，他们对于如何留下火种，长久地使用火，还没有完全掌握，所以只能借着天上的雷电、旱闪、火山爆发、山林起火等天然火起时享受一下拥有火的乐趣。人们从学会使用火到随时随地使用火、长长久久地保留火种之间，还要经历一个相当艰难的过程。天气等外在因素是不可控的，人们要想真正能随时随地拥有火，还要掌握使用火石引火的技术才行。击打石块能引出火来，自然使当时的原始先民产生了“石头是火，石中有火”的联想，但火是怎么跑到石中去的呢？满族先民们独特的神话型思维方式，使得他们很自然地寻求其在神话中的完满解释，于是带有满族独特风格的盗火神话就产生了。

满族说部中的盗火神话有两个版本，另一种版本的盗火神话出在《天神阿布凯恩都里》中，书中在叙述阿布凯恩都里的第十二个伟大功绩时提到了这个盗火神话，非常简短。神话中描写阿布凯恩都里的小徒弟是胎生的，他生下来后，看到人间都吃生的，不知用火，人们对做熟食很是不理解。他升到天上之后，看天上有天火，神都吃熟的，像肉类、菜类等等，都是做熟了吃。可是地上没有火，怎么办呢？于是他就偷偷摸摸把天上的火包到石头里扔到人间，从此人间就有了火种。这件事被天神阿布凯恩都里知道了，他非常不高兴，怕天火把地上国烧坏了，不敢让地上国的人用，于是就把他的小徒弟关起来了。关了若干年之后，阿布凯恩都里一看，人类也会用火了，地上国也不至于被烧坏了，这样就不应该再惩罚小徒弟了，便把小徒弟赦免了，允许人间用火了。于是这允许人间使用火，便成了阿布凯恩都里的第十二项大功劳。

显然，第二个版本的神话有为阿布凯恩都里歌功颂德的味道，远不如第一个版本《托阿恩都里（火神）》描写得生动曲折，深入人心。从第一个版本的神话中，我们不仅可以看到北方民族取得火种、留住火种的艰难曲折的历程，也会被盗火英雄托阿百折不挠、英勇无畏的精神所深深感动。其中热心助人的黑喜鹊、富有自我牺牲精神的白喜鹊、刚直不阿的老铁牛的形象，也都塑造得很成功。

① 傅英仁讲述，荆文礼搜集整理:《满族神话》，吉林人民出版社，2016 年 8 月第 1 版，第 172 页。

第二节　满族说部神话、史诗中的星神崇拜

《乌布西奔妈妈》中写道："萨满梦记，星夜问天。卧石晓月，餐果饮血。冰泉涤身，可闻天籁神母传音。"[①]这段文字记述的是满族先民在萨满的带领下，餐风饮露，卧石观察月的圆缺，年复一年，记录着天上的星相。正如其注释中所写："相传古代计时以星月变移为依据。（人们）常卧栖山岩处，在观察月的圆缺、星簇位数之后，刻石为记，日积月累，俗成时序。测者守望固址，仅以啖野果饮兽血充饥渴。"[②]满族先民很早就懂得了夜观天象，寻找计时、定位的规律，这种观测的过程可谓充满艰辛，枯燥无味，但却使得满族先民很早就懂得了很多天文知识。这些天文知识，不仅给满族先民的生活带来颇多便利，也给他们的神话插上了想象的翅膀。神秘的夜空高渺无垠，引起他们无限的遐思，这些星星是怎样形成的？为什么会变成这样的形状？人死后，会到星星上去生活吗？于是满族先民们就有了许多关于星的神话，就有了星神崇拜和星祭的祭典。

一、卧勒多赫赫的布星袋与天上的星阵、星云

最早的星神是如何产生的呢？《天宫大战》中说："阿布卡赫赫、巴那姆赫赫、卧勒多赫赫，同身同根，同现同显，同存同在，同生同孕，阿布卡气生云雷，巴那姆肤生谷泉，卧勒多用阿布卡赫赫的眼睛分别生顺（太阳）、毕牙（月亮）、那丹那拉呼（小七星）。三神永生永育，育有大千。"[③]也就是说，世间万物都是由代表天、地、光明的三女神所生，其中的太阳、月亮和星星，都是由卧勒多赫赫用阿布卡赫赫的眼睛所化成的。

这种天地万物是由神身体的某一部分诞生的神话在世界各地都非常普遍，盘古开天地的神话中也讲盘古死后"气成风云，声为雷霆。左眼为日，右眼为月。四肢五体为四极五岳 。……"然而盘古是死后化生万物的，万物生成之后，盘古也就消失无踪了。而在《天宫大战》神话中，阿布卡赫赫的眼睛生出太阳、月亮和小七星之后，阿布卡赫赫并没有死。事实上，满族神话中的很多神都是从她的身上生出来的，就像是物质从一个整体中分化出来的一

① 鲁连坤讲述，富育光译注整理：《乌布西奔妈妈》，吉林人民出版社，2007 年 12 月第 1 版，第 5 页。

② 鲁连坤讲述，富育光译注整理：《乌布西奔妈妈》，吉林人民出版社，2007 年 12 月第 1 版，第 5 页。

③ 富育光讲述，荆文礼整理：《天宫大战　西林安班玛发》，吉林人民出版社，2009 年 4 月第 1 版，第 11 页。

部分，但这些生出来的东西，并不会令阿布卡赫赫有所损失，反而能够作为她的侍女，保护她不受恶神耶鲁里的伤害。满族神话中把这种最早的生殖繁育方式，叫作裂生。《老三星创世》中写道："这种裂生的神，它是由老三星（指天、地、光三星合为一体）本身的智慧加上灵气混合而产生的神。它生来就带有神性，不用刻意去修炼。这种裂生的神永远不死，除非是老三星使用一种神术把它分解了才能死，而且即使分解后，到一定的时间它还会重新合成，是一种很奇怪的神仙繁殖方式。重新合成的神叫再生神。"①笔者认为，这种生育方式带有天然的唯物主义色彩，其蕴含的观念为：一切万物都是天地间自然而然形成的，并不是有一个外在的主宰。就像是三女神所代表的天、地、光，能自然地"裂生"出万物一样。

在"天宫大战"系列神话中，掌管星辰的女神是卧勒多赫赫。在《乌布西奔妈妈》中，描写卧勒多赫赫的形象为："卧勒多赫赫布星妈妈，人身鸟翅，身背装满星星的小皮口袋，主管天宇、星辰、星路、星桥，身边亲随女神四十二位，辅佐星母。"②"身披皮褡裢，坐骑九天神鹿，夜夜将皮褡裢里的星星布满灿烂的晴空，为穹宇星辰女神。"③可见卧勒多赫赫，被称为布星妈妈和穹宇星辰女神，她人身鸟翅，坐骑是九天神鹿，身背一个装满星星的皮褡裢，每夜巡行天上，将星斗布满天空。

天上的星星为什么会从东方升起，向西方移动呢？《天宫大战》神话中有这样的描写：

> 世界上最早的鏖战是什么？世上最惨的拼争是什么？九头敖钦女神，变成了一角、九头、自生自育的恶魔耶鲁里，凌辱三女神，自恃穹宇无敌。她知道卧勒多赫赫有个布星桦皮口袋，能骗到手就可以独揽星阵，可吃、住、藏身，同阿布卡赫赫抗衡无阻。于是她把九个头变成九个亮星，像太阳一样，天上像有了十个太阳。阿布卡赫赫和卧勒多赫赫大吃一惊。卧勒多赫赫忙用桦皮兜去装九个亮星，亮星装进去了，刚要背走，哪知连卧勒多赫赫也给带入地下。原来兜套在耶鲁里的九个脑袋上，耶鲁里力大无比，卧勒多赫赫成了俘虏。卧勒多赫赫乃是周行天地的光明神，与巴那姆赫赫为同根姊妹。耶鲁里把她囚入地下，她的光芒照得耶

① 富育光讲述，荆文礼整理:《天宫大战　西林安班玛发》，吉林人民出版社，2009 年 4 月第 1 版，第 90 页。

② 鲁连坤讲述，富育光译注整理:《乌布西奔妈妈》，吉林人民出版社，2007 年 12 月第 1 版，第 75 页。

③ 鲁连坤讲述，富育光译注整理:《乌布西奔妈妈》，吉林人民出版社，2007 年 12 月第 1 版，第 18 页。

鲁里九个头上的眼睛失明，头晕目眩，慌忙将抓在手上的桦皮布星神兜抛出来，正巧是从东往西抛出的，布星女神卧勒多赫赫，便从东往西追赶，得到了布星袋。从此，星星总是，从东方升起，向西方移动，万万年如此，这就是耶鲁里给抛出来的星移路线。[1]

天上满天星斗的形成，还与突姆火神的功绩有关，它们是突姆火神的火光毛发所化成的。神话中描写道：

卧勒多赫赫，被九头耶鲁里打败后，神光被夺走了大半，变成非常温顺的天上女神，除了背着桦皮星袋，蹒跚西行，默哑无言。阿布卡赫赫就让巴那姆赫赫照料她妹妹，陪她玩耍，怕她安静寂寞。一天（之中），命三鸟在天呼唱，天穹才有生气：夜里沙乌沙（猫头鹰）号叫，清晨嘎喽（大雁）号叫，傍晚嘎哈（乌鸦）号叫。从此这三种鸟总是轮流呼唱。巴那姆赫赫还将长在自己心上的突姆火神，派到天上卧勒多赫赫身边，用她的光、毛、火、发帮助赫赫照路。……九头恶魔耶鲁里，闯出地窟，又逞凶到天穹……突姆火神临危不惧，将自己身上的火光毛发，抛到黑空里化成依兰乌西哈、那丹乌西哈、明安乌西哈、图门乌西哈[2]，帮助了卧勒多赫赫布星。然而，突姆火神却全身精光，变成光秃秃、赤裸裸的白石头，吊在依兰乌西哈星星上，从东到西悠来悠去。[3]

从这则故事中，我们可以看到众神之间的团结互助和集体主义精神，突姆火神的精神其实也正是满族先民在与各种各样的灾难斗争时所提倡的集体主义精神的写照。

在满族说部神话中，北斗七星又是如何变成现在这样的形状呢？《天宫大战》中描写道：

卧勒多赫赫星袋里的那丹女神，知道突姆女神光灭星殒，便也钻出了大星袋，化成数百个小星星，像个星星火球，在九头恶魔耶鲁里搅黑的穹宇中，照射光芒。恶风吹得星球，忽而变缩成圆形，忽而被恶风吹

① 富育光讲述，荆文礼整理：《天宫大战　西林安班玛发》，吉林人民出版社，2009 年 4 月第 1 版，第 27—28 页。

② 依兰乌西哈、那丹乌西哈、明安乌西哈、图门乌西哈：满语，三星、七星、千星、万星。

③ 富育光讲述，荆文礼整理：《天宫大战　西林安班玛发》，吉林人民出版社，2009 年 4 月第 1 版，第 47—49 页。

扯成长形，不少星光也失去了光明，后来变成了一窝长勺形的小星团。这便是七星那丹那拉呼，变成现在的模样，也是耶鲁里恶风吹成的，一直到现在由东到西缓缓而行，成为星阵的领星星神。[①]

天上的星阵和星河又是如何产生的呢？《天宫大战》中描写道，为了与恶神耶鲁里对阵，阿布卡赫赫和卧勒多赫赫商议对策，卧勒多女神说："大姊，我虽不能去直接助阵，可我可以暗中帮助姐姐额云获胜。我用布星的神工，将星群列成战阵，连成一片，供你征战时累了，可以在星星上藏身歇脚，凭我身上的银光长翅，可以为你打闪照路，我能把星海堆成山峦沟谷川壑，阻挡住耶鲁里的逃遁和施展淫威。"[②] 因而，空际星阵就是在与恶神耶鲁里的战争中，为给阿布卡赫赫提供歇脚之地和照路，卧勒多赫赫聚星而成；而"空际有了天河星海，白亮亮、光闪闪绵亘东西，像一条顶天立地，不可逾越的星山，便是为拦截耶鲁里而筑成的。"[③]

笔者认为，满族先民们不断增长的星象知识，以及其对于天上众星移动方向，北斗七星的形状，星河、星云等知识的不断丰富，是满族说部中星神神话得以产生的基础，正因为有了这样的基础，《天宫大战》神话中阿布卡赫赫与耶鲁里之间的大战才被移到广阔的天际苍穹之间，成了以阿布卡赫赫为首的代表光明与热力的星神与代表黑暗与寒冷的耶鲁里之间殊死搏斗的战场，而其间所投射的生活原型和精神内涵，正是满族先民不断与寒冷和黑暗抗争的艰难历程以及在其过程中形成的团结互助、自我牺牲、集体主义精神的写照。

二、计时定位的星神——塔其妈妈星神、鼠星、鹰星

对于在山林中生、在山林中长的满族先民来说，最危险的事莫过于辨不明方向、不知道时间，迷路对于他们来讲，很可能就意味着死亡。而在野外，尤其是在夜晚，天上的星星是他们唯一可以依赖的计时和定位工具。因而星象的计时、定位功能非常重要。满族先民很早就认识到了星象的重要性，也积累了丰富的天文知识。如满族神话《奥克敦妈妈》中讲奥克敦妈妈的主要功绩之一就是"教人——以星定时，以星定位，以星定岁。有了这些，世间

① 富育光讲述，荆文礼整理：《天宫大战　西林安班玛发》，吉林人民出版社，2009 年 4 月第 1 版，第 49—50 页。

② 富育光讲述，荆文礼整理：《天宫大战　西林安班玛发》，吉林人民出版社，2009 年 4 月第 1 版，第 62 页。

③ 富育光讲述，荆文礼整理：《天宫大战　西林安班玛发》，吉林人民出版社，2009 年 4 月第 1 版，第 66 页。

才有了——方位时日记载。”[①]《恩切布库》中也讲:“只要观察日出日落，就能分辨东西南北；只要夜观星辰之象，就能分辨南北西东，艾曼人成了顺风耳，千里眼，晓测星云，不差分厘。星神、日神、月神，是计时、计位、计岁之神，安全可靠，准确无误。”[②]星辰的计时、定位功能如此重要，因而在满族说部神话、史诗中，计时星神、定位星神神话也成为满族说部神话、史诗中的重要组成部分。

在《天宫大战》中最早描写的计时星辰是“塔其妈妈星神”,神话中描写道:

耶鲁里凭借西斯林的风威，将光明吞进肚里，天宇又变成黑漆无光。恶风呼啸，尘沙弥漫，(他)企图把天上三百女神吹昏头脑，追踪不到他的身迹。阿布卡赫赫便让一个云母神，变作一个永世计时星，嘱(咐)她一定要永世侧身而行，不要让耶鲁里认出来，因为耶鲁里有西斯林的飓风，刮起来云母神不能久停。云母神便化作卧勒多赫赫布星神属下的一位忠于职守的塔其妈妈星神，昼夜为众神计时，再狂的恶风黑夜，也骗不了众神的眼睛。可是耶鲁里总也抓不住她，也认不出来，所以耶鲁里永远不能辨时辨方向，总是不如阿布卡赫赫畅行自如。[③]

不要认为塔其妈妈星神只是神话中虚构出来的星神，塔其妈妈星是真实存在的一颗星，并且满族先民非常熟悉这颗星，并且常常用它的升降来计时。这在满族说部其他作品中可以得到证明。如在《萨大人传》中就曾两次提及塔其妈妈星，一次是在萨布素为救人去郑亲王王庄的路上，文中写道:“此时，塔其妈妈星在天空高照，鹰星刚刚偏西，远处一片黑沉沉的林子里，不时传来金铎的铛铛声和木梆子的啷啷声……”[④]另一处也是写在去庄园的途中“冬季天很短，此刻完全黑下来了，已近戌时，塔其妈妈星早从东边升起，七女星升入中天，鹰星也升起来了”[⑤]。可见，满族先民已经养成了出门在野外时，抬头观星象以大致推算时间的习惯，这一塔其妈妈星，是满族先民熟识的一颗常见的星，很可能在固定的某一时间出现在天际，因而成为满族先民熟悉的一颗计时定位的星星，在他们的生产生活中发挥过重要的作用。

① 富育光讲述，王卓整理:《奥克敦妈妈》，吉林人民出版社，2018年8月第1版，第65页。

② 富育光讲述，王慧新整理:《恩切布库》，吉林人民出版社，2009年4月第1版，第134页。

③ 富育光讲述，荆文礼整理:《天宫大战　西林安班玛发》，吉林人民出版社，2009年4月第1版，第60页。

④ 富育光讲述，于敏记录整理:《萨大人传》，吉林人民出版社，2007年12月第1版，第333页。

⑤ 富育光讲述，于敏记录整理:《萨大人传》，吉林人民出版社，2007年12月第1版，第345页。

负有计时定位功能的星神，还有鹰星。《天宫大战》中描写道："空际的大鹰星本由卧勒多赫赫用绳索系住左脚，命它协佐德登女神守护天穹的。因为耶鲁里扯断了鹰的神索，鹰星在天空中变幻最大，其星羽突闪突现。"[①] 可见，鹰星原来也是用来定时的星星，只是这一鹰星在天空中变幻最大，很可能在不同的季节、不同的时期，会有不同的位置。如前文所述，《萨大人传》中多次提及这一鹰星，并且把它和塔其妈妈星一起并提，可见这也是一颗满族先民非常熟悉的星星。然而这一鹰星是如何定时的呢？在另一部满族说部作品中笔者找到了答案。《雪妃娘娘和包鲁嘎汗》中写道："在早以来，女真人重视的就是冬至节。冬至节这天，相当热闹。……最大的特征就是看天上的星星。夜里鹰星升空，冬至节来临。"[②] 可见，鹰星是用来测算冬至节来临的一颗星星。

能计时定位的星星还有鼠星。《天宫大战》中有一段关于鼠星的神话：

> 阿布卡赫赫又从身上搓落出泥，生出兴克里女神，能在黑暗里钻行，迎接和引导太阳的光芒照进暗夜，这便是永世迎日的鼠星神祇。鼠星是迎日早临的女神，离黎明时分还有若干时辰。阿布卡赫赫担心黎明前黑暗里耶鲁里仍偷袭捣乱，就把身边的三耳六眼灵兽派了出去，永远永远地横卧在苍天之中，头北尾南，横跨中天，总是极目远望高天，寻找耶鲁里的踪影，一直到太阳的光芒照彻寰宇，星光隐灭，辛勤而忠于职守的迎日灵兽，才从中天中消逝。所以，他是朝朝不知懒惰，迎日的神兽，满语古语尊称他为乌西哈布鲁古[③] 大神。[④]

鼠星也是一颗满族先民熟悉的星星，《乌布西奔妈妈》在描写乌布西奔妈妈葬礼的时候，也提到鼠星："鼠星报晨黎明前，红日——德里给奥姆妈妈还未命东海送日女神捧出太阳，海葬仪式开始了！"[⑤] 书下的注释中还写道："鼠星：满语'兴恶里乌西哈'，为计时星，秋分后黎明前见西南。"可见这是一颗在黎明前出现的晨星，正因为这颗星永远出现在黎明前，而耶鲁里通常都会在黑夜出现，神话中就把他描写为一个迎日的灵兽，为了防止黑暗里耶鲁

① 富育光讲述，荆文礼整理：《天宫大战　西林安班玛发》，吉林人民出版社，2009 年 4 月第 1 版，第 70 页。

② 富育光讲述，王慧新记录整理：《雪妃娘娘和包鲁嘎汗》，吉林人民出版社，2007 年 12 月第 1 版，第 163 页。

③ 乌西哈布鲁古：满语，星兽之意。

④ 富育光讲述，荆文礼整理：《天宫大战　西林安班玛发》，吉林人民出版社，2009 年 4 月第 1 版，第 60—61 页。

⑤ 鲁连坤讲述，富育光译注整理：《乌布西奔妈妈》，吉林人民出版社，2007 年 12 月第 1 版，第 200 页。

里仍偷袭捣乱，“永远永远地横卧在苍天之中，头北尾南，横跨中天，总是极目远望高天，寻找耶鲁里的踪影，一直到太阳的光芒照彻寰宇”……

总之，从满族说部中星神崇拜的神话来看，满族先民很早就掌握了一定程度的天文星象常识，并把它应用到计时和定位的实践中来。这种以星计时、以星定位的知识，在他们的生活中有广泛的应用，是其野外求生技能的重要组成部分。出于对这些在暗夜中给他们光明，给他们指明了方向，预报了时间的明星的感激和热爱，满族先民便把这些星星写入神话之中，使它们成为神话中与耶鲁里恶斗并贡献出自己聪明才智和力量的星神，永世受到人们的崇敬。

三、塔其乌离星神与乌布西奔妈妈

满族说部神话、史诗中叱咤风云的女萨满神“乌布西奔妈妈”，是一颗计时星神——塔其乌离星神所化。《乌布西奔妈妈》中描写：“星辰大神卧勒多赫赫身边，亦有两位重要侍女神——塔其布离大神和塔其乌离大神，是阿布卡赫赫与耶鲁里厮斗中，裂生出来的星辰神，送给妹妹卧勒多赫赫，协助她执管天穹，按时按刻从东向西巡行，不准误错一丝一霎的光阴。塔其布离和塔其乌离两姊妹，相爱相亲，互济同心，永世难分。只要托日女神将舜莫林（即太阳）收入海宫，两姊妹便协助卧勒多妈妈，把‘星星褡裢袋’里亿万颗星族，应时送上霄空。各安其隅，各享其任，准时无误，不差毫分。”[①] 后来，在阿布卡赫赫天母的苦劝下，卧勒多小妹才颔首割爱，恩准塔其布离、塔其乌离姊妹分身，“一个在天宇晴空，一个到苍茫海间，分掌时光的流逝。塔其乌离与姐姐含泪相别，从此亲随德里给奥姆赫赫大神，巡察东海冷暖世情，与托日、迎日两姊妹神，同负太阳神升落大任。德里给奥姆赫赫，誉赞卧勒多神母赐爱盛恩，格外疼爱塔其乌离忠敏，自愿收作膝前爱女，成为德里给奥姆大神，最亲近的心腹侍臣”[②]。

笔者认为，塔其布离和塔其乌离姐妹神，很可能是《天宫大战》中塔其妈妈神的变体，原因有三：一是名字相类似，塔其布离和塔其乌离姐妹都有塔其二字，与塔其妈妈何其相似；二是同为天上的计时星；三是文中两姐妹本为一体，到了后来才分身，一个在天宇晴空，一个到苍茫海间。很可能是随着时光的流逝、部落的发展，人们所创作的神话也在不断地丰富和发展，天上的神系也日渐复杂。由于东海在某些生活在海边的部落的生活中，作用

① 鲁连坤讲述，富育光译注整理：《乌布西奔妈妈》，吉林人民出版社，2007年12月第1版，第20页。
② 鲁连坤讲述，富育光译注整理：《乌布西奔妈妈》，吉林人民出版社，2007年12月第1版，第21页。

日渐显著，因此其崇拜的“东海德里给奥姆妈妈”的地位渐渐升高，成为仅次于三女神的第四位大神，并且为了凸显其地位，还将原本由卧勒多赫赫统一掌管的权力，分出了很多。塔其乌离也从原来统一的神系中分离出来，成为东海德里给奥姆赫赫帐下的计时星神。

后来，为了拯救东海各部的族众，东海德里给奥姆妈妈又将塔其乌离派往人间，成为远近闻名、功勋卓著的大萨满——乌布西奔妈妈。可是乌布西奔妈妈一生下来，却是一个哑女，虽然有很多神迹，但因为是个哑女，还是被丢进弃儿营，长大后成为一个普通的熟皮女，在其前半生中着实受了很多苦楚。为什么会这样呢？原来这也同她在天上做计时星神时的计时任务有关，文中写道：

> 迎日女神和托日女神，得悉星姐塔奇乌离，将去拯世扶正，连声问道：“尊贵的神母啊，星姊去了人间，我俩靠谁督管呀？”德里给奥姆妈妈笑答道：“此事我倒忘了，如何是好？”想了想，说：“这样吧，塔其乌离，你把喉咙声音留下吧！”塔其乌离欣然说：“是的，我可将咽喉声音，留给你们。我奉降人伦，只想扪心苦劳，话语尽可少用。我再求援海鸥代劳学语，朝暮喧叫海上，襄助你们传报好时辰。”德里给奥姆妈妈说：“你初坠人尘，先为哑女。茹苦含辛，晓语世情。海鸥学会报时后，我还你美丽的喉声！”……从此，东海白鸥不停地飞叫，迎来旭日、曦晨，送走落霞、黄昏，劈涛斩浪，从不知劳顿，践行着塔其乌离女神的相托，替所有弄潮儿频奏佳音。①

文中描写的海鸥每日清晨不停地飞翔鸣叫的画面很美，是东海上很常见的景象。将海鸥每日准时到海上辛勤的鸣叫，同塔其乌离的美丽歌喉联系起来，也非常有文学性和画面感。为了能拯救人类和海上计时两不误，塔其乌离女神毅然牺牲了自己的歌喉，宁可变成一个哑女，表现出了她仁慈善良、具有自我牺牲的高尚精神，这也正是满族先民心目中的好萨满所最应具备的品格。

塔其乌离变身为乌布西奔妈妈后，公正而仁慈，勇敢又坚毅，她降伏彻沐肯、辉罕部，征服海盗、海上魔女……最后成为东海七百噶珊的公推大萨满，带领乌布逊为首的东海各部，逐渐走向繁荣和富裕之路，为东海各部的繁荣献出了毕生的心血。最后，她又五次出征海上，矢志不渝地寻找海上太阳之宫，

① 鲁连坤讲述，富育光译注整理：《乌布西奔妈妈》，吉林人民出版社，2007年12月第1版，第24—25页。

踏遍外海三千里，最终死在海上。

乌布西奔妈妈死后，仍然回到了天宫，继续做计时星神。文中描写道：

> 乌布西奔女罕，恍惚中，似乎飞进大海，似乎升上了高天，身体非常轻盈。夜中，见到了北天达其布离神辰，又见到星辰化作了一位女神，她好像本来就非常熟悉的姊妹，过来，拉起她的手说："妹妹，我们接你来了，你该回家了，回家了！"乌布西奔女罕轻声说着"回家了，回家了"，溘然长眠了。[①]
>
> ……
>
> 特尔沁三姊妹，在昏迷中都见到了乌布西奔妈妈。她在德里给奥姆妈妈身边，是德里给奥姆妈妈接她回到太阳的故乡，将来她还要重返星空。塔其布离星辰，便是妈妈的神容。她是勤劳的人，每晚她都要出来，为世人指点方向和时辰。[②]

四、萨满及部落英雄死后灵魂的居所

满族说部神话《天宫大战》中所描写的星神，主要是扮演着前赴后继与耶鲁里斗争，保护阿布卡赫赫不受恶神伤害的角色；后来，天宫大战胜利结束，魔王耶鲁里被赶入地下，再也不敢轻易出来，这象征着随着生产力的发展，人类终于在与自然的不断抗争中，取得初步胜利。那么，战胜耶鲁里后，天上的星神故事又如何续写呢？笔者认为，主要有三个方向，一是星神下界成为大萨满，继续拯救天下苍生，死后又回到天上继续当星神，上文所写的乌布西奔妈妈就是典型的例子；二是让旧有的星神重生或重新给他们分工，让星主们掌管人类某一方面的事务，由星神变身为医药神或畜牧神等；三是有些地上的英雄为了族众奉献了一生，辛劳了一生，贡献很多，就被召到天上，成为天上的星主。

那么第一个被请上天庭成为星神的地上英雄又是谁呢？《西林安班玛发》中描写西林安班玛发魂魄离体，翱翔天宇，去向各路星神请教治愈族众怪病的良方，请教住在那丹乌西哈上的德鲁顿玛发。德鲁顿玛发是千年前穆林阿林的部落首领，因在与坎达尔汗西部强悍的部落首领的征战中被狼群杀害，族众将他埋在阿林花坛之下。"因他生前一心为野人部操劳，感动了阿布卡赫

① 鲁连坤讲述，富育光译注整理：《乌布西奔妈妈》，吉林人民出版社，2007年12月第1版，第195页。
② 鲁连坤讲述，富育光译注整理：《乌布西奔妈妈》，吉林人民出版社，2007年12月第1版，第204页。

赫，被德里给奥姆妈妈救上了天庭，成为一位光耀的星神。”①

《西林安班玛发》中还有些古老的星神重生的故事，如依兰乌西哈的故事。如前文所引，西林安班玛发为了寻找给族人治病的良方，曾在睡梦中魂魄离体，梦游天宫，遇到了曾经在天宫大战中为保护阿布卡赫赫受重伤而亡的依兰乌西哈，即三星。文中写道：

> 依兰乌西哈，也被魔气损伤，坠落大海，化成海中冲天的暗礁。阿布卡赫赫感激她的忠勇、顽强，与妹妹卧勒多商议，又从自己的披肩中，摘下三块宝石，交给卧勒多赫赫。由布星神卧勒多赫赫按照依兰乌西哈的模样，重造依兰乌西哈。新生的依兰乌西哈，在卧勒多布星袋中安睡百日。有了光芒和神力，有了无穷的光辉，被卧勒多赫赫重新撒上天庭。从此，天域补上穹宇中失去的依兰乌西哈。这位依兰乌西哈，就是此次西林色夫拜访的显赫星神。星神的名字，叫董布乐妈妈。她是卧勒多赫赫给起的亲昵的名讳。由她专管世间人类的繁衍。②

依兰乌西哈重生后却换了名字，变成“董布乐妈妈”，且变成专管世间人类繁衍的神，多少让人感觉转变得有些突兀。接着西林安班玛发又问道：“您往昔在地上生存，治理东海古老部落，也曾养育过无数的野人儿女，也曾接生过野人的无数子孙，您是如何惦挂着繁衍大事的？”③前后文联系起来，可以看出这仍然是一个在人世间治理古老部落的老萨满死后升入天际做了星主的故事，只不过是借了旧的依兰乌西哈的名义。

接着西林安班玛发想去讨教昊天中的蒙温乌西哈（千星）、图门乌西哈（万星），访问两位辛勤管理宇宙中千牲、万牲的勤劳牧神。这两位星神的名字虽依然是《天宫大战》中曾经出现的星名，但其职责却是全新的了，变成了管理宇宙千牲、万牲的牧神。

正如王倩在其《20世纪希腊神话研究史略》中所讲：“讲述神话不是出于娱乐目的，而是为了对现有的社会秩序进行阐释”“神话作为一种特殊的叙述

① 富育光讲述，荆文礼整理：《天宫大战　西林安班玛发》，吉林人民出版社，2009年4月第1版，第189页。

② 富育光讲述，荆文礼整理：《天宫大战　西林安班玛发》，吉林人民出版社，2009年4月第1版，第197—198页。

③ 富育光讲述，荆文礼整理：《天宫大战　西林安班玛发》，吉林人民出版社，2009年4月第1版，第199页。

类型，最大的特征就是被不断重述和改编”[①]。笔者认为，神话最主要的功能就是对现有的社会秩序、道德理想进行阐释，不同时代、地域的社会需要，促使人们为了适应其需要，从而对神话不断地加以重述、改编和填充，就在这种过程中，神话叙述既与旧有的传统保持了千丝万缕的联系，同时又创造了一种与当下的情感需要和社会发展相协调的体系，使得神话在不断被重述和改编的过程中，其表述内容和情感倾向、思想内涵上，与时代需要保持一致。

我们看到满族说部中的星神神话，在不同时代、不同地域的作品间，不断地被重述与改编的痕迹非常明显，甚至有些不太自然。但重要的是，这些改编所折射出来的，正是不同时代人们思想观念、道德理想的变化轨迹。

如果说《西林安班玛发》中还存在着新旧星神转换的轨迹的话，《满族神话》一书中的几个星主神话，就完全是新的了，大体上都是为部落做出很大贡献的部落首领，死后升天成为某一星座星主的故事。这一类型的神话大体上都有这样的模式，某一部落，或某一姓氏，某一部落主，因怎样的功绩，死后升为某一个星主。何以会产生这一模式的神话呢？当然同当时的社会需要有关，那个时代正是需要英雄、呼唤英雄来为部落的繁荣和强大贡献他们的力量，而给这些部落英雄死后封一个星主的位置，显然符合人们的情感倾向，也符合有功必赏、善恶有报的文化心理和传统观念。

在《堂白太罗》中，这种依功劳大小来封赏星主座次的思想得以规范化，成了“天国上的典章制度”：

> 首先他稳定了天国的一切神位，都让他们安于职守。同时，他委派自己的弟子布星妈妈布满星星。这个布星妈妈有一个布星口袋，里头装着很多颗粒，撒到天上马上变成一颗颗星座，星座上坐着各类神仙。堂白太罗让她在天上布满星星之后，所有的大神跟阿布凯恩都里一样，掌管一些事情。因为他们的功劳特别大，应该给他们一方领地，使他们能够享受自己的生活。阿布凯恩都里把星主分散到各个星星里，才出现了各个星座的星主。他一共分出四等，……根据功劳的大小分到星座里去，让他们在自己的领地为王，安居乐业。就像北斗七星，有七个星座，所以就有七个星主；南斗六星，有六个星座六个星主；北斗星是二等星座，北极星是一等星座。七星为首的是堂白太罗。[②]

① 王倩:《20世纪希腊神话研究史略》，陕西师范大学出版总社有限公司，2012年4月第1版，第40—41页。

② 傅英仁讲述，荆文礼搜集整理:《满族神话》，吉林人民出版社，2016年8月第1版，第32页。

此外，满族神话《神魔大战》中，阿布凯恩都里还特意安排了一个萨满死后升天的去处："委任金翅大鹏把守西北半边天，叫作金翅大鹏星，这是人间萨满归天后的去处，他们的灵魂归到金翅大鹏的心里，在那里修炼功法，到一定时候再托生到人间避邪驱妖。"①

一共有多少个星主星神呢？在《佛赫妈妈和乌申阔玛发》中描写佛赫（佛托）妈妈与耶鲁里战斗时：

> 用柳叶做成裙子，用柳木做成鼓圈，用漫天皮做成鼓面，用铁树枝做成腰铃，点上年息香，打起鼓来，甩动腰铃，请九层天上诸星、诸神：其中有从十六层众星中请来的南斗六星、北斗七星、造天三星、黑虎五星、白狼星、天狗星、千星、万星；又从十三层、十二层佛恩都里天上请来了八大主神、三十六部贝勒、贝色神；又请来三百六十五位台吉、玛发恩都里和十一层天的七十二位妈妈恩都里；十层天的神兽：虎神、豹神、水獭神、蛇神、鹰神。那帮妖魔鬼怪根本不是各层天上的星神、天神、天母的对手。天上一天是地上一年，一连打了一百零三天，也就是打了一百单三年。魔鬼死伤了大半，剩下的一小半，一部分逃回地下，一部分乖乖投降。投降的有九河十八江的水魔，阿布卡赫赫封他们为各个河口的神主。其中有松阿里恩都里、萨哈连恩都里、呼尔哈恩都里、乌苏里恩都里，还有三十六座大小山头的妖头，封他们为各山的山主。一些受了伤的天宫男女诸神落到人间，把伤养好以后，没有回到天上，留在人间治理各地，成了各氏族、各部落的祖先神。②

从上面引述的文字可以看出，天上的星神真的不少，除了天上真实存在的"南斗六星、北斗七星、造天三星、黑虎五星、白狼星、天狗星、千星、万星"之外，其他的都是各部落的英雄神、祖先神、妈妈神，也就是萨满神，还有动物神等。可以想见，这些著名的英雄神、祖先神、萨满神，死后都已经上升到天上，成了天上的星主。

五、北极星星主：乌苏里罕

在《满族神话》一书中，有几个描写死后上升为星主的人类英雄的故事，

① 富育光讲述，荆文礼整理：《天宫大战　西林安班玛发》，吉林人民出版社，2009 年 4 月第 1 版，第 128 页。

② 傅英仁讲述，荆文礼搜集整理：《满族神话》，吉林人民出版社，2016 年 8 月第 1 版，第 29 页。

星主们都有高尚的品格和自我牺牲精神，为了族众不惜牺牲生命，通身散发着独特的道德人格魅力，读起来十分感人。

首先来讲北极星主的故事。北极星星主——乌苏里罕的故事，收在神话《北极星》中。文中首先描写了北极星对于满族先民的重要性："北极星，满族人对这个星最尊敬了，为什么呢？满族人在林子中狩猎，到了晚上分不出东西南北，迷失方向了，怎么办呢？就在天上找北极星。因为北极星永远在正北方，多咱也不变位置。围着它转的是北斗星，一年绕一圈，每年打春时续新一圈。所以说，对北极星和北斗星满族人都家喻户晓，每次祭祀时都离不开祭星这个程序。"① 从中可以看出满族先民的天文知识非常丰富，很早就学会了利用星相来辨别方向，分别时序。

北极星如此重要，什么人才能配得上做北极星的星主呢？神话中描写道：天上守西门的大将木里木哈由于被耶鲁里钻了空子，丢失了天宫的一些宝物，被贬下界历练，什么时候立了大功才能回天界。第一世他投生为色奇部落部落长的儿子，色奇部落被那木都哩部落打败，部落中大多数人都被抓去当奴隶，他躲在喜鹊窝里逃过捉捕，到东海部落寻找舅舅，想要报仇。舅舅给他出主意，让他去长白山找超哈斋爷学武艺。他学了三年武艺，学成之后，超哈斋爷送他三仁宝贝：枣红马、马鞍子和一把大砍刀。他带着一千精兵打败了那木都哩部落。他虽然放了所有部众，让两个部落和好如初，和睦相处，但却因想起杀父母之仇，杀死了那木都哩部落的部落长，并将其碎尸。这一世，他虽然立功不小，但对仇人的仇恨仍不能释怀，所以仍有罪过，还需继续投胎。

第二世他投生到南国总兵家里，替父从军，立了许多功劳，可也杀了不少人，自然也有罪过，也没有回到天上。

第三世他投生到北方一个叫乌苏里哈的部落，继任阿玛的职务——部落长，谁家有什么危难之事，他都热心帮忙，天长日久，人们都亲切地称他为"道爷玛发"。道爷玛发救了一条困在泉眼里的小泥鳅鱼，那个泥鳅鱼变身为小伙子来报答他，让部落里每一家都有了泥瓦盆和牲口棚。有一天小伙子告诉他耶鲁里要来发大水，让他逃难，并让他千万别告诉别人，否则他就会化作一缕青烟，没了。他不顾自己的安危，挨个通知乡亲逃难，最后自己消失了。这时，北方天空出现了一颗很亮很亮的星，大伙这才知道，道爷玛发已经变成了天上的星星。这就是人们常说的乌苏里罕，乌苏里罕也就是现在的北极星。

① 傅英仁讲述，荆文礼搜集整理:《满族神话》，吉林人民出版社，2016 年 8 月第 1 版，第 76 页。

六、北斗七星星主：纳丹威虎里

北斗七星的故事，最早在《天宫大战》中就已经出现，只不过那时的七星故事比较简单，沿袭了天宫大战整体善神与恶神相斗争的模式，文中写道："卧勒多赫赫星袋里的那丹女神，知道突姆女神光灭星陨，便也钻出了大星袋，化成数百个小星星，像个星星火球，在九头恶魔耶鲁里搅黑的穹宇中，照射光芒。恶风吹得星球，忽而变缩成圆形，忽而被恶风扯成长形，不少星光也失去了光明，后来变成了一窝长勺形的小星团。这便是七星那丹那拉呼，变成现在的模样，也是耶鲁里的恶风吹成的，一直到现在由东到西缓缓而行，成为星阵的领星星神。"[①] 神话中谈及北斗七星的形状是长勺形的一窝，很像是旋涡，就将其想象为同耶鲁里恶斗时被恶风吹成的这个形状，真实自然，有创意，也突显出满族先民对北斗七星星相的熟悉与热爱。

神话中，同一母题在不同历史时期，往往对适应不同时代的时代精神进行重塑、翻版或重新创造。在后来的神话男性萨满神阿布凯恩都里统治的时期，北斗七星神话又有了另一个版本，与这一时期推崇为族众献身的英雄形象相呼应，这一北斗七星星主的故事，描写七兄弟中的老七舍身喂魔鬼，也十分感人。故事收在《纳丹乌西哈（七星）》中，主要描写老三星在造天的时候，留下七个黑洞，他本打算在其中安上盏灯，给人间照一照亮，好让人能辨别方向，但洞太大了，怎么点也点不着灯。每到三、六、九月的时候，就从黑洞子里冒出七股黑烟。这七股黑烟一落到地上，立刻变成七股黑水，淹没部落，淹没庄稼，淹没牲口。东海有七座透明似玉的山，人们都叫它"白玉山"。山上的一草一木，都能给人治病，远近各部落的人都到这儿来，取点儿草药回去治病。可是这山四周水流非常急，浪非常大，一般的船是靠不了岸的。在珠浑哈达（山名）的山下，有一家哥兄弟七个，都是渔民，只有他们的船才能靠上岸，所以人们都去求他们兄弟七人驾船。这兄弟七人都好说话，真是有求必应，随叫随到，帮助人们驾船上山采药。后来耶鲁里派来的巨魔占领了七座白玉山，还向他们要活人来吃。多亏榆树神给他们出主意，用榆树蜂蜜水，能治死巨魔。可是怎么能把蜂蜜水给魔鬼送去呢？老七主动让哥哥们把自己献出去喂魔鬼，其他六个兄弟虽然舍不得，但无奈只能同意。第二天，老七作为牺牲被献给巨魔，献出了生命，六个兄弟强忍悲痛，献上榆树蜂蜜水，毒死了巨魔。毒死巨魔后，六兄弟和乡亲们哭着上了白玉山，把老七的

① 富育光讲述，荆文礼整理：《天宫大战　西林安班玛发》，吉林人民出版社，2009 年 4 月第 1 版，第 49—50 页。

遗骨埋在山底下，永远纪念他。可是，哥六个舍不得老七呀，总想天天看看他，于是就搬到白玉山上住了。后来，为了填补天上的七个黑洞，阿布凯恩都里让老三星把老七的遗体和哥六个全搬到天上掌管七星，再把白玉山的草木全都分散到大地的各座山上，这样就消除了黑洞中的黑水每年给人们带来的灾难。从此，满族在祭祀的时候，也都祭祀纳丹乌希哈[①]，同时，也祭祀纳丹威虎里[②]。

笔者认为，这七座白玉山在满族说部神话、史诗中也是有原型的，《天宫大战》中有如下描写：

在萨哈连极北的地方，是一片千年松林和古岩幽洞，有一连七座山头，并峙入天，称穆丹阿林，四周群山围拥，白云护庇，百兽繁居，鸣唱如神界。其山多异禽异兽，生九彩斑纹鸟，其声如女儿语，又有双头七彩花节蛇，有此蛇处可得七星翡翠，为玉宝。北人多跋涉千里，采玉易货于南明。相传，天命初宫妃多赐用穆丹玉。穆丹阿林，阿布卡赫赫在驱赶恶魔耶鲁里时，是她从头上摘下玉坠，打向耶鲁里，耶鲁里的头被打掉了一颗，掉在此地，那块玉坠也被打碎，落在耶鲁里掉下来的头上，变成了一座玉石山，包围住了那颗魔头。可是耶鲁里神技无敌，马上把掉下头的那个地方，一连凸出六个同样的大山。阿布卡赫赫和巴那姆赫赫来找那颗魔头，已经难以觅寻，在七个大山和周围的小山丘中，无法再找到耶鲁里的头。耶鲁里从地下偷偷把那颗头找到安到了自己的身上。从此，这里出现了七座大山，而且山中多奇玉，都是阿布卡赫赫头上的玉坠化成的。山中多幽洞，是阿布卡赫赫派诸神捉拿魔头，给钻拱出来的。幽洞甚深长，多冰瀑、潜流，多蟒、豹猛兽。穆丹阿林与摄力神山，同为北方诸族致祭的名山。长途献牲，祝祭者从春走到冬，从冬走到春，骑马、步行，赶着勒勒车向北虔诚进发，逶迤不绝。清初叶仍不绝于道。[③]

《纳丹乌西哈（七星）》中也有描写：

东海有七座透明似玉的山，人们都叫它白玉山。这七座山长得特别

① 纳丹乌希哈：满语，纳丹为七的意思，乌希哈为星星之意。纳丹乌西哈指北斗七星。

② 纳丹威虎里：满语，纳丹为七的意思，威虎是小船之意。纳丹威虎里很可能是指驾着小船的七兄弟。

③ 富育光讲述，荆文礼整理：《天宫大战　西林安班玛发》，吉林人民出版社，2009年4月第1版，第35—37页。

有意思，白玉的树，水晶的花，到处是翡翠玛瑙，可算是天上难寻，地上难找。山上的一草一木，都能给人治病。①

与《天宫大战》中的白玉山相比，两个故事至少有三点是相同的，一是同样是七座；二是同样都为盛产白玉的名山；三是都有翡翠。也许《天宫大战》中的七座白玉山，给后来的人们提供了无限遐想的空间，觉得无论如何这样的名山都只配放在天上，加上又是七座，不多不少，于是就将其与北斗七星联系起来，融入当时流行的牺牲自己成全族人的自我牺牲精神，于是这样一篇北斗七星星主的神话故事就产生了。

此外，在民间还流传着天神纳丹威虎里下界为民尝毒草的传说，更为感人。原文不长，摘录如下：

耶鲁里被刺死后，他的灵魂无处可去，就造了一个地狱——八层地下国。他恨地上国的人，看到他们在太阳底下过活是那么安宁自在，就想出了一条毒计，在地上国播撒了天花、斑疹、伤寒等多种瘟疫。疾病开始在地上国蔓延，成千上万的人被瘟疫夺去了生命。开始还有人给死者火葬，后来连送葬的人也没有了——人类眼见要灭绝了！人们哭着、喊着，向天神阿布凯恩都里祷告：“至高无上的天神啊，您既然仁慈地造了我们，就应该保护我们啊，快来搭救我们逃出耶鲁里的毒手吧！”

天神听到了人类的祈祷，感到震惊，赶紧把他最忠厚最诚实的弟子纳丹威虎里叫到面前，对他说：“我所造的人类正在遭受那么大的灾难，你快去替我解救他们吧！”纳丹威虎里受命离开天上国，到了瘟疫流行的地上国。这位天神的肚子与他的为人一样，是通明透亮的，从外面一眼就能看到五脏六腑。为了搭救濒临灭绝的人类，他便四处采草药，尝草药，他很快就发现了能治疗天花、伤寒的草药，配成了许多灵验的偏方，又收了好多徒弟，让他们为别人治病。不久，瘟疫停止蔓延了。耶鲁里一看纳丹威虎里拯救了人类，非常恼怒。他又想出了一条毒计，偷偷在地上国播种下七种毒草。忠厚诚实的纳丹威虎里毫无防备，一天，在尝草药的时候吞吃了耶鲁里播种的一种毒草，他马上感到一阵腹痛，低头一看，发现毒草已经破坏了他的肝脏。他知道自己活不长了，但不能倒下去，他忍着疼痛在土地上疾走，日夜不停地奔波，拼命寻找耶鲁里播

① 傅英仁讲述，荆文礼搜集整理：《满族神话》，吉林人民出版社，2016 年 8 月第 1 版，第 85—86 页。

种的毒草。一天天过去了，他找到了六种毒草，尝了六种毒草。他的肝、胆、脾、心、胃、肾，都被毒草破坏了！他走不动了，就要死去了。临终前，纳丹威虎里把徒弟们叫到面前说："我知道耶鲁里播种了七种毒草，我已经找到了六种。可惜我已经走不动了，剩下的那种毒草会给人类带来多少灾难啊！"见徒弟们记住了毒草的形状，他才慢慢闭上了眼睛。纳丹威虎里为了人类不幸死去了。他教出来的徒弟们还在按照他留下的药方给人们行医治病。只是那种没有被找到的毒草，今天还在危害着人类。[①]

七、启明星主：德凤阿

在满族神话中，启明星主名叫"德凤阿"，或者叫"窝集大罕"，是窝集国的第二代大罕。德凤阿当了窝集国大罕后，就把部落名改为勿吉国。德凤阿的诞生充满神奇色彩，他出生时，是个肉蛋，父母吓坏了，把他扔到荒郊野外。三天后，肉蛋裂开，德凤阿自己蹦出来，母老虎给他喂奶，大鹏下界来保护他成长。他成长很快，三个月就能下地，自己背着肉壳到处跑。三岁时他重回父母身边。到了八岁这年，他身上的肉壳才开始脱离他的身体，但是他时刻离不开它。这个肉壳越来越坚硬，刀枪不入，一旦遇到危险，他马上就把肉壳套在身上，作为他的铠甲。……他每天仍睡在肉壳里。这肉壳还能随着他身体成长，身体长肉壳跟着长。后来遇到难事，解决不了的事，德凤阿晚上睡在肉壳里，这肉壳还能告诉他解决的办法，肉壳成了他的智囊袋。后来，德凤阿当了王爷，也离不开肉壳。

德凤阿八岁时，朱理真部十分强大，派兵吞并了窝集部，杀死了他的父母和兄长，把整个部落的人掳去当奴隶。因德凤阿是个神童，朱理真部国王把他留在王府里，他立了不少功劳后，逐渐受到了王爷的器重。然而德凤阿并没有忘记杀父母兄长之仇，终于利用庆功大会的机会，杀死了朱理真部国王，并顺利逃走，建立了勿吉国，德凤阿成了勿吉国的国王，没几年工夫，勿吉国扩大到八个部落，人口逐年增多，人们的生活蒸蒸日上。

德凤阿一直活到一百八十岁。单说这年的三十晚上，部落里的人都来给老王爷拜年，可怎么也找不到他。大家来到后院，发现雪地上有一面石头墙，墙上放着一幅画，大家一看画就明白了，老王爷已被天神召去了。于是他的大儿子带领着部落人祭祀天神、星主。第二天天刚亮，人们在东方的天空中发现一颗很亮的星星，在这颗星星上冲着勿吉国下来一个穿着金盔金甲的人，

① 傅英仁讲述，荆文礼搜集整理：《满族神话》，吉林人民出版社，2016 年 8 月第 1 版，第 2 页。

他对勿吉国的人说："你们的老王已经升天了，他成为启明星主。你们看这颗很亮的星就是启明星。"打那以后，每年正月初一祭祀时，满族人都要祭奠这位启明星神，纪念他对满族及其先民创下的丰功伟绩。

满族及其先民都非常尊敬德凤阿，不管是渤海国、金国、还是清朝，每个朝代的皇帝登基时，除祭祖、祭天外，首要的是祭奠德凤阿这个神。德凤阿确实立了很大功劳，是他使满族先民经历了三灾八难才建立起勿吉大国，从此摆脱了被人奴役的历史。勿吉国人学会炼铁、造船、建造石头屋子，并开始种粮食、种菜，丰衣足食，比任何部落都强大。德凤阿活了一百八十多岁，死后被天神召回天界，成为掌管东方天界的纳尔额真恩都里。每天天刚刚亮时，人们能看到一个很亮的星，这个星就是他，叫启明星。

第三节　满族说部神话、史诗中的日神、月神崇拜

天上的日、月给人类带来温暖和光明，自古以来就被各个国家、各个民族的神话所推崇。满族先民自古以来生活在寒冷的东北地区，对光和热的渴望，使他们自然地对给他们带来光和热的太阳和月亮格外崇敬。满族神话中的日月神话也很多，且写得精彩纷呈，如诗如画，如：《天宫大战》中阿布卡赫赫的眼睛化生日月，日月旁边还有身披光衫、威力无比的护眼女神——者古鲁女神；神奇的太阳河水疗愈过受伤昏迷的阿布卡赫赫，更被鹰母神衔来哺育了世界上第一个萨满女神；《乌布西奔妈妈》中，太阳河边的九彩神鸟昆哲勒化作"火燕"，融成万里东海；东海德里给奥姆妈妈座下迎日神和托日神，日日勤劳不懈，托起金色的太阳；乌布西奔妈妈为了寻找神奇的"天落宝石"和美丽神秘的"太阳之宫"而不远万里，五次远征海上，最后死于海上……此外，满族说部神话、史诗中还有萨满带着族人不远万里"找月亮"的神话，三音贝子用五彩天绳套上六个太阳的独特的"套日"神话，都格外精彩动人。

一、阿布卡赫赫的"眼睛"与神秘的太阳河水

在满族神话中，天上的日月是由谁创造的呢？《天宫大战》中，天上的日月和星星，都是卧勒多赫赫用阿布卡赫赫的眼睛化生的。正如在上一节星神崇拜中笔者所引述的："阿布卡赫赫、巴那姆赫赫、卧勒多赫赫，同身同根，

同现同显，同存同在，同生同孕，阿布卡气生云雷，巴那姆肤生谷泉，卧勒多用阿布卡赫赫的眼睛分别生顺（太阳）、毕牙（月亮）、那丹那拉呼。三神永生永育，育有大千。”[①]《天宫大战》中还有另一个版本的日月诞生神话，描写阿布卡赫赫被耶鲁里骗入北天雪海中，冻饿难耐，只好吃雪山底下的巨石充饥，巨石堆里住着多喀霍女神，“因为多喀霍女神是光明和火的化身，热力烧得阿布卡赫赫坐立不宁，浑身充满了巨力，烤化了雪山，一下子又重新撞开层层雪海雪山，冲上穹宇。可是热火烧得阿布卡赫赫肢身融解，眼睛变成了日、月，头发变成了森林，汗水变成了溪河……”[②]

这种从天神的某一部位诞生另一天神的神话，并不少见，希腊神话中的智慧女神雅典娜正是从宙斯的额头裂生出来的，从表面看这是原始先民对自然界各种事物间关系的朴素的认识，他们认为天地初始之时是混沌一体的，到后来，某一部分功能逐渐从中自然分离出来、独立出来，就像是一个天神又裂生出另外的神。日月是从眼睛中生出来的，也是能理解的想象，如中原的盘古神话中，天上的日、月也是由死后的盘古的眼睛演变来的，所谓“气成风云，声为雷霆。左眼为日，右眼为月”。

日月诞生后，随护在它们身边的又是谁呢？《天宫大战》中讲：“天树通天桥，通天桥路分九股，九天九股住着宇宙神，都是耶鲁里从地上赶上来的。九股分住着三十妈妈神：一九雷雪三十位，二九溪涧三十位，三九鱼鳖三十位，四九天鸟长翼神，五九地鸟短翼神，六九水鸟肥脚神，七九蛇猬追日神，八九百兽金洞神，九九柳芍银花神，统御寰天二百七，三位赫赫位高尊。”[③]其中的七九是“蛇猬追日神”，也就是在日神身边的两种原始动物大神，蛇神与刺猬神。刺猬神在《天宫大战》中被称为者固鲁女神，也称“护眼女神”，是阿布卡赫赫的三个贴身侍女中的第二个，者固鲁女神身上的针刺上带有太阳的光芒，只要耶鲁里敢来伤害阿布卡赫赫，她就会用“刺猬针上的太阳光刺他的九头双眼”，在阿布卡赫赫同恶神耶鲁里的战斗过程中发挥了重要作用。除刺猬神外，蛇神也是“追日神”之一。《天宫大战》中这样描写：“蛇就是光神化身，是从天上掉下来的，虫类也是从天上掉下来的。所以它们在有火

① 富育光讲述，荆文礼整理：《天宫大战　西林安班玛发》，吉林人民出版社，2009 年 4 月第 1 版，第 11 页。

② 富育光讲述，荆文礼整理：《天宫大战　西林安班玛发》，吉林人民出版社，2009 年 4 月第 1 版，第 46 页。

③ 富育光讲述，荆文礼整理：《天宫大战　西林安班玛发》，吉林人民出版社，2009 年 4 月第 1 版，第 57 页。

和光的春夏，才能出洞生活，无火无光的暗夜和严冬，便就入眠了。”[①] 因而刺猬神和蛇神在满族说部神话中地位都很高。尤其是刺猬神，曾是佛托妈妈的小徒弟，陪她一起相依为命渡过了洪灾劫，又在“神魔大战”中钻冰山去救被困在冰山中的阿布卡赫赫；后来又成为阿布凯恩都里的大徒弟和得力干将。（因刺猬神和蛇神在动物神一章中专有一节详细论述，这里不多赘言。）

《天宫大战》中还描写了美丽的太阳河水曾为阿布卡赫赫疗过伤：

> 耶鲁里恶念凶欲不死，企望挟天为主，便于日月降落后的黑夜里，悄悄冲向青空，口喷黑风恶水，淹没了穹宇大地。阿布卡赫赫刚升到天上，得到德登女神的报告，可耶鲁里已经将兴恶里鼠星女神捉住，放走了神鹰，并把迎面冲来的阿布卡赫赫身上的九座石山、九座柳林、九座溪流、九座兽骨编成的战裙扯了下来。这是阿布卡赫赫的护身战裙。阿布卡赫赫丢掉了护身战裙，便只好逃了出来，在众星神的保护下，逃回九层天上，疲惫不堪，昏倒在滚动着金光的太阳河旁。太阳河边有一棵高大的神树，神树上住着一位名叫昆哲勒的九彩神鸟，它扯下自己身上的毛羽，为阿布卡赫赫擦着腰脊上的伤口，用九彩神光编织护腰战裙，又衔来金色的太阳河水，给阿布卡赫赫冲洗着伤口，使阿布卡赫赫很快伤愈如初。[②]

滚动着金光的太阳河，河边有一棵高大的神树，神树上住着叫昆哲勒的九彩神鸟，它扯下自己身上的毛羽，为阿布卡赫赫擦着腰脊上的伤口……这美丽的景色，温馨的画面，感人的场景，是满族先民对太阳的深情咏叹，其中充满了满族先民的崇敬和热爱之情。而太阳河水神奇的治愈功能，又使人充满无限的遐想。

对于满族先民来讲，阳光的确是有治愈功能的。在《恩切布库》中，恩切布库为了防止野民们久住洞穴潮湿阴冷，易生寒病，就发明了树屋，使得东海人夏季能饱享阳光之暖，自然就身强体健；《西林安班玛发》中：“多数住穆林阿林的人，久居寒冷潮湿的山中，因山麓洞窟内潮湿寒凉，东海人不论男女老少好患两种地方怪症，一是白痴呆傻或哑不能言；一是头大、胸隆鼓、双腿双臂短小，成人像十岁童子，走路双腿如罗环，上山下山艰难万分，无

① 富育光讲述，荆文礼整理:《天宫大战　西林安班玛发》，吉林人民出版社，2009 年 4 月第 1 版，第 46 页。

② 富育光讲述，荆文礼整理:《天宫大战　西林安班玛发》，吉林人民出版社，2009 年 4 月第 1 版，第 67—68 页。

法打猎、网鱼、骑马，无法成为强壮的驭手，而且更严重的是，东海人早年寿命短，还是青壮年有为时，就四肢不用，很早离开人世了。”[①] 为了治疗这些怪病，西林安班玛发不惜魂神出窍，化作鼹鼠去找适宜的居所。终于在海滨一带，他找到了阳光充足、冬暖夏凉的适宜之地，“从此西林安班玛发，率领莎吉巴那各族族众，……陆续迁到了东海滨，在新的东海沿岸……搭盖房舍，营造火炕，再不畏惧地潮、地湿、天寒，生活从此快乐舒心。”[②] 可见，西林安班玛发为族众找到的治疗这些怪病的良药，正是阳光和温暖，也就是满族先民心目中的“太阳河水”。

“太阳河水”还是哺育世界上第一个女大萨满的第一口“乳汁”，神话中写道：

> 阿布卡赫赫又派神鹰哺育了一女婴，使她成为世上第一个大萨满，神鹰哺育的奶水，太阳河便是昆哲勒衔来的生命与智慧的神羹。……神鹰受命后便用昆哲勒神鸟衔来太阳河中的生命与智慧的神羹喂育萨满……使她通晓星卜天时；用巴那姆赫赫的肤肉丰润萨满，使她运筹神技；用耶鲁里自生自育的奇功诱导萨满，使她有传播男女媾育的医术。女大萨满才成为世间百聪百伶、百慧百巧的万能神者，抚安世界，传替百代……[③]

文中深情地将太阳河水称为“生命与智慧的神羹”，并说这种神羹使得其哺育的萨满“通晓星卜天时”，显然，这与前文“星神崇拜”中所写的相一致：早期的满族萨满文化中，很重要的一个方面就是观日月、星相，甚至有专门的人在人迹罕至的野外，终年风餐露宿，只为观日升日落时辰、星辰方位，探索其中内在的规律。长期的积累，使得满族先民尤其是萨满们掌握了相当丰富的天文知识，这对于他们辨明方向以及掌握四时时光流逝与星相变幻之间的规律，都有重要意义。其中观日出日落规律，当然也是其中重要的一个方面。因而满族先民浪漫地把这种关于天文星相的学问说成是被“太阳河水”这一“生命与智慧的神羹”哺育所获得的聪明才智。

① 富育光讲述，荆文礼整理：《天宫大战　西林安班玛发》，吉林人民出版社，2009年4月第1版，第186—187页。

② 富育光讲述，荆文礼整理：《天宫大战　西林安班玛发》，吉林人民出版社，2009年4月第1版，第209—210页

③ 富育光讲述，荆文礼整理：《天宫大战　西林安班玛发》，吉林人民出版社，2009年4月第1版，第70—71页。

二、"火燕"与九彩神鸟"昆哲勒"神女

上文引述的那个美丽善良的九彩神鸟"昆哲勒"神女给我们留下了深刻的印象，神鹰受命后，正是用昆哲勒神鸟衔来的太阳河中生命与智慧的神羹喂育萨满的，那么昆哲勒神鸟后来的命运又怎么样了呢？

《乌布西奔妈妈》中描写东海是日神幻化的"火燕"所造：

> 在不知岁月、不知年代的古昔，东海滨没有花果，没有涧溪，没有林木，只是一抔凋败的黄土，无声无息，像枯瘪的柏枝，死一样沉寂。又不知熬过多少日落日出，忽然，天降白冰，冰厚如山，银色的苦寒世纪，如晶明的寒岩，照射天穹阔宇。一天，东天忽然响起滚滚的雷鸣。雷声里，一只金色的巨鹰，从天而唊。鹰爪紧抱着一颗白如明镜的鸟卵"乌莫罕"[①]。巨鹰在冰川上盘旋数周，将白卵"乌莫罕"抛地，顿时耀眼的光芒闪聚。这光芒迅即将雪岩，融化出一汪清水。水声汩汩，喷起堆堆的水泡银珠。水泡中跃起火燕一只，红嘴红羽，在冰川中穿梭不息。寒凝冻野，冰枪雪箭，威压火燕。火燕被清泉荡涤，毛羽净消，化成一位鱼面裸体的美女。鱼面美女随冰水滚动，灼热身躯使冰河越融越宽，幻成万道耀眼的霞光，覆盖冰野之巅，照化冰山、冰河、冰岩、冰滩……寒苦的东方，从此凝生一条狭长无垠的狂涛。因她是裸体鱼面人身神女，疲累中，头仰北方，足踏南海，在陆地上化成了一条橄榄形奔腾的海洋——东海。
>
> 火燕幻化神女时，竟忘阿布卡赫赫百般叮言："你降世送福，融暖冰山、冰川，苏醒万生，掘地造海，务要紧束发髻，切不可让光发蓬松零乱。若忘谬吾谕，必将难返我的九霄神楼，遗恨成深渊般的灾难！"火燕本是阿布卡赫赫侍女日神幻化，天性勤勉忠憨，只顾践行天母命她为世间造海，哪来得及管神光如日的发髻散乱。发髻是她日神光毛火发，本应可以照穿冰野，豁开海洋，重返天庭神坛。……阿布卡赫赫嗔怪惋惜火燕笨拙，将其永留海底，化作千道海沟，永世不得幸睹晨曦。[②]

其实《乌布西奔妈妈》中的这则"火燕"神话，在《天宫大战》中也是有原型的，是《天宫大战》中的一段文字的续写和拓展。《天宫大战》中写道：

---

① 乌莫罕：满语，鸟蛋。

② 鲁连坤讲述，富育光译注整理：《乌布西奔妈妈》，吉林人民出版社，2007年12月第1版，第7—9页。

是阿布卡赫赫把太阳和昆哲勒神派到水中，从此冰水才有了温暖，才生育出水虫、水草，重新有鱼虾、水蛇、水獭、水狸，又在东海有了人身鱼神，受太阳之光，不少水虫变为人首鱼身的河湖沼海之神，因是受阳光而育，应阳光而生，故常罩七彩光衫，称为“德立格”女神。[①]

对比这两个神话中的细节，笔者认为，“火燕”的原型就是居于太阳河边神树上的九彩神鸟“昆哲勒”神女。《天宫大战》中昆哲勒神女被派到水中，使冰水有了温暖，造出人首鱼身的河湖沼海之神，而《乌布西奔妈妈》中，“火燕”也是阿布卡赫赫派到冰水中的，最后，也化作“一位鱼面裸体的美女”，最后造出了东海。显然，二者之间极其相似，一脉相承，基本上可以确定是一个神话在不同时期中的不同版本，都是讲阳光下孕育出河湖沼海之神的故事，且其所造之河湖沼海之神，名叫“德立格”女神。德立格，是满语“东方”的意思，名叫东方且为河湖沼海之神，不就是东海吗？《乌布西奔妈妈》中的“火燕”神话，显然比《天宫大战》中的版本更加详细，故事性更强，也更有文学性了。尤其是“火燕”由于光发蓬松零乱而再也不能回到天上，更有悲剧的意味，其中凝聚了满族先民常常倾心打造的民族之魂——自我牺牲精神，因而也更易打动读者了。

在《乌布西奔妈妈》所处的时代，东海女真人，尤其是生长在海滨的东海女真人，逐渐形成了对东海的热爱与依恋。因而在其神话中，东海德里给奥姆妈妈地位迅速提升，成为仅次于三女神的第四位女神。关于她的诞生，也有一则动人的神话：

天地初开之时，阿布卡赫鏖赫战恶魔耶鲁里，不慎被耶鲁里擒缉。在最危难时刻，地母巴那吉赫赫用口水喷射耶鲁里。耶鲁里被狂热地泉惊遁，躲隐入小岛屿，使阿布卡赫赫无法辨识。地母口水恰巧滴落在神鼓上，化形出一位半坐在鼓上的鱼首裸女大神——德里给奥姆妈妈。巴那吉赫赫无比欢喜，请星辰小妹卧勒多赫赫女神，将这面奇妙神鼓，迅交天母阿布卡赫赫驭使。天母炯炯日火照育神鼓，顿使鱼首裸女焕生双倍伟力。阿布卡赫赫击响神鼓，天地摇撼，海啸、山崩、雷鸣，震得恶魔耶鲁里，目眩头晕，瑟缩颤抖，滚进地心熊焰里呼号呻唤。阿布卡赫赫转败为胜，使宇宙万物得以生聚。从此，在萨满铿锵祝祭中，鱼首裸

① 富育光讲述，荆文礼整理：《天宫大战　西林安班玛发》，吉林人民出版社，2009年4月第1版，第71—72页。

女奥姆妈妈圣容，便是东海神鼓上最荣耀的英姿。

东海奥姆妈妈女神，因是地母巴那吉赫赫炯炯口水幻化，又是阿布卡赫赫炯炯日火凝生。故此，她具有地母天母，双神体魄、体魂，慧目、慈心，无上神威神圣，永世给人类播送热与光明。东海奥姆赫赫女神，在众宇神之中，位列在阿布卡赫赫光明大神、巴那吉赫赫沃土大神、卧勒多赫赫星辰大神之后，统驭宇地、海洋、生死、光明，是尊贵万世的第四位母神。①

神话的产生往往是世代累积的结果，最早的神话可能只是提供了素材和原型，后来的神话则不断根据时代需要和自身经验加以改编和续写，使得原有的素材和原型得以逐渐丰富和生动起来。笔者认为，这一东海德里给奥姆妈妈，是"昆哲勒"神鸟造河湖沼海的神话和"火燕"造东海的神话在不同时代的续写和改编。它们之间至少有几点是彼此相通、内在延续的，一是同样是日火照育；二是所化成的同样是半人半鱼的形象；三是同样是河湖沼海之神；四是所造之神名字大同小异，都与东海有关。只不过三则神话所讲述的侧重点不同，《天宫大战》中只是一般性介绍了阳光孕育了河湖沼海之神；"火燕"神话更强调了"火燕"作为日神神女的自我牺牲精神；第三则神话则更强化了东海德里给奥姆妈妈的天生神力和地位权威。

三、"舜吉雅峰"与神秘的"海上太阳之宫"

自古以来太阳的升起和下落之处，就是人们借助神话的幻想之翼追逐和向往的地方。在东海女真人的心目中，太阳是从东海中升起又落入东海，东海就是太阳借以安歇的家园。《乌布西奔妈妈》中写道：东海德里给奥姆妈妈"同太阳相随相伴，主管着天上的太阳，黎明旭日升入高天巡行，傍晚落入大海胸怀安歇"②。那么，在神话中，又是谁来照管太阳的起落呢？《乌布西奔妈妈》中写道：东海德里给奥姆妈妈"身边众多女神，最得力的助手，便是托日神与迎日神。托日女神，怀抱红日，身骑长鲸，将旭日托出东海报黎明，光芒四射，朝气腾腾。迎日女神，身骑天鹅，将海面喷薄跃出的朝日，举送到苍穹九九八十一个方位，让舜莫林驰骋寰宇"③。这是怎样一个海上日出的壮美景象呀！

中原神话中，太阳升起的地方，神秘的太阳之宫，也在东海之外。在《山

① 鲁连坤讲述，富育光译注整理：《乌布西奔妈妈》，吉林人民出版社，2007年12月第1版，第17—19页。
② 鲁连坤讲述，富育光译注整理：《乌布西奔妈妈》，吉林人民出版社，2007年12月第1版，第17页。
③ 鲁连坤讲述，富育光译注整理：《乌布西奔妈妈》，吉林人民出版社，2007年12月第1版，第19页。

海经·大荒南经》中有："东南海之外，甘水之间，有羲和之国。有女子名曰羲和，方浴日于甘渊。羲和者，帝俊之妻，生十日。"[①]《山海经·大荒东经》则有"大荒之中有山，……上有扶木，柱三百里，其叶如芥。有谷，曰温源谷、汤谷，上有扶木，一日方至，一日方出，皆载于乌"[②]的神话，而《山海经·海外东经》中说："汤谷上有扶桑，十日所浴，在黑齿北。居水中，有大木，九日居下枝，一日居上枝。"[③]将中原神话中的太阳居地，与《天宫大战》中对太阳河水的描写"太阳河边有一棵高大的神树，神树上住着一位名叫昆哲勒的九彩神鸟"，以及《乌布西奔妈妈》对太阳之宫在东海之中的描写加以对比，似乎有几点是不谋而合的，一是都主张"太阳之宫"在东海，二是太阳居处都有神树，三是似乎都与神鸟有关。中原神话中的太阳升起之地与《天宫大战》《乌布西奔妈妈》中的太阳之宫，是否存在一定关联或互相影响的因素呢？似乎有这个可能，但尚需更多考证，笔者不敢妄言。

《乌布西奔妈妈》中描写乌布西奔"誓志扬帆东海寻热土，心系神秘的舜吉雅峰"。舜吉雅峰是东海女真人神话中的秀美高峰。相传它在东海之中，是太阳的住地，太阳朝朝暮暮都从神圣的舜吉雅峰宫城中升落[④]。舜吉雅毕拉峰是世世代代东海人朝拜圣日的神殿，山巅常有神女投下的天落宝石。相传天落宝石是太阳的躯壳，乌布西奔一直希望能通过找到天落宝石来找寻太阳升起的圣地。文中写道：

在乌布林朝向太阳初升的山巅，世代尊称舜吉雅毕拉峰，代表着锡霍特阿林骄傲的身容，高耸入云，自古美称为天云的歇脚坪。成群的岩羊，奔跑在山崖腰间，成群的岩雀，飞翔在山崖林丛，白天鹅时时鸣唱在山顶，白银海雕时时盘旋在山尖。平时，它们总是隐藏云中，很少能见到山巅的巍颜。雨在山巅崖间飞落，雷在山巅胸怀中滚响，风在山巅崖脚下咆吟。人们总是望见舜吉雅毕拉山巅的幻景。每逢太阳出山，便可见到山顶展现光晕，像一颗星星嵌在山顶。每逢太阳落山，便可见到山顶的光芒，在微微熄遁，隐入山峦绿荫。奇异的光彩，它是太阳神的影子，它是太阳神的光晕，引起人们无穷联想和对它的敬崇。乌布林东山之巅，是朝拜圣日的神殿，山谷间摆满祈祝的供品，那么圣洁、崇高而威严。传说，

① 李超宇主编：《四库全书精华》，卷14，吉林摄影出版社，2002年3月第1版，第3558页。
② 李超宇主编：《四库全书精华》，卷14，吉林摄影出版社，2002年3月第1版，第3559页。
③ 陈维礼、黄云鹤、柴秀敏注译：《白话绘图山海经》，下卷，吉林文史出版社，2001年7月第1版，第178页。
④ 鲁连坤讲述，富育光译注整理：《乌布西奔妈妈》，吉林人民出版社，2007年12月第1版，第146页。

天母阿布卡赫赫，同恶魔耶鲁里拼争，曾歇息在山巅的卧石亭，饱享了山巅上的美儿莛，沐浴了最先降临的月光，才更加不可抗争，不可战胜，击败了耶鲁里，重振寰穹。山巅美儿莛圣果是红珠果，甘甜而芳芬。人若没有造化和毅勇，很难能够睹见其神踪。（舜吉雅毕拉峰）山巅常有神女投下天落宝石，万道金线，七彩晶莹，红遍山巅。相传天落宝石为太阳躯壳，是东海人航海的夜明珠，劈浪融雪照征程。

相传，天落宝石坠地即隐，非人肉眼而能瞻寻。天落宝石性结良朋，与禽狐朝夕与共。若图宝石必先求踪。山巅住着：

千年的天鹅，它守护着宝石洞；千年的雪狐，它看守着宝石洞；千年的银雕，它卫护着宝石洞。传说传讲了几千年，谁也未见到天鹅、雪狐、银雕。而天落宝石和红珠果的神影，究竟什么模样，渺茫如梦，没有一个人能够讲清。纵然是千古传闻，欲驾驭东海的乌布逊人，坚信套洛甘玛发嘱咐，寻找天落宝石心不移，有志者事竟成。……乌布西奔自扶尼海礁归来，为有朝如愿探海迎日神，日夜虽操劳海训，天落宝石亦久挂在心。早命乌布林飞崖哈哈西，五上舜吉雅毕拉山巅，摘回三枝美儿莛敬神，可天落宝石却无迹可寻。①

综合上述文字，笔者认为，东海女真人心目中的太阳之宫，远在东海之外很远地方的一个海岛之上，岛上有很多如珍珠般的天落宝石，守护宝石的有千年的天鹅，千年的雪狐，千年的银雕。

《乌布西奔妈妈》中描写乌布西奔的族众曾救过一个海岛野人，自称来自东海太阳之岛，他所乘坐的独木舟上就藏有十九颗天落石，后来野人献出天落石，成了乌布西奔航海寻找太阳之宫的主要帮手。这个海岛野人也描述了神奇的太阳之岛和天落宝石：

野人——身满绒毛的人，纵情传诵宝石神效：在海之东，密布的大小岛上，盛产宝石，银红色、红黑色、晶黄色，大小不一，深藏石沙之中。惟有海凫、天鹅、神狐，能从沙堆中寻得。光洁耀目，犹如日月之明。海中人以亮石相互联络互援，海中人以亮石照射暗去之程，海中人以亮石探海凶鱼惊遁，海中人以亮石驱热镇静祛病。奉若神目，照穿魔窟，驱邪除秽，妖鬼远避。相传神石产于神岛，神鸟常衔神石，凶雕不敢追逐，

① 鲁连坤讲述，富育光译注整理：《乌布西奔妈妈》，吉林人民出版社，2007 年 12 月第 1 版，第 147—149 页。

蛛蛇不敢吞噬。神石是稀世之珍，人常常一世未得一珠。野人槐盆十九颗珠宝，足见他是海中望族主事，必威严掌管野类海民。[①]

是否真的有天落宝石存在呢？笔者认为这很可能是真实存在的。因为据笔者统计，在满族说部神话、史诗中，至少有三部作品提到天落石。除《乌布西奔妈妈》中所讲到的天落宝石之外，《天宫大战》中在描写突姆火神的时候，提及“天上常常掉下来些天落石，便是突姆火神脚上的泥”；还有《苏木妈妈　创世神话与传说》一书中有一篇《冰灯的来历》，其中描写蟒格格说：“你要有胆量爬上乌西哈阿林（星星山），到山顶上取两颗天落石，拿回来用一百个人身上的热血，把它温红，它就会像天上的流星那么明亮。”[②] 最后她还用这天落石的光亮杀死了天生怕光的妖怪。

天落石，其实是外太空落下的陨石，也就是空中其他天体的碎片，东海女真人，可能很早就认识并利用这种陨石了。因其有磁性，可以感受磁场的变化，有的还能发光发亮，因而满族先民在航海中应用最多。如乌布西奔向套洛甘玛发求问航海秘经，套洛甘玛发说：“东海俗信天落石，千里蹈海快如风。”套洛甘玛发详解天落石：“星陨宝石乃天宇来客，广蕴日月之精，世代难遇，千里难寻，东海人奉为神灯。携数珠入沧海，息风镇浪避秽邪，暗海迷涛自照明。”[③]

套洛甘玛发的介绍以及野人献出十九颗天落石的事情，更使乌布西奔女罕坚定地相信：“海中必有（太阳）栖息之地，必有神秘的地方！这金光普照的土地，一定是巴那给额姆的心脏。找啊，找到了海中天堂，那儿必是众神的故乡，太阳从圣地东升。”[④] 为了这个寻找太阳之宫的理想，她不惜五次远征海外，踏遍外海三千里，最终病死于海上。

对于神秘的太阳之宫，在满族说部的其他神话中也多有描写。在《小莫尔根逸闻》中有一则小莫尔根和小牡丹一起驱逐冷魔的故事。故事中说，要想驱走冷魔，“得爬过勤奋岭，登上毅力山，到虎山砬子找到金饼。把这金饼磨成像山泉一样平滑、清澈。磨到不出声时，就磨成了。再骑上那条参龙去东海，

① 鲁连坤讲述，富育光译注整理：《乌布西奔妈妈》，吉林人民出版社，2007年12月第1版，第158—159页。

② 富育光讲述，荆文礼整理：《苏木妈妈　创世神话与传说》，吉林人民出版社，2009年4月第1版，第192页。

③ 鲁连坤讲述，富育光译注整理：《乌布西奔妈妈》，吉林人民出版社，2007年12月第1版，第145页。

④ 鲁连坤讲述，富育光译注整理：《乌布西奔妈妈》，吉林人民出版社，2007年12月第1版，第151页。

请司汶恩都里[①]往金镜里注进神光。这样的金镜就可以驱逐冷魔，这里的人们就可以免遭灭顶的灾难”[②]。他们千辛万苦寻找的太阳升起的地方在东海之上，过了小海[③]，有无数的海雕守候，多亏了丹顶鹤的引路，才找到的。可见，在满族先民心目中，太阳升起的地方几乎都是在东海之上很远地方的小岛上，有银雕等动物守护，这个观念已经深深植入他们的心中，在不同的神话中都有所体现。

神话《找月亮》虽然最终找到的是月亮，但其也是通过寻找太阳的居所，经过太阳的介绍，才最终找到月亮妈妈为他们晚上照亮的。他们所找的太阳之宫，也是在东海的小岛上。文中描写道：“到了晚上，这个地方非常亮。就见沙滩周围有好多珍珠闪着光，海水里的游鱼，也被海里的珍珠照得清清楚楚，整个岛上到处是放光的珍珠。”[④]……这同《乌布西奔妈妈》里面的描述基本相同，只是没有看到天鹅、雪狐和银雕的踪影。我们从中可以看出关于太阳之宫的神话流传很广，影响深远。

《找月亮》神话中所描写的太阳妈妈和月亮妈妈的居住之地，白天和夜晚都一样明亮。笔者认为，这种现象与北极地区常见的“白夜”现象非常接近。白夜和极光现象在其他满族说部神话、史诗作品中也有出现，如在《泼勒坤雀的故事》中，老鹰达和他的儿女到极北地方寻找白雕，应付鹰贡，就看到了神奇的白夜和极光现象。文中写道：“在遥远的东北边，那儿太阳老挂在天上，空中有最好看的七彩神火，像美妙的仙境。……他们来到了亨滚河的尽头，已到了极北地方。这个时候，天已经是一个颜色了，天上的七神神火，照得地呀、山林呀、冰雪呀、人畜呀，红亮亮的像披着霞袍。太阳总是不落山，总在天上。”[⑤]白夜现象在接近北极的地区属正常的自然现象，由于地轴偏斜，地球自转、公转的关系，从纬度48.5°起，在高纬度地区，有时黄昏还没有过去，就呈现黎明的景象，这种现象就叫作白夜。纬度越高，白夜出现的时间越长，天空也越亮。至今在我国漠河的某些地方，仍然可以看到这种现象。笔者认为，很可能从东海向北行，在接近北极的地方，有一个盛产珍珠的小岛，那里有美丽的白夜和极光现象，那里太阳长达半年不落，因而很容易就被人们想象成是太阳的故乡，这样东海之中极北地方有神秘的“太阳之宫”的神话，也就因此产生了。

---

① 司汶恩都里：满语，日神。

② 谷长春主编:《恰喀拉人的故事　小莫尔根轶闻》，吉林人民出版社，2018年8月第1版，第131页。

③ 小海：鄂霍次克海原属中国时，称为小海。

④ 谷长春主编:《恰喀拉人的故事　小莫尔根轶闻》，吉林人民出版社，2018年8月第1版，第22页。

⑤ 富育光讲述，荆文礼整理:《苏木妈妈　创世神话与传说》吉林人民出版社，2009年4月第1版，第147—148页。

四、寻找月亮之旅与“族火拜月亮”习俗

满族说部神话、史诗中单独描写月亮的神话很少，大部分时候都是描写日、月同时诞生的神话。然而有一篇神话却很特殊，是写开始的时候，只有太阳，没有月亮，月亮妈妈是萨满带着族众千辛万苦“找”回来的，这则神话就是《找月亮》。神话中描写道：“很早很早以前，恰喀拉这个地方，白天太阳，照得森林、噶山、小河通亮通亮的。可是，到了晚上，就一片黑，人走道儿常和野兽碰到一起，野兽伤人，把好些人都吃掉了。”因而人们就幻想，晚上还有一个太阳能把恰喀拉照亮该多好。于是在萨满的带领下，人们就开启了寻找太阳之旅。太阳的居所在哪里呢？文中描写道：

> 太阳在很远很远的地方，要走九万九千九百九十九里地。它在大东海的海里住，到那里要经过好多没有人烟的岛子，那些岛子有各种各样的妖魔鬼怪，能吃人，能毁船。就是到了太阳住的地方，白天也看不到它。因为白天它在天上，要走很远的路，要做很多活，到晚上才回来。只有在晚上它睡觉的时候，才能找到它。要和太阳见面还得在它不睁眼睛的时候，你才能和它说话。它要一睁眼睛可就坏了，眼睛里有刺人的火花，能把人烧焦。①

经过六个多月的海上航行，几次遇险，九个人剩了八个，多亏了萨满请来大力神相助，他们才找到太阳所住之岛。萨满开始请神，请太阳妈妈在晚上也给他们照明。可太阳妈妈说干一个白天，已经太累了，晚上要休息，建议说：“你们再往东走三四天的路，那儿有个月亮妈妈，她一天闲着没事做，玩珍珠度日子，你们找她，她会帮忙的。”于是他们又走了三四天，见前面一个地方非常亮，整个海都是透明的，他们找到了月亮妈妈，月亮妈妈很乐意帮忙，说：“我白天休息，晚上给你们照亮儿。……我不像太阳妈妈那样有力气，我的力气小得多。……这样吧，每个月头，我休息几天，这几天没光，但不要紧，我把珍珠扔到天上给我们照亮。然后给你们一点儿小光，中间给大光，然后再给一点儿小光。这些光足够你们用了。”②最后，月亮妈妈还送给他们每人一颗珠子，有了珠子，他们的返程非常顺利，妖怪都近不了身。后来，月亮妈妈把这八颗珠子要回来，扔到天上，七颗变成了北斗七星，萨满的一颗

① 谷长春主编：《恰喀拉人的故事　小莫尔根轶闻》，吉林人民出版社，2018年8月第1版，第19页。
② 谷长春主编：《恰喀拉人的故事　小莫尔根轶闻》，吉林人民出版社，2018年8月第1版，第23页。

变成了北极星。

从这则《找月亮》神话我们可以看出月亮在满族先民心目中也已经有了一定的地位，同太阳一样，是他们心目中不可缺少的光明之源。因此，他们崇拜月亮，视月亮为吉祥的象征，也留下了一些月神崇拜相关的习俗，如在《东海沉冤录》中有这样一段描写：

（玛尼妈妈）说道："……'族火'，便是每个月月亮圆的一天，全族男女老少从洞窟中出来，到崖下的草坪石板地上燃篝火，围着篝火拜月、唱月歌、跳舞。传说这天月神下界，用银色照亮宇宙的各个角落。只要被月神的银镜照过的人、照过的部落，将永远兴旺，没有污秽，所有的魔鬼无处藏身。你们赶得太巧了，恰好今天是月亮最圆的一天，夜里要举行全氏族的人盼望着的族火拜月亮。那时，我们的'神女'赫思痕安巴达妈妈就会从她住的那个最高的洞窟里走出来，为我们祈福唱歌呐！"……族众欢舞之中，边跳边唱边往篝火里扔兽肉、洒兽血。传讲此为女真儿女给月神妈妈献牲，用猎业的丰收回敬众神，感谢赋予之庇护和恩赐。跳着跳着，只见女罕忽地从大火中穿过，娟娟、田田及族众也随之一路而过，意为族人接受火的洗礼，可永驱邪恶。[①]

从上文可以看出，在满族先民的观念中，月神是吉祥的象征，他们相信："月神的银镜照过的人、照过的部落，将永远兴旺，没有污秽"，因而他们习惯于在月圆之夜，点上篝火，拜月、跳舞、唱歌、祈福，还要往篝火里扔兽肉、洒兽血，只为了给月神妈妈献牲，希望月神妈妈保佑族众猎业丰收……

五、三音贝子与"套日"神话

我们知道，中原神话中有后羿射日的神话，其他少数民族的神话中，射日神话也非常常见，几乎成为一个各民族神话公认的重要母题之一。那么满族说部的神话中，是不是也有射日神话呢？有的。东北气候寒冷，太阳的暴晒不是其气候的最主要灾难，因而满族先民的射日神话很少见，且出现较晚，但还是有这类题材的作品，代表作是《三音贝子》。满族的射日神话自有其独特的风格，最主要的特点是"套日"，而非"射日"。神话中描写道：

当年阿布凯恩都里造出人类以后，把他们送到地上生活。那时大地

① 富育光讲述，于敏记录整理：《东海沉冤录》，吉林人民出版社，2007年12月第1版，第835页。

> 没有光、没有热，黑洞洞、冷森森，人们没法儿活。这时，阿布凯恩都里又派四徒弟给地上人们造几个太阳。这位四徒弟做事总是太粗心大意，办事不加考虑，总怕造少了光和热不够用，一口气造了九个太阳挂在天上。他嘱咐这九个太阳说："每个太阳要轮班照射，谁也不许偷懒。谁发的光最亮、发的热最多，我可以保奏天神给你们封官加禄。"他也没给排好班次，就匆匆忙忙地到另一处天地造新的太阳去了。
>
> 四徒弟一走，这九个太阳一个不让一个，都争先恐后地早早出来，晚晚回去，用最大的力量发光发热。这一来，可把大地晒坏了。……飞禽走兽晒死了，人们眼看要渴死饿死，晒得没处藏没处躲。①

笔者刚刚看到这一神话时，也曾疑惑，南方地区气候炎热，出现射日神话无可厚非，何以生活在寒冷的东北地区的满族先民也会创作出有这种九日齐出、天下快被晒坏的神话呢？要知道东北一半时间是寒冷的冬季，缺少阳光和温暖应该是更常见的现象，怎么还会有这种神话呢？后来，看的满族说部作品多了，才知道原来古代的东北地区气候是四季分明的，热的时候热得怕人，冷的时候又冷得要命，雨季又雨下个没完，所以多发洪水，当真是一年四季，变化无常。如《兴安野叟传》中有这样的描写：

> 辽东这地方，冬季风大干燥、冰雪覆盖、寒冷无比，过了春到夏，又往往暴晒，那太阳像下火一样，把大地烤得沙粒子、土面子都烫脚，可是一进入雨季，那雨可就下个没完没了，天上只要起一阵风，一刮云就聚来，转眼间滂沱大雨就来到，而且一下就没完没了。②

既然到了夏天"那太阳像下火一样，把大地烤得沙粒子、土面子都烫脚"，那么让人联想到九日齐出，人们要弄下几个来，也就不奇怪了。

那么，"套日"的三音贝子又是什么人呢？神话中写他是东海窝集部的一位年轻阿哥。前世是长白山主的大儿子，因为祭天时喝醉了酒，碰洒了祭天的米酒坛子，阿布凯恩都里一气之下，把他打发到人间，出生在一个猎户家里。神话中描写道：

> 九个太阳烤大地，气坏了三音贝子。他一口气跑到长白山山顶高声

① 傅英仁讲述，荆文礼搜集整理：《满族神话》，吉林人民出版社，2016年8月第1版，第51页。
② 傅英仁讲述，曹保明整理：《兴安野叟传》，吉林人民出版社，2018年8月第1版，第44页。

喊道："九个太阳听真，你们不许一同出来照射大地。赶快滚回去八个，留下一个足以够用。要是不听我的话，把你们摘下来扔进万丈深渊，叫你们永世不能出来。"九个太阳往下一看，是一个身高力大的小伙子，都哈哈大笑说："我们是天神生、天神造，只管发光和发热，谁也管不了。"说完照样发光发热。气得三音贝子一个箭步跳到空中，举起大刀向太阳砍去。可是太阳往后退了几步，发出更强烈的热，烫得三音贝子双手起泡，浑身发烧。三音贝子只好到长白山主父王面前，恳求帮助除掉祸害。长白山主看到三音贝子浑身是烫伤，赶紧命他到天池去洗。天池水是神水，三音贝子一洗全身，顿时烫伤痊愈，精神更加饱满了。[①]

要怎样才能制伏这些太阳呢？长白山主说："要想制伏这九个太阳，那可不容易，一要有九江八河水。……二要有百里长万丈深的沟和五岭三山土。……三要有九百九十九石粮。"后来，这三个条件，分别由九九八十一洞蟒弟兄、管土地的神和窝集部的人帮他实现了。长白山主交给他两件法宝，第一件是一条五彩天绳，"是五色天丝拧的绳子，可以套日，可以搬山。"第二件是一葫芦水，"是天池神泉水，喝下它，不管多热的太阳也能靠近"。三音贝子"套日"的过程也十分精彩，摘录如下：

三音贝子拿着强弓硬箭、砍山刀、五彩天绳、天池神泉水，向着太阳升起的方向走去。正好第九个太阳从他头上走过来，三音贝子把五彩天绳拧成套索，紧紧拴在箭头上，弓开满月，嗖的一声（将套索）射了过去。只听一声巨响，山崩地裂似的，一团熊熊烈火从天上落了下来。三音贝子赶忙喝一口仙泉神水，顿时全身清凉。三音贝子把套下的这个太阳，拖到万丈深沟，土地神运来一座大山把第九个太阳紧紧压住。八条大蟒送来三江水，部族人送来百石粮。三音贝子吃喝完了，又奔向第八个太阳。就这样，一连又套下三个太阳。套下第六个太阳以后，剩下那三个太阳都跑到大海里躲了起来。天顿时黑了，真是对面不见人，伸手不见掌。[②]

从上文中可知，这几个太阳，是被三音贝子"套"下来的，而不是射下来的。这在射日神话母题中是一个独特的现象，因为中原神话和各少数民族神话中，

① 傅英仁讲述，荆文礼搜集整理：《满族神话》，吉林人民出版社，2016年8月第1版，第51—52页。
② 傅英仁讲述，荆文礼搜集整理：《满族神话》，吉林人民出版社，2016年8月第1版，第53页。

基本上都是射日神话，没有套日的。我们知道，满族先民亦是擅长骑射的民族，他们的射猎技术非常高超。既然射猎技术高，自然应该去射日，何以在他们的神话中，会想到去套日，而不是射日呢？

原来，中原神话和大多数少数民族神话中，太阳是什么呢？是金乌，也就是一只喷着火的神鸟。既然是鸟，当然要射下来。满族神话之所以选择套日，而不是射日，是因为他们认为太阳是马，称之为“日马”，这在其他满族说部神话、史诗作品中可以找到证据，如《乌布西奔妈妈》中称太阳为“舜莫林”，舜在满语中是太阳之意，莫林是马的意思，连起来就是“日马”。文中写道：“迎日女神，身骑天鹅，将海面喷薄跃出的朝日，举送到苍穹九九八十一个方位，让舜莫林驰骋寰宇。”[①] 注释中写道：“舜莫林，为满族先世女真人远古创世神话中太阳神的别名。传讲，人类靠舜莫林，才有了永恒的光明与温暖，而且它朝夕奔跑，才分出春夏秋冬，寒暑潮汐。‘舜莫林’为满语，意思是‘日马’，将太阳比喻为一匹奔驰的烈马。”既然太阳是一匹奔驰的烈马，那么征服烈马的最有效方法是什么呢？当然是用专用的套索套住其脖子。满族人有专门的套马技。满族说部中有不少作品都描写了满族人神奇的套马本领，只要套住其脖子，拉住不放，不管多么烈的马，都能被征服。

三音贝子套下来六个太阳，剩下的三个呢？神话中写道：

> 剩下的三个太阳自从躲到海里之后，吓得连头也不敢露。第一个太阳是九个太阳中最忠厚的太阳，他和第二、第三个太阳商量怎么办。……第一个太阳摇摇头说：“不对呀，三弟，你想没想咱们九个人一齐放热发光，地上的人能受得了吗？我看不如咱们三个和三音贝子讲和，从今以后咱们每天由一个值班，三天一换班。”二太阳低头不语，唉声叹气。三太阳愤愤地说：“咱们六个弟兄都被埋进深沟，咱们应该替他们报仇。如果你们不同意，我一个人和他拼到底。”说完跳出海面，升到天空，把全部热和光通通射向三音贝子。光和热一集中，三音贝子虽然喝了大量的天池神泉水，也受不了。射了三四个绳套，也没套住。足足套了三天也没拽下来。到第四天，三音贝子吃足了饭，喝足了水，刚要出门，只见从长白山方向飞来铺天盖地的喜鹊和乌鸦，叼起五彩天绳向太阳飞去。又见（长）白山主率领水兵下起倾盆大雨，太阳虽然发出全部热量，也没法把几万只飞鸟全部烤死。于是五彩天绳结结实实地套住了三太阳。第一个

① 鲁连坤讲述，富育光译注整理：《乌布西奔妈妈》，吉林人民出版社，2007年12月第1版，第19页。

太阳一见不好，从海里偷偷溜出，逃到天边，再也不敢靠近地面，只有每天早晚才在很远很远的地方看看二弟和三弟。

再说三音贝子一看第三个太阳被套住，刚要往下拽时，只见阿布凯恩都里从天上下来，高声喊道："三音贝子住手，不要拽下来，留下一个光照人间！"三音贝子急忙撒开手，太阳又回到原来的位置上。为了管住这个太阳，阿布凯恩都里把五色天绳交给三音贝子，封他为值日恩都里，专管日出日入的大事。一旦太阳发了怪脾气，就用五彩天绳套住。直到今天，我们有时看到太阳四周有一圈彩色彩虹，据说，那就是三音贝子的那条五彩天绳。

第二个太阳被阿布凯恩都里收回了热，叫他晚上出来，照一照亮，就是今天的月亮。①

最后的"三太阳"是铺天盖地的喜鹊和乌鸦套住的，这与满族先民对喜鹊和乌鸦的崇拜有关，在满族先民心目中，喜鹊和乌鸦是最有智慧和自我牺牲精神的鸟，因而在人类最危难的时候，通常是喜鹊和乌鸦帮忙渡过难关，在这则神话中也不例外。神话中所写的五彩天绳化作彩虹，符合人们对日常生活中太阳四周会出现一圈彩色彩虹的认知，因而也是这则神话的神来之笔和精彩之处，非常有诗意，引人无限的遐想。

第四节　满族说部神话、史诗中的"托里"崇拜

"托里"就是满语的铜镜之意。铜镜不但可以照影，还可以反射和凝聚太阳光，产生一定的热量，这些功能对于原始先民来说，非常神秘，引人遐思。也许正是因为这样，铜镜在满族神话故事中非常重要，它变幻无穷，威力巨大，是萨满不可缺少的神器。从功能上分，满族说部神话、史诗中的托里有三种，一是火焰托里，阿布凯恩都里用它做成了天上的日、月、星辰，它还能融化"雪妖"，驱逐"冷魔"，威力无比；二是照妖镜，一切妖魔在照妖镜中都会无所遁形，不但原形毕露，而且变得魔力尽失，束手就擒；三是"合欢镜"，有指导人们男欢女爱之功能，与《红楼梦》中的"风月宝鉴"有些相似，笔者认为这种"合欢镜"很可能是"风月宝鉴"的原型。

① 傅英仁讲述，荆文礼搜集整理：《满族神话》，吉林人民出版社，2016年8月第1版，第53—54页。

一、"火焰托里"：造日月、驱冷魔、逐雪妖

除了上文所述的阿布卡赫赫的眼睛化成日月的神话之外，满族说部神话、史诗中还有一个版本的造日神话，就是"火焰托里"造日月的神话。《太阳和月亮的传说》中描写天上的日、月、星辰，都是阿布凯恩都里和他的两个女儿用托里炼出来的：

> 阿布凯恩都里身边，有两个非常疼爱的格格，都是很有能耐的神女，帮助阿布凯恩都里炼出了三百三千三百三十三个小托里。小托里一个个光芒闪射，像热火珠子。她俩把炼出来的托里，往天上一抛，闪出一个火星子，怪好玩的。她俩就这样炼出一个，往天上抛一个。抛啊抛，这些托里全飞到天上啦。于是，天上才出现了像梅花鹿身上似的斑点，从此有了星星和北斗。
>
> 阿布凯恩都里闷头磨呀磨托里，最后又炼出十个又大又红的火焰托里。那托里光芒四射，又亮又热。两个神女对这些稀奇的珍宝，爱不释手。看着看着，忽然姐姐想，若用托里往地上照一照，该会什么样子呢？于是她（把托里）拿在手里，往天上地下一照，嘿！天马上明亮了，地上的树、动物、人啦，都看得清清楚楚，再不是黑乎乎、浑浆浆的了！妹妹一看，怪好玩的，也拿起火焰托里跑出去照。嘿！这回天上地下可像个火堆喽。十个日头在天上转……天上地下变成个大火炉，热得大地上百鸟百兽乱飞乱跑，嗷嗷直叫……
>
> 住在地下的人最聪明，砍来大树做弓，用椴树的皮和藤条做弦，咕嗡嗡，咕嗡嗡去射托里，一直射到天上，射得只剩下两个火焰托里，惊动了阿布凯恩都里。他看见两个神女还往下照呐，生气了，就把两个格格分开。叫大格格到远远的天上去，永远拿着托里，给天上照亮，送暖，不准闲着，所以她的火焰总是亮啊亮，烈火熊熊地烧着，就管她叫"顺"，就是太阳；又把二格格手里的托里的火焰收回去，罚她不准跟姐姐在一起，（叫她们姐妹）替换着在天上照亮。二格格从此只有发黄光的托里了，于是分出日夜，有了月亮。因为托里还热啊，她就天天用手擦啊擦，都擦出了黑麻子点儿。那擦呀擦，磨呀磨的声音"毕牙、毕牙"的，所以管月亮叫"毕牙"。（二格格用）手在托里上擦，有时全遮上了，有时剩条弧光，有时都露着，所以有了月缺月圆。[①]

① 傅英仁讲述，荆文礼搜集整理：《满族神话》，吉林人民出版社，2016年8月第1版，第65页。

神话是不同时期、不同地域的人们思想观念的反映。笔者认为，日月星辰从阿布卡赫赫眼睛中生出的神话，是母系氏族社会的产物，女性在社会上占有崇高的地位，因而在神话中，女神阿布卡赫赫自然也是至高无上的，一切天地万物莫不是从其身上裂生出来的，日月也不例外；而这种用火焰托里造日月的神话，则是男权社会下产生的神话，阿布凯恩都里代替了阿布卡赫赫成为至高无上的天神，为了维护阿布凯恩都里的权威地位，自然也会诞生一些阿布凯恩都里创制万物的神话。时代变化了，观念自然要跟着变，作为观念的引领者的神话更要变，这是社会的需要，也是神话发挥其凝聚人心作用的必然选择。

其实在母系氏族公社时期的史诗《乌布西奔妈妈》中，托里在神话神谱中已经出现，并拥有很高的地位。文中讲述在乌布西奔重新获得语言能力后，众人请她讲述一下天宫中的神谱，她就提到了托里（在《乌布西奔妈妈》中托里译为“托户离”）：

> 德里给奥姆妈妈，受三女神之命，为了让太阳光辉，世世代代普照万物生灵，将自己的心灵火光，吐出一块，凝生成一个新日——光芒万丈。它能常栖居在万物的心灵中，使万物聪慧、照明，总能识途，不会迷茫。这就是万物心灵的“托户离”——明镜啊——光芒之神。
>
> “托户离”驻在心里，在意识里，在信念里，在意志里，在幸福里；“托户离”在生命的自强不息里。它与消沉、颓伤，永世无缘。这是奥姆女神给万物的最高护神。“托户离妈妈”统管着“安班额勒尊妈妈”——大光明女神，“阿吉额勒尊妈妈”——小光明女神，“图门额勒尊妈妈”——万道光辉妈妈，主宰着世间万物心田中的光明，照耀、眼明、心亮、温暖，坦途无疆，灾凄永遁。[①]

这段文字将“托户离”视为德里给奥姆妈妈用心灵火光凝生出来的“新日”，光芒万丈，强调了其使人聪慧、不会迷茫的功能，被封为光芒之神。“托户离妈妈”手下还统管着诸多光明神，并被认为是“奥姆女神给万物的最高护神”，地位不可谓不高了。但似乎这一时期的神话中，“托户离”作为光芒之神，还只是驻在人们心里，在“意识里，信念里，幸福里”，更强调其精神上的象征作用，并没有把天上的日月同托里联系起来。很可能在后世的萨满神话中，

①鲁连坤讲述，富育光译注整理：《乌布西奔妈妈》，吉林人民出版社，2007年12月第1版，第75—76页。

托里的地位进一步上升，功能得到了进一步强化，这一心灵火光聚生成的“新日”，在新的时代重塑的“日月神话”中，再一变身，就成了阿布凯恩都里创造的日、月，高悬于天空，永生永世，为人类带来光明和热量。

火焰托里既然能发热，造出太阳和月亮来，自然便可以驱走寒冷。在东北，寒冷是人们生命中最难以驱除的魔鬼。对于这种寒冷，《小莫尔根轶闻》中将它人格化为妖魔，称为“冷魔”，文中写道：

> 人们不是说天南地北吗？地北这个地方是冰雪的世界，那里住着一个冷魔，冷魔是个蓝脸恶龙，龇牙咧嘴，脸堆冰霜。两个腮帮子坠下来二三尺长，像两个空口袋，悠荡着。丑得很，凶得很。冷魔的小儿子就是在忽尔哈河边要吞食小牤牛，被小牤牛撅上岸的那个老鲇鱼精。由于鲇鱼精作恶多端，人们乘它被撅的时机，就把它杀了，为了解恨，人们还分吃了它的肉。冷魔知道后，就决心要把白山黑水这四季分明的好地方毁掉，对生活在这里的人们进行报复。于是它就往这里驮运冰山。每运来一座冰山，这白山黑水之间就增加几分寒冷，夏季炎热的日子就缩短几天，冬季寒冷的日子就延长几天。现在春秋两季已经消逝了，只剩下短短的夏季。若等它把九九八十一座冰山全运到这儿来，这里一年四季就不再化冻了，人们再也见不到四季分明的景色了，就和地北一样成为永恒的冰雪世界了。①

怎样才能驱走冷魔呢？还是要靠托里宝镜，文中描写道，要想驱走冷魔，“得爬过勤奋岭，登上毅力山，到虎山砬子找到金饼。把这金饼磨成像山泉一样平滑、清澈。磨到不出声时，就磨成了。再骑上那条参龙去东海，请司汶恩都里（太阳神）往金镜里注进神光。这样的金镜就可以驱逐冷魔，这里的人们就可以免遭灭顶的灾难”②。最后，小牡丹和小莫尔根，历经千辛万苦，终于磨出金镜，又不远万里，穿越小海，来到太阳升起之地，并请太阳为金镜注入了神光。回去的路上，小牡丹骑在参龙前边，举着金镜，照化江冰，小莫尔根则用箭射死了冷魔。于是“一路所经之处，冰融雪化，江开水暖”，一片欣欣向荣的景象。

在《女真神话故事》中，还有一则《除雪妖》的神话故事，其中提到了“火齐宝镜”的威力，文中写道：“火齐宝镜是火星星官的宝贝。火星星官密谋与

① 谷长春主编：《恰喀拉人的故事　小莫尔根轶闻》，吉林人民出版社，2018年8月第1版，第129页。
② 谷长春主编：《恰喀拉人的故事　小莫尔根轶闻》，吉林人民出版社，2018年8月第1版，第131页。

太阳争权，自炼一块火齐宝石，要将自己变成像太阳那么热。这事被玉帝发现了，要收了它的这块火齐宝石。火星星官不交，在抢夺时，将火齐宝石打掉两小块，掉在火星旁边，这两块火齐宝石，仍然在护卫着火星星官。而这大块火齐宝石被阿布凯恩都里磨成火齐神镜，交给萨满神带在身边，留作降灭霜雪精灵之用。”[1] 在神话中，雪妖一个个被火齐宝镜照得融化了。

笔者认为，因为铜镜有反射阳光、积聚热量的功效，又闪闪发亮，在满族先民的心目中，是有神奇的威力的，因而就有了一系列“火焰托里”的故事。在这些神话故事中，“火焰托里”降伏了“雪妖”，驱走了“冷魔”，还变成了天上的日、月、星辰，永生永世为人类奉献着光明和热量。

二、降妖除魔的“照妖镜”

正如《乌布西奔妈妈》对托里的评价：“它能常栖居在万物的心灵中，使万物聪慧、照明，总能识途，不会迷茫。……‘托户离’驻在心里，在意识里，在信念里，在意志里，在幸福里；‘托户离’在生命的自强不息里。它与消沉、颓伤，永世无缘……”在满族先民的心目中，托里宝镜代表着一种警醒、聪慧，有看破一切伪装的能力；代表着意志坚定，不畏不惧，自强不息。他们相信，只要有这些品格，就一定能照破一切妖魔，使其现出本来面目，并且能降伏一切妖魔。因而，在满族说部神话中，托里宝镜常常充当着“照妖镜”的角色，成为萨满身边不可或缺的重要法器，其神奇的法力令妖魔丧胆，鬼怪遁形。

在《红罗女三打契丹》中有这样一段描写红罗女与契丹兵斗法的场面：

> （红罗女先是施展撒豆成兵的法术），耶律黑从皮囊中抽出一面小黑旗，在头上摇三摇，口中念念有词，刹那间，铺天盖地飞来无数的兀鹰，直奔黑豆兵。转眼工夫，黑豆兵被破除，契丹兵又冲上来。……耶律黑一看渤海兵个个如猛虎下山，锐不可当，忙又抽出一面小红旗，口中念动咒语，只见“轰隆隆”从山上窜来无数狼、虫、虎、豹，向渤海兵冲去，渤海兵顿时大乱。……（红罗女欲取出红罗巾御兵，因红罗巾已经被调包，未果，渤海兵大败）正在这时，一阵清风吹来，空中飞来一只大鹰，“咕！咕！咕！”叫了三声，扔下一面金光闪闪的铜墙铁壁镜，便向东飞去。铜镜一下子落到红罗女手里，红罗女抬头看东去的大鹰，明白是长白山的神鹰搭救渤海兵，明白了铜镜的用意，她立时高举铜镜，口喊：“神镜啊神镜，快显神威，除灭妖兵！”立时一道白光扫向那群狼、虫、虎、豹，只听一

① 马亚川讲述，王益章、黄任远整理：《女真神话故事》，吉林人民出版社，2016年8月第1版，163页。

阵哀叫声，狼、虫、虎、豹化成一股白烟散了。红罗女趁势掩杀过去。[①]

撒豆成兵，是道家的厉害法术，却被敌人轻易地用兀鹰破了；狼、虫、虎、豹兵是东北满族先民常用的驯兽为兵之术，这两种法术都很厉害，但这些法术在铜镜的威力面前都不堪一击，红罗女只要高举铜镜，大喊一声："神镜啊神镜，快显神威，除灭妖兵！""只听一阵哀叫声，狼、虫、虎、豹化成一股白烟散了"，可见，在满族先民的心目中，托里宝镜是最厉害的法器，甚至比道家的法术、兽兵等都厉害。

在满族说部神话、史诗作品中，尤其是在《女真神话故事》和《满族神话》中，描写托里宝镜神威的，比比皆是，略举几例：

萨满神赶忙举起她的照妖镜，向这女人一照，就见这女人立刻停步，呆愣愣地望着照妖镜，随即就地一滚，现了原形，原来是一只大母夔，它老老实实趴在地上不敢动弹了。萨满神举着照妖镜，急驰地奔大夔而去，走至近前，用斩妖剑将夔刺死。(《斩杀夔怪》)[②]

敖东妈妈给必拉两件法宝，一个是神铜镜，一个是震天鼓。如果遇上耶鲁里，举起铜镜就能照住，它逃不出去；用震天神鼓一敲，它会昏倒在地。……必拉举起铜镜一照，耶鲁里立刻迷迷糊糊不知南北，随后必拉又打起神鼓，立刻把耶鲁里震倒在地。乌龙贝子打开袋口，飞出两座大山压在耶鲁里身上。〔《乌龙贝子（管兵的神）》〕[③]

晚间野猪群果真来了，把个小屋团团围住。老人不慌不忙拿出托里往空中一晃，立刻霞光万道，照得群猪睁不开眼睛，都溜溜地跑了。〔《鄂多哩玛发（狩猎神）》〕[④]

这水怪反复无常，妖性没有完全改变。（长）白山主命我送你一面铜镜，如果他妖性发作，可用这面镜子照他三次，管保他浑身无力瘫倒在地。你可以任意支配他的行动。……（绥芬别拉）拿出神镜在水怪面前晃了

① 傅英仁讲述，王宏刚、程迅记录整理：《红罗女三打契丹》，吉林人民出版社，2009 年 4 月第 1 版，第 83—84 页。

② 马亚川讲述，王益章、黄任远整理：《女真神话故事》，吉林人民出版社，2016年8月第1版，第99页。

③ 傅英仁讲述，荆文礼搜集整理：《满族神话》，吉林人民出版社，2016 年 8 月第 1 版，第 142 页。

④ 傅英仁讲述，荆文礼搜集整理：《满族神话》，吉林人民出版社，2016 年 8 月第 1 版，第 147 页。

三晃，那水怪立刻浑身发抖，一打滚，变成一匹红色大马。绥芬别拉拍一拍它说："从今以后，你要好好地给大家干三年苦活，真要回心转意，还恢复你原来的面目。……"〔《绥芬别拉（马神）》〕[①]

我给你们一个托里（铜镜），拿着它去围城，老虎精要是吹气，你们就拿托里一照，它就能现出原形，一现原形，它就没力气了，你们马上用那把宝剑把它杀死。（《石虎精》）[②]

也正因为这种托里宝镜神奇的降妖除魔能力，很多满族说部神话、史诗作品中都有将托里宝镜作为重要的法宝之一加以保护的故事。如在《佛赫妈妈和乌申阔玛发》中，昂邦贝子"临走时给他们留下五件法宝：桑木弓、柳木箭、铜托里、腰铃和手鼓，并教给他俩使用的方法。一切办得妥妥当当了，才返回十七层天上去"[③]。在《天宫大战》中也有："天上有三宝：一个是安达葫芦，一个是天箭，一个是托里，也就是铜镜。这个铜镜挂在天上满天通亮。"[④]在《东海窝集传》中，因为一个托里宝镜，还曾引起过一场战争：东海女王的表妹，卧楞部的波吉烈额真[⑤]，把东海窝集国中一个最贵重的托里宝镜偷走了，于是老女王就派丹楚、先楚去带兵讨伐。卧楞部的波吉烈额真盗取托里宝镜后，也十分珍重地把宝镜放在机关重重、戒备森严的"万岁楼"中。后来，在穆伦四姐妹的帮助下，丹楚、先楚兄弟盗回托里宝镜，看见它果然是宝物："金光闪闪的托里宝镜，上边画有日头、月亮、大海，这些图案都跟着发光。"[⑥]托里宝镜盗回，老女王把它交给丹楚兄弟保管。丹楚嘱咐先楚，提醒他千万不能把托里宝镜遗失，按照老奶奶的吩咐，建大业时还靠它呢。可见托里宝镜在人们心目中的地位之高。

正因为满族先民们普遍相信托里宝镜有如此降妖除魔的法力，能使妖魔无所遁形，所以萨满神服上常常是缀满了宝镜。如《女真神话故事》里描写了萨满神的一身装备：

① 傅英仁讲述，荆文礼搜集整理:《满族神话》，吉林人民出版社，2016 年 8 月第 1 版，第 202 页。

② 傅英仁讲述，荆文礼搜集整理:《满族神话》，吉林人民出版社，2016 年 8 月第 1 版，第 247 页。

③ 傅英仁讲述，荆文礼搜集整理:《满族神话》，吉林人民出版社，2016 年 8 月第 1 版，第 26 页。

④ 富育光讲述，荆文礼整理:《天宫大战　西林安班玛发》，吉林人民出版社，2009 年 4 月第 1 版，第 106 页。

⑤ 波吉烈额真：满语，部落的最高头领。

⑥ 傅英仁讲述，宋和平、王松林记录整理:《东海窝集传》，吉林人民出版社，2007 年 12 月第 1 版，第 23 页。

阿布凯恩都里受王母娘娘的嘱咐，心想，派谁下世去救这支人呢？想来想去，忽然想起为他执镜照妖的萨满神来了，便传萨满神前来。不一会儿，只听丁零当啷飘然而来一位神女打扮的仙女，她头戴神帽，帽上两边插双鹿角，竖着六个叉枒，中间佩着一面护头镜，神帽边上缘上飘散着五颜六色的风带。上身穿着对补襟的神衣，在左右衣襟上绘着六足蛇、四足蛇、短尾蛇，一面各一条，蛇下面绘着乌龟和蛤蟆，胸前佩有护心镜，腰系神裙，下垂着三十六条缨穗，围腰布前后有四面铜镜，铜镜的空隙拴着十二个小铜铃，丁零当啷山响。脚蹬神靴，鞋尖上有黑色的皮毛，鞋面上有个铜铃。她身背神鼓，右胯下挎神刀，左胯下带着神鞭，手拿照妖镜，好不威风凛然。她来至阿布凯恩都里面前，施礼说："阿布凯恩都里，唤小仙有何吩咐？"①

头上戴着护头镜，胸前有护心镜，围腰布前后还有四面铜镜，手里还拿着照妖镜，这一身的装备，竟然有七枚宝镜，真真令人眼花缭乱，目不暇接！

三、男欢女爱之"合欢镜"

在满族神话故事中，萨满不但有降妖除魔、治病救人、沟通天人的技能，而且在故事传说早期他还有一个本领，就是指导人们男欢女爱之事，治疗各种不孕不育之症，以便满族先民能更好地生儿育女，传承后代。这对于处于地广人稀、生产力极为低下条件下的满族先民来说，是关系到族群生存发展非常重要的大事。所以早在神鹰用太阳河水哺育第一个萨满女婴时，萨满神的这个本领就已经突显出来了，《天宫大战》中写道："神鹰受命后便用昆哲勒神鸟衔来太阳河中的生命与智慧的神羹喂育萨满，用卧勒多赫赫的神光启迪萨满，使她通晓星卜天时；用巴那姆赫赫的肤肉丰润萨满，使她运筹神技；用耶鲁里自生自育的奇功诱导萨满，使她有传播男女媾育的医术。女大萨满才成为世间百聪百伶、百慧百巧的万能神者，抚安世界，传替百代……"② 其中提到萨满的几大职能，如"用耶鲁里自生自育的奇功，诱导萨满，使她有传播男女媾育的医术"，岂不就是说女大萨满有指导族众男欢女爱之事，疗治各种不孕之症的技能吗？耶鲁里其实在一定程度上，还是男性的象征，因为耶鲁里是得到了山砬子变成的男性生殖器之后，才变成恶神的。女大萨满同耶鲁里学习自生自育的奇功，其实也正暗示了男欢女爱之事。

① 马亚川讲述，王益章、黄任远整理：《女真神话故事》，吉林人民出版社，2016年8月第1版，第86页。

② 富育光讲述，荆文礼整理：《天宫大战　西林安班玛发》，吉林人民出版社，2009年4月第1版，第70—71页。

然而，从《女真神话故事》中的描写可以看出，一开始萨满神也是不懂这种男欢女爱的技术的，她能懂这些，全是拜阿布凯恩都里送给她的“合欢镜”所赐。文中写道：

> 萨满神说：“女真之地寒气盛于阳气，阴胜阳，阳气萎缩，故而阴阳不合，致使阳性减少，阴性虽盛，缺阳则可枯，故魔怪横行，长此下去，人将断后，不知我此去用何法拯救也？”阿布凯恩都里说：“萨满神所言极是。北国之所以如此，皆因阳门未大开所致，待我禀明玉帝令二位星官将阳门大开，北国阳气将逐渐好转也。”萨满神又说：“阳门大开，北国阳气渐盛，可怜今阳性躲避阴性，阴阳不能相合，怎能繁殖后代也？”阿布凯恩都里哈哈大笑说：“这就看你萨满神的了，阴阳不合，才让你下界去让它相合，你就是阴阳的媒介，用阴索阳，然后再用阳固阴，很快就会昌盛。”阿布凯恩都里说到这里，从万宝囊中取出一个宝袋，交给萨满神说：“此宝囊袋里装的是太阳精籽，是三足乌衔出来的，被我收藏起来，汝将它带下界去，如遇男性阳痿不振者，立食此精籽便可见其效，千万不可遗失！”……萨满神说：“小仙也知万物皆靠阴阳相合而留后果，可这人类的阴阳相合，小仙不全知焉，又咋能去当此媒介也！”阿布凯恩都里一听，赶忙接过说：“对呀，你不知全情，又如何当此媒介！”说着又从万宝囊中取出一镜，递给萨满神说：“此镜名叫‘合欢镜’，汝可暗自观看，就可晓得人类阴阳交配合欢与兽畜所不同也，便可从中领会全情，但此镜不能让外人观看，切记！”①

原来萨满神治疗男性不举之症用“太阳精籽”，学习并指导族众男欢女爱之事，则全凭“合欢镜”，凭借这两个法宝，萨满神便成为人间阴阳相合、繁育后代的媒介。笔者认为，太虚幻境中的灵物——“风月宝鉴”，似乎与这一“合欢镜”颇为相似。《红楼梦》中描写风月宝鉴“出自‘太虚幻境’，‘空灵殿’上，警幻仙子所制，专治邪思妄动之症，有济世保生之功”②。太虚幻境的警幻仙姑的主要职能是“司人间风情月债，掌尘世女怨男痴”，《红楼梦》中有警幻仙姑将仙界的可卿妹妹许配给贾宝玉，并教贾宝玉如何行男女之事的情节。中原神话中，似乎没有女神有这样的职能，而只有在满族神话中萨满神有这样的指导族众男欢女爱之事的职能。

---

① 马亚川讲述，王益章、黄任远整理：《女真神话故事》，吉林人民出版社，2016 年 8 月第 1 版，第 86—87 页。

② 曹雪芹：《红楼梦》，第 12 回，吉林文史出版社，1995 年 11 月第 1 版，第 101 页。

第六章　不可缺少的助手和伙伴

——满族说部神话、史诗中的动物神描绘

满族说部神话、史诗中保存了大量渔猎文明时期的文化，是人类渔猎文明的活化石。渔猎采集是原始社会的最主要的生产方式，在人类文明的初期，几乎每一个民族在历史上都曾经历过以渔猎采集为主要生产方式的时期，只是通常随着社会的进步，渔猎文化逐渐被其他生产方式所取代，不再是其最主要的生产方式，因而我们对于原始的渔猎文化知之甚少，史料和文学作品中很少涉及这种文化。由于东北所处的地理位置、气候条件和资源情况非常适合渔猎文化的发展，东北地区很长一段历史时期都以渔猎作为其最主要的生产方式，因而满族说部神话、史诗中保存了大量的渔猎文化遗存，渔猎文化也恰恰是满族说部神话、史诗中最为突出的亮点。

渔猎文化最突出的特征是对于动物的依赖与崇拜。满族先民们对于动物的依赖几乎达到无以复加的程度，他们不仅食其肉、穿其皮，用动物制成各种生活用品，而且把动物当成交通工具，夏天骑马或骑鹿在山林中穿行，冬天让狗拉雪橇，在冰面上疾驰，就连部落间的战争，也是让动物们发挥主要作用。由于东北地区铁器的使用非常有限，石制的武器又不够锋利，杀伤力不强，很长一段历史时期内动物都是东北偏远地区最主要的战争工具。满族先民们很早就掌握了非常出色的驯兽技术，部落战争中，召来鹰、熊、狗、豹等动物助阵几乎是常事，在满族说部神话、史诗作品中这种描写比比皆是，显示了动物在其生活中不可或缺的重要作用。

满族说部神话、史诗作品中不但保存了相当多的渔猎文明时期各种生存技能的描写，如捕鹰驯鹰、捕貂、捕鱼等，而且对满族先民们在渔猎文明时期的思想观念也有较深入的展示。在长期与动物打交道的渔猎文化的影响下，满族人的观念中产生了对动物的非常微妙的复杂的情感，一方面他们以残忍猎取动物为天经地义之事，心安理得地食其肉、穿其皮，视渔猎能手为英雄；另一方面又崇拜动物神，向动物学习各种技能，对能为其所驯养的动物产生

了非常浓厚的感情，甚至视其为自己的亲人和伙伴。在满族说部神话中，各种动物神比比皆是。在阿布卡赫赫同恶神耶鲁里的斗争中，动物们发挥了不可或缺的重要作用。阿布卡赫赫、阿布凯恩都里、佛托妈妈等主神的身边，一定少不了作为其徒弟的动物神的身影。甚至《天宫大战》中阿布卡赫赫最终战胜耶鲁里，也正是因为有了一个集各种动物神魂魄于一身的护腰战裙。

在本章中，笔者将对满族说部神话、史诗中鹰神、喜鹊神、刺猬神等一系列动物神加以研究，为读者展示一个由各种动物神组成的别样的神话世界。

第一节 满族说部神话、史诗中的鹰神崇拜

在满族说部神话中，鹰神的地位在动物神中可谓首屈一指，不可动摇。鹰是萨满的“乳母”，它用太阳河水哺育了世上第一个女萨满；鹰与洪涛后所剩的唯一一个女人相配，生下了人类的始祖；同时，鹰还是满族的保护神，被叫成“四方神”“大力神”“大白鹰神”，每当人类遇到各种难事的时候，如天灾、妖魔，或是寻人等，萨满们第一个会想到的就是延请鹰神来为其解决问题……

神话在一定程度上是人们生产生活的投影和思想观念的折射。满族先民在神话中的鹰神崇拜不是凭空产生的，必然有其历史的来源和生活基础。在满族历史上，鹰的陪伴贯穿始终，鹰是满族先民最早的图腾崇拜物，可以追溯到七千年前。此后的几千年来，人们养鹰、贡鹰，用鹰来捕猎、作战，用鹰羽来做各种装饰；崇鹰观念更是渗入人们婚丧习俗及生活的方方面面，人们把鹰羽作为定情信物，把有鹰的地方视为吉祥之地，教育子孙要像鹰一样智慧、勇敢，高高地飞翔。

一、“鹰乳母”与世上第一个女萨满

在《天宫大战》中，是“神鹰”哺育了世界上第一个女萨满，所以称其为萨满的乳母是一点儿也不为过的。文中写道：

> 阿布卡赫赫，又派神鹰哺育了一女婴，使她成为世上第一个大萨满，神鹰哺育的奶水，太阳河便是昆哲勒衔来的生命与智慧的神羹。空际的大鹰星本由卧勒多赫赫用绳索系住左脚，命它协佐德登女神守护天穹的。因为耶鲁里扯断了鹰的神索，鹰星在天空中变幻最大，其星羽突闪突现。

阿布卡赫赫便命她哺育了世上第一个通晓神界、兽界、灵界、魂界的智者——大萨满。神鹰受命后，便用昆哲勒神鸟衔来太阳河中的生命与智慧的神羹喂育萨满，用卧勒多赫赫的神光启迪萨满，使她通晓星卜天时；用巴那姆赫赫的肤肉丰润萨满，使她运筹神技；用耶鲁里自生自育的奇功诱导萨满，使她有传播男女媾育的医术。女大萨满才成为世间百聪百伶、百慧百巧的万能神者，抚安世界，传替百代……[①]

从上述引文中可以看出，鹰神是空际的一颗大鹰星，本来是由卧勒多赫赫用绳索系住左脚，命它协佐德登女神守护天穹的。一次耶鲁里扯断了鹰的神索，因而，鹰星在天空中变幻最大，其星羽突闪突现。这很可能是由于不同的季节不同的时期“大鹰星”会有不同的位置。如前面“星神崇拜”一节中所述，鹰星很可能是用来测算冬至节来临的一颗星星。也正因为鹰星在天空中变幻最大，因而它也被视为是最有灵性、最有智慧、神技最高的星神，因而阿布卡赫赫命它哺育了世上第一个女大萨满，这个大萨满因而也就天生具有了鹰的素质，成为“第一个通晓神界、兽界、灵界、魂界的智者”。

无独有偶，在《恩切布库》中，也有一段描写神鹰哺育了世上第一个女萨满的故事，比《天宫大战》中的描述更为详尽，摘录如下：

在天母阿布卡赫赫初创宇宙，与耶鲁里争夺宇内大权的时候，遍地汪洋，所有的生灵被淹没，大地上的生命就要灭绝了。在那最危急的时刻，天母阿布卡赫赫，派来了拯救生灵的小海豹——环吉妈妈。小海豹游到了在怒涛中拼命挣扎的一对男女身边，将这一男一女，送到一个绿岛上。他们找到一个安全舒适的海滨洞穴，栖身住了下来，成了世上唯一的一对夫妻，从此留下了生命。他们生下的第一个小生命，是一位女婴，女婴生下来没几天，海水暴涨，把到海边采食的一男一女，又卷入海浪之中，冲到另一个无人居住的岛屿。海滩上只留下一个呱呱啼叫的女婴。啼叫声惊动了天母阿布卡赫赫，她派身边的侍女，变成一只雄鹰，把女婴叼走，并把女婴哺育成人，成为世上第一位女萨满。女萨满的心灵，女萨满的体魄，女萨满的禀性，女萨满的智慧，都是鹰母所赐，鹰母所有，鹰母所传，鹰母所训。从此，萨满有了鹰的胸襟，鹰的神情，鹰的卓识，鹰的禀性。世上再没有丝毫畏惧之危，世上再没有不可逾越之地，世上再

① 富育光讲述，荆文礼整理：《天宫大战　西林安班玛发》，吉林人民出版社，2009年4月第1版，第70—71页。

没有不可高攀之域，世上再没有不可驾驭之艰。①

据笔者所知，与此相类似的还有两种说法，第一种是满族的神话传说，传说中正是鹰神给人类取来太阳之火，传说中写道：

在那时，人界没有光明，没有火，没有温暖，苦不堪言，于是居住在九天之上金玉神楼之中的阿布卡赫赫便派她的得力助手鹰神，到太阳那里取来了光明，取来了火，送到了人间，从此人间才有了光明和温暖，鹰神在取光明和火时，是放在它翅膀的神羽中的，因为它太辛苦，太疲累了，它渐渐地睡着了，于是人间便着起了神天大火。鹰神醒来了，它用巨爪提起神土，去扑灭大火，它用巨翅去扇灭圣火，终于大火被扑灭了，可是鹰神却死于神火之中了。人间得救了，鹰神的灵魂飞回到大神阿布卡赫赫面前，阿布卡赫赫说："你为人间做了好事，从此你去人间吧，以后就做人间和天界的使者吧。"于是，鹰神便乘坐一面神鼓飞回了人间，从此以后成了人世间第一位萨满。②

第二种说法则来自布里亚特蒙古人的相似传说："腾格里（天）神们，派鹰下界，与遇到的第一个女人做爱，其时她正在树下睡觉，后来她生下了个儿子，他成为第一个萨满。"③布里亚特人的远祖在新石器时代就已分布在贝加尔湖沿岸，而贝加尔湖地区与满族先民所居之黑龙江上游颇近，有大致相类的萨满传说也不奇怪。

不管是阿布卡赫赫派鹰神哺育了第一个女萨满，还是派鹰神与人间女子结合生育了第一个女萨满，还是鹰神下凡，成为人世间的第一位萨满，笔者认为，这些都意味着满族先民最早建立的很可能就是以鹰为图腾的部落。如《恩切布库》中描写在恩切布库举办的选才大会上，在各个部落中第一个向她报到的，正是以鹰为图腾的部落的首领夹昆妈妈（鹰妈妈），她身披鹰羽，头扎鹰冠，像一只雄鹰飞落赛场。她向各艾曼的族众虔诚地施了一个鹰礼，报上自己的鹰号，她说："我是鹰神派来的使者，是开天辟地的鸟神。我曾经帮助天母阿布卡赫赫降伏过耶鲁里，耶鲁里身上恶毒的毛发，都是我用嘴和爪子

① 富育光讲述，王慧新整理：《恩切布库》，吉林人民出版社，2009 年 4 月第 1 版，第 132—133 页。

② 董濮、韩新君编著：《兴凯湖新开流肃慎文化研究》，黑龙江人民出版社，2014 年 9 月第 1 版，第 89—90 页。

③董濮、韩新君编著：《兴凯湖新开流肃慎文化研究》，黑龙江人民出版社，2014年9月第1版，第89页。

薅下来的。”①文中称鹰神是开天辟地的鸟神，而其他虎神、水神等部落的萨满报号时，虽然也说曾同阿布卡赫赫一起同耶鲁里作战，但都没有提它们是开天辟地之神。可见在满族说部神话、史诗中鹰神同其他动物神相比，年代最为久远，鹰应该是最为古老的氏族图腾。

这种猜想在考古资料中也可以找到侧面的证明。据资料记载，1972年黑龙江省考古队首次在兴凯湖地区进行发掘，在今黑龙江省鸡西市密山距今约七千年前的新开流文化遗址中发现了一枚海东青鹰首骨雕，为肃慎人的图腾物，是一件7厘米长的圆雕，系用坚硬的石器在兽骨上精心雕磨而成。该骨雕整个体势呈弯月形，鹰的眼、口部雕琢清晰，手法简洁古拙，构成一种寻觅和猎取食物的神态②。可见，距今约七千年前，肃慎人就已经有了鹰图腾崇拜，这大概是目前能找到的最古的肃慎人图腾物的证据。

在《乌布西奔妈妈》中，古老的乌布逊部也是以鹰为图腾的部落，已经存在了二百余载，文中写道：“古德罕王，有祖传五鹰日月冠，传袭五代，二百余载。东海女罕乌布西奔，有五鹰九珠日月冠。金铸五鹰神骏飞翔，金铸日月穹宇祥光，九珠为蚌珠，鲸睛围镶，暗夜烁目——乌布逊人精心巧造，专为女罕所献。”③《乌布西奔妈妈》是明代的作品，文中有“奇闻出在成化甲辰年”④之句，成化为明宪宗朱见深在位年号（1466—1487），成化甲辰年，应为明成化二十年，1484年。由此上推二百年，至迟在1284年左右，这个以鹰为图腾的部落就已经诞生了。

萨满与鹰之关系，非只限于满族，如前所述，布里亚特蒙古人的传说也认为最初之萨满系一大鹰之子；雅古特人传说：雅古特人中最伟大的萨满皆神鹰之裔；布鲁加之萨满自以本身乃受鹰之差遣⑤。正如张佳生先生主编的《满族文化史》一书中说：“鹰，早已被学术界通释为萨满职业的标志。”又说：“鹰，是萨满神灵的象征，各民族普遍传说萨满的神魂来源于鹰，鹰是太阳派到人间传播萨满神魂的，鹰作为萨满的标志，它显示出不同寻常的超自然属性。”⑥正因为世间的第一个女萨满是阿布卡赫赫派到人间去的，或为神鹰所哺育，或者就是神鹰的化身，鹰在某种程度上已经成为萨满神灵的象征，萨满的标志，

① 富育光讲述，王慧新整理：《恩切布库》，吉林人民出版社，2009年4月第1版，第71页。

② 董濮、韩新君编著：《兴凯湖新开流肃慎文化研究》，黑龙江人民出版社，2014年9月第1版，第13页。

③ 鲁连坤讲述，富育光译注整理：《乌布西奔妈妈》，吉林人民出版社，2007年12月第1版，第101页。

④ 鲁连坤讲述，富育光译注整理：《乌布西奔妈妈》，吉林人民出版社，2007年12月第1版，第44页。

⑤ 荆文礼、富育光汇编：《尼山萨满传》，上卷，吉林人民出版社，2007年12月第1版，第31页，书下注释。

⑥ 董濮、韩新君编著：《兴凯湖新开流肃慎文化研究》，黑龙江人民出版社，2014年9月第1版，第91页。

后世的女萨满很多都自诩是它的化身。也许这就能解释为什么在赫哲族的“伊玛堪”[①]中，男主人公的每一个妻子，都能化作“阔力”（鹰），在丈夫危难时及时出现，为其化解危机，因为她们都是女萨满，在他们的观念中，女萨满都是鹰的化身，可以自由地在鹰与女萨满之间切换。

二、“四方神”“大力神”：满族的保护神

在满族神话《神魔大战》中，鹰神又成了阿布卡赫赫手下守护天宫的“四方神”，神力无比，是满族的保护神。文中写道：

> 四方神又叫四方面大神，其实是四只神鹰。在老三星座前有一个金翅大鹏，满语称为爱新昂邦呆米[②]。这个爱新昂邦呆米虽说是鸟类，但它的道行不浅，它裂生出三十六个大鹏。这三十六个大鹏中的四位就是四方神。……这四只神鹰把守着天宫东南西北四个方位。他们的神功非常大，始终监视着天宫四方，不让一切邪魔进入天宫。一经发现邪魔入侵，便立即通知把守四方的动物（野兽）出击。四方神不用亲自去和妖魔交战，只要他们的眼睛射向妖魔，无论什么样的妖魔都会化为灰烬，四方神保护着天宫平安无事。这四位神亦是满族的保护神。……四方大神能同时附体六十四位大萨满，也可以把自己的灵魂分成三十六份，同时附在多位萨满身上。请这四位神时，有一个统一的咒语，默默地念上三遍。需要摆上七星桌，在七星桌上投四个香灶，插四炷香，摆在东南西北四个方向。是哪个方向来的妖魔，哪个方向的神灵就会附体。[③]

笔者注意到，在《红罗女三打契丹》中，也有一段叙述了视鹰为保护神的原因，却与《神魔大战》中所描写的完全不同：

> 红罗女在湖边猛见大鹰追逐叽啾逃命的小鸟，不由得心头火起，张弓怒发一箭，把那大鹰射得毛羽纷飞，翻滚逃去，心中好不痛快。不料，师姐在旁却突然惊叫一声说：“妹妹你闯下大祸了。”红罗女心中咯噔一下子，忙问：“出啥事儿啦？”绿罗女眼望哀鸣西坠的大鹰，神色紧张地说：“你射杀了神鹰，师父要责怪我们的。”“什么神鹰？我射的是恃强凌

① 伊玛堪：是赫哲族人民口头流传的说唱故事。

② 爱新昂邦呆米：满语，金色大鹰之意。

③ 富育光讲述，荆文礼整理：《天宫大战　西林安班玛发》，吉林人民出版社，2009 年 4 月第 1 版，第 112—113 页。

弱的凶鹰啊！”“不要胡说,你不知道它是我们靺鞨人的保护神吗？”原来，靺鞨人在早先以打鱼狩猎为生，后来渐渐学会种庄稼，一开始，经验不足，收成不多，到秋天，那些整天在林中飞来飞去的山雀子，都一窝蜂似的扑来啄食，连吃带糟蹋，害得人们有时连种子都收不回来。部落里的老玛发，带着男女老幼，跪在地边，向苍天祈祷，请求保佑。天神受了感动，就命山鹰帮助驱赶、捕杀山雀子，保护了山民的庄田。以后百姓见山鹰能通神，就视鹰为神供奉起来，一直流传后世。[①]

笔者认为，这或许是不同地域产生的不同的关于鹰神的传说故事，《红罗女三打契丹》是描写渤海国的传奇故事，渤海国虽然也属靺鞨，但属于粟末靺鞨，所处位置相对偏南，受中原文化影响较大，农耕文化也比北方更发达，所以产生了这种更有农耕文化色彩的说法。

正因为鹰神威力巨大，又是满族的保护神，所以往往成为萨满请神时主要要请的神。满族说部神话、史诗中,好多传奇故事都描写萨满们需要寻人时，或是遇到各种天灾或妖魔鬼怪了，首先想到的往往都是请鹰神来帮忙，鹰神是萨满们最喜欢延请的大神之一。在不同的神话中，鹰神的称谓不太一样，有的作品称他为“大力神”,有的称他为“大白鹰神”。如在《火神和水神》中，萨满请来“大力神”，来治水怪和火怪。文中描写道：“恰喀拉有好多大力神，有的是虎，有的是鹰，这回请的是鹰神，打败了带来水灾的水怪，萨满和大力神把妖怪尸体扔到海里，是一条黑蛇。”[②]在《乌布西奔妈妈》中，乌布西奔受族人所托，寻找古德罕的藏身之地，乌布西奔就跳神，请神，所请的也正是“大白鹰神”，文中详尽地描写了请神的过程：

善良文雅的乌布西奔,不忍猎人苦苦哀怜,升起獾油灯叩请东海神明,她命三猎手面东跪应，虔诚洗漱击鼓默祷，手举天鹅血杯颂歌长吟。……圣明的乌布西奔萨满，昨日哑女今朝展新姿，慧目天聪非凡质，沙延安班夹昆（萨满天禽神祇，大白鹰），是她叱咤风云的得心神祇，唤来四宇众神齐相集。卜占遥远的吉凶，测卜世人的影迹，马上迅悉千里，晓彻细微秘事。乌布西奔喃喃抖身——体态似乎唱咏，乌布西奔翩翩臂舞——手语似乎唱咏。神鼓劲敲声传百里远——侍神人伴唱呼应：“大白鹰快降

① 傅英仁讲述，王宏刚、程迅记录整理：《红罗女三打契丹》，吉林人民出版社，2009 年 4 月第 1 版，第 15 页。

② 谷长春主编：《恰喀拉人的故事　小莫尔根轶闻》，吉林人民出版社，2018 年 8 月第 1 版，第 81 页。

临！”“大白鹰快降临！”乌布西奔手舞虎尾槌击鼓迎神，双臂突展，宛若旋风盘转不停，白鹰神降临神堂。侍神人跪唱颂神歌……忽然，乌布西奔跃身舞双鼓，举过长发鹰展翅，双鼓慢合拢，向南亭立。这是神鹰传报：“寻人在南，有水之邦，黄犬相伴，可见其王。”三猎手甚知，辉罕地在南方，有水之处，是辉罕南岛鳟鱼三港。[①]

满族先民们为什么喜欢延请鹰神来为其降妖除魔呢？笔者认为，这同满族先民很早就掌握了非常高超的驯鹰之术，并能在征战中使用鹰兵来御敌有关。鹰自古以来就是满族先民们最好的助手，征战时，又是他们最常用的作战利器之一。

在《恩切布库》中，夹昆[②]妈妈一挥手间就能引出无数的鹰兵，为之效力；在《乌布西奔妈妈》中也是如此，“招手能唤来白鹰成千”[③]，《红罗女三打契丹》中长白圣母只“啪！啪！啪！”拍了三掌，就唤来了神鹰，命它去把小格格接上山[④]；在《比剑联姻》中，连小孩子都会用鹰、猴、狗等作为杀敌利器，这些动物在战场上英勇作战，效果比人作战似乎更为有效，书中描写道：“小孩急了眼，放出了黑鹰、小猴、金毛狮狗，冷不防，就咬了贼人的脚，抓瞎了敌人的眼睛，抓去了天灵盖，吓得贼人再不敢向前，远远骂哪里来的小杂种，带着损阴丧德的黑鹰、缺德的死猴、死小狗，八个猛汉四个骑犴达犴扑向贼群。群贼哪里见过这样的塞外怪兽，碰见者死，遇到者亡。”[⑤]不但如此，鹰和猴还被用于传递情报，当传信官，从中可以看出满族先民的驯鹰之术已经达到神乎其神的地步，人类能用各种手势同鹰交流：

蒲查隆命出小旗，向此高峰上连招几招，黑鹰飞了下来，蒲查隆用白布条写好，系在黑鹰颈上，一摆手黑鹰飞回高峰。看书人说，写书的尽胡扯乱道，黑鹰太神了。是的，须知黑鹰从小跟小孩重生在一起，和尚教了重生打手势，小孩打手势黑鹰懂，黑鹰的各种动作小孩重生懂。西门信老人教了小猴三百六十个手势，前文已经说过。迟匆异、拓跋虎连战半日，两个孩子已经把简单的手势教给了蒲查隆，又领黑鹰、小猴

①鲁连坤讲述，富育光译注整理：《乌布西奔妈妈》，吉林人民出版社，2007年12月第1版，第52—55页。

② 夹昆：满语，鹰。

③ 鲁连坤讲述，富育光译注整理：《乌布西奔妈妈》，吉林人民出版社，2007年12月第1版，第65页。

④ 傅英仁讲述，王宏刚、程迅记录整理：《红罗女三打契丹》，吉林人民出版社，2009年4月第1版，第14页。

⑤ 傅英仁、关墨卿讲述，王松林整理：《比剑联姻》，吉林人民出版社，2009年4月第1版，第378页。

实验了几次。要不为什么让西门姐妹同两个孩子带虎、熊、小猴、黑鹰同神医赛华佗去北高峰呢？就是因为虎鹰听小孩重生指派，熊、猴听西门姐妹和小孩再生指派，神医赛华佗瞽目神叟，白天百里内，夜间四十里，可辨识行人。鹰、猴眼睛、耳朵更是锐敏异常，把它们当警报使，真是人尽其能，物尽其长。[①]

自古以来，鹰就是满族先民们作战时最好的助手和伙伴，因而人们自然会认为鹰是通神的，具有神奇的力量，所以往往会在不同的故事中，把鹰神化，让它们做氏族和部落的保护神。很多萨满在祭神时，也都喜欢延请鹰神，并在祭祀中跳鹰神舞。如《东海沉冤录》中描写道："萨家奴很聪明，能唱会跳，在南山部落兼做萨满，传说他有虎神、鹰神附体，故而每当唱起来、跳起来时，会令人惊心动魄、赞叹不已。在北山部落时，萨勒奴妈妈曾让他帮助办过祭祀，祭祀时，不仅歌儿唱得好听，虎神舞、鹰神舞也跳得很美。"[②] 在《飞啸三巧传奇》中，雅库特人家举行萨满祭祀，主祭人是女萨满来因卡，她是鹰神保佑的大萨满，她已七十多岁，仍身轻如燕[③]。

三、鹰始祖与鹰亲人

在《天宫大战》中，有这样一段话："天荒日老，星云更世，不知又过了多少亿万斯年，北天冰海南流，洪涛冰山盖野。地上是水，天上也是水，大地上只有代敏大鹰和一个女人留世，生下了人类。这便是洪涛后的女大萨满，成为人类始母神。"[④] 洪水过后，鹰神与一个女人结合，生下了人类。如果说洪涛后的女人，是人类的始祖母神，那么大鹰就应该是人类的始祖父神了。

无独有偶，在《佛赫妈妈和乌申阔玛发》中，也写了人与动物结合的故事，其中就有人鹰结合的说法。文中说佛赫妈妈和乌申阔玛发结合后，生了四对儿女，分别是人类、兽类、鸟类和爬行类动物的祖先。然而，"人类的繁殖没有动物快，人和人配婚以后生儿育女很不容易，阿布卡赫赫就和四对兄妹商量，实行人和动物通婚。这才出现了第三代怪神恩都里——人面豹身的恩都里，鹰头人身的额多哩妈妈，通身是鳞的突忽烈玛发，人头鱼身蛇尾的松阿里恩

① 傅英仁、关墨卿讲述，王松林整理：《比剑联姻》，吉林人民出版社，2009年4月第1版，第220页。

② 傅英仁讲述，宋和平、王松林记录整理：《东海窝集传》，吉林人民出版社，2007年12月第1版，第235页。

③ 富育光讲述，荆文礼记录整理：《飞啸三巧传奇》，吉林人民出版社，2007年12月第1版，第238页。

④ 富育光讲述，荆文礼整理：《天宫大战 西林安班玛发》，吉林人民出版社，2009年4月第1版，第71页。

都里”[①]。文中的“鹰头人身的额多哩妈妈”，显然是人与鹰结合的后代。

不只是满族，世界各民族的早期神话中都存在有人兽结合的神话。如中原的女娲是人首蛇身，西王母是“豹尾，虎齿，善啸，蓬发戴胜”等等。人兽结合是人类在生产力低下的时期，由于羡慕某些动物所具有的奇特本领，想要拥有这种动物的奇技异能，便崇拜这一动物，研究这一动物，模仿这一动物，幻想自己及族人都是动物神的后代，将其奉之为自己部落的图腾物，人兽结合的神话也就由此产生了。上文所提及的“鹰头人身的额多哩妈妈”很可能是一个以鹰为图腾的原始部落中的女首领。

在《满族神话》中的确有一位鄂多哩玛发，他是“旧时依兰一带的吴扎拉氏族（吴姓）所供奉的狩猎神，狩猎活动开始前要祭祀。祭祀这位神时，地上要摆上弓箭、羊、猪等供品”。不同的只是这个鄂多哩玛发是男性，且并非鹰头人身。笔者认为这很可能是不同时代的不同版本的鄂多哩的神话，鹰头人身的额多哩妈妈应该是更早的版本。在满族神话中，一向有古老的部落首领死后升天变成天神，经过一段时间后，又重新回到人间造福乡里的故事。这个鄂多哩玛发应该也是由天神下界变成的，因为书中描写的他并不是哪个部落的家生子，而是驾着木排，从天而降的。文中写道：“有一天，正当午时，从呼尔哈河上游漂来一只柳树筏子，上面端坐着一位老人。没有船竿，没有桨，可是这筏子很听老人的话，用手指东，筏子向东走；用手指西，筏子向西走。到了岸上，老人笑嘻嘻地说：‘我是从长白山来的，听说这地方兽类作害，我是专门来治理它们的。’”[②]因而，笔者认为，他很可能是“鹰头人身的额多哩妈妈”的化身，重来人间，为人类造福。

在那个时代，人兽结合而产生后代，不但不是什么丢人的事，反而是相当值得骄傲和自豪的事，因为作为某种动物的后代，就意味着这一部落之人拥有了这种动物的奇才异能，更有本事，更有灵性。我们看到，在满族说部神话中，大多数的部落首领都有神奇的诞生经历，如《乌布西奔妈妈》中，古德罕的先祖是九尺蟒：“古时，有条千年乌云扎布占[③]，蜕变成一位盖世美女，‘毛尼雅’[④]感激驱病之恩，共举她为扈伦赫赫额真。百年后，传袭今日的哈哈[⑤]——额真古德罕。”[⑥]

① 傅英仁讲述，荆文礼搜集整理：《满族神话》，吉林人民出版社，2016 年 8 月第 1 版，第 30 页。

② 傅英仁讲述，荆文礼搜集整理：《满族神话》，吉林人民出版社，2016 年 8 月第 1 版，第 147 页。

③ 乌云扎布占：满语，九尺蟒。

④ 毛尼雅：满语，野人。

⑤ 哈哈：满语，男人。

⑥ 鲁连坤讲述，富育光译注整理：《乌布西奔妈妈》，吉林人民出版社，2007 年 12 月第 1 版，第 23 页。

如前文所述，鹰崇拜很可能是满族先民最早产生的图腾崇拜，那么产生这种人鹰结合和鹰始祖的神话也就是顺理成章，相当自然的事了。在《乌布西奔妈妈》中，乌布西奔钦定的下一任部落首领，自己的接班人乌布勒恩，也是一位具有神奇的出生经历的人。文中写道：

> 乌布勒恩二十七岁才女，神授萨满，聪颖过人，美貌绝伦。她是乌布逊部落百里看林人，有奇特非凡的殊荣。传她是从千载古松瘿包中裂生，鹰母貂父山狸是舅公，性喜树尖行走如飞蝇。任何高树细枝，都能驮住不坠落摔疼。坐在枝梢和小鸟们合唱，鸟儿不逃不散，身轻若风。十三岁便会咏唱神歌，乌布西奔梦中得识神童，众侍林中寻求九十九回，找回大帐，收为爱徒——最贴心侍人。古德罕王重病缠身，也甚喜乌布勒恩才智，极力荐举她协助乌布西奔主掌乌布逊，井井有条，众心诚服。①

这位乌布勒恩是从古松瘿包中出生的，“鹰母貂父山狸是舅公”，显然是写她从小被鹰、貂、山狸等动物一手带大，这又是一个以鹰为亲人的部落首领，可见，在当时的社会中，具有动物亲人，特别是鹰亲人是件非常令人羡慕的事，往往是其成为部落首领的重要原因之一。

满族神话中之所以产生这种鹰始祖与人结合的神话，也同现实生活中满族先民与鹰之间的如亲人般相处的经历和深厚的感情有关。《比剑联姻》中，几个小孩子与鹰等动物们之间的深厚感情，就给人留下了很深的印象：

> 重生说：“我师父说我周岁时就来到这里，虎妈妈喂我乳吃，小虎哥哥每天跟我玩，黑鹰姑姑给我叼来野果子吃，什么葡萄、梨呀，什么都有。我每晚都睡在虎妈妈怀里，虎哥哥在我的身旁。遇到了雨雪天，黑鹰姑姑就把我抱进巢里去睡，舒服极了。”……“师父就让我跟虎妈妈、黑鹰姑姑漫山遍野地玩。我敢和虎哥哥摔跤，虎哥哥经常被我摔得龇牙咧嘴；我敢和黑鹰哥哥穿越林中，好玩极了。……每天从天发亮就跟（师父）练武功，早饭后就自己练，下午念书念到太阳落，日落后就跟老虎黑鹰去穿山跳涧，什么也不怕，老虎和黑鹰都是夜眼。我让他们保护我玩一两个时辰就睡觉，（他们）跟我睡在一个蒲团上。哎呀，哪知是坐着睡，

① 鲁连坤讲述，富育光译注整理：《乌布西奔妈妈》，吉林人民出版社，2007年12月第1版，第137—138页。

双手合十，闭目养神，睡觉也有方法呀！”[1]

在这段文字中，鹰与虎不仅是训练小孩子各种技能的老师，还是和小孩子天天腻在一起、亲密无间的亲人，因而当小孩子与这些动物亲人分别时，那场面也是相当感人：

（老和尚）一摆手，两只斑斓猛虎，两只恶鹰来到老和尚面前。老虎前腿着地，黑鹰则低头。老和尚对重生说：“母老虎喂了你六年，母鹰抱着你玩了十年，你给他们磕头吧！”小孩向母虎奔去抱住虎项放声哭了起来。母老虎母黑鹰经和尚训练多年，早通人性，知小孩要离开，也双目落泪。小孩又抱住黑鹰脖子哭泣，虎仔、鹰仔也围住小孩掉泪。二虎二鹰、一个小孩哭成一团。……小孩向母虎、母鹰三拜九叩，边磕头边说：“虎妈妈鹰姑姑，师爷让我下山，我一辈子见虎不打，宁可让虎吃了我。”又向黑鹰磕头说：“鹰姑姑，我一辈子见鹰不射，宁可让鹰啄死我。报你二老的恩情。”回转身来又向小老虎小黑鹰磕头说：“师父让我带你俩跟我去，你俩愿意吗？”小老虎小黑鹰点了点头。小孩高兴了，连说：“好哇，咱仨在一块儿我什么都不怕了。”[2]

在满族说部神话、史诗作品中，这种对人与动物之间如亲人般的感情描述比比皆是。如在《东海沉冤录》中，就有多段文字描写了苦僧人与鹰之间的深厚感情：

苦僧还圈养着三只白鹰，苦僧说：“可不能小瞧白鹰，全是我的随从、好朋友，只只勤快得很，每天是靠它们送来山鸡、大雁和锡霍特山的斑鸠鸟，有时能带来伊曼河里的山鲤鱼，供我饱腹，吃食丰盛得很哪！我时常下套子，能套到鹿、狍子什么的，不仅自己吃，也给白鹰吃。它们特别听我的话，即使放走了，也还会飞回来，离不开我，可通人性啦！”……“所住之地，白鹰甚多，多栖息于山顶儿育雏，是我之邻、我之友。”说着，一吹口哨儿，从山巅的林中立即飞来一只白鹰，轻轻地落到了他的单臂上。无论怎么晃，那鹰爪抓得特别紧，根本掉不下来。苦僧爱抚地说：“这是我驯的白鹰，知道每天给主人打食。现在，你俩将此鹰带走，让它认认路，

① 傅英仁、关墨卿讲述，王松林整理：《比剑联姻》，吉林人民出版社，2009年4月第1版，第171—172页。

② 傅英仁、关墨卿讲述，王松林整理：《比剑联姻》，吉林人民出版社，2009年4月第1版，第200页。

它很通人性，绝不伤人。只要不伤害它，它不但不会啄你，而且会助你。可喂些狍子肉和鹿肉，与你们住在室内或给搭一小鹰舍。若有事儿找我时，就在鹰的腿上缝一丝帛，书明求意，它会及时送给我的。要是较长时间没啥事儿，可先放了它，过不多日子，它会回去找你们。因为我曾经喂养了它，它便通晓一些人语，彼此有了感情，所以它会随时飞回来帮助它的主人。"①

满族先民既然视鹰为师、为友、为亲人，自然人与鹰的故事就会在神话中体现出来，神话中所描写的人与动物相结合或动物成为人类始祖的故事也就相当常见了。鹰神成为满族先民的始祖神正象征着鹰与满族先民之间亲密无间如亲人一般的关系。

四、养鹰、贡鹰与无处不在的鹰崇拜

历史上满族先民同鹰之间的渊源极深，这在考古资料、古籍和满族说部作品中，都能得到印证。如上文所述，大约距今七千年前的黑龙江省鸡西市新开流遗址中，就曾发现了一个造型别致、栩栩如生的骨雕鹰首饰品，说明很可能距今七千年前，当时的人就已经有了最早的鹰图腾或是鹰崇拜。唐代的满族说部作品《红罗女三打契丹》中就描写了人与鹰之间亲密无间，甚至鹰广泛用于战争的故事，辽金时期无论是史籍还是满族说部作品中，对鹰的记载比比皆是。据《女真神话故事》中讲："女真人人人饲养两三只（海东青），现在它已经成为我们生活中不可缺少的宝贝，它既能帮助我们捕猎，又能为我们看窝护人。"② 最晚至辽代，已经有了专门以捕鹰为生的部落，鹰贡已经常态化，甚至成为女真与辽朝之间矛盾的导火索；元代到明代，从《东海沉冤录》《东海窝集传》等作品中，仍能看到驯鹰之俗代代相承，无处不在，鹰在平常生活中成为人们狩猎时的好帮手，战争时更是成了奇兵、生力军；到清代乾隆末年间，内务府设上驷院，内有"养鹰犬处"，每年都要征派捕鹰、驯鹰的差事，给八旗所管辖的民地住户，以鹰代租③。……可以说，鹰的陪伴，贯穿了满族先民的整个历史。

在满族说部神话《泼勒坤雀的故事》中可以看到满族先民与鹰之间存有怎样紧密的依存关系。文中写道："很早很早的时候，游猎在黑龙江两岸的诸申，

① 富育光讲述，于敏记录整理：《东海沉冤录》，吉林人民出版社，2007年12月第1版，第831、第832页。

② 马亚川讲述，王益章、黄任远整理：《女真神话故事》，吉林人民出版社，2016年8月第1版，第44页。

③ 赵书、常利民、崔墨卿主编：《八旗子弟传闻录》，吉林人民出版社，2009年4月第1版，第77页。

常到冰雪盖地的极北边打鹰。那咱，讲究鹰马并重。家家养龙驹，户户藏名雕。炕上铺的，头上戴的，身上披的，没有雕翎羽不上数。越在冷的地方逮雕，雕越凶猛，翎羽越显得珍贵。有的部落专靠捉雕谋生，赶着大轱辘车，携儿带女，朝北方不停脚地走啊走，在哪儿见到鹰踪雕影，就在哪儿支锅落脚。唱着乌春，吹响桦哨，在鹰达的摊派下开始捕雕喽！”鹰达们打鹰的技能更是神乎其神：“他只要看看枝叶摇晃的风向，望望头上的彩云，就知道是否有鹰飞过，飞着什么鹰，盘旋在哪层云彩里，于是下好鬃丝网，学着兔鹿争食、逗架、唤群的声调，叫呀，叫呀，叫得机灵眼尖的雄鹰冲下来，落网啦，真是人人敬佩！”①

然而繁重的鹰贡也曾经是满族先民们难以平复的噩梦。仅举《苏木妈妈　创世神话与传说》中的两段文字来说明辽代贡鹰赋给人们生活带来的灾难：

> 辽兵突然冲来，就是为了搜捕诸申男壮年，驱策他们近去五国城，远涉北海岛屿，攀登极陡峭的山巅，去为辽王寻找和捕捉名鹰海东青。因为英俊秀美的海东青，会抓野兔、山雉、鹌鹑、天鹅，成为大辽王朝年年最繁重的鹰贡。诸申为此可遭了殃。年年被抓去捕鹰的人，不可计数地死在北疆。而且，由于鹰差频繁，海东青日益稀少，已经十分难捉到，完不成贡赋，必坐牢杀头，害得诸申们为躲避徭役，只好东躲西藏，四处逃亡。……
>
> 打鹰的人远离故乡，到松阿里下游的乌阔（指五国城）去为辽王捕“松阔罗”。可是，年年月月，月月年年，已连十年有余，不知死掉多少人，不知累死多少匹骏马，不知毁掉多少勒勒车。“松阔罗”越捕越少，“松阔罗”就连幼雏也无影无踪，最后连“松阔罗”的叫声，在天上都听不到。可怜的唐阔罗哈喇，被送进大辽的死牢、水牢、虫牢、兽牢，折磨得瘦骨嶙峋，皮包骨，骨包皮，“发央嘎”（灵魂）除了壳，人死如灯灭，尸骨堆成山，仇恨满胸间，代代世世何怜怜？②

正因为满族先民同鹰之间的渊源如此之深，才使得鹰渗透入人们生活的

① 富育光讲述，荆文礼整理：《苏木妈妈　创世神话与传说》吉林人民出版社，2009 年 4 月第 1 版，第 144—145 页。

② 富育光讲述，荆文礼整理：《苏木妈妈　创世神话与传说》吉林人民出版社，2009 年 4 月第 1 版，第 20、第 43 页

方方面面，甚至在满族的观念和习俗中都留下了许多鹰的影子。在满族说部神话中，不只是鹰神，连鹰的羽毛都被赋予了神奇的力量。如《勇敢的阿浑德》中，雕神的白羽翎威力巨大，有了它，人能“力拔大山，飞腾万里”[①]。在现实生活中，鹰的羽毛也用途颇广，如《雪妃娘娘与包鲁嘎汗》中，努尔哈赤告诉宝音其格格，雕的翅膀非常有用，它可以盖房子，而且它身上的羽毛还可以编出各样的花卉图案，装饰屋室或棚帐[②]。

就连满族先民的日常婚丧习俗也离不开鹰羽。首先，东海窝集人古老的求婚方式也与鹰羽有关，如《小莫尔根轶闻》中描写道：“瞅着海浪格格一步步走远了，殷吉尔身边的一个伙伴急忙拔下头上的雕翎，让殷吉尔把它插在海浪格格的辫子上。殷吉尔接过羽翎搭在弓上，一箭射去，不偏不斜正好插在海浪格格身后摆动着的大辫子上了。这一举动，正合了窝集克（林中人）古老的求婚方式。”[③] 在讲到牡丹姑娘与王子的爱情故事时，同样是“王子射下海东青的毛翎，把它插到牡丹的头上”[④]。可见，东海女真男人的传统求婚方式，就是将鹰羽毛插在中意女子的头上。

其次，葬仪上也少不了鹰羽的影子。如《萨大人传》中描写了老将军喀尔喀穆意外离世，费雅喀人为其准备的隆重的葬礼：

> 老将军喀尔喀穆大人因意外离世，族人们纷纷跪在喀尔喀穆的周围，用费雅喀人的礼节，将珍贵的鹰的羽毛和各种彩条儿堆放在他身上。……连夜为喀尔喀穆打造了一口松木的棺椁。棺椁上插了鹰翎，内镶海豹皮的帏幔，又为喀尔喀穆换上了费雅喀人中只有德高望重、族中最受崇敬的英雄去世时才可以穿的最名贵之英雄袍。……他们按照费雅喀的礼俗，在喀尔喀穆的身上、帽子上，插上了象征灵魂安息的羽毛。……[⑤]

总之，满族先民和北方各民族世世代代普遍有崇鹰的习俗，这种崇鹰的观念是深入其骨髓的一种内在感情的升华。因而《萨大人传》中讲：“北方的

① 富育光讲述，荆文礼整理：《苏木妈妈　创世神话与传说》吉林人民出版社，2009 年 4 月第 1 版，第 127 页。

② 富育光讲述，王慧新记录整理：《雪妃娘娘和包鲁嘎汗》，吉林人民出版社，2007 年 12 月第 1 版，第 225 页。

③ 谷长春主编：《恰喀拉人的故事　小莫尔根轶闻》，吉林人民出版社，2018 年 8 月第 1 版，第 183—184 页。

④ 谷长春主编：《恰喀拉人的故事　小莫尔根轶闻》，吉林人民出版社，2018 年 8 月第 1 版，第 177 页。

⑤ 富育光讲述，于敏记录整理：《萨大人传》，吉林人民出版社，2007 年 12 月第 1 版，第 444、第 446 页。

女真人都崇敬鹰，认为有鹰飞翔的地方，是神居住过的地方，为圣洁之地。”①哈勒苏更在死前对萨布素说：“咱们满洲人崇拜的是鹰。只要有鹰的翅膀、鹰的智慧、鹰的勇敢，什么事儿皆能办成。一个人，就应当像雄鹰一样高高地飞翔。”②

第二节　满族说部神话、史诗中的鹊神崇拜

在满族的动物神中，喜鹊自古以来就是非常重要的动物神，是满族先民非常喜爱并敬重的神。在《天宫大战》中她是阿布卡赫赫的大侍女、通天通地的喜鹊神，她用叫声赶跑耶鲁里，后来又受命召请深藏地下的恩切布库女神重回人间，做人间的萨满。喜鹊神曾襄助火神托阿盗火、三音贝子套日，在阿骨打降世时保护他不被敌兵发现，可谓功劳不小；她还被视为动物中最有智慧的禽类，能预卜吉凶、传递信息，化身为沙克沙恩都里，为部落送来吉祥……

喜鹊不只是智慧、吉祥的象征，有通天通地之能，为保护族人立下汗马功劳，更是满族先民的亲人，是满族先民死后的亲人化生的。喜鹊是九天女回来报恩被洪水淹死的儿女所化，还是阿骨打家族最忠实的仆人死后所化，更是勇敢刚毅的英雄完达死不瞑目的眼睛所化……小小的喜鹊承载着多少感人的故事，也凝结着多少满族先民的感恩之情和深情厚爱！

最后，作为喜神，喜鹊神不只是婚礼和祭典上的常客、满族先民奉祀的对象，更是男女青年相爱的媒介，喜鹊的羽毛还是男女求爱时表忠诚的信物。

一、阿布卡赫赫的大侍女、通天通地的喜鹊神

在《乌布西奔妈妈》的引曲中有一句话，引起了笔者的注意：“沃拉顿恩哥，沃拉顿恩哥，恩都里嘎思哈沃拉顿恩比，恩都里嘎思哈沃拉顿恩比”，翻译过来就是：“光辉呀，光辉呀，神鹊送来光辉，神鹊送来光辉。”可见，在满族先民心目中，太阳的光辉是神鹊送来的。何以他们会产生这样的联想呢？笔者一开始也曾以为这只是拟人手法的运用，只是一句文学性很强的浪漫表述而已。读了其他满族说部作品之后，笔者才知道，原来这不是一句简单的修辞手法的运用，而是神鹊通天通地之能的展现，也是满族先民们对心目中

① 富育光讲述，于敏记录整理：《萨大人传》，吉林人民出版社，2007年12月第1版，第9页。
② 富育光讲述，于敏记录整理：《萨大人传》，吉林人民出版社，2007年12月第1版，第235页。

的鹊神崇拜在其诗中的投影。

在《天宫大战》中，阿布卡赫赫身边有三个侍女，大侍女就是喜鹊，二侍女是刺猬，三侍女叫奥朵西，是放牧云兽的小姑娘。可见，喜鹊是阿布卡赫赫身边最亲近的人之一，地位不可谓不高。作为阿布卡赫赫的大侍女，喜鹊也在阿布卡赫赫与耶鲁里争夺天宫的大战中发挥了重要作用。《天宫大战》中描写，喜鹊曾用叫声赶走耶鲁里，后来耶鲁里为了听不到喜鹊的鸣叫，不得不“用几座山塞住了耳朵”后，才敢来攻打天宫[①]。那么喜鹊的叫声为什么会有这样大的威力呢？在《恩切布库》中阿布卡赫赫派大侍女喜鹊去召唤恩切布库女神出世时，就盛赞喜鹊鸣叫的力量：

> 阿布卡赫赫，唤来侍女嘎思哈——白鹊女神，给她奇幻的使命：嘎思哈，你有震撼天地的喉咙，你有飞翔百日的耐力。你的鸣叫可声传地心，你的翎羽不怕地火烧袭。凶残的耶鲁里纵有九臂九头，也无法掩遮你的神鸣。……神鹊有着通天通地的力量。它的鸣叫，有千钧万钧之力，它的鸣叫，有千辉万辉之威。它的鸣叫，能穿过百层的蓝天，它的鸣叫，能射透千层的大地。耶鲁里被这声光震慑，仓皇逃进地心。[②]

可见，在满族先民的心目中，喜鹊的鸣叫，不但能穿过百层的蓝天，而且能射透千层的大地，因而具有通天通地的力量，可以作为阿布卡赫赫与人类之间的联系人。喜鹊神不仅鸣叫厉害，而且它的羽毛也是珍贵的宝物。《恩切布库》中，喜鹊在请恩切布库出世后，为了让恩切布库不要迟疑、犹豫，还献上了自己的一束羽毛，并且说：“小妹我（白鹊女神）将羽毛，撒一束给你，以备急用。羽毛是忠诚的信物，羽毛是赤爱的表露，羽毛是圣洁的光彩，羽毛是你翱翔天庭的圣衣。它使你在威猛一世的武功上，又添上一大能，你将无敌于天下。”[③]可见，白鹊女神的羽毛，也是非常厉害的，可以作为翱翔天庭的圣衣，也就是说，可以往来于天宫与大地之间，畅行无阻。

此外，也许正因为喜鹊神有通天通地之能，很多天神下界成为萨满时，都是神鹊护送的。如上文所述，恩切布库女神的重生人世，为族众造福，是喜鹊神的召唤和引领。西林安班玛发降生人间时，也是伴着“红光里千只喜

① 富育光讲述，荆文礼整理：《天宫大战　西林安班玛发》，吉林人民出版社，2009 年 4 月第 1 版，第 34 页。

② 富育光讲述，王慧新整理：《恩切布库》，吉林人民出版社，2009 年 4 月第 1 版，第 24—25 页。

③ 富育光讲述，王慧新整理：《恩切布库》，吉林人民出版社，2009 年 4 月第 1 版，第 28 页。

鹊鸣唱降世的”[1]。在《乌布西奔妈妈》中，乌布西奔降世，是黄莺与金雕一起护送来的，黄莺也属鹊类，大概也是神鹊的一种吧。此外，山鹊也与各种动物神一道，保护乌布西奔的安全。文中写道：

> 两只豹眼大金雕，护卫一只长尾黄莺，翩翩飞临。此刻，古德玛发嬉卧草坪，搂着众妃玩赏着会摇头的七彩蛹，被“毛尼雅”惊呼声吵醒，瞧见黄莺啄来一个明亮的小皮蛋，小嘴轻张，皮蛋恰从头顶投下，不偏不离，落在古德罕的怀襟。金雕和黄莺各展双羽，盘旋三圈儿，鸣叫三声，霎时钻入云空，无影无踪。[2]

正因为鹊神有通天通地之能，许多家族的萨满神服、神帽上，都有神鹊装饰物。如《苏木妈妈　创世神话与传说》中描写苏木妈妈嫁给完颜阿骨打后，完颜部的老萨满布赖特钦老玛发极力主张让苏木继承他成为完颜部的家族萨满，并在死后把所有神服神器都传给她，其神帽上就带有九个鹊神装饰物。书中写道：“布赖特钦老玛发的‘莎里甘’，带苏木到他们家的‘哈什’，取出为苏木存放着的一顶披有长长飘带的九鹊大铜神帽。”神帽上的饰物，非同小可，一定都是这一家族的萨满所最珍重的神物，完颜部的神帽上饰有九个神鹊，也就表明这一家族对神鹊十分崇拜。

二、襄助众神，御日盗火

在很多满族说部神话中，喜鹊都是其中善神主人公的最好的助手，不仅负责在人神之间传递消息，出谋划策，还在最关键的时候出手，助他们成功，立下了汗马功劳。

最典型的例子是神话《托阿恩都里（火神）》中喜鹊神襄助托阿盗火的故事。故事中讲，古时候人们不会用火，听说天上有真火，就是没法去取。只有每年秋季，阿布凯恩都里率领八部天神、天兵天将巡视大地时，才从天上带来火种，供大家享受玩乐一天。部落里的英雄托阿被阿布凯恩都里看中了，召到天上，掌管天火库。从此，他每天专心学习用火的方法和做熟食的技术。一心要把天火偷偷带到人间。第一次，火把大会结束时，托阿偷偷躲在大榆树尖上，把天火拿给部落人。可是田鼠告密，阿布凯恩都里收回火种，托阿也被罚倒吊在天树尖上。一白一黑两只喜鹊为了救托阿，飞了九天九夜，终

① 富育光讲述，荆文礼整理：《天宫大战　西林安班玛发》，吉林人民出版社，2009 年 4 月第 1 版，第 140 页。

② 鲁连坤讲述，富育光译注整理：《乌布西奔妈妈》，吉林人民出版社，2007 年 12 月第 1 版，第 26 页。

于在一棵百丈高的神树上找到了托阿，想要救他，托阿说只要能够偷来一颗南山上的红果，就能使他脱开束缚，回到人间。南山红果树结的是神果，想当年阿布凯恩都里创造人类的时候，在每人肚子里都放一颗红果，人才有了生命。现在人的心脏，就是阿布凯恩都里放的那颗红果。谁要吃一枚红果，能长命百岁，遇难成祥。可是一只像小牛那么大的老雕日日守在神果树旁，不让任何动物靠近。为了救托阿，白喜鹊决定牺牲自己，不顾一切地飞出去引开老雕，另一只黑喜鹊趁老雕去追白喜鹊的空当，快速飞出，摘了红果就飞快地给托阿送去。用这个办法盗得了红果，白喜鹊却牺牲了性命。托阿吃了红果以后，不但力气增大，还能隐住身形，能飞能跳。托阿第二次盗火给人间，为了不让阿布凯恩都里发现，托阿嘱咐人们在山洞中使用火，却还是被田鼠设计发现并报告了上天，火种又被收回了。托阿被扔到呼尔汉河里，身上面压上石板，又是黑喜鹊报信，找到老铁牛帮忙，老铁牛戳破了石板救出托阿，并找阿布凯恩都里理论。阿布凯恩都里赦免了托阿，让他留在天上打石头修天宫。托阿暗暗把天火一点儿一点儿地装到白色的石头里，借着往人间送石头修行宫的时机，把装火的石头一起运下天去，并把石里有火的事告诉了人们。人们捡回白石用力一磕，果然出来火星，从此人们又能用火了。日子一长，阿布凯恩都里又看人间用火用得很好，也就不追究了。

托阿盗火的神话一波三折，困难重重，其中最感人的，就是白喜鹊为了救托阿，牺牲自己引开老雕的情节。托阿知道后哭得像泪人一样，并且叨念说："白喜鹊大哥，我和乡亲们永远忘不了你，永远祭奠你"，从此满族先民留下了祭祀鹊神的习俗。

满族先民的"托阿盗火"神话中鹊神居功至伟，而在"三音贝子套日"的神话中他们也离不开喜鹊神的帮助。神话中描写天上九日齐出，大地炽热难耐，长白山神的儿子三音贝子用五彩天绳套下了其中的六个太阳，只剩下三个时，三太阳跳出海面，升到天空，把全部热和光通通射向三音贝子。光和热一集中，三音贝子虽然喝了大量的天池神水，也受不了。他射了三四个绳套，也没套住太阳，足足套了三天也没将太阳拽下来。到第四天，三音贝子吃足了饭，喝足了水，刚要出门，只见从长白山方向飞来铺天盖地的喜鹊和乌鸦，叼起五彩天绳向太阳飞去。又见长白山主率领水兵下起倾盆大雨，太阳虽然发出全部热量，也没法把几万只飞鸟全部烤死。于是五彩天绳结结实实地套住了太阳。也就是说，三音贝子套日救民的伟大功绩中，也有喜鹊和乌鸦的一份功劳。

当然，喜鹊的功劳还远不只这些，传说，阿骨打降生之时，正赶上敌兵来追，也多亏了喜鹊和乌鸦的庇护，他才平安降生。《女真谱评》中写道：

> 敌人追赶赫达氏，赫达氏就要生产，眼看就要被追上。忽然从四面八方飞来乌鸦和乌鹊，真是遮天蔽日，齐奔向地上的木杆飞来，齐刷刷地落在地上，将赫达氏遮蔽。赫达氏生一男孩，就是阿骨打。临产时，乌鸦、乌鹊在半空中搭成一座乌鸦与乌鹊之棚，蔽着天日。阿骨打降生后，乌鸦与乌鹊叼含草叶，在赫达氏插在地上的木杆上端垒一圆碗的形状，轮流采集野果、野菜堆放其中，供赫达氏食用。……无有尿布包裹，夜间冻天寒地，多亏乌鸦、乌鹊为其遮蔽取暖，寻觅食物喂哺。每逢夜晚刮风下雨，乌鸦、乌鹊都予以遮蔽。……阿骨打生在五月初五，降生时金光闪耀，如果没有乌鸦、乌鹊所蔽，早已映红天空，当时也照亮了草莽之地。……从此，赫达氏手拄的木杆，称为娑腊杆，女真族留下逢年遇节祭祀娑腊杆，回忆祖先创业之艰难的习俗。并在杆上置一方斗，里边放上猪肝肺肠肚，供乌鸦、乌鹊食用。这就是祭祀娑腊杆的起因。①

三、频传智慧，屡降吉祥

在《乌布西奔妈妈》中有一段文字："乌布西传圣徒，阿布卡车其克妈妈，教识镂文，精传百代。梅鹿千寿，沧海桑田，代代不已，筑构东海，灿耀神谕。"注释中解释说："阿布卡车其克妈妈：满族，天雀，即云雀。相传天雀也是阿布卡赫赫身边的助神，向人间频传智慧。"②也就是说，喜鹊不仅有通天通地之能，而且有传播智慧之功。连岩壁上的镂文神谕，也是天雀所传。

神话《白喜鹊》中也盛赞白喜鹊是百种动物中最有智慧、最聪明能干的一个。神话中描写道："很古很古的时候，天上有个石神妈妈，喜欢地上的山水，带着一百个儿女，从天下下来，到了地上，住在森林茂密的大窝集里。这一百个儿女，名字起得都很奇巧，哈哈济们就叫虎、叫豹、叫鹿、叫兔；沙里甘追们就叫雀鹰、叫画眉、叫莺哥。最小的格格叫喜鹊。兄妹里，要数喜鹊最聪明伶俐。"石神妈妈把一百个儿女叫到跟前说："我年岁大了，你们该独立生活啦！我见到一窝猪羔，那是阿布凯恩都里送给大地的财宝，只有不怕难，能吃苦的人才能找到它。"九十九个儿女都没有找到小猪羔，只有喜

① 马亚川讲述，王宏刚、程迅整理：《女真谱评》，吉林人民出版社，2009年4月第1版，第174—177页。
② 鲁连坤讲述，富育光译注整理：《乌布西奔妈妈》，吉林人民出版社，2007年12月第1版，第6页。

鹊，用玩嘎拉哈和树上吊个“马粪包”[①]引诱长虫咬破的办法，找到了白猪羔，原来是一江银子。小喜鹊天天呼唤人们快刨银子去[②]。神话是人们一定时期思想观念的反映，这则神话给我们传递的信息是，在满族先民心目中，喜鹊是最有智慧的动物。这就难怪在《乌布西奔妈妈》中，天鹊能“教识镂文，精传百代”，认为天鹊是阿布卡赫赫身边的助神，向人间频传智慧。

喜鹊是怎样传播智慧的呢？在《奥克敦妈妈》中，喜鹊神是阿布卡赫赫赏给奥克敦妈妈的重要帮手，襄助奥克敦妈妈做了不少好事，其中最重要的是教会人们辨别谷种。文中写道，当奥克敦妈妈让沙克沙展示自己的本领，找来谷种时：“沙克沙（喜鹊神）顿时一声呼唤起，漫天飞起成群车其克（雀），从四面八方，啄来无数谷穗子，教会尼雅玛辨识。一穗一穗的——是谷子，一荚一荚的——是豆子……尼雅玛从此学会采集旷野谷物，堆集晾晒。”[③]笔者认为，很可能人们在观察雀类采集食物时受到启发，逐渐学会了辨识五谷，因而感激喜鹊，崇拜喜鹊，视其为智慧之鸟。

喜鹊最重要的功能还是预报天灾，预知吉凶。如在《乌布西奔妈妈》中，阿布卡赫赫梦中赠送乌布西奔一个玉鹊骨簪，这骨簪就是一个预晓天下事的宝物。文中写道：

> 阿布卡赫赫从发髻上摘下两支玉鹊骨簪，说：“我的东海之主啊，展翅玉鹊簪，预晓天下事。展翅玉鹊簪，护佑你六方咎祸永避。梳翅玉鹊簪，助佑你四海祈愿如意。”说完，驱赶神骥，远上九天无影迹。……从此，乌布西奔身边除有众侍女、侍男外，又有两神骨簪随从。每有征伐、祭神，必先鸥鸟、骨簪卜筮，百验百灵。[④]

如果说在《乌布西奔妈妈》中，神鹊的预知吉凶的神奇本领，还隐藏在其象征物“玉鹊骨簪”中，那么在神话《沙克沙恩都里（喜鹊神）》中，喜鹊神更亲自化身为萨满，带领五千喜鹊兵为人类造福。神话中描写道：“传说刚有人类的时候，他们只知道捕猎觅食，对一些天灾病患，既不能提前预知，也不懂得预防。天神为这件事很担心，打算派沙克沙下界，预报一些吉凶祸福。”

① “马粪包”：一种野生植物，成熟后用后脚一踩，会喷起黄褐色的烟尘。

② 富育光讲述，荆文礼整理：《苏木妈妈　创世神话与传说》，吉林人民出版社，2009 年 4 月第 1 版，第 140—143 页。

③ 富育光讲述，王卓整理：《奥克敦妈妈》，吉林人民出版社，2018 年 8 月第 1 版，第 71 页。

④ 鲁连坤讲述，富育光译注整理：《乌布西奔妈妈》，吉林人民出版社，2009 年 4 月第 1 版，第 126—127 页。

于是喜鹊神在纳音河一户人家诞生了，由于其天生就长得奇特，背上长羽毛，还有两只翅膀，嘴又尖又硬，被视为怪物，扔到喜鹊窝里，“说也真怪，孩子住在喜鹊窝里，也不哭，也不闹，成群的喜鹊围在他身边飞呀，叫呀。时间一长，这孩子和喜鹊有了深厚的感情，还能听懂喜鹊说的各种语言，到五六岁的时候，竟能飞会走，穿枝过梗如走平地。……沙克沙长到十五岁的时候，就能呼唤着喜鹊干这干那。喜鹊也听他的号令，沙克沙简直成了喜鹊队的牛录额真。从此，沙克沙每天分配喜鹊各处打探，哪里有好山场，哪里有好围场，给大家报个信儿”①。他还多次预告了水灾、瘟疫等天灾，拯救了不少民众，于是沙克沙渐渐成了部落祭祀时的萨满。

在《东海窝集传》中也描写了一个叫索尔赫楚的人，能听懂鸟语和兽语，他就凭借这种本事，从两只喜鹊的对话中找到了部落的男人结婚三年之后必死的原因。文中写道：

> 在送丹楚和四格格成亲的路上，索尔赫楚听到喜鹊说：“你们不知道，在北山上有两棵灵丹果树，四季都结果，女人见到灵丹果就恶心，说什么也不吃，唯独男人见了灵丹果就像老猫见了老鼠一样那是非吃不可，吃下灵丹果三年后非死不可。”另一只喜鹊说：“原来是这么回事，怪不得这个部落没有男人全是女人呢！”……索尔赫楚说：“你们北山上是否有两棵灵丹果树？就是结白色果的树？”老部落达说：“有啊！我们叫它灵丹果树。”索尔赫楚说：“这种灵丹果是否男的爱吃，女的见了恶心？”老部落达说：“对呀，我们这里还有这么个风俗，凡是新婚夫妇三天后都得领着他们到灵丹树那儿摘一个灵丹果呢！因为结的不多，只摘一个给男的吃。传说这样能够使新婚夫妻美满幸福。”索尔赫楚说：“毛病就出在这里！”随后他把听到的喜鹊的对话说了一遍……（知道真相后）于是五个女的，噼里啪啦就把这两棵树砍倒了，果子扔到山里，树枝树叶就地烧了，从此，这里就没有灵丹果树了。但遗留下的种子，生出了一些当年生的植物，叫灵丹花，土名叫藕粒果，直到现在这藕粒果到处都有。这藕粒果你要是采一把回来，满屋子都是香味，但不能吃，它的毒性非常大，轻者中毒，重者死亡。现在的藕粒果就是古时的灵丹果树变的。②

① 傅英仁讲述，荆文礼搜集整理:《满族神话》，吉林人民出版社，2016年8月第1版，第212—213页。

② 傅英仁讲述，宋和平、王松林记录整理:《东海窝集传》，吉林人民出版社，2007年12月第1版，第48—50页。

从神奇的玉鹊骨簪，到可统御五千喜鹊为部落预报吉凶的萨满神沙克沙恩都旦，再到可以听懂鸟语的索尔赫楚借助喜鹊的对话为部落解决困扰多年的大事，可以看出，在满族先民的生产生活中，的确离不了神鹊的帮助。很可能在古代，像索尔赫楚这样能听懂鸟语的人不少，他们凭借与喜鹊等鸟类的交流，学会了辨别谷种、预见灾害、预知吉凶等常人没有的本领。很多人类不懂不知的，通过鸟类的“教导”，就都学会了。同时，因为人们同喜鹊学会了趋利避害，有喜鹊的地方，人们就认为此地吉祥如意，因而，喜鹊在满族先民的心目中，是最聪明、智慧的鸟，最吉祥、喜庆的鸟，喜鹊也慢慢走入了满族先民的神话之中，成为通天通地的神鸟和阿布卡赫赫的大侍女。

四、人死化鹊与鹊神报恩

喜鹊与满族先民格外亲近，不只是因为它的聪明、智慧，有通天通地的本领，也不只是因为喜鹊襄助英雄，屡建奇功，还同满族先民视其为自己死后的亲人所化有关。《女真谱评》中两次提到了喜鹊是其死后的亲人所化生的。九天女早年所生的儿女姐弟间互相婚配，结果留下的后代全是智障，后来被天神安排的洪灾淹死，死后变成乌鸦、喜鹊，又来到九天女的身边，报答父母养育之恩，用口含来各类种子，使部民们种植上苞米、谷子、高粱；这些乌鸦和喜鹊多次出手救助九天女的儿子乌鲁，一次，野猪欲吃乌鲁夫妇，被乌鸦和喜鹊啄其咽喉而死。从此女真族留下杀猪用刀捅咽喉，将肉剁成馅包饺子的风俗；还有将猪喉肉夹在娑腊杆顶上，供乌鸦、喜鹊啄食的祭祀习俗[①]。

第二次是阿骨打家的忠仆兰洁和赤金化鹊的故事，更为感人。兰洁是阿骨打的乳母，赤金是家中的管家，两人在主人的安排下结为夫妇，都对完颜家族忠心耿耿。当阿骨打的父亲病重时，赤金听说活人心能救活主人，不惜挖心救主，让兰洁亲自送去给主人。可是赤金的心，只让主人多活了五十日，五十日后主人还是不幸去世。兰洁伤心不已，不久去世。赤金和兰洁夫妇死后变为白家雀，飞到阿骨打房上絮窝繁殖。阿骨打的叔父盈歌继位后，听说白家雀是兰洁、赤金变的，他便下道命令，谁打死阿骨打房上的白家雀，按打死人论处，折身为奴，外加罚牛二头！此后，白家雀多次为阿骨打报信，帮阿骨打消灭敌人，第一次是白家雀报信，捉到刺客。第二次，白家雀为阿骨打寻到金砂。第三次，白家雀帮阿骨打找到盗宝的敌人。最后，白家雀帮阿骨打抓破坏金源的敌人，吃了“白沙迷”之药，忘记往事，才离开阿骨打家自行繁殖后代[②]。

① 马亚川讲述，王宏刚、程迅整理：《女真谱评》，吉林人民出版社，2009年4月第1版，第13—23页。
② 马亚川讲述，王宏刚、程迅整理：《女真谱评》，吉林人民出版社，2009年4月第1版，第362—375页。

还有一则神话《女真定水》，是描写勇斗恶龙的英雄完达的眼珠化成喜鹊的故事，也十分感人。故事描写黑龙江上突发灾难，原来是一黑龙、一白龙、一青龙夺去定水珠，霸占黑龙江，兴风作浪，完达和女真夫妇勇斗三龙，砍去黑龙角，杀死白龙，但水患并没有止住。这期间女真生了两个孩子，男名兴凯，女名牡丹，女真要照顾孩子，完达独自去斗青龙。最后他杀死青龙，打碎宝珠，自己化作高山，名完达山。然而定水宝珠已碎，黑龙趁机作乱，"看到黑龙还在作孽，完达身子动弹不得，他闭不上双眼，流下的眼泪化成了两股山泉。完达焦急地瞪着两眼，瞪啊瞪啊，终于在一个狂风暴雨的夜晚，两只眼珠瞪出了眼眶，化作两只白胸脯、黑头、乌翅的喜鹊，冲上了蓝天，一直奔向长白山"①。这两只喜鹊，到长白山找女真母子，帮助女真找到定水珠的碎片，定住黑龙的身体，使江面重新恢复了平静，从此黑龙江风调雨顺，五谷丰登。此后，满族伊尔根觉罗氏认喜鹊为祖先，在祖宗匣子中放木制的喜鹊雕像，每年春节取出供奉。

但故事并没有就此结束，在《兴凯驯兽》神话中，完达之子兴凯受命守护黑龙江，黄狗送来神哨筒，让他可以与动物对话（这是用神杆木做的哨筒，有了它，可以听懂各种野兽的话，所有的野兽，都要听其指挥）。青龙的一双儿女：两条小蛇，欲杀兴凯。兴凯杀死一只青蛇，还剩一只花蛇，花蛇变作美女引诱兴凯，设计夺去了七星斧上的七星，变成金龙，差点杀死兴凯。危急时刻喜鹊多次掩护：如花蛇变成恶鹰来夺宝斧的时候，无数喜鹊从天而降，保护兴凯；当花蛇变成金龙后，成千上万的喜鹊落在兴凯的身上，金龙以为是枯木呢，怎么也找不到兴凯的真身。后来，喜鹊又飞到长白山，叫来女真和牡丹帮忙，最终才杀死了花蛇。花蛇死后变成了一种猩红色的蘑菇。只可惜黄狗为救主人，被巨石砸死了。从此，满族人代代为俗，以喜鹊为祖，以犬为圣，以楛木箭为神器。为了追颂完达化鹊多次救命之恩，满族人都要在家中竖索伦杆子，每当年节均以谷米、畜肉广饲天下的喜鹊②。

总之，喜鹊不只是吉祥智慧的神鸟，还是他们的祖先死后所化成的，又无数次救助族众，使他们免遭灾难，所以满族先民对喜鹊格外亲近，每年祭祀时都会在神杆上放食物来喂喜鹊。这一习俗现在仍然盛行于满族族众之中，在许多满族说部神话、史诗作品中都有所体现，如《萨布素将军传》描写的氏族祭祖："堂祭完毕，开始祭天大典，萨满在院子东南方立起神杆（九尺高的直树干），杆尖上涂新鲜猪血，是供天神的；其下绑谷草，里面放猪杂碎与

①赵书、常利民、崔墨卿主编：《八旗子弟传闻录》，吉林人民出版社，2009年4月第1版，第12页。
②赵书、常利民、崔墨卿主编：《八旗子弟传闻录》，吉林人民出版社，2009年4月第1版，第15—24页。

五谷杂粮，是供乌鸦、喜鹊女神的。萨布素等人叩拜神杆后，静等乌鸦、喜鹊到来。果然，不一会儿就有叽叽喳喳的喜鹊来了，叼吃神杆中的粮食，不久，一只大乌鸦带两只小乌鸦来吃。众人大喜叩拜。”[①]

五、喜神与婚恋习俗

在《奥克敦妈妈》中，奥克敦妈妈在魂归天界前，命令随她一起下界的沙克沙格格（喜鹊姑娘）“仍归山野，常驻村寨高枝，筑巢永年，日日为尼雅玛传报佳音喜讯”[②]。传报佳音喜讯，自然是喜神了，因而满族先民视其为喜神就是顺理成章的事了。作为喜神，喜鹊理所当然地走入了满族先民的祭祀盛典中，《沙克沙恩都里（喜鹊神）》中讲：“沙克沙恩都里是喜神，为旧时满族普遍供奉的诸神之一。每逢添人进口、修建新房、大病得愈、出兵打仗、平安归来等，都要祭祀喜神。祭祀喜神时不杀猪。”[③]婚礼和婚俗中自然也是少不了喜神的，满族人的婚礼是要参拜喜神的，如《乌鲁的故事》中所写：“在姑娘父母的主持下，摆上一桌子供品，竖起神仙杆子，两人拜了天神、地神、喜神，又参拜了姑娘父母，他们成了亲。”[④]

如前文所述，《恩切布库》中，喜鹊在请恩切布库出世时，献上了自己的一束羽毛作为礼物，并且说：“羽毛是忠诚的信物，羽毛是赤爱的表露，羽毛是圣洁的光彩，羽毛是你翱翔天庭的圣衣。”[⑤]既然羽毛是忠诚的信物，是赤爱的表露，自然它也就成为男女青年定情的信物，因而，在《东海窝集传》中描写东海女真人在神树下的婚礼时说：“按照祖规，男的要戴白羽毛花，女的要戴红羽毛花”[⑥]，在其他的满族说部神话、史诗作品中，男子把羽毛插在女子的头上，也正是向对方求爱的信号。

此外，建州女真人的始祖努尔哈赤的祖先布库里雍顺的诞生，也正是喜鹊帮助的结果。相传古时长白山有一个小湖，叫布勒瑚里湖。湖水清澈见底，荷花浮水。一天，三个仙女（相传是阿布凯恩都里的女儿）从空中飘然而下，到布勒瑚里湖沐浴。忽然一只衔红果的喜鹊，在三妹佛库伦头上盘旋，佛库伦抬头一看，红果正好落进她的口中。佛库伦由此怀孕，生下了布库里雍顺。

① 傅英仁讲述，程迅、王宏刚记录整理：《萨布素将军传》，吉林人民出版社，2007 年 12 月第 1 版，第 565 页。

② 富育光讲述，王卓整理：《奥克敦妈妈》，吉林人民出版社，2018 年 8 月第 1 版，第 95 页。

③ 傅英仁讲述，荆文礼搜集整理：《满族神话》，吉林人民出版社，2016 年 8 月第 1 版，第 216 页。

④ 谷长春主编：《恰喀拉人的故事　小莫尔根轶闻》，吉林人民出版社，2018 年 8 月第 1 版，第 54 页。

⑤ 富育光讲述，王慧新整理：《恩切布库》，吉林人民出版社，2009 年 4 月第 1 版，第 28 页。

⑥ 傅英仁讲述，宋和平、王松林记录整理：《东海窝集传》，吉林人民出版社，2007 年 12 月第 1 版，第 7 页。

后来，布库里雍顺被选为三姓地区的首领。可是，经过若干年以后，布库里雍顺的子孙不能团结部众，部属叛变，攻破了鄂多哩城，把他的子孙杀死。其中有一名叫苑察的小男孩逃了出来，他被叛变者追杀，一只神鹊落在他的头上，追兵以为那是枯木头，他没被发现得以脱逃，成为建州女真的首领。所以满族人非常尊重喜鹊，只有在年三十的晚上才能将其神像请出来，放在案上，享受香火。

还有一则喜神作为男女婚姻媒介的神话传说《喜神的礼物》，是讲长白山下有个叫贲海的年青猎人，上山打猎时遇到了一个跌伤腿的老太太，就主动背起来要送她回家。爬过了九座大山，翻过了九道大岭，贲海鞋都蹬飞了，脚也磨破了，好歹把老太太送到家，却发现老太太腿一点儿毛病也没有。他虽然很生气，但出于对老人的尊重，没有说什么，抬腿就走。可是老太太拦住了他，为他做了一双猪皮的乌拉鞋，絮上了乌拉草，还派了豺狗子保护他。后来贲海在林中碰到了一个放蚕姑娘，她脚上穿的别致的木底鞋，也是老太太送的。他俩来到山洼看望老太太时，却不见老太太的房子。“他俩正在发愣，就见远处飞来一只喜鹊，飞到他俩头上把一根羽毛扔在他们面前，然后围着他俩不停地叫着。他俩明白了，原来这位老太太是萨克萨妈妈（喜神）。贲海捡起了羽毛翎，姑娘红着脸把头歪了过来，他把羽毛翎插在了姑娘的头上。他穿着乌拉，姑娘穿着木底鞋，他们就在这山洼里成了亲。男的打猎，女的放蚕，过起了自由幸福的生活。”[1]

第三节　满族说部神话、史诗中的刺猬神、蛇神、鼠神崇拜

在满族说部神话、史诗中有三个动物神与日神有关：刺猬神、蛇神和鼠神。首先刺猬神被视为阿布卡赫赫的护眼女神，他身上的刺带有日神的光芒，常常用光针去刺耶鲁里的眼睛，帮阿布卡赫赫赶走耶鲁里；第二个是蛇神，被视为太阳的光神化身，是从天上掉下来的，满族先民对蛇十分崇拜，不但海祭时要祭祀蛇神，而且平常见到蛇不仅不能杀死它吃肉，还要跪拜；第三个是鼠神，他是阿布卡赫赫搓落身上的泥所化成的“三耳六眼的灵兽”，是永世迎日之神祇，在黎明前负责看管耶鲁里的行踪，使他不能偷偷到天宫捣乱。

①谷长春主编：《恰喀拉人的故事　小莫尔根轶闻》，吉林人民出版社，2018年8月第1版，第211页。

一、阿布卡赫赫的护眼女神：刺猬神

《天宫大战》中讲："天树通天桥，通天桥路分九股，九天九股住着宇宙神，都是耶鲁里从地上赶上来的。九股分住着三十妈妈神：一九雷雪三十位，二九溪涧三十位，三九鱼鳖三十位，四九天鸟长翼神，五九地鸟短翼神，六九水鸟肥脚神，七九蛇猬迫日神，八九百兽金洞神，九九柳芍银花神，统御寰天二百七，三位赫赫位高尊。"[①] 其中的七九是"蛇猬迫日神"，也就是说，在日神身边的有两种原始动物大神，就是蛇神与刺猬神。

其中刺猬神在《天宫大战》中描写最多，也非常重要。她在《天宫大战》中被称为者固鲁女神，也称"护眼女神"。既然日、月是阿布卡赫赫的眼睛所变，"护眼女神"自然同日神有关，是保护日、月，也就是保护阿布卡赫赫的眼睛不受伤害的动物神。同时，她还是阿布卡赫赫的三个贴身侍女中的第二个，在同恶神耶鲁里的战斗过程中发挥了重要作用。者固鲁女神身上的针刺上带有太阳的光芒，只要耶鲁里敢来伤害阿布卡赫赫，她就会用"刺猬针上的太阳光刺的他九头双眼"。《天宫大战》中描写道："她们是赫赫的护眼女神，守护日月，使其日夜光照宇宙，送暖大地。所以她们身上都有光衫慈魂，其外形虽然瘦小，但神威远远高过三位女神身边的众位保护女神。……她身披满身能藏魂魄的光针，帮助阿布卡三姊妹生育万物，赋予灵魂。她身上的光彩，全是日月光芒织成的，锋利无比，可使万物万魔双目失明，黯然失色。"[②]"者固鲁女神总是披着刺眼的光衫，这是阿布卡赫赫赋予她的万神神威。万神的能耐和品德，都汇集到了她的身上，能攻能守，能进能退，能隐能显，能扩能缩，能滚能行，威勇无敌。"[③]

神话中还描写了一次阿布卡赫赫被耶鲁里所变的白鹅所骗，被白鹅用绳拴绑住，"天要塌陷了，天摇地晃，日月马上暗淡无光。天上的神禽，地上的神兽相继死亡"。在这危急的时刻"阿布卡赫赫泪眼溪流旁，住着者固鲁女神们，……她们在溪河旁知道赫赫被绑，天地难维，便化作了一朵芳香四散、洁白美丽的芍丹乌西哈，光芒四射。九头恶魔耶鲁里，一见这朵奇妙的神花，爱不释手。恶魔们争抢着摘白花，谁知白花突然变成千条万条光箭，直射耶鲁里的眼睛，疼得耶鲁里闭目打滚，吼叫震天，捂着九头逃回地穴之中。阿

① 富育光讲述，荆文礼整理：《天宫大战　西林安班玛发》，吉林人民出版社，2009 年 4 月第 1 版，第 57 页。

② 富育光讲述，荆文礼整理：《天宫大战　西林安班玛发》，吉林人民出版社，2009 年 4 月第 1 版，第 53—54 页。

③ 富育光讲述，荆文礼整理：《天宫大战　西林安班玛发》，吉林人民出版社，2009 年 4 月第 1 版，第 61 页。

布赫赫被拯救了，天地被拯救了。阿布卡赫赫、巴那姆赫赫、卧勒多赫赫一齐感谢者固鲁女神”[①]。

在满族说部神话中，“毛发”往往被想象成光线的藏身之所，如突姆火神，用她的“光、毛、火、发帮助赫赫照路”，后来，又“将自己身上的火光毛发，抛到黑空里化成依兰乌西哈、那丹乌西哈、明安乌西哈、图门乌西哈，帮助了卧勒多赫赫布星”。在《乌布西奔妈妈》的“火燕”神话中，火燕是“阿布卡赫赫侍女日神幻化”的，她的所有能量之源，也藏在日神“光、毛、火、发”之中，只因为忘记了阿布卡赫赫的嘱咐，让光发蓬松零乱，就不能再回到天上神坛了，而是化作千道海沟，留在海底。刺猬神之所以被称为护眼女神，也是因为刺猬的毛发是全身尖刺。既然毛发是藏光之所，刺猬的尖刺自然也可以藏着太阳之光，这种尖刺更容易让人想到格外刺眼的阳光，因而自然会使人联想到刺猬的刺中藏有阳光的威力，可以战胜恶神耶鲁里。

刺猬神在满族神话中的地位极高，是最古老的动物神之一。在《天宫大战》中她是护眼女神、者固鲁女神，还是阿布卡赫赫三大侍女的第二个侍女；此后的满族神话中刺猬神又化身为僧格恩都里，成为佛托妈妈（后来升格为阿布卡赫赫）的重要保护神。《阿布卡赫赫创造天地人》中描写在洪灾中佛托妈妈（大柳树神）与僧格相依为命，相濡以沫。大柳树（佛托妈妈）在被救醒后，感慨地说：“多亏了这个小徒弟僧格恩都里与我相依一同躲过了这一劫。可以说是我仰仗小徒弟的灵气保住了性命，同时我又用自己的生气保护着她生存下来。”[②] 阿布卡赫赫要领着佛托妈妈寻找上劫的其他生物时，又是僧格恩都里拿着佛托妈妈的两个“乳房”，替师傅佛托妈妈守着灵魂山。在这里，刺猬神的“帮助阿布卡三姊妹生育万物，赋予灵魂”的功能得到了验证。

在《神魔大战》中，在阿布卡赫赫被耶鲁里关进冰山里之后，僧格恩都里与穿山甲神一起，拿着火葫芦钻冰山救阿布卡赫赫，神话中描写道：“那冰山是上顶天下拄地，冷气嗖嗖，魔气袭人。那些天兵天将们谁也无法靠近，只有阿布凯巴图和另外两个神可以接近。一个是五克倍恩都里，他是穿山甲神，有一身的铠甲，能够忍受魔冰的侵蚀；另一个是僧格恩都里，他是上一个大劫留下的刺猬神，不怕火，也不怕魔冰。”[③]

在阿布凯恩都里掌天宫之权后，僧格恩都里又被送到阿布凯恩都里身边，

① 富育光讲述，荆文礼整理：《天宫大战　西林安班玛发》，吉林人民出版社，2009 年 4 月第 1 版，第 53—54 页。

② 傅英仁讲述，荆文礼搜集整理：《满族神话》，吉林人民出版社，2016 年 8 月第 1 版，第 5 页。

③ 富育光讲述，荆文礼整理：《天宫大战　西林安班玛发》，吉林人民出版社，2009 年 4 月第 1 版，第 117 页。

成为阿布凯恩都里的大弟子，是其身边的得力爱将。在神话《人的尾巴》中，僧格恩都里受阿布凯恩都里的委派，把智慧树枝分给人类，安在屁股后面，变成尾巴。后来因为天上没有了智慧树，分不出四时，吉凶也不知道了，连阿布凯恩都里也没法指挥三界大事，阿布凯恩都里只好令僧格恩都里把人的尾巴收回。僧格恩都里想如果全收回来，人就不能生活了，所以给人留下了尾巴根，人从此虽然没有了天大的智慧，起码能维持生活[①]。

刺猬为什么在《天宫大战》中能获得如此高的地位呢？这还同满族先民的独特民居习俗以及在生活中对刺猬的依赖有关。《天宫大战》中描写道："巴那姆赫姆教人穴居地下，筑室洞窟，故北人大都深室九梯，刺猬、蝙蝠均为安全守神。"[②] 由于天气寒冷，满族先民的民居同中原地区不同，大多是深居地下。而地下常有毒烟毒气，而刺猬恰恰是生活在地下的，对毒烟等各种危险有天然的预知能力。可以想见，在没有其他预警手段的情况下，观察动物，也就是观察生活于地下的刺猬、老鼠、蝙蝠等动物的行止，就成为先民预见灾难、防止发生意外的重要方法。因而满族先民喜爱它们、依赖它们、崇敬它们，因而在满族说部神话中刺猬、老鼠、蝙蝠等动物，一般都是善神，且越是古老的神话中，这些动物神的地位越高，显示出刺猬等动物在先民生活中的重要性。

《恩切布库》一书在介绍各种小动物神"僧固妈妈（刺猬神）和顿顿妈妈"时说："姐姐，你别看我们小，可我们有别人无法替代的用处。我们能够通风报信，能够驱除瘟疫，能够预见灾害，能够治疗疾病。"[③] 刺猬等小动物真的能治疗疾病吗？的确这样，在其他满族说部神话、史诗作品中可以找到证据。《东海沉冤录》描写道，在大家被瘟疫所害，全部落八百多人死了绝大部分，只剩下八十三人时，他们遇到了一位神奇的"神母"，用僧固的血肉救了他们的命，文中写道：

> "神母"又抓来五个僧固，剥下皮，开了膛，叫每人喝一口僧固血，接着用手里拿着的两个白石球打出火花，点燃了篝火，把僧固烧焦，让每人吃了一块黑焦炭似的肉。"神母"还把一块烧焦的、发出香味的僧固肉放到了柳树洞的洞口儿，当即引出不少的毒蛸蛇来。那些毒蛸蛇一尺

① 傅英仁讲述，荆文礼搜集整理：《满族神话》，吉林人民出版社，2016年8月第1版，第55页。

② 富育光讲述，荆文礼整理：《天宫大战　西林安班玛发》，吉林人民出版社，2009年4月第1版，第73页。

③ 富育光讲述，王慧新整理：《恩切布库》，吉林人民出版社，2009年4月第1版，第76页。

来长，穴居，蜷曲在树洞里。一个洞中往往能有上百条，条条有剧毒。"神母"把蛇眼抠去，放在泉水里一连气儿冲了三遍。再抓一条在手上，摔死之后，用石刀切割成八十三块。八十三这个数字，正是全部落的八百多人，去了死的和逃的所剩下的人数。"神母"让每人吃一块毒蛸蛇肉，连同蛇骨嚼烂吞下，再喝一口毒蛸蛇的鲜血。大家照此做过后，"神母"又吩咐折些柳枝，选一处空旷的草地，把枝叶铺在地上，睡下，责令必须得睡着。众人按"神母"的要求，睡了一个多时辰。突然，皆因肚子疼得受不了而醒了过来，纷纷捂着肚子急忙往树林子里跑。进到林子以后，（所有的人）开始上吐下泻，吐泻均为红水，使得整个林莽臭气熏天。就这样，每人接连大泻了五六遍，一直折腾到第二天晚上。吐泻过后，（大家）突觉异常畅爽，头清眼明，肚子饿得要命。也不知"神母"是在啥时候，用的什么办法套来了三只大马鹿，并早已剥完了皮、卸好了肉，在十几堆篝火上烤着呢！"神母"让大家趁热快吃。众人便大口大口地嚼起鹿肉来。她还从河里抓了几只河鳖，让每人喝了几口鳖血。经过这么一调理，阿济格赫思痕妈妈及族人惊奇地发现，自己似乎变成了另外一个人，感到浑身有使不完的劲，身子骨比没得山达哈前更加壮实。[①]

无独有偶，《萨大人传》中也描写了热心的波尔辰妈妈用僧固肉（刺猬肉）再配上"还魂草"给萨布素的奶奶东海额莫治病的故事。刺猬虽小，却能防灾，能治病，在满族先民的生活中不可或缺，发挥了极大的作用。因而在满族先民的心目中，刺猬是不可缺少的助手和伙伴，因而刺猬也被写进神话里，成为三个最古老的动物神之一。

二、光神化身：蛇神和小蟒神（蚯蚓神）

除刺猬神外，蛇神也是"追日神"之一。《天宫大战》描写道："蛇就是光神化身，是从天上掉下来的，虫类也是从天上掉下来的。所以它们在有火和光的春夏，才能出洞生活，无火无光的暗夜和严冬，便就入眠了。"[②] 蛇神虽然在《天宫大战》中不如刺猬神受重视，提到的很少，但从其他满族说部作品对蛇神的描写中，可以看出蛇神在满族先民心目中的地位颇高。在《乌布西奔妈妈》中，乌布西奔举行海祭时，所召请的第一个大神，就是蛇神，且蛇神在《乌布西奔妈妈》中有了新的名字"海峡大神梅赫姑音"："她是太阳光芒化成的蛇神，有

① 富育光讲述，于敏记录整理:《东海沉冤录》，吉林人民出版社，2007 年 12 月第 1 版，第 472 页。

② 富育光讲述，荆文礼整理:《天宫大战　西林安班玛发》，吉林人民出版社，2009 年 4 月第 1 版，第 46 页。

太阳一样的纯真，有太阳一样的温馨，有太阳一样的怜恤，有太阳一样的苛峻。乌布西奔昵称梅赫妈妈……"，乌布西奔还在海祭中表演了蛇舞以娱神："用凫血涂容，象征脸戴'生机玛虎'（涂血假面），赤脚裸胸，摇晃身躯，翘首仰动，匍匐踊行，柔软的体魄可弯入胯下，仿佛游蛇，惟肖惊神。"[1]

在《东海窝集传》中，还描写了东海女真人崇蛇、不吃蛇的习俗：

> 满族人对蛇和熊既尊重又讨厌。……对蛇不许打死，也不许吃肉。……那时东海窝集部的人，看到蛇就急忙跪下磕头。……（路过蛇盘岭时）满山遍野都是蛇，没有别的吃的，实在饿得没办法，于是丹楚二人跪下向老天磕了三个头，说："我们实在饿得不行了，请梅赫勒恩都力原谅我们吧！"唠叨一阵就开始吃蛇肉。这一吃才觉得蛇肉真香，从此满族人养成了吃蛇肉的习惯。尤其是丹楚当了王之后，也允许吃蛇肉。[2]

崇蛇习俗的产生，显然和满族神话中描写蛇是光神化身有关。由于蛇在神话中是光神，因此人们在生活中竟然得跪下来向蛇磕头，其影响力不可谓不大！神话在满族先民生活中潜移默化的教化作用可见一斑。

在满族说部神话、史诗作品里，还有以蟒蛇为图腾的部落，如《乌布西奔妈妈》中讲："古时，有条千年乌云扎布占（九尺蟒），蜕变成一位盖世美女，'毛尼雅'（人）感激驱病之恩，共举她为扈伦赫赫额真。百年后，传袭至今日的哈哈——额真古德罕。"[3]

此外，蚯蚓因长得像缩微版的蛇，被称为小蟒神。《天宫大战》中讲："北方诸族的人，在萨满服饰上，常画有蛇状虫，有些并不是蛇，也不是龙，而是蚯蚓。"何以在萨满神服上会有蚯蚓图案，也就是小蟒神呢？《天宫大战》中描写道：

> 阿布卡赫赫，所造的敖钦女神，是为了守侍巴那姆赫赫，使她不能安眠昏睡。阿布卡赫赫又觉得只让敖钦女神守护，还不放心。敖钦女神九头八臂，神力盖世，一旦逃跑，就会变成无敌于世的宇内大神，便又派管门的都凯女神，并告诫要时时关好大门，让敖钦女神只能在神域之

① 鲁连坤讲述，富育光译注整理：《乌布西奔妈妈》，吉林人民出版社，2007年12月第1版，第134—135页。

② 傅英仁讲述，宋和平、王松林记录整理：《东海窝集传》，吉林人民出版社，2007年12月第1版，第56、第60页。

③ 鲁连坤讲述，富育光译注整理：《乌布西奔妈妈》，吉林人民出版社，2007年12月第1版，第23页。

> 内活动，不能随意出走。敖钦女神有九个头，敏慧无匹，她把憨厚的都凯女神骗来，同她戏耍，共同筑建地穴住室。敖钦女神把头上的触角借给都凯女神用来钻地穴行。都凯女神甚觉好玩，敖钦女神才冲出天门，成为神威齐天的耶鲁里。阿布卡赫赫大怒，把都凯女神赶出天系。巴那姆赫赫怜悯她，便将都凯女神收留，平时让她变成蚯蚓，总是穿行地穴，（她）决意要寻找耶鲁里，以雪渎职之恨，从此也无颜见天上太阳，太阳一照便会死去。……相传，她有耶鲁里的触角，可穿行于地下，能够辅助与导引萨满探察地下的府洞与魂魄，畅行无阻。都凯女神变成地下蚯蚓，永远不能生活于地上，但她常常帮助阿布卡赫赫的护眼女神。护眼女神的神火能穿透大地，润育沃野，可以孳生万物。都凯女神为了能回到阿布卡赫赫身边，便竭力帮助护眼女神，把深深的地层钻出洞眼，使暖光透进，使她能够随时幻化成各种香花异草。护眼女神后来能变成芍丹乌西哈，使耶鲁里上当，救了阿布卡赫赫，也有都凯女神的功劳。阿布卡赫赫怜爱都凯女神，允许她可以自生自育，不论冬夏她永远不死，常存于地下。蚯蚓神又称小蟒神，可助萨满治世宁人。[①]

原来，蚯蚓是天上守门的都凯女神所化，只因她贪玩敖钦女神的触角，让后者冲出天门成为神威齐天的恶神耶鲁里，才被阿布卡赫赫赶出天系，从此变成蚯蚓，钻行地下。“都凯女神为了能回到阿布卡赫赫身边，便竭力帮助护眼女神，把深深的地层钻出洞眼，使暖光透进，使她能够随时幻化成各种香花异草。”这不正是蚯蚓钻行地下，给大地松土的功能在神话中的生动展现吗？满族先民创作的神话往往能把动植物的某些鲜明的特色，用神话的方式和语言表达出来，让人们对这些动物的功能特色有更深的了解，而且与故事整体天衣无缝地衔接起来，使得故事既生动鲜活，又真实可信。

在萨满神服上，确实有蛇类图案存在，如在《女真神话故事》中描写萨满神的神服，就有“在左右衣襟上绘着六足蛇、四足蛇、短尾蛇，一面各一条，蛇下面绘着乌龟和蛤蟆”[②]的记载，至于其中的六足蛇、四足蛇、短尾蛇各指的是什么，就不得而知了。

三、永世迎日的鼠星神

在《天宫大战》中，鼠神被称为鼠星神，是阿布卡赫赫搓落身上的泥所

① 富育光讲述，荆文礼整理：《天宫大战　西林安班玛发》，吉林人民出版社，2009 年 4 月第 1 版，第 38—40 页。

② 马亚川讲述，王益章、黄任远整理：《女真神话故事》，吉林人民出版社，2016年8月第1版，第86页。

化成的“三耳六眼的灵兽”，是永世迎日之神祇，具有很高的地位。神话中写道：

> 阿布卡赫赫又从身上搓落出泥，生出兴克里[①]女神，能在黑暗里钻行，迎接和引导太阳的光芒，照进暗夜，这便是永世迎日的鼠星神祇。鼠星是迎日早临的女神，离黎明时分还有若干时辰（时出现在天际）。阿布卡赫赫担心黎明前黑暗里耶鲁里仍偷袭捣乱，就把身边的三耳六眼灵兽派了出去，永远永远地横卧在苍天之中，头北尾南，横跨中天，总是极目远望高天，寻找耶鲁里的踪影，一直到太阳的光芒照彻寰宇、星光隐灭，辛勤而忠于职守的迎日灵兽才从中天中消逝。所以，他是朝朝不知懒惰爱日的神兽，满语古语尊称他为乌西哈布鲁古大神。[②]

在乌布西奔妈妈中有“鼠星报晨黎明前”之句，其注中解释说：“鼠星：满语‘兴恶里乌西哈’，为计时星，秋分后黎明前见西南。”[③]鼠星应该是满族先民观测天象时所见之星座之名，这星座每天都在黎明之前升上天空，因而被赋予了在黑暗中看管耶鲁里，不让他偷袭捣乱的职责。而刚好老鼠又有在黑暗里钻行地下之能，耶鲁里恰好又是生活在地下国的，于是在神话中，老鼠就变身成为鼠星神，每日像是狱卒一样，在黎明前看管住耶鲁里，防止他偷袭天宫。《天宫大战》中还描写了一件事，有一次耶鲁里趁黑天的时候，来攻天宫，首先做的就是捉住鼠星女神，放走了天上的神鹰，于是天地间就一片混乱，阿布卡赫赫的围腰战裙被毁，疲惫不堪，昏倒在滚动着金光的太阳河旁……可见鼠星神的作用重大，是阿布卡赫赫不可缺少的帮手。

在《天宫大战》中，鼠神是天上迎日早临并看管耶鲁里的鼠星神，在《恩切布库》中，鼠神变成了在地下看管地牢中的耶鲁里的神祇。文中写道：

> 土拨鼠小精灵可不能小瞧，万年前，耶鲁里被阿布卡赫赫打入地狱，地母巴那吉额姆控守地牢。土拨鼠受巴那吉额姆之命，成为地下的狱卒，看管和监视耶鲁里。土拨鼠小精灵，忠于职守，尽职尽责，得到天母的称赞。……土拨鼠小精灵，乃天母阿布卡赫赫身边的爱将，她的忠诚和赤心经常受到天母的称颂。土拨鼠小精灵是地心的神祇，她能洞晓地火

① 兴克里：有的版本译为兴格里，满语，鼠的意思。

② 富育光讲述，荆文礼整理：《天宫大战　西林安班玛发》，吉林人民出版社，2009年4月第1版，第60—61页。

③ 鲁连坤讲述，富育光译注整理：《乌布西奔妈妈》，吉林人民出版社，2007年12月第1版，第200页。

的征兆。[①]

土拨鼠神何以会受到如此之尊敬呢？笔者注意到上面的引文中写土拨鼠小精灵能洞晓地火征兆，这地火应该是指地震，也就是说，土拨鼠有预告地震的能力。笔者认为，这种预告地震的能力，恰恰是满族先民崇拜鼠神，并奉其为神的真正原因之一。通常情况下，一种动物在神话中所处的地位，往往是与其在满族先民心目中的地位成正比的，而一种动物在满族先民心目中的地位往往又是与其在生产生活中所做出的贡献成正比的。在《萨大人传》中，有一段文字，可谓是全面地揭示了满族先民崇拜鼠神的原因，笔者摘录如下：

满洲人和北方各族人皆崇拜老鼠。你可别小瞧兴格力，它的生存能力最强，繁育能力最旺，多子多孙。满洲先人之所以崇拜鼠，还有一个原因。早年人们为御寒，地挖得很深，以地为室，住在温暖的地窨子里。不过也有弊端，地窨子里有瘴气，即所说的邪恶之气。它有损人的健康，妨害人的生存。而鼠却能常居地下，这个小东西精灵得很，能将上千斤、上万斤的粮食一点儿一点儿地搬到地下。另外，鼠居住的地方十分讲究。有放粮的地儿，有睡觉、育仔的地儿，还有拉屎撒尿的地儿，不但安排得有条理，而且十分整洁。老鼠有鼠王，嗅觉相当灵敏。地下如果有潮气或是邪恶的瘴气，马上能闻到，并立即发出信号，告知众弟兄、众子孙赶紧逃走。老鼠搬家，不用一宿的工夫，所有的东西全都运走，能够很快找到安全的生存之所，搬到哪里谁也找不着。正因为它有如此大的能耐，所以北方的人们都希望把鼠的精神、鼠的本事学到手，像鼠那样有极强的生存能力、繁育能力和自卫能力。正由于鼠对邪恶的瘴气最敏感，女真人和满洲人的先世们住地窨子时，特别注意他们的朋友、邻居鼠的活动。如果有老鼠经常出现，在地下住着肯定安全。地不会塌，不会有地动，即后来所说的地震，更不会有瘴气，完全可以安安稳稳地在那里过日子。一旦发现有的老鼠死了，或昨天还看到有老鼠，今天突然不见了，那就得赶紧搬家，早走一分钟早安全，很可能就少死一条人命，你说这神奇的老鼠怎能不被北方满洲先人奉为神灵呢？称它为“护地神”、传信儿的“信息之神”，也就是鼠神。拜鼠神，在满洲的萨满祭祀中，得到了极大的弘扬。[②]

① 富育光讲述，王慧新整理：《恩切布库》，吉林人民出版社，2009 年 4 月第 1 版，第 78 页。

② 富育光讲述，于敏记录整理：《萨大人传》，吉林人民出版社，2007 年 12 月第 1 版，第 545 页。

原来，满族先民崇拜鼠神同他们的居住环境有关，由于东北古代冬天过于寒冷，满族先民常常建地室居住，而穴居地下最大的问题，是地下的瘴气或是地震，人们一旦遇到瘴气或是地震，很可能在不知不觉间就都葬身地室了。而能预见地震和瘴气，恰恰是老鼠的专长。所以聪明的满族先民们学会了通过观察地下生活的老鼠的行踪，有效地避免了瘴气与地震之灾。因而，老鼠在满族先民的生活中，应该是居功至伟，不可缺少的，所以满族先民视之为“护地神”“信息之神”。地震和瘴气，应该是满族先民所要对付的凶恶的耶鲁里的象征，正因为老鼠有这样的功劳，它在神话中被视为看守耶鲁里的鼠星神和护地神，也就不足为奇了。

对于老鼠的神奇本领，满族先民们是十分羡慕的，甚至想要模仿和学习。在《西林安班玛发》中，西林安班玛发为了能为族众找到一片适宜安居的乐土，就魂神离体，化作鼹鼠，钻行地下。文中写道：“西林安班玛发，为了追索世人患病之源，他首先想到了生存的土地。水有源，树有根，世人像小树一样都离不开大地。要想摸透病源，首先还是要分析土质。于是，他想到一个非常奇妙的办法：到地中去，看一看地下水土的究竟。他是海神之子，有无限的神力，进入大地对他来说，易如反掌。西林色夫想来想去，若深进地下，究竟变个什么好呢？蚂蚁？蚯蚓？白蛇？蜥蜴？他总觉这些虫类体魄幼小，所穿行的地域也不会那么辽阔。想来想去，最终他想到了鼹鼠。”更盛赞鼹鼠是地下最聪慧、最灵巧、最活泼、最迅捷的动物，“能食土中任何生物，能吮土中任何水分，它以土为母，以土为生，它和大地的土，千万年生生不离。而且最有搬援土地的能耐，是地下的貉、獾无法比肩的”[①]。

第四节　满族说部神话、史诗中的虎神、熊神、豹神崇拜

作为猛兽的虎、熊、豹，也是满族先民崇拜的对象。虎神是满族先民心目中的“大力神”和“山神爷”，更是阿布卡赫赫身边的坐骑，是照妖神、清宇神、安世神、开路神，帮助阿布卡赫赫廓清了寰宇，荡涤了尘埃。部落祭祀或是遇到妖魔鬼怪时，萨满往往会用跳神的仪式请来神灵助阵，而作为兽

① 富育光讲述，荆文礼整理：《天宫大战　西林安班玛发》，吉林人民出版社，2009 年 4 月第 1 版，第 204—205 页。

类之王的虎神是萨满最喜欢请来帮忙的动物神之一。满族神话中更有两个专门描写虎神的故事《虎家坟》《虎大哥》，其中描写的虎是非常通人性的，懂得孝敬娘亲，知恩图报，一旦与人建立了友好的关系，就会一心一意对人好，简直是比有些人还强。因而满族先民视之如神，非常敬重它。敬重到什么程度呢？《“山神爷”的传说》中描写满族人尊老虎为“山神爷”，打猎遇到它，就要按照见神的规矩，每个人都把帽子摘下来，恭敬地扔过去，如果谁的帽子被老虎叼走了，就要跟着老虎走，任老虎享用，决不反抗。

在满族神话中，男人的生殖器是从熊身上借来的，熊在满族先民心目中，是力量的象征。满族先民一方面很讨厌熊，但另一方面，又是崇拜熊的，因为他们相信喝熊血吃熊肉能增大力气，学会驯熊的技能，用在战争中，那就可以在关键的时候发挥重要的作用，所以他们一方面杀熊、吃熊肉、穿熊皮，另一方面又跪拜熊、祭祀熊、以熊为图腾，甚至在萨满神帽上也放上熊的图案。

满族先民不同的部落往往会祭祀不同的神，除了虎神、熊神以外，有的部落还将豹视为保护神。在神话《阿达格恩都里（金钱豹神）》中，金钱豹神阿达格最大的特色是其神奇的豹皮与豹皮上的斑点：豹皮可以围在身上挡住毒气，还可以化作百丈的围墙，把敌人围住；豹皮上的斑点则有进攻的功能，可以化作飞刀杀向怪蟒；也可以化作清泉，洒到三妖身上立刻把三妖化为脓水；还可以变成土龙，把魔王手下的九路妖兵头目压在下面……这一金钱豹神因制伏了六十三处群妖，救了不少部落百姓，成为很多部落共同祭祀的神，具有很高的地位。

一、“大力神”和“山神爷”——虎神

在《天宫大战》中，虎神被提到的不多，没有什么故事情节，只在玖腓凌中讲述巴那姆赫赫在把各种动物的魂魄摄来做护腰战裙时，第一个提到的就是虎：“巴那姆赫赫将在自己身上生息的虎、豹、熊、鹿、蟒、蛇、狼、野猪、蜥蜴、鹰、雕、江海鱼虾、百虫等魂魄摄来，让每一个兽禽神魂，献出一招神技，帮助阿布卡赫赫。又从自己身上献出一块魂骨，由昆哲勒神鸟在太阳河边，用彩羽重新为阿布卡赫赫编织了护腰战裙。从此，天才真正变成了现在这个颜色，阿布卡赫赫也真正有了无敌于寰宇的神威。”①

在《恩切布库》中，虎神在天宫大战中的故事得到补充叙述，在各路英雄向恩切布库报到时，塔思哈（虎）妈妈继夹昆（鹰）妈妈后第二个出来，

① 富育光讲述，荆文礼整理：《天宫大战　西林安班玛发》，吉林人民出版社，2009 年 4 月第 1 版，第 68—69 页。

这一情节补充了其在天宫大战中的故事叙述，也盛赞了虎神的雄威：

> 塔思哈妈妈瞬间召来数不清的吊睛黄毛大虎，它们纵、跃、跳、卧、蹿、扑、爬、滚，千姿百态，虎虎生威。虎爪戳地地生金，虎爪踏地地摇撼，虎啸雷霆鬼神惊，虎尾扫地地生烟。惊走了妖魔鬼怪，惊走了狼狈熊罴。虎威是照妖神，虎威是清宇神，虎威是安世神，虎威是开路神，廓清了寰宇，荡涤了尘埃。塔思哈妈妈高吼唤道："……当年我是天母阿布卡赫赫身边的坐骑，为了驱赶耶鲁里，化成金虎吞吃岩穴中的魔怪，又受天母之命，永居洞窟中生活。现在，我受天母之命重返尘世，为的是惩恶扬善，扶危祛邪。"①

原来虎神曾是阿布卡赫赫身边的坐骑，为了驱赶耶鲁里才来到人间。后来又受天母之命，永居洞窟中生活，这俨然又是一篇《天宫大战》中的动物神与恶神耶鲁里的斗争故事。虎在满族先民心目中的地位很高：是照妖神、清宇神、安世神、开路神，廓清了寰宇，荡涤了尘埃。《恩切布库》中的塔思哈妈妈所率领的部落，其实是一个以虎为图腾的部落，很可能这个部落有精湛的驯虎技能，能一瞬间召来无数黄毛大虎，为部落赶走敌人。后来，在与九尾貂部落的战斗中，塔思哈妈妈化形出百只猛虎，使得称霸堪扎阿林西路的九尾貂部落，一夜工夫就遭全歼。

《阿布卡赫赫创造天地人》的神话中，描写洪水过后，一只白虎神守护了一个上劫的神灵赛音妈妈，而赛音妈妈手中有十个石罐子，是上劫动物的灵魂。后来赛音妈妈成了阿布卡赫赫的第六个弟子，放出了石头罐子里的上劫的兽灵的灵魂，所以天宫和地上才又有了兽类存在。一般保护上一劫的神灵的动物神，都是这一类动物中最重要的，因而可以看出，在满族先民的心目中，老虎是兽类中最重要的，也就是兽中之王。在《佛赫妈妈和乌申阔玛发》中，佛赫妈妈为了打败耶鲁里，点上年息香，打起鼓来，甩动腰铃，请九层天上诸星、诸神来助战，请到的第十层天的神兽包括"虎神、豹神、水獭神、蛇神、鹰神"，虎神列为第一个，可见虎神已经上升为天上的神兽，地位很高。

在满族说部神话、史诗中，部落祭祀或是遇到妖魔鬼怪时，萨满往往会用跳神的仪式请来神灵助阵，而兽类之王虎神与鸟类之王鹰神，往往是萨满最喜欢请来帮忙的动物神。如《火神和水神》中写："恰喀拉有好多大力神，

① 富育光讲述，王慧新整理：《恩切布库》，吉林人民出版社，2009 年 4 月第 1 版，第 74 页。

有的是虎，有的是鹰”[①];《东海沉冤录》中的萨勒奴在南山部落兼做萨满，“传说他有虎神、鹰神附体，故而每当唱起来、跳起来时，会令人惊心动魄、赞叹不已。在北山部落时，萨勒奴妈妈曾让他帮助办过祭祀，祭祀时，他不仅歌儿唱得好听，虎神舞、鹰神舞也跳得很美。”[②]在《勇敢的阿浑德》中，虎神与鹰神，又为灾难中的部落送来了两个男孩子，一个叫诺温，一个叫阿里，分别具有虎和鹰的本领，他们最后杀死了怪龙，解救了乡亲。当然也有的神话中单独只请虎神，如《找月亮》中，萨满请来了大力神为其助战，这大力神就是虎神。文中描写：“恰喀拉人供的神很多，唯有这个大力神的脑袋不让人看，它的头总是包着的，只能看到它的身子。大伙这才明白原来大力神是虎头，它只想保护人，不想伤人，才不肯露脸。”[③]

在满族说部神话、史诗中还有两篇专门描写虎神的神话故事，一个是《虎家坟》，描写一个萨满很会治病，一次，被一只老虎请去为其母亲治病，萨满待在虎洞中三天，精心调理，终于给虎妈妈治好了病。后来虎妈妈又生了小虎，就把这只小虎送给了萨满，让小猛虎给萨满当儿子。小猛虎自打认萨满为父以后，成天给萨满找猎物，渐渐也学会了扫院子，收拾屋子，甚至连铺床铺被也都能做。“爷儿俩”生活得很好。左邻右舍的人，自打小猛虎来了以后，起初谁也不敢到他家。后来，萨满领着小猛虎挨家串门儿并告诉小猛虎说:“这都是亲朋好友，你要好好照顾他们。”从此，小猛虎常常捕些野牲口给年岁大的老人送去。大家都叫它“虎阿哥”。一次三只猛虎下山来叼走了各家各户养的牲畜，小猛虎知道后，气得跑回山里，与三只猛虎厮打起来。最后，老母虎领着四只小虎，赶着一群罕达犴到部落里，挨家挨户送去四头罕达犴。打这以后，这个部落专用罕达犴来拉车种地[④]。

另一个描写虎神的故事叫《虎大哥》，描写一只老虎嗓子上卡着骨头，痛苦不堪。一个青年猎手纪福路过时好心为其拔掉了骨头，并把它领到家里好吃好喝地招待，让它养好伤，从此虎与纪福成了结拜的兄弟。虎大哥看到纪福的老额娘是个瘫子，为了给老额娘治病，竟然忍痛把自己的膝盖骨咬下来，让纪福放在锅里熬水给老娘喝，没过几天，老额娘的病果然好了。纪福没有媳妇，虎大哥就把皇宫里的公主给他叼来。公主在纪福家里受到很好的招待，公主看中了纪福为人忠厚，想要嫁给他，就同国王说，让纪福成了驸马。驸

① 谷长春主编:《恰喀拉人的故事　小莫尔根轶闻》，吉林人民出版社，2018年8月第1版，第80页。
② 富育光讲述，于敏记录整理:《东海沉冤录》，吉林人民出版社，2007年12月第1版，第253页。
③ 谷长春主编:《恰喀拉人的故事　小莫尔根轶闻》，吉林人民出版社，2018年8月第1版，第21页。
④ 傅英仁讲述；荆文礼搜集整理:《满族神话》，吉林人民出版社，2016年8月第1版，第204—206页。

马是个普通猎人，在朝中被人看不起，老虎又带着群虎来攻城，吓得满朝文武无计可施，却被纪福三言两语送走了。从此纪福被封为威虎大将军，统辖长白山一带的打牲衙门。于是张广才岭东边这个小岭，由于出了个威虎大将军，就被称作威虎岭了[①]。

从上面的两则神话中，可以看出在满族先民的心目中，虎是非常通人性的，懂得孝敬娘亲，知恩图报，一旦与人建立了友好的关系，就会一心一意对人好，简直是比有些人还强。因而满族先民视其如神，非常敬重它。

神话往往是某一时期的社会生活和思想观念的曲折反映。虎神之所以在满族先民心目中的地位这样高，和满族先民高超的驯虎技术以及人虎之间如亲人般的亲密感情有关。如《东海窝集传》中对他斯哈[②]的描写：

> 他斯哈住在什么地方？是什么样的人？说法不一样。有人说，他斯哈只知道母亲，不知道父亲；也有人说，他的母亲和老虎结婚生了他；也有人说，他父亲在山里打猎时，被老虎吃掉了，其母亲武功很高，就准备把吃掉他父亲的老虎抓住，杀死报仇。当抓住老虎时，老虎却流着眼泪求饶，后来他母亲把老虎留在家里，帮助她照料孩子。总之，他斯哈是以老虎为伴的。那时的人们都住在山里，人少野兽多，出生的孩子都带有野性。尤其虎头岭是老虎成群的地方，每年春天老虎都来这里聚会。他斯哈对老虎的脾气、生活习性都很熟悉，还懂老虎话，他生下来就在山林里转悠。[③]

后来他斯哈为丹楚、先楚的军队效力，在与老女王的战争中，为了火攻敌人的营寨，需要牺牲二十只老虎的生命，他斯哈非常舍不得，他把这些老虎看作是自己的亲人一样。后来丹楚说要把一半的江山让给他，他才勉强同意。后来，丹楚夺得王位，并没有兑现自己的承诺，只封他为大将军，他斯哈对此事非常不满。丹楚安慰他斯哈说："你放心，死去的那二十只虎，我一定通知各姓氏作为虎神来祭祀它们，因为老虎也打过江山。"满族有祭祀虎神的风

① 谷长春主编：《恰喀拉人的故事　小莫尔根轶闻》，吉林人民出版社，2018 年 8 月第 1 版，第 212—214 页。

② 他斯哈：满语，虎的意思。

③ 傅英仁讲述，宋和平、王松林记录整理：《东海窝集传》，吉林人民出版社，2007 年 12 月第 1 版，第 75 页。

俗，也就是由此而来[①]。但他斯哈后来还是带着自己的队伍叛离，说明这些老虎的生命对他来说非常重要。《东海窝集传》的故事发生在明代中晚期，而直到明代中晚期后，满族才有祭虎之风俗，说明对虎的崇拜相对鹰来说晚了很多。祭祀仪式往往是神话产生的重要原因之一，因为需要通过神话对祭祀的原因加以合理的解释。这也就可以解释，为什么虎神在《天宫大战》中只是提名，并无故事，而鹰神等其他动物的神话故事已经很丰富了。

视虎为亲人的例子在满族说部神话、史诗中还有很多，如在《比剑联姻》中，满族小孩子重生是视虎为妈妈和老师的。文中写道：

> 小孩（重生）说："这儿养的守山老虎从不吃人，有人误入此山迷路，它就将其叼到北河边，救过不少人呢。不要怕，我经常骑在它背上去巡山。"……重生说："我师父说我周岁时就来到这里，虎妈妈喂我乳吃，小虎哥哥每天跟我玩，黑鹰姑姑给我叼来野果子吃，什么葡萄、梨呀，什么都有。我每晚都睡在虎妈妈怀里，虎哥哥在我的身旁。遇到了雨雪天，黑鹰姑姑就把我抱进巢里去睡，舒服极了。"……"师父就让我跟虎妈妈、黑鹰姑姑漫山遍野地玩。我敢和虎哥哥摔跤，虎哥哥经常被我摔得龇牙咧嘴。我敢和黑鹰哥哥穿越林中，好玩极了。……每天从天发亮就跟着老虎练武功，早饭后就自己练。下午念书念到太阳落，日落后就跟老虎黑鹰去穿山跳涧，什么也不怕。老虎和黑鹰都是夜眼。我让他们保护我玩一两个时辰就睡觉，他们跟我睡在一个蒲团上。哎呀，哪知是坐着睡，双手合十，闭目养神，睡觉也有方法呀！"[②]

《东海窝集传》中描写满族先民的驯兽本领连中原武功高强的孙真人看了也被吓坏了：

> 走了不出一里路，就听到嗷嗷地叫唤了几声，震天动地，石鲁一听，知道是老虎，但没说什么，丹楚、先楚也知道，这是司空见惯的事，这下把孙真人吓坏了，哆哆嗦嗦地往后退，马也惊了，再也不往前走了。忽然出来九只斑斓猛虎把道路给拦住了，说啥也不让走，孙真人紧往后退。

① 傅英仁讲述，宋和平、王松林记录整理:《东海窝集传》，吉林人民出版社，2007 年 12 月第 1 版，第 129 页。

② 傅英仁、关墨卿讲述，王松林整理：《比剑联姻》，吉林人民出版社，2009 年 4 月第 1 版，第 171—172 页。

> 丹楚说："准备好武器"，这时他们都换成铁器了，三人就亮出来铁刀铁斧等。这九只老虎也不往前蹭，而是用爪子刨地，还点了点头。石鲁是驯虎出身，说："我看看是怎么回事。"九只虎一见他来，领头虎往中间一蹲，左右各蹲了四只，像是迎接贵宾，给让出一条道。石鲁一看说："行啦，往前走吧，它们是来迎接咱们的！"孙真人一看，深深叹道，这东海人驯兽本领可真高超啊！老虎都列队迎接。孙真人胆子也壮了许多。可是马不行，马见了老虎天生害怕，连拉带推，死逼着才牵着走过来，过来后，四匹马上吐下泻，全吓死了。石鲁说："算了，咱们也不需要它们了，这些马比不上本地马，这里的马不怕老虎。"又对老虎说："不叫你们白接，这四匹马就送你们吃了吧"这九只老虎像是听懂了石鲁的话，忽地一下就扑上去吃马。孙真人还第一次看见这种情景，也吓了一跳，心想，东海人怎么这么野。①

总之，东海女真人很早就掌握了高超的驯虎技术，虎在其部落战争中，往往发挥着非常重要的作用。有些人更视其为妈妈，为兄弟，为养子，同虎之间的感情已经达到比人还亲的地步。在他们的心目中，虎是神一般的存在，不仅是他们崇拜的"大力神"和"山神爷"，也是他们的老师和亲人。

二、"力大无比"的熊神

在《天宫大战》中，巴那姆赫赫造男人时，"也不知男人啥样？巴那姆赫赫便想到学天禽、地兽、土虫的模样造男人。男人多一个索索……慌慌忙忙从身边的野熊胯下要了个索索，给她们合做成的男人形体的胯下安上了。所以男人的索索同熊罴的'索索'长短模样相似，是从熊身上借来的。"② 神话中何以会将男人的生殖器想象成是从熊身上要来的呢？笔者认为，熊的力气很大，而满族先民又很想从熊那里得到这种大力的能力，所以会将男人的生殖器想象为从熊那里得来的。他们或许认为，男人有了熊的生殖器，自然会有熊力大无比的本事，而通过熊的生殖器生出来的孩子，也应该在一定程度上具有熊的属性。

在《勇敢的阿浑德》中，西伦妈妈在为诺温和阿里两个孩子送行时说："要使超凡的力气永不枯竭，就得喝熊血；要使除妖的胆气震慑山丘，就得吃熊

① 傅英仁讲述，宋和平、王松林记录整理：《东海窝集传》，吉林人民出版社，2007年12月第1版，第95页。

② 富育光讲述，荆文礼整理：《天宫大战　西林安班玛发》，吉林人民出版社，2009年4月第1版，第17页。

肉！”她亲自钻进老林子里，打死了一只花脖大熊，倒了满满一大槽子熊血。阿里和诺温舀了一勺，洒向青天，敬给阿布凯恩都里；又舀了一勺，泼洒大地，敬给巴那其；第三勺捧给额姆，西伦妈妈一饮而尽；第四勺敬给受灾难的部落；第五勺兄弟俩咚咚一口气干了下去[①]。可见，熊在他们心目中是力量的象征，他们想通过喝熊血、吃熊肉的方式，获得熊一样的力气。

其实很早的时候，满族先民就有了以熊为图腾的部落，并掌握了高超的驯熊的技术。如《奥克敦妈妈》中记载了驯熊的部落：“熊额真，只要跳起熊舞，必招来——众熊拼死攻伐。力大无穷的熊群，势如破竹，无人敢敌。所有财物，尽被掠夺。”[②]《苏木妈妈　创世神话与传说》中，苏木所戴的唐阔哈喇的祖传神帽，帽子顶端是一个张着巨口獠牙的勒夫恩都里形象[③]。神帽是家族珍传的神物，神帽上有熊的图案，说明这一家族对熊神非常重视，很可能也是一个以熊为图腾的部落。

在《东海窝集传》中，色楞和胡楞兄弟身上穿的全是熊皮做的，一个穿着黑熊皮，另一个穿着棕熊皮，脚上穿着熊掌靴子，言谈举止，一举一动，都活脱脱的像熊一样。他们不但像熊一样有千斤之力，力拔大树同玩一样，而且也同熊一样傻傻的只知卖力气，在比武的间隙，对方休息，他们却不停地打场子，一棵一棵地拔树，总觉得树木挡了他们的路。能学熊学到这种程度，可见他们与熊的熟悉程度非同一般，同熊的感情也非常好，像老朋友或是亲人。书中描写当色楞、胡楞兄弟随着丹楚、先楚去各地招揽人才时，正愁没法过虎头岭上老虎的关，“事有巧合，这时就听到外边呼噜呼噜的声音，一看从南边跑来了一大群黑熊，领头的有一千斤重！这时色楞、胡楞可高兴了，说：‘咱们的救兵来了。’哥儿俩出去一呼唤，这帮黑瞎子高兴地用前爪扒拉它们的主人，有的还用嘴去亲胡楞的脸，胡楞见了它们都要掉泪了，‘这些日子你们咋撵上来的，这下可好了，明天你们就去跟老虎打仗！’”[④]熊与人，人与熊简直不分彼此，亲密无间，仿佛是久别重逢的亲人。

当然，并不是所有人都如色楞、胡楞兄弟这样喜爱熊，而是绝大多数满族先民，对熊既尊重又讨厌。《东海窝集传》中说：“满族人对蛇和熊既尊重又讨厌。满族狩猎的时候，如果打死一只熊，就把熊皮剥下来，熊脑袋割下来，

① 富育光讲述，荆文礼整理：《苏木妈妈　创世神话与传说》，吉林人民出版社，2009年4月第1版，第128页。

② 富育光讲述，王卓整理：《奥克敦妈妈》，吉林人民出版社，2018年8月第1版，第98页。

③ 勒夫恩都里：满语，熊神。

④ 傅英仁讲述，宋和平、王松林记录整理：《东海窝集传》，吉林人民出版社，2007年12月第1版，第76页。

熊头当球踢一阵子，披着熊皮跳一阵子舞，最后再把熊皮熊脑袋挂起来给它磕头，进行祭祀。"[①] 何以会出现这种看似矛盾的态度呢？其实这正是与熊在满族先民的社会生活中的双重角色、双重作用有关。熊有时如上文所讲能立下大功，有时却会闯下大祸，贻害无穷。《兴安野叟传》中描写了可怕的熊害的厉害：纳哈出等人吃了齐集湖中的大白细鳞鱼，这些鱼被熊认为是领地里的食物，别人岂能染指？于是成群的棕熊冲上来，将不少人咬死咬伤。他们想出用火和声响来赶跑棕熊，但头一天刚刚赶跑，第二天熊就又回来，将看管驿站的野叟吃得只剩下骨头……若是敌对部落学会了役使熊，并用来攻打自己部落，那就更是灾难了。《西林安班玛发》中讲道：

> 莎吉巴那的日子开始蒸蒸日上。人们正为美妙的生活载歌载舞时，突然，莎吉巴那阿林[②] 冲下来数百名赶着黑熊的人。这些黑熊，都是七八百斤、五六百斤重。它们经人驯养，凶猛异常。因为熊俗称大力士，从山冈冲下来，熊掌拔折山上的松干，满山抛撒，尘土飞扬。黑熊遇到了人，也把人抱起来抛向野谷。黑熊把一座座"塔旦包"[③] 连根拔起，也扔向山下，"塔旦包"里的孩子、女人，也一同被抛到山下，尸首遍地啊，血流成河啊，这是天降大祸。……[④]

人一不小心就会被熊伤害，所以满族先民很讨厌熊，但另一方面，熊又用处颇大，人们相信喝熊血、吃熊肉能增大力气，学会驯熊的技能，用在战争中，那就可以在关键的时候发挥重要的作用，所以满族先民又是崇拜熊的。所以他们一方面杀熊、吃熊肉、穿熊皮，另一方面又跪拜熊、祭祀熊，以熊为图腾，甚至在萨满神帽上也放上熊的图案。

最后，《萨大人传》中还描写了费雅喀人的节日：熊节，描述得相当详尽，是研究费雅喀人节俗文化和熊神崇拜的重要资料：

> 说起熊节，可是费雅喀人的一个特殊、盛大的节日。族人把小熊抓来或买来，在家里圈养着，养到一定时候就该杀了。杀之前，要有个仪式，

① 傅英仁讲述，宋和平、王松林记录整理：《东海窝集传》，吉林人民出版社，2007年12月第1版，第56页。

② 阿林：满语，山。

③ 塔旦包：满语，窝棚，简陋的居室。

④ 富育光讲述，荆文礼整理：《天宫大战　西林安班玛发》，吉林人民出版社，2009年4月第1版，第212—213页。

> 通常是在晚上。屯寨里的人以及附近部落的人都赶来参加，这便是过熊节。大家举着火把，将脖子上套着锁链子的大棕熊从熊圈里引出来，一个人在前头牵着，四五个人拿着棒子赶着，领着熊绕着屯寨走。熊一般知道自己要被杀掉，会暴怒、嚎叫，因此边赶边要给它喂吃的，然后装进木笼子里。开席喝酒时，族人坐在炕上喝着，熊在木笼子里吃着。杀熊之前，先要勒条狗，目的是让这条狗为熊神的魂灵升天引路，也就是让狗拉着熊一起升天，狗是运输工具。到要杀熊的时候了，有专人祷告一番，跟熊说："今天杀你呀，可不是我拿刀杀，而是蚂蚁在你身上爬。是天神让你去，不是我们让你去。"杀完收拾好之后，把熊肉煮熟或烤熟，族人再一起热热闹闹地吃熊肉。吃熊肉是有讲究的，分部位。哪块主人吃，哪块女人吃，哪块客人吃，都不一样。吃完了，需要埋葬熊骨，也有一定的仪式。待一切全做完了，熊节才算结束。……祭拜熊神和天神。[①]

这种熊节与人们的赎罪心理以及担心动物报复的心理有关。在朱狄先生所著《原始文化研究》一书中，介绍了众多国外萨满教研究的成果与信息，……在论及萨满倾向的心理因素时朱先生认为："有这样一种心理因素在起作用，那就是对狩猎动物的死亡所产生的一种赎罪心理，以及情感上怅然若失的状态。"[②] 人们想要借助祭祀仪式，完成送熊的灵魂升天的祝福，一方面将熊的死因归之于天命，推卸掉杀熊的罪责；另一方面也希望借助熊的升天仪式使熊神保佑部落平安吉祥。

三、人面豹身的金钱豹神：阿达格

满族先民不同的部落往往会祭祀不同的神，除了虎神、熊神以外，还有的部落将豹视为保护神去祭祀。在神话《阿达格恩都里（金钱豹神）》中描写道："早先温特哈拉部落有一位保护神叫阿达格。这位神是金钱豹神。说起这位神很奇怪，父亲是金钱豹，母亲是温特哈拉的一个姑娘。因为姑娘在十八岁那年生病死了，爸爸妈妈把她的遗体用桦皮包好，挂在树上，边哭边叨念：'阿布凯恩都里收下你这子孙吧。'后来，这位姑娘被山中王救活了，并在山洞里教会她一些武艺，又生下了阿达格。阿达格生下来三天就能走，人面豹子身，喊一声能震动山谷。"[③] 显然，这是一则人兽结合的神话。

《佛赫妈妈和乌申阔玛发》中讲佛赫妈妈和乌申阔玛发结合，生下了四对

① 富育光讲述，于敏记录整理：《萨大人传》，吉林人民出版社，2007 年 12 月第 1 版，第 438 页。
② 富育光：《萨满论》，辽宁人民出版社，2000 年 9 月第 1 版，第 90 页。
③ 傅英仁讲述，荆文礼搜集整理：《满族神话》，吉林人民出版社，2016 年 8 月第 1 版，第 195 页。

男女，只有一对后来成为人类的祖先，其他三对则分别是兽类、鸟类和爬行类动物的祖先。又讲道："人类的繁殖没有动物快，人和人婚配以后生育儿女很不容易，阿布卡赫赫就和四对兄妹商量，施行人和动物通婚。这才出现了第三代怪神恩都里——人面豹身的恩都里、鹰头人身的额多哩妈妈、通身是鳞的突忽烈玛发、人头鱼身蛇尾的松阿里恩都里。"① 其中提到的人面豹身的恩都里，应该就是神话《阿达格恩都里（金钱豹神）》中的阿达格了。这里提到的通身是鳞的突忽烈玛发也可以找到人物原型，应该就是《突忽烈（海神）》中的突忽烈了。而"鹰头人身的额多哩妈妈"，笔者认为很可能就是《鄂多哩玛发（狩猎神）》的原型了。

这位金钱豹神阿达格最大的特色是其神奇的豹皮与豹皮上的斑点。书中写道：

> 山中王夫妻为人们做了很多好事，被天神召到天上负责镇守山口，他脱去金钱豹皮变成了一位威风凛凛的守山神。临上山的时候，他们把儿子叫到跟前说："儿呀！我俩奉命要上天堂，给你留下这张金钱豹皮。这是一件宝皮，能镇妖除邪保平安、救万民。皮上有百朵黑花都能消灭妖魔，保你平安。千万记住，用完九十九朵时，要吞下最后一朵，然后坐上豹皮，我会来接你升天。"②

此后，阿达格果然用这豹皮和豹皮上的斑点，消灭了很多妖魔，为部落做了不少好事。如耶鲁里手下的九个大头目奉魔王之命，占住木伦部的地盘，抓活人供魔王享用，是阿达格用豹皮上的斑点制伏了妖魔，解救了乡亲。从此，耶鲁里妖兵不管在哪里作乱，阿达格就到哪里制伏他们。从吴子江到粟末水，从乌苏里到萨哈连，制伏了六十三处群妖，使诸申人过上了安乐的生活。那豹皮的神奇之处是能攻能守，可以围在身上挡住毒气；还可以化作百丈的围墙，把敌人围住；豹皮上的黑花则有进攻的功能，可以化作飞刀杀向怪蟒；也可以化作清泉，洒到三妖身上立刻把三妖化为脓水；还可以变成土龙，把魔王手下的九路妖兵头目压在下面……最后，魔王假意讲和，请阿达格九月十三那天赴宴。阿达格显示神力后，暗暗吞下最后一朵黑花，变成一只金钱豹，默默走向大森林。神话最后说："至今，有不少满族哈拉还在祭祀这位金钱豹

① 傅英仁讲述，荆文礼搜集整理：《满族神话》，吉林人民出版社，2016 年 8 月第 1 版，第 30 页。
② 傅英仁讲述，荆文礼搜集整理：《满族神话》，吉林人民出版社，2016 年 8 月第 1 版，第 195 页。

神。”[①] 可见这一金钱豹神因制伏了六十三处群妖，救过不少部落百姓，成为很多部落共同祭祀的神，具有很高的地位。

满族说部神话、史诗中以猛兽作为保护神来祭祀的，不只有虎、熊、豹三种，还有其他猛兽，甚至豺狼也在祭祀之列。《郭浑和库伦》中讲："郭浑和库伦是索活气部落的祖先神。这个部落早先在祭祀这两位神的时候，同时还祭祀一位小恩都里，它是个小豺狼。……郭浑和库伦格格在小豺狼的帮助下，射虎降蟒，取得仙泉水，救了瘟疫中的族众。当地人后来把郭浑和库伦当作祖先神年年祭祀，人们还给小豺狼起了个尊号叫恩都里。"[②] 可见，只要是为部落做过重要贡献的动物，死后都能得到部落的尊重，并冠之以恩都里的称号，视之为神来祭祀。这也许正是满族先民的万物有灵观念和感恩情怀的体现吧。

第五节 满族说部神话、史诗中的鹿神、犬神、马神崇拜

鹿、马、犬都是满族先民重要的出行工具，先民骑着东北特有的"果下马"或是马鹿穿山越岭，如履平地；冬天更有狗拉雪橇疾驰如风，大大地方便了人们的生活。所以他们视鹿、马、犬如亲人一般，是生活中不可缺少的伙伴和帮手。

在他们的神话中，鹿、马、犬的地位也很高："九天神鹿"是卧勒多赫赫的坐骑，抓罗格格的神奇鹿角是战胜敌人的法宝；他们把太阳想象成一匹疾驰的天马，称太阳为"舜莫林"（日马），因而就有了三音贝子套日的神话，马神"莫林格格"还是阿布卡赫赫赐予奥克敦妈妈的礼物，襄助奥克敦妈妈为部落做了无数好事；犬神曾化身为小黄狗为兴凯送来可以听懂兽语和降伏百兽的哨筒，并多次救主，因此满族先民崇敬犬神，祭祀犬神，视犬如圣。

一、"九天神鹿"与"抓罗格格"的神奇鹿角——鹿神崇拜

在满族神话中，"九天神鹿"是光明女神卧勒多妈妈的坐骑。《乌布西奔妈妈》中讲："卧勒多妈妈，与阿布卡赫赫、巴那吉额姆同为满族先世女真人创世神话中三姊妹女性大神之一，排行第三，身披皮褡裢，坐骑九天神鹿，夜夜将皮褡裢里灿烂的星辰布满漆黑的晴空，为穹宇星辰女神。"[③] 我们知道卧

① 傅英仁讲述，荆文礼搜集整理：《满族神话》，吉林人民出版社，2016 年 8 月第 1 版，第 198 页。
② 傅英仁讲述，荆文礼搜集整理：《满族神话》，吉林人民出版社，2016 年 8 月第 1 版，第 112—115 页。
③ 鲁连坤讲述，富育光译注整理：《乌布西奔妈妈》，吉林人民出版社，2007 年 12 月第 1 版，第 18 页。

勒多赫赫在天界享有崇高的地位，鹿能作为卧勒多赫赫的坐骑，可见其在满族先民的心目中地位不低。

九天神鹿也是记忆神、歌舞神、女大萨满博额德音姆的坐骑。《天宫大战》中描写道："从萨哈连下游的东方，走来骑九天神鹿的博额德音姆萨满。"① 博额德音姆是女真语，意思是"回家来的人"，也就是说，她是从自己家里走出去了又在深夜回家来的一位大萨满。

满族先民对鹿的崇拜还表现在他们对鹿角的尊崇上。《女真神话故事》中描写了萨满神的神帽上"两边插双鹿角，竖着六个叉椏，中间佩着一面护头镜，神帽边上缘上飘散着五颜六色的风带"②。萨满神服上的每一件东西都是有含义的，带有一定的神圣性质，以鹿角来做神帽的主要装饰，说明人们对鹿角相当重视，认为它是有灵气的，通神灵的，所以被装饰在神帽之上。《东海窝集传》中也描写了穆伦部的四格格在继承母女河部落的部落达时的仪式："在部落大会上，部落达亲手将祖传的鹿角（掌管部落的权力象征）交到四格格手里，四格格高举起右手向天行拜礼，然后对老部落达大拜了三次，高高举起双手，接过鹿角，并举过头顶三次后，搁在石头桌子上。"③ 鹿角竟然成为部落权力的象征，可见它在满族先民心目中的地位之重。

还有一则神话故事《多罗甘珠》也讲道："那咱，部落间聚会要用一根长得挺奇特的旧鹿角骨，这是祖传的珍品，经过多少代人的手，磨得油黄闪亮。不管哪个部落，接到这根骨头，就是下再大的暴雨，爬再高再陡的山，也要马上赶到，兄弟相帮。哈斯古怕多罗罕生疑不去，就把这个象征和睦的鹿角骨传到阿克敦城。"④ 可见，鹿角骨是祖传的珍品，在当时还有联络部落间聚会之用，不管哪个部落接到这一鹿角骨之后"就是下再大的暴雨，爬再高再陡的山，也要马上赶到，兄弟相帮"。可见，这一鹿角骨很可能是某一部落联盟主用来召集各部落聚会的信物，在各部落民众心目中具有崇高的地位。

鹿角何以在满族先民那里会有如此崇高的地位呢？这就要从神话《抓罗妈妈（鹿神）》中去找答案了。神话中描写道：鄂多哩部落中有位姑娘叫阿兰，"这姑娘两条腿能跑九山十八梁，两手能拉十石弓，什么牲口要是她搭上眼，就别想跑掉。她什么牲口都猎，就是不捕鹿，一见到鹿，就像见到亲姊妹一

① 富育光讲述，荆文礼整理：《天宫大战　西林安班玛发》，吉林人民出版社，2009年4月第1版，第1页。

② 马亚川讲述，王益章、黄任远整理：《女真神话故事》，吉林人民出版社，2016年8月第1版，第47页。

③ 傅英仁讲述、宋和平、王松林记录整理：《东海窝集传》，吉林人民出版社，2007年12月第1版，第47页。

④ 富育光讲述，荆文礼整理：《苏木妈妈　创世神话与传说》吉林人民出版社，2009年4月第1版，第201页。

样。说也怪，不管多大的鹿，一见到她，管保老老实实，俯首帖耳。日子长了，姑娘不但摸清了鹿的习性，还能听懂它们的语言。她每次上山总是和鹿群一起玩呀、跳呀、叫呀，鹿群也把姑娘当成自己的伙伴。阿兰简直成了鹿群的一员了。屯里谁要是说鹿的一句坏话，她都敢和他拼命。渐渐地，部落人都叫她抓罗格格”[①]。后来，抓罗格格不小心掉到山涧里，是两只大鹿，叼起姑娘跳出山涧，把她安置在铺有松软草窝的山洞里，像对自己的子女那样照顾她，到处找草药给她服用，还经常给她舔伤口、找吃的，天天守在她身旁。没有几天她就把腿伤养好了。后来，群鹿听说部落人闹病，都纷纷给他们送药，还把头上的角折下来给久病不好的人服用。鹿的行动深深感动了部落的人。从此，鄂多哩各霍通[②]和鹿群都交上了朋友，他们和睦相处。其他地方的鹿，也都纷纷向这一带跑来。没过几年，这一带的鹿群满山满沟，别的地方连一只鹿都看不到了[③]。

后来，生性好斗的乌斯人想要占领鄂多哩部落，纠集了上千人马，杀向鄂多哩。一开始乌斯人大获全胜，派人来收买抓罗格格，对她说，只要她把鹿群交出来，就可以当霍通贝勒[④]。抓罗格格断然拒绝了他们，说宁可和你们死拼，也决不交出鹿群，也不愿当霍通贝勒。后来，抓罗格格领导的部落和鹿群节节败退，正无计可施时，一只老鹿走到抓罗格格面前，说："抓罗格格呀！不用怕，不用愁，我领你到长白山去，那儿有神主恩都里，她能替咱们报仇。"于是抓罗格格来到长白山，见到了鹿的祖先神，一个头戴鹿角帽的慈眉善目的老妈妈。老妈妈告诉抓罗格格，要想战胜乌斯人驯出的五百头罕达犴，只要在人头上安上一双神角，就能百战百胜。为了部落和鹿群的安全，抓罗格格毅然同意在她的头上安一双神角。那神角非常神奇，一摸左角万支神箭齐发，一摸右角万把飞刀齐飞。抓罗格格用这双神鹿角打败了乌斯人。从此她保护着人和鹿，过着平安幸福的生活。最后，抓罗妈妈魂归长白山后，把她的双角留给了后人。鄂多哩人每次祭祀时，都要戴上这鹿角帽，用它来镇妖驱邪，永保平安。

在《金世宗走国》中也有一篇"抓鹿妈妈"的故事，故事中描写金世宗完颜雍继位之前，曾被困在原始森林中，一头母鹿，领着一个小鹿崽，叼着一个不像蘑菇，也不像猴头的奇物。它把这物往完颜雍的嘴里拱，完颜雍吃

① 傅英仁讲述，荆文礼搜集整理:《满族神话》，吉林人民出版社，2016 年 8 月第 1 版，第 207 页。
② 霍通：满语，部落。
③ 傅英仁讲述，荆文礼搜集整理:《满族神话》，吉林人民出版社，2016 年 8 月第 1 版，第 208 页。
④ 霍通贝勒：满语，部落主。

了这物，感到香甜可口，于是精神大振，就像吃饱了似的，浑身有劲了，也不怕冷了。完颜雍很高兴，对这鹿深深请了个安，说道："你把我救了，我若真正得了天下，告诉家人一定要祭祀你。"[①]当时，就封它为"抓鹿妈妈"。可见"抓罗妈妈"（或写作"抓鹿妈妈"）的神话不止一个版本。不少部落都有鹿神崇拜。

《乌布西奔妈妈》中还描写了鹿祭的典礼——鹿窝陈："乌布林男女笑开颜，萨满妈妈跳'鹿窝陈'谢神灵。"并在注释中解释道："窝陈"，满语，祭，为东海女真人传统的萨满吉祥祭礼。鹿繁殖能力强，寿命长，生存能力强，集群爱群本性强，古人以鹿为生存榜样。所谓鹿祭，即氏族平安祭。鹿祭在北方诸民族的萨满祭礼中，有悠远的历史，各族各部虽各有特色与发挥，但主要宗旨大体一致，主要祈福风调雨顺，人寿年丰。古代跳鹿神，祈求康宁，无病无灾[②]。

何以鹿在满族神话中享有这样崇高的地位呢？原来，在满族先民的生活中，鹿是他们不可缺少的出行工具。因为在满族先民所生活的区域，多高山大川，高山崎岖不平，使用一般的出行工具都不太合适。而鹿是野生动物，习惯了山林里的生活，能在山林中行走如飞。所以满族先民很早就学会了骑鹿出行的方式，甚至还用鹿来运载东西。《奥克敦妈妈》中就曾提到了使鹿的部落："鹿额真，只要一声呼唤，能聚来——成百成百的野鹿。"[③]《女真谱评》里就描写白桦树神爷爷教九天女用鹿哨来呼唤鹿的方法，妖女用这个方法招来了成群的鹿。可见，早在辽金时期，或者更早的时期，鹿就已经成为满族先民不可缺少的伙伴了。在《东海沉冤录》中记载，元末明初的东海女真人多居住在深山密林之中，为了在高山密林中穿行，他们多驯养马鹿作为出行工具。马鹿善穿林越涧，能上山，行动迅速，比马灵巧，体魄健壮过于梅花鹿，其驮载能力亦远远超之，非常方便快捷，特别适于山区骑用，故而东海女真野人的一些部落户户驯养马鹿。这些马鹿都不是捕来在家中驯养的，它们已经跟人相当熟了，一吹口哨便会跑来，人便可以乘坐。马鹿生性喜啃地上的碱，爱吃盐，只要给它一点儿盐，它就跟你亲近。唯怕生疏的人，见生人立刻跑走，越喊逃得越快。书中写朱棣为了给皇后要些治病的殊角（海象牙），要去海滨，艮兑女罕于是命人叫来马鹿。当他们一行人骑着马鹿从森林中的鹿道穿行时："尽管没有路，只是一片丛林，有的地方甚至满目蒿草，然而却挡不

① 傅英仁讲述，王松林记录整理：《金世宗走国》，吉林人民出版社，2009年4月第1版，第172页。
② 鲁连坤讲述，富育光译注整理：《乌布西奔妈妈》，吉林人民出版社，2007年12月第1版，第71页。
③ 富育光讲述，王卓整理：《奥克敦妈妈》，吉林人民出版社，2018年8月第1版，第99页。

住马鹿，马鹿极其灵巧地穿过去了。再往前去，有时是走山谷中溪涧边儿的荒路，有时是在半山腰上穿越林海。燕王等人已完全不辨方向，分不出东南西北了，只是跟在女真野人的后面往前走。锡霍特有不少高高的山巅，也有十分陡峭的峡谷，骑马鹿走在上面，根本不敢侧身往下瞅，那可是万丈深渊哪！过了深涧，时常可见群鹿、黑熊在林间奔跑，从上俯瞰，像是一些小蚂蚁似的，令人头晕目眩。"①

清代的满族说部作品《飞啸三巧传奇》中也描写道："在北边走山路，一般不用牛马，因为牛太慢，马特别笨，又不善于上山。一般都用鹿，梅花小鹿，或者是用马鹿。鹿行动比较灵巧，便捷，占地又不大，而且它们是野生的，从来就在林中、山上走惯了，善于穿行，只要山涧有个草道，就能过去，掉不下来，非常轻巧。在鹿的身上，架上柳条编的筐，装上东西，把筐绑在鹿的肚子上，这是北方常用的搬运工具。杜察朗选了五十只最好的梅花小鹿，每个小鹿身上都绑着小轿子。所谓轿子，就是指柳条编的筐，上头盖上盖，为了更好看，筐盖上头罩上皮子，还能防雨。所以，鹿走起来，像小房子似的，悠哉游哉，相当壮观。如果是一群小鹿，一个连一个，从老远一看，非常美。鹿，只要人们精心驯养，它也挺驯服，不像现在的野鹿，看见人就跑。人跟这些驯养的鹿特别亲近，是相濡以沫的关系，所以鹿也不怕人。鹿一般不用牵着，只要人牵着前头的鹿，后头的鹿一个连一个，像骆驼一样，走起来一串串，谁也不碰谁，而且走得很匀称，悠哉游哉，像锁链一样，在树林中穿行，非常好看。"②

鹿既好看，又灵巧，能在山林中行走如飞，是满族先民常见的、非常喜爱的动物，因而，他们把鹿想象成光明女神卧勒多妈妈的坐骑也就不奇怪了。

二、"舜莫林"与"莫林格格"——马神崇拜

舜莫林，满语，"日马"，为满族先世女真人远古创世神话中太阳神的别名，他们将太阳比喻为一匹奔驰的烈马。"传讲，人类靠舜莫林，才有了永恒的光明与温暖，而且它朝夕奔跑，才分了春夏秋冬，寒暑潮汐。"③正因为满族先民能把太阳想象成日马，其神话中才有了三音贝子用五彩天绳套日的神话。既然太阳是一匹马，想要降服它，自然要用套马绳，而不是用箭去射。相传天上九日齐出，长白山主的儿子三音贝子为救人类，用五彩天绳套下了六个，还剩下三个。三音贝子从此手执五彩天绳，成为看管太阳的值日恩都里。（因

① 富育光讲述，于敏记录整理：《东海沉冤录》，吉林人民出版社，2007年12月第1版，第764—765页。
② 富育光讲述，荆文礼记录整理：《飞啸三巧传奇》，吉林人民出版社，2007年12月第1版，第116页。
③ 鲁连坤讲述，富育光译注整理：《乌布西奔妈妈》，吉林人民出版社，2007年12月第1版，第19页。

在日月神崇拜一节中有具体论述，此处不再赘言。）

《奥克敦妈妈》中讲述在奥克敦妈妈为拯救族众下界成为萨满的时候，阿布卡赫赫特送给她两个帮手，一个是沙克沙[①]，另一个就是莫林[②]。在满族先民的心目中，马是天上的神物，是阿布卡赫赫派来襄助萨满为人类造福的。莫林，也就是马，奥克敦妈妈在世间时，被称为莫林格格，辅佐奥克敦妈妈做了不少好事。后来，奥克敦妈妈被阿布卡赫赫召回天界，莫林格格则受命“永世留下来，与尼雅玛[③]——同命运，共生息，成为人类最亲密的伙伴——运输、搬迁、骑乘、征战，做人类的忠诚帮手，与尼雅玛生息与共，千载万载不弃”[④]。奥克敦妈妈临走时，还赐给莫林前腿骨眼，文中写道：“君不见，莫林前腿，都长有骨眼，那是奥克敦妈妈特赐的。莫林生来多这骨眼——拉车，骑乘，蹚河，渡海，哪怕，道路坎坷崎岖；哪怕，长途披星戴月。神骏莫林，成为人类忠诚挚友，不再是‘比干莫林’[⑤]，称为‘包衣莫林’[⑥]。”[⑦]

在奥克敦妈妈走后，她所留下的莫林神骏成了人类的好帮手、好朋友。人们从小就练就了骑马、驭马的本领，终其一生都离不开马。人与马之间，已经达到了“人马同魄，人马同魂，人马同窍，人马同心”的程度。文中写道：

> 凡朱申[⑧]男女，呱呱坠地，额姆就以长布裹腿，成年时便会双腿径直。五岁到十五岁，习练弯弓盘马，二十至而立之年，坐骑稳健，征战制胜。动静自若，马如蛟龙。勇冠万夫，群贼丧胆，百发百中。朱申尼雅玛，祖祖辈辈，世世代代——爱马、养马、育马、驭马、练马、敬马。马郎中、马产娘、马博士，代代喜见人才出。居住的噶珊——尊称“骏马之乡”，养育的儿孙——傲称“马上巴图鲁”。奥克敦妈妈，在尼雅玛艾曼中，留传下——“御马歌诀”：胆大心细，眼观八马。脚叩马腹，握鬃坐塔；上马技，下马技，立马技，策马技，滚马技，卧马技，藏身技，贴肚技；踢腿上马，蹲脚上马，飞跳上马，跑步上马，旋身上马，箭射上马，抓鬃上马；过棱，穿云，泅水，越涧；单脚马，双御马，仨御马，五御马；一人二马，一人三马，七人八马，行云流水，眼花缭乱。真可谓人马同魄，

① 沙克沙：满语，喜鹊。
② 莫林：满语，马。
③ 尼雅玛：满语，人。
④ 富育光讲述，王卓整理：《奥克敦妈妈》，吉林人民出版社，2018年8月第1版，第95页。
⑤ 比干莫林：满语，野马。
⑥ 包衣莫林：满语，家马。
⑦ 富育光讲述，王卓整理：《奥克敦妈妈》，吉林人民出版社，2018年8月第1版，第121页。
⑧ 朱申：也写作诸申，满族先民在古代的别称。

人马同魂，人马同穷，人马同心。千载如梭，朱申、满洲，马阵名天下，排山倒海，所向无敌，十男顶一虎，奇功盖世。①

奥克敦妈妈走后，发了大洪水，翁克勒老萨满，跳神迎请——驱邪救灾的奥克敦妈妈。危急中，也是奥克敦妈妈变出千匹白龙马，救了大家。文中写道："叩拜声中，忽然江涛中跑来了，成千匹银蹄银鬃白龙马。白龙马顿时变成阖族的水上龙驹，将洪涛中的灾民，转眼间，全驮至安全的高岗上。从此，形成今日满族，诸姓沿萨哈连和她的子孙河——松阿里、牡丹江、乌苏里、倭肯河、呼兰河、阿什河、依秃河，诸村落噶珊格局，成为满族先民，世世代代的家园，子孙繁衍，直到如今。"② 笔者认为，根据这段文字，奥克敦妈妈的神话可能相当古老，那时很多部落各个姓氏还都住在一起，奥克敦妈妈离开后的大洪灾中，他们才被迫分散开来分别居住在各地。因此，《奥克敦妈妈》中对喜鹊神与马神的崇拜，应该在各个氏族都存在。

最后，奥克敦妈妈的奠礼，也离不开马祭。因为奥克敦妈妈在临别前向艾曼中最年长的主祭男女萨满说："我去除魔，不必挂牵。在祭坛上雕一幅七人八马神像。七人象征尼雅玛，万众一心，众志成城；八马便是为我所备。奥克敦妈妈我，永远同你们，同命运，共祭祀。"③ 后来，满族众姓为纪念奥克敦妈妈，都在灶房西墙上高挂"七人八马"木雕，象征她星夜离开世人，急返天宫，参与驱魔鏖战。

当然，在其他的满族说部故事中，也有相当多关于马的描述，可以与《奥克敦妈妈》中的记述相印证。《萨大人传》中讲："女真人的习惯，马比生命还宝贵，有了它，便有了自己的前程。哈勒苏的坐骑死了，老将军痛哭流涕，难过了好几天。吴巴海为了安慰他，送了他一匹小儿马，他很是喜欢，高兴得一宿没睡着觉。"④ 女真人之爱马从中可见一斑。

满族说部神话故事中，还讲了东北之马，尤其是东海女真人之马与蒙古马的不同之处。如《雪妃娘娘和包鲁嘎汗》中描写道："北域的马多称'果下马'，身材不高，善跑，喜在沼泽、河谷、塔头甸子上奔跑。冬夏不单喂，冬天它就自己用小圆蹄子刨雪，啃雪下的绿草、青苔，非常好养。它机警、不生病，

① 富育光讲述，王卓整理:《奥克敦妈妈》，吉林人民出版社，2018 年 8 月第 1 版，第 122—124 页。
② 富育光讲述，王卓整理:《奥克敦妈妈》，吉林人民出版社，2018 年 8 月第 1 版，第 138—139 页。
③ 富育光讲述，王卓整理：《奥克敦妈妈》，吉林人民出版社，2018 年 8 月第 1 版，第 128 页。
④ 富育光讲述，于敏记录整理:《萨大人传》，吉林人民出版社，2007 年 12 月第 1 版，第 319 页。

跑得又快、还能上山。北域人都非常喜爱它。它素有‘域北飞舟’的美誉。”[①]《扈伦传奇》中也描写了东海女真人的马:“没有料到，那匹坐骑虽然长得矮小，样子又难看，但走起路来行如追风，登山越岭如履平地，速度非常快。多拉胡其几次被落得老远，班哲还得停住等他。”[②]

关于东北的“果下马”，中原的各种史籍上其实早有记载，与满族说部中的记载相互印证，只是史籍中写的没有满族说部中说得生动、详尽。现引用几个：

> 其马皆小，便登山。(《三国志·卷三十·魏书·乌丸鲜卑东夷传》，624—625 页)

> 出三尺马，云本朱蒙所乘，马种即果下也。(《魏书·卷一百·列传第八十八》，第 1498 页)

> 武德四年，其(百济)王扶余璋遣使来献果下马。(《旧唐书·卷一百九十九上·列传第一百四十九上·东夷》，第 3625 页)

> 后徙居琵琶川，在幽州东北数百里。地多黑羊，马前蹄坚，善走，其登山逐兽，下上如飞。……(《新五代史·卷七十四·四夷附录第三》，第 607 页)

东北马还有一个特点，就是胆子大，不怕虎。《东海窝集传》中描写孙真人和丹楚、先楚带领的队伍路遇九只老虎来迎接他们时，孙真人带来的中原马匹“见了老虎天生害怕，连拉带推，死逼着才牵着走过来，过来后，四匹马上吐下泻，全吓死了”。石鲁说：“算了，咱们也不需要它们了，这些马比不上本地马，这里的马不怕老虎。”东北的这种果下马，虽然个子小，其貌不扬，但好养活，不生病；胆子大，不怕老虎；还跑得快，能在山中登山逐兽，行走如飞。这样的马，也难怪满族先民会格外珍视，视之如神了。

正因为战马是满族先民不可缺少的伙伴，因此人们在死后，往往会以马陪葬，让战马的灵魂在主人死后仍然陪在主人身边。如《萨大人传》中有如下描写：

① 富育光讲述，王慧新记录整理:《雪妃娘娘和包鲁嘎汗》，吉林人民出版社，2007 年 12 月第 1 版，第 384 页。

② 呼伦纳兰氏秘传，赵东升整理:《扈伦传奇》，吉林人民出版社，2007 年 12 月第 1 版，第 26 页。

按照满洲人的传统习俗，当主人去世的时候，日夜陪伴他的征马要同主人合葬。合葬时，还要举行仪式。按照古俗，派人专门请来了富察氏家族的萨满，击鼓焚香，到河边儿进行祭悼，以召回马的魂灵。另外，还预备了一个圆形的黄瓦罐，待塔拉刻勒莫林的魂灵被召回，连同一些骨头装在瓦罐里。黄瓦罐的上头有个小盖儿，盖好以后，在旁边钻个眼儿，那是供魂灵随时出入的地方。瓦罐封好后，埋在主人脚下的位置。埋好了战马，由萨满击鼓助祭，每个人围着坟头儿洒酒、撒鲜花，萨满唱神歌儿，吴巴海领着大家跪拜磕头。①

三、英犬救主，以犬为圣——犬神崇拜

在满族神话中，忠心耿耿的狗，一直都充当着满族先民的恩人的角色，英犬救主的模式一直在重复着，而满族人也格外推崇狗，喜爱狗，不但不吃狗肉，不戴狗皮帽，而且在祭祀中一直保持着"以犬为圣"的传统。

在神话《兴凯驯兽》中，兴凯从三只老虎口中救了小黄狗，小黄狗知恩图报，为兴凯在大石底下找到了一个非常神奇的哨筒："这个哨筒就像喇叭一样，一头敞一头尖。兴凯把哨筒大头放在耳朵上，一听，小黄狗汪汪的叫声变成了清晰的说话声音，只听小黄狗说：'这是用神杆木做的哨筒。你有了它，可以听懂各种野兽的话，所有的野兽，都会听你的指挥。'"② 兴凯吹起哨子，果然非常神奇，各种野兽都听兴凯指挥，表演起了各种节目。

这个可以驯兽的神奇哨筒反映了满族先民想要听懂一切动物的语言，让一切动物服从其指挥的梦想。《东海窝集传》里有一个能听懂鸟语和各种兽语的索尔赫楚，《女真谱评》中我们又见识了桦皮哨在召集和呼唤鹿时的神奇功用，更是有不少神话描写了女首领一声呼哨，千万只鹰展翅飞来，千万只虎呼啸而下……相信这些都是这一神奇的哨筒神话得以产生的灵感来源。然而，兴凯得到这一神奇的哨筒却是借助于小黄狗的帮忙，说明在满族先民的心目中，狗是有灵性的，通神的，是人类最好的助手。

在现实生活中，也的确如此，有了狗的协助，的确大大地方便了人们的生活，这在很多满族说部作品中都有所体现。首先"狗棚车"、狗拉雪橇是东北人冬天非常重要的出行工具。《兴安野叟传》《萨大人传》《乌布西奔妈妈》

① 富育光讲述，于敏记录整理:《萨大人传》，吉林人民出版社，2007 年 12 月第 1 版，第 320 页。
② 赵书、常利民、崔墨卿主编:《八旗子弟传闻录》，吉林人民出版社，2009 年 4 月第 1 版，第 16 页。

《飞啸三巧传奇》等满族说部作品中都有对快捷便利的雪橇的描述，如《乌布西奔妈妈》中描写了人与狗之间的深厚感情和狗棚车的迅捷：

> 黄獐子部兴狗祭，犬多百数，有师专驯，待犬如子，懂人情，通人语，与人同席枕，北涉苦夷、堪扎[①]，擅御“音达包色珍”（狗棚车），冬驰“狗棚”，每棚十犬，棚棚相衔，俗誉“雪龙”。鞭号如歌，灵犬晓明，人呼犬嚣，驶若快风。[②]

《飞啸三巧传奇》中也有一段文字表现了狗拉雪橇的神速，它们被人们形象地称之为“白风”：

> 冬天，赶着数十只狗拉的雪橇或滑着雪板，飞跑在雪海冰原之间。……它们在雪中行进的速度，往往让人觉得只听到一声响，这狗拉雪橇就嗖地过去了，乡亲们都叫它们“白风”。因它们身上都罩着用白板皮刷上白色做成的白袍子，同雪一样煞白，加上行进像风一样神速，让人感觉如同大风吹过，所以人们都形象地叫它们“白风”。[③]

其次，凶猛迅捷的狗军也是满族先民重要的战争工具。这在《东海窝集传》《奥克敦妈妈》《乌布西奔妈妈》《雪妃娘娘和包鲁嘎汗》等作品中都有描述。如《奥克敦妈妈》中描写道：“狗额真，能霎时聚来——百条烈狗。狗额真只要一声猛吠，凶恶的狼狗，顿时就可以噬毁一切物件。艾曼财物，被众狗全部掠走，一片狼藉。”[④]《乌布西奔妈妈》中也描写了凶猛无敌的狗军的厉害：

> 盘根错节古柳中阴森森，嗖嗖嗖跳下数千条獐子狗——黄獐子部特养的旋风神。狗分黑白黄褐九曜，异常凶猛，娇巧玲珑，像一支支利箭齐飞在征马上，不吠一声，猛咬乌布林人的脖子筋，狠抱着乌布林马腿咬啃，撕开血肉四处溅红。古德罕双肩两条小狗，咬得他哇哇哭叫，疼落马下。群马遭狗咬，抛掉坐骑上的兵勇，在旷野中狂叫着扬鬃奔逃。乌布林人被扔入河里，疼死挣扎，遍地溃军。一阵阵金锣、号角声声，

① 苦夷：指库页岛；堪扎：指堪察加半岛。

② 鲁连坤讲述，富育光译注整理：《乌布西奔妈妈》，吉林人民出版社，2007年12月第1版，第35页。

③ 富育光讲述，荆文礼记录整理：《飞啸三巧传奇》，吉林人民出版社，2007年12月第1版，第10页。

④ 富育光讲述，王卓整理：《奥克敦妈妈》，吉林人民出版社，2018年8月第1版，第98页。

狗军闻令，丢下啃物，蜂拥般蹿向悬崖。[①]

再次，狗还可以为人们捕猎动物，使人们足不出户，只要招呼一声就可以享受各种美味。《东海窝集传》中描写道：

吃了晚饭，老太太一声呼哨，就进来二十多条狗。老太太对狗讲："今天来客人了，你们出去给我捕些野味来，明天我要招待客人。"这群狗瞅了瞅就出动了。不一会儿就捕回了狍子、鹿、野鸡等等，四人一看个个伸出了大拇指称赞。[②]

在洪水等灾害中，狗的捕猎技能，更是发挥了救命的作用。《兴安野叟传》中描写"起亮子"就是发洪水时，纳哈出和他的随从蒙德儿被困在了两棵大树之上，饥饿难耐，多亏了黄狗神奇的捕鱼本领：

又见蒙德儿掏出一个像铁筐的东西，挂在了树上，然后对大黄说："大黄，弄些东西来……"大黄很懂事，就见它忽一下蹿到水里去了。不一会儿，就见大黄嘴里叼着一条鱼扔到"铁筐"里，那两只狗也学大黄的样儿去捕鱼。不一会儿，就捕来几条鱼一块儿放进小铁笼子里。蒙德儿拿出几块木炭，以火石打出火星，一点儿一点儿燃起来去熏烤这些鱼，香气飘荡出来了……[③]

当然，狗的作用还远不只这些，狗的鼻子和耳朵都特别灵敏，这使它具备了一个侦察员的素质，这在古代是非常重要的能力。《飞啸三巧传奇》中有一段文字，很准确地概括了狗在人们生活中的重要性：

林海茫茫，野兽成群，狗是人最重要的、甚至是生命攸关时的好伙伴、好帮手。它能帮助你选择依山靠水的宿营地。要找水源，必须靠它，它知道附近哪有水源。另外，如有野兽、老虎在前头，它都先知道。它的鼻子特别好使，耳朵也灵敏，它能帮助侦察、传递消息，还能帮助主人

① 鲁连坤讲述，富育光译注整理：《乌布西奔妈妈》，吉林人民出版社，2007年12月第1版，第40页。
② 傅英仁讲述，宋和平、王松林记录整理：《东海窝集传》，吉林人民出版社，2007年12月第1版，第102页。
③ 傅英仁讲述，曹保明整理：《兴安野叟传》，吉林人民出版社，2018年8月第1版，第47页。

> 厮杀格斗，围攻进攻主人的凶恶野兽。所以，多少年来，住在北海的人，都把狗作为人类最亲密的朋友。冬天，它们是最灵巧的拉雪橇的重要力量。北疆冬天大雪封地，必须靠狗爬犁做交通工具，所以家家都养狗。[①]

正因为“狗是人最重要的、甚至是生命攸关时的好伙伴、好帮手”，狗常常在最关键的时候扮演了人类的救星、恩人的角色。《兴凯驯兽》中描写小黄狗在送给主人神奇的哨筒之后，又几次在危难中救了主人的生命。一次是兴凯被花蛇变成的美女所骗，丢了哨筒，又赶跑了黄狗，连七星神斧上的七颗星都被花蛇吞进肚里。花蛇变成金龙，喷出火来，要烧死兴凯。“正在危急之时，只见一只黄狗从黑龙江的水里蹿了出来，它浑身是水，在火中连扑带滚，压灭了一片火，引导着兴凯逃出了火海。”后来，当一块巨石向兴凯猛地砸来时，又是小黄狗，猛地一扑把兴凯推开了，可是小黄狗却被巨石砸在了下面。“从此，满族人代代为俗，以喜鹊为祖，以犬为圣，以楛木箭为神器。”[②]

无独有偶，相传努尔哈赤被李成梁追杀，被大火呛得晕了过去，身上的衣服也被烧着了。就在这时，小黄狗跳到水里，然后扑灭了努尔哈赤身上的火，滚灭了周围草上的火，使努尔哈赤幸免于难而小黄狗却连烧带累地死了。相传因为这个，努尔哈赤当了罕王后，下令满族人一律不准打狗杀马，不准吃它们的肉，也不准用它们的皮子做家具。

总之，狗是满族及其先民的亲人和恩人，所以满族先民世世代代尊敬狗，热爱狗，祭祀狗，以犬为圣。

第六节　满族说部神话、史诗中的羊神、狐神、貂神崇拜

在满族说部神话中，天上的白云就是一只只的天羊，而牧天羊的神女就是美丽的完颜依兰姑娘，而《天宫大战》中的奥朵西、满族神话中的“白云格格”，似乎都是这牧羊女不同版本的化身；还有一只天羊下凡到人间，成为某一部落的祖先神，被称为“倪玛查恩都里”。

北狐在《女真神话故事》中是阿布凯恩都里与狐狸星女的私生子，所以其子孙身上都有灵感镜，可以与其祖先阿布凯恩都里和狐狸星女互通信息，

① 富育光讲述，荆文礼记录整理：《飞啸三巧传奇》，吉林人民出版社，2007年12月第1版，第175页。
② 赵书、常利民、崔墨卿主编：《八旗子弟传闻录》，吉林人民出版社，2009年4月第1版，第15页。

因而北狐被阿布凯恩都里封为狐仙，携助萨满神降妖除魔，立了不少功。在《女真谱评》中还有一则神话，描写狐三太爷道行高深，却作恶多端，被阿骨打的师父岳艮真人擒获，但由于有天神为其求情，它逃过了一劫，从此改邪归正，只要有人供奉它，它就为其消灾除祟。因而满族先民都喜欢在屋后建庙，供奉北狐仙，称其为“保家狐仙”。

貂神曾化身貂祖母，向九天女献宝。而貂姑娘艾胡为了报恩，每到严寒冬季遇有过不了冬的穷人家，她就送去一件黑皮小袄。时间一长，人们就把艾胡姑娘视为貂神，于是张广才岭上的巴拉人，家家都供起了艾胡妈妈。

一、完颜依兰、奥朵西与倪玛查恩都里——满族说部神话、史诗中的羊神崇拜

满族有一个优美的关于天羊的神话，名叫《伊曼河的传说》①，其中描写道：在远古的时候，满族人的祖先叫靺鞨，居住在长白山下。山下有条天王河，在天王河的东岸有一位完颜部牧羊的小姑娘，名字叫“完颜依兰”。依兰姑娘长得漂亮极了，圆圆的小脸像十五的月亮。依兰姑娘放羊时随口唱起了一首歌，歌声又好听，又响亮，把地上的羊群和天上的白云都吸引过来了。天上的白云其实是一只只神羊，在她头上绕着来回地飘动。可是这时狂风暴雨来了，雷公和闪电婆大逞淫威，想要拔神羊身上的羊毛，吓得神羊挤在了一起。为首的神羊不愿听雷公摆布，冲过来把雷公扑倒，神羊们乘机躲进了高山。闪电把为首的神羊打伤，它的双角折断了掉到地上。牧羊的依兰姑娘跑过来保护神羊，让神羊混在自己放的山羊中间，逃过了雷公的追杀。为首的神羊告诉依兰姑娘如何找到雪山顶上的神箭，用它来打败雷公。依兰姑娘取回雪山上的神箭，与雷公和闪电娘娘开战，用金箭打败了雷公和闪电娘娘。神羊把染好彩虹颜色的羊毛献给了依兰姑娘，依兰姑娘变成了天上放牧神羊的神女。依兰姑娘用这七色绒毛纺纱织布，那布的颜色就同彩虹一模一样。神女不忘家乡的姐妹，将用羊绒织布的技术传给了人间。为了使牛羊兴旺，依兰让雪山融化的水汇成小河流向草原。为了纪念依兰姑娘，人们把这条从雪山上流下来的河水，亲切地叫作“伊曼河”。

从这个神话中，我们得到的信息是：天上的白云就是一只只神羊，而牧羊的神女，就是美丽善良、保护神羊不受雷电欺负的完颜依兰姑娘。依兰在满语里是“三”的意思，依兰姑娘，也就是三姑娘。无独有偶，《天宫大战》中也有一个放牧云彩的美丽的小姑娘，是阿布卡赫赫的第三个侍女，名叫奥

① 赵书、常利民、崔墨卿主编：《八旗子弟传闻录》，吉林人民出版社，2009年4月第1版，第25—28页。

朵西。关于这个奥朵西，也有一则故事：

> 阿布卡赫赫身边，第三个侍女叫奥朵西，意为小姑娘[1]，掌握七彩云兽，是放云马的神女。天河中的各色云兽，都是按奥朵西的意愿奔行。有的像虎，有的像豹，有的像兔，有的像马，有的像猪，变幻无穷。阿布卡赫赫追赶耶鲁里，总是追不上。奥朵西便想出一个巧妙的招法，用藤草编成白色的马，借给耶鲁里。耶鲁里挺高兴，哪知骑上白马便被藤草缠住。耶鲁里这才被阿布卡赫赫捉住，服输。耶鲁里说了软话，阿布卡赫赫心慈手软，放了他。不料，耶鲁里马上就变心了，还照样伤害生灵。耶鲁里见阿布卡赫赫身披九彩云光衫，姿貌秀美，便想调戏她，并想得到她。阿布卡赫赫格外恼火，一见到耶鲁里就头发涨，看不清楚耶鲁里的全身，只要见到他的九个脑袋，便头晕目眩，忙让众侍女轰走他。大侍女喜鹊用叫声赶走他，耶鲁里用几座山塞住了耳朵；二侍女用刺猬针上的太阳光刺他的九头双眼，耶鲁里用白雾作眼帘；三侍女奥朵西便将七彩云马赶进了耶鲁里的眼睛里，耶鲁里疼得九头一十八只眼睛，都变成了黑雾虫噬，被赶跑了。可是耶鲁里的眼睛裹走了许多天马，天的颜色从此不再是九个颜色，而变成七色了。阿布卡赫赫非常生气，将奥朵西赶走，不准她再做牧兽女神。可是奥朵西走后，天上又少了百兽的蹄声、叫声，天空只有一片云光。阿布卡赫赫深感寂寞，便又把小奥朵西召到身边，重做牧神。奥朵西是智慧的战神，所以各族敬尊奥朵西为牧神和侍家女神，庇佑宅室女红顺遂。神偶供于堂屋的正北方。[2]

《天宫大战》中的奥朵西和《伊曼河的传说》中的完颜依兰姑娘，有很多地方是非常相像的，一是都是放牧云朵的，二是都是美丽的小姑娘，三是完颜依兰的依兰是三的意思，而奥朵西是阿布卡赫赫的第三个侍女，也和三有关。只是奥朵西所放牧的云朵，不是天羊，而是各种各样的动物，称为云兽。笔者认为，这两则神话之间一定存在一定的联系，很可能完颜依兰姑娘就是《天宫大战》中的神女奥朵西在不同版本神话中的变形。但究竟哪个在前，哪个在后，就有待研究了。笔者认为，很可能先有了《天宫大战》中的奥朵西的神话，当时天上的云还没有固定地被认为是天羊，而只是云兽。后来，为

① 据笔者询问精通满语的人士，奥朵西在满语中意为“牧人”，而不是小姑娘。

② 富育光讲述，荆文礼整理：《天宫大战　西林安班玛发》，吉林人民出版社，2009 年 4 月第 1 版，第 33—35 页。

了补足这个奥朵西小姑娘的来历故事，满族先民又创作出了《伊曼河的传说》，把这个女神想象为是完颜部的美丽牧羊女所化，使得这一女神更接地气，更有亲切感。

关于白云，还有一个神话《白云格格》，笔者认为也是《天宫大战》中的奥朵西的另一个版本的变形。这个白云格格，也变成了阿布凯恩都里的第三个女儿，为了救洪水中的乡亲，偷取天宫宝库的钥匙，为人类送来了黑土地和黄金两个宝物，后来被父神追捕，不得以化成了白桦树，继续为人类造福。因这个版本中的白云格格，与天羊无关，且前文写白桦树神时有具体论述，就不再展开讲了。

关于天羊，还有一个神话，名叫倪玛查恩都里（山羊神）。这则神话说，在阿布凯恩都里的宫殿西侧有一个天羊圈，喂养了九千九百九十九只天羊，个个毛白个大，肉质鲜美。这里有一只镇圈的母山羊，名叫倪玛查，她向往人间，就偷偷溜出天羊圈，来到人间，落到一个人烟绝迹的野外荒岭。在天上天羊们以仙果、仙桃为食，在这里只有青草，天羊到这里后饥饿难忍，只能吃草度日。后来，他发现草窠里有小孩子的哭声，原来是一个被狼咬掉了一条腿的小男孩，于是老天羊用自己的奶喂养他。孩子长到四五岁时，因为缺一条腿而发愁。天羊想起在天上时离天羊圈不远处有一棵白梨树，用树枝可以造一条腿，据说天神就是用白梨树的树枝来造人腿的，她想我何不上天折一枝给小孩安一条腿呢。于是她苦求白梨树神，要来了一枝树枝，可是她回家后却发现孩子不见了。山喜鹊报信说孩子是被狼捉去了。天羊打不过狼精，就在心中祷告阿布凯恩都里，快来救救她的孩子。天神便派天兵下凡，用霹雳击死了千年老狼。天羊救回了孩子，等到孩子十八九岁，她又让自己的女儿变成姑娘下凡与之成婚，于是天羊就成了这个部落的人的祖先神。为了不忘天羊的恩情，满族人都尊称天羊为倪玛查恩都里。

牧羊女上天成为天上的放牧神羊的神女，而天羊又下界成为某一部落的祖先神，羊神与人类之间的联系越来越紧密了。显然，羊神在满族先民的心目中是善良和和平的象征，又是他们亲密无间的亲人。

二、阿布凯恩都里与狐狸星女的后代——狐仙崇拜

在《女真神话故事》中，有一则名叫《狐仙的来历》的神话，在这则神话中狐仙竟然是阿布凯恩都里的后代。神话中写道：

狐仙奶奶说：“萨满神有所不知，我们老根是天上的狐狸星女，只因

爱上了阿布凯恩都里，千方百计勾引阿布凯恩都里。阿布凯恩都里见祖上狐狸星女长得漂亮，有迷神之能，便与之私通，相配后，狐狸星女身怀有孕，一胎就生了一公一母。阿布凯恩都里见事不好，便悄悄让玉兔将这两个崽子送到下界来。为防止它们遭受人兽之害，阿布凯恩都里在两个崽子尾巴根上安个排泄恶臭孔，（如果它们）发现任何动物来侵犯，放出恶臭物就给对方臭跑了。阿布凯恩都里还不放心，又在我们北狐脑中安个灵感镜，出啥事儿，他马上就可感觉到。这样他才放心地让玉兔将两个崽儿送下界，由兔哺养长大。所以我们北狐到任何时候，都忘不了兔的恩德。祖上下界后，狐狸星女惦念孩子，又由阿布凯恩都里用法术将我们头脑中的灵感镜这个弦儿直通到狐狸星女那儿，有啥事互相可以通信。狐狸星女还可经常看到她的孩儿，故称我们为北狐。现在也不知过了多少年了，这一公一母北狐，繁殖了好多子女，遍布各地，但它们都遵照阿布凯恩都里的指令，保护人类，不准伤害人，要是伤害人，就得遭受天诛之罪。"①

原来北狐是阿布凯恩都里与狐狸星女的后代，头脑中还被阿布凯恩都里用法术安上了灵感镜，能与天上的阿布凯恩都里以及狐狸星女取得联系，所以它们应该是通神的，与其他动物相比，具有天生的优势。

神话中描写：后来，萨满神将北狐保护人类的功德，向阿布凯恩都里禀奏，并美言一番。阿布凯恩都里听后心中大喜，更加佩服萨满神会办事，并立即宣布，北狐是保护人类的大仙，人人要敬奉它们。同时，又赐教萨满神，今后在救人类的过程中，可依靠北狐大仙，让北孤大仙做萨满神的助手，并教给萨满神咒语，只要他需要北狐相助，一念咒语，就可将北狐召来相助。从此，萨满神在下界才有"狐仙"相助，帮他完成让留子和群女定居，繁衍女真后代的大业。

在《女真神话故事》中，有多则其他神话，也描写了萨满神在降妖除魔的时候，常常会请狐仙奶奶来帮忙的故事。如在《婆厉匏》中，多亏了北狐仙报信，萨满神才能打死变成男人的花脸狼，救下婆厉匏；再如在《杏仙水》中，又是北狐仙帮忙，他才除掉了害人的吸血妖精……可见，狐仙真的是萨满的好帮手。

当然，狐仙神话并非只有这一个版本，在《女真谱评》中，还有另一个版本。

① 马亚川讲述，王益章、黄任远整理：《女真神话故事》，吉林人民出版社，2016年8月第1版，第135页。

在这个版本中，狐仙本是个妖怪，自称胡三太爷，轮流到各家吃饭住宿，还得搂着姑娘、媳妇睡觉。谁要是不同意，家里不是主人死亡，就是房屋被火烧尽。这个胡三太爷道行很高，能喷出一连串的火球，连阿骨打和他的虎师兄出手，都不能降伏它。最后，阿骨打的师父岳艮真人出手，收回了它的火球，狐仙才臣服。岳艮真人本想杀死它，但念在天神说情，饶了狐仙不死，狐仙从此发誓改恶从善，并为部民做好事。岳艮真人还咏诗一首道："百年狐狸千年精，臊淫民众犯天庭。本应诛之顺民愿，怜其千载苦修行。痛改前非归正果，驱邪逐鬼为众民。狐仙神灵人供奉，改淫为善成为仙。"

在满族神话中，雪狐还是看守天落宝石的神兽。《乌布西奔妈妈》中描写道：

> （舜吉雅毕拉峰）山巅常有神女投下天落宝石，万道金线，七彩晶莹，红遍山巅。相传天落宝石为太阳躯壳，东海人航海夜明珠，劈浪融雪照征程。
>
> 相传，天落宝石坠地即隐，非人肉眼而能瞻寻。天落宝石性结良朋，与禽狐朝夕与共。若图宝石必先求踪。山巅住着：
>
> 千年的天鹅，它守护着宝石洞；千年的雪狐，它看守着宝石洞；千年的银雕，它卫护着宝石洞。传说传讲了几千年，谁也未见到天鹅、雪狐、银雕。而天落宝石和红珠果的神影，究竟什么模样，渺茫如梦，没有一个人能够讲清。[①]

当然，并不是所有狐狸都是萨满的帮手，满族神话中的九尾狐精就是害人的妖精，在神话《蟠陀吐水》中，九尾狐精化作男人与女人交合，害得女人们臭不可闻。又是北狐仙报信，萨满神化作美女，用计谋杀死了九尾狐精。《女真神话故事》与中原神话《山海经》有着千丝万缕的联系，书中的许多妖怪都与《山海经》中的记载十分相符，这则神话中的九尾狐害人的故事，可能与《山海经》中的记载："又东三百里，曰青丘之山……有兽焉，其状如狐而九尾，其音如婴儿，能食人，食者不蛊。"[②] 有关。

三、"貂祖母"与"貂姑娘"——满族说部神话、史诗中的貂神崇拜

在满族说部神话、史诗中，常有一些动植物因成为价值不菲的宝物而进入神话中。这些动植物在神话中变成人类，与人类发生了各种各样的恩怨情仇。

① 鲁连坤讲述，富育光译注整理：《乌布西奔妈妈》，吉林人民出版社，2007 年 12 月第 1 版，第 148—149 页。

② 陈维礼、黄云鹤、柴秀敏注译：《白话绘图山海经》，吉林文史出版社，2001 年 7 月第 1 版，第 7 页。

其情节模式大多都是：善良的人照顾救助它们，这些动植物就变成姑娘嫁给他，或是变成其子女、孙女，以丰厚的回报来报答他的恩德；相反若是恶人，追杀或迫害这些动植物的，就会受到这些有灵性的动植物的严惩。这些动物中有紫貂，能产东珠的蚌蛤，植物中有人参和乌拉草，都有不少这一情节模式的神话。

满族说部神话、史诗中关于貂神的故事不少。《女真神话故事》中有一个“貂祖母献宝”的故事，反映了人类对于貂的利用开发的基本态度。

树神爷爷望着貂祖母说：“貂祖母，九仙女已来，有话当九仙女的面说清，九仙女好向女真人说明，让人类都懂得珍惜宝物的理儿，大家好都来关心。”树神爷爷为什么说这番话哪？因为世界上，万物生长都是为造福于人类的。有些生物表面看来，是对人类有害的，可实则间接造福于人的，因为没有这些有害的生物存在，有利于人的生物得不到食物供给，它也就存在不了了。貂祖母说：“树神爷爷已向九仙女介绍了，貂皮是宝物。请九仙女告诫女真人，要珍惜爱护紫貂，保护紫貂，让人人都明白‘狩猎护兽，留母增繁，保护兽源，兽多财旺’”……“珍惜毛皮还得巧屠杀，严禁刀捅摔棒打。左手压住紫貂背，右手扭鼻向后转。下颌向上下推压，折断颈椎即死。颈椎折断屠杀法，不会损伤毛和皮。”……貂祖母说：“紫貂为人类而生，为人类而繁衍，理应全部献给女真。”貂祖母说着，伸开右手，噗噗噗，连吹三口气儿，眨眼间手上就捧着一件万道金光闪耀的、用貂皮制成的裘衣，望着九仙女说：“幸会九仙女，特为九仙女制作一件貂皮大衣，请九仙女笑纳。”……穿着它寒气吓得躲得远远的，就连霜雪都不敢沾边，没等沾边就融化了，连雨水都浸湿不了它。要不咋说是宝哪。[①]

这则神话其实是完全以人类为本位的心态来创作的，认为一切宝物都是为人类服务的，一切动物都是为人类而生，为人类而繁衍，所以人类也应该科学合理地利用它们。所以连貂神都主动来献宝，说出怎样屠杀貂才能不损毛皮，并献出一件貂皮制成的裘衣，只为了让人类能认识到它的宝贵，并保护兽源，留母增加繁殖。这则神话大概是人类猎杀那么多貂类的愧疚心理的一种反映吧。一方面，人们大量捕猎貂类，做成貂皮衣，或用来交换其他东西；另一方面，又视其为宝物，尊其为貂神，用貂神献宝的方式，给大量捕猎貂的行为提供一个合理的解释。

满族说部神话、史诗中还有一些貂女报恩的故事，其中一则是在《小莫

① 马亚川讲述，王益章、黄任远整理：《女真神话故事》，吉林人民出版社，2016年8月第1版，59—61页。

尔根轶闻》里，讲貂精变成的小姑娘小艾胡被老鼠精咬断了腿，幸亏被小莫尔根和老额隆救了，在老额隆家里养了三个月的伤，被老额隆当成孙女一样地看待。伤养好了，临走的时候，小艾胡送给老额隆一件紫貂皮的褂子和耳扇，并说："玛发，什么时候想找我，就穿上这件衣服，戴上这顶帽子，到最热闹的地方去，就能见到我。"后来，老额隆想孙女，就穿上这件衣服，戴上这顶帽子，到五国城的头城越里吉（现在的依兰）参加赛宝大会。那些王公贵族面前摆着各种稀世珍宝，但寒风一来，台上那些王公贵族抱着珠宝没等走下台来，就被冻硬了，剩下的人有的冻掉了耳朵，有的冻掉了鼻子，冻坏手脚的就更多了。"可是一看老额隆，却头冒热气，满面红光。风吹到他那儿就散了，雪花飞到头顶三尺远的地方就化了。国王觉得奇怪，上前一看，他戴的帽子是貂皮扇儿，穿的衣服是貂皮领子、貂皮袖头。国王问了他的名字，当即就宣布：'那些珠宝玉器、稀世珍玩，都不算宝，老额隆头上戴的、身上穿的这貂皮，才是真正的宝物。'说完，国王重重地赏赐了老额隆。从此貂皮就成了北国的国宝。"[①] 后来，小艾胡还送给自己的救命恩人小莫尔根一张上千岁的墨貂皮：

> 这件小袄非同寻常，它是一张上千岁的墨貂皮，上有拨风、防雪、驱寒三毫。风离它三尺远就躲了，雪离它三尺远就消了，它是无价之宝。寒冷时，提着袄领抖几下，就有几件一模一样的小袄出现。
>
> 莫尔根想了想说："我若不收下吧，你会认为我不接受你报答的情意。这样吧，我收下了。只是托你代我保存。一旦遇有过不了严寒冬季的穷人，你就代我赠送他一件小袄，这是造福于民的好事，只是给你添了麻烦。"艾胡姑娘答应说："你放心吧，我一定按照你的意思去做。"艾胡姑娘真的履行了她的诺言。每到严寒冬季遇有过不了冬的穷人家，她就送去一件件黑皮小袄。时间一长，人们就把艾胡姑娘视为貂神，于是张广才岭上的巴拉人，家家都供起了艾胡妈妈。[②]

还有一则名叫《貂姑娘》的神话，描写猎人奥苏在山顶上偶然救了一位受伤的老人，好吃好喝地招待了二十多日。老人走后的第二年，奥苏又到这个地方打猎，回到家中却发现有人已经给他做好了饭菜，一连几天都是这样。奥苏偷偷早回来才发现，原来是个穿貂皮衣裳的小姑娘天天来给他做饭菜。

① 谷长春主编：《恰喀拉人的故事　小莫尔根轶闻》，吉林人民出版社，2018年8月第1版，第154页。
② 谷长春主编：《恰喀拉人的故事　小莫尔根轶闻》，吉林人民出版社，2018年8月第1版，第161页。

小姑娘说是那个老者的女儿，来报恩的。一来二去，二人产生了感情，小姑娘就嫁给奥苏为妻，还生下了孩子，生活十分美满。后来，来了一个猎人，领来一个萨满，非说他家里有妖，要帮他除妖。奥苏非常生气，说："你们快走开，我家里没妖精，就是有，我们也不让你们拿。我们家很幸福，你们别到这儿捣乱。快走吧！"可是萨满和猎人仍然不走，奥苏只好保护貂姑娘逃跑，貂姑娘一猛子扎到水里就不见了，以后再也没有看见她。奥苏非常思念妻子，带着孩子每天都到河边来，却再也没找到她[①]。

这两个貂姑娘的神话都是貂神变成小姑娘报恩的故事，塑造了善良的、知恩图报的貂姑娘的形象。猎人奥苏和老额隆都没有把貂姑娘视为妖精，而是把她视为自己的亲人。这也从一个侧面反映了满族先民对貂的深厚感情，在他们的心目中，貂是有灵性的，只要你如亲人一样地看待它们，就一定可以得到丰厚的回报。

① 谷长春主编：《恰喀拉人的故事　小莫尔根轶闻》，吉林人民出版社，2018年8月第1版，第62页。

后　记

我同满族说部结缘，始于2000年，那时我刚刚到吉林省社会科学院，第一批满族说部丛书也尚未出版，偶然在《东北文学史论》一书中读到了王宏刚老师引述的神话《天宫大战》中的部分内容，就被其中的宏大的视角、神秘的色彩、丰富的想象、跌宕起伏的情节、优美灵动的文字所深深吸引。那时我对神话的研究几乎为零，只觉得满族先民能创作出这种情节完整、优美生动的神话来，足见这个民族虽然文字出现较晚，但却有着深厚的文化底蕴，其口传民间文学相当发达。

2008年，第一批满族说部作品出版，终于有幸读到满族说部中的部分重要作品，《天宫大战》《恩切布库》《乌布西奔妈妈》等作品以其丰富的、百科全书般的文化蕴藏、生动感人的集体主义和自我牺牲精神，以及极富感情色彩的文笔，再次深深吸引了我。我深知，满族说部是一块尚待研究和开发的处女地，同时也是一片沃土，其中蕴含着丰富的文化内涵，我希望在这片文化沃土上留下我耕耘的足迹。2010年我在《社会科学战线》上发表了我的满族说部研究的第一篇论文《从“满族说部”看母系氏族社会的形成、发展与解体》，此后又作为第一作者出版了《满族说部与东北历史文化》一书。2013年，国家课题“满族说部神话、史诗研究”获准立项。然而，对这一课题我却持续研究了六年之久。这不仅是因为这六年间我又承担了好几部书稿的任务，没有把全部精力运用到这一课题的研究中，还因为第三批满族说部作品直到去年才全部出版，我拿到手更是时间较短。没有看到全部作品，我总是感觉缺少了点儿什么，许多神话和史诗所蕴含的丰富底蕴还没有研究通透，所以迟迟不敢动笔。直到最后终于拿到第三批作品，我细细研读了其中的《满族神话》《女真神话故事》《兴安野叟传》等书后，才觉得有豁然开朗之感，许多悬而未决的疑团才逐渐清晰起来，满族说部中的诸神世界才逐渐在我的脑子里形成体系。

此前我已经用了相当长的时间，系统地阅读了一些神话理论和中国各民族神话的书籍，开阔了视野，也初步有了一点儿神话理论的功底，去年一年的时间里，我又重新把前两批的满族说部作品，挨个儿仔细地研读并逐一做了笔记，分类摘抄，这些都为这部书稿的完成打下了坚实的基础。终于赶在项目截止期限前完成了书稿，我长长松了一口气。我深知这部书稿还是有诸多不足之处，但时间有限，也只能等到将来再慢慢研究了。

杨春风

2019 年 5 月 5 日